推拿

畢飛宇

目錄

中國之體與心
——新版序

李敬澤

「推拿」，是中國古老的醫術。醫者的雙手之力施加於患者的身體，患者隱祕的病痛被另一人、另一雙手所感知，這雙他者之手或許比你更懂得你的身體，在一種審慎、巧妙地運用的暴力下，你的身體與侵蝕它的力量達成和解或平衡。

在中國，推拿者大多是盲人——或許沒有比推拿更適合他們的職業了，按照中國古代哲人的看法，人的感官缺陷必會獲得補償，上帝蒙上了他們的雙眼，但給了他們一雙靈敏的手。推拿診所低調、謙卑地隱藏於市井，在那狹窄的門面內，一群盲人等待著——人們走進來，躺下或趴下，放鬆，卸去鎧甲，卸去對這世界的警覺，把身體信任地交給他們。這些盲人，也許因為他們看不見我們，我們在他們面前有一種安全感，似乎身處黑暗，我們聽任他們與我們的身體對話，身體在盲人的觸摸下不再沉默。

然後我們一身輕鬆地離開，重新投入五光十色的俗世。生活建立在對身體的遺忘之上，而那些盲人，在我們的生活中我們也不再想起他們，似乎他們屬於另一個世界。

《推拿》這部書，所寫的就是這另一個世界。一個隱於黑暗的、邊緣的王國，被我們忽略，他們也看不見我們，在畢飛宇的筆下，這個王國有獨特的文化禮俗、政治秩序，但是，在黑暗中，那裡的人們笑著、痛著、隱忍著、哭泣著……

畢飛宇讓我們聽到他們的聲音：雖是一個偏遠的王國，人類生活中一系列最基本的價值在那裡暗自運行：愛、責任、夢想、欲望、孤獨、尊嚴、情誼、權力等等。他們備受考驗，也許由於他們通向世界的道路狹窄，他們的選擇高度受限，他們禁受的考驗就尤為嚴峻、艱險，他們行走於價值世界的鋼絲之上，閉著眼，只能依靠深藏於眼睛之後的心，和他們無助地張開的雙手，小心翼翼，如臨深淵。

——注視著這本書上的一行行鉛字的中國人，都會在某個時刻忽然意識到，儘管他的眼睛是明亮的，但他其實就是這個隱祕王國的居民，這一切，發生在他們身上，也發生在我們身上。

在作為醫術的推拿中，醫者需要辨識人體的穴位，穴位標記出我們身體中一系列關鍵的節點，那是身體的整體狀況和特殊病症會聚的地方。醫者低調而自信，他相信，他只要找到一個恰當的點，你的身體就會把它深藏不露，甚至把你自己隱瞞的祕密向他敞開。

畢飛宇在寫這部書時，也閉上了眼，用他的手，尋找中國生活的穴位，他耐心地一個一個地確認，他知道他必須穿過豐盛的浮辭和喧鬧的表相，穿過所有宏大總體之物，找到人之為人的基本之點，他在小說的一開頭就找到了一個：錢，人怎樣對待他的錢，然後他找到了愛，人怎樣愛，怎樣在愛中承擔責任——他就這樣一個一個執著地、甚至蠻橫地找下去，完成了對中國之體的「推拿」。

中國人的生活和經驗，中國之身體與心靈，由此在一個我們意想不到的地方、在那黑暗的推拿房裡禁受了一次銳利的診斷。

·本文作者李敬澤先生，二〇〇〇年獲馮牧文學獎青年批評家獎。著有《顏色的名字》、《河邊的日子》等。

就要開始寫這部書的時候，正值夜幕降臨，
我靜靜地坐在書房裡，閉上眼睛，很久很久……

——畢飛宇

引言

定義

散客也要做，和常客以及擁有貴賓卡的貴賓比較起來，散客大體上要占到三分之一，生意好的時候甚至能占到一半。一般說來，推拿師們對待散客要更熱心一些，這熱心主要落實在言語上。——其實這就是所謂的生意經了，和散客交流好了，散客就有可能成為常客；常客再買上一張年卡，自然就成了貴賓。貴賓是最最要緊的，不要多，手上只要有七八個，每個月的收入就有了一個基本的保證。推拿師們的重點當然是貴賓，重中之重卻還是散客。這有點矛盾了，卻更是實情。說到底貴賓都是從散客發展起來的。和散客打交道推拿師們有一套完整的經驗，比方說，稱呼，什麼樣的人該稱「領導」，什麼樣的人該稱「老闆」，什麼樣的人又必須叫做「老師」，這裡頭就非常有講究。推拿師們的依據是嗓音。當然，還有措辭和行腔。只要客人一開口，他們就知道了，是「領導」來了，或者說，是「老闆」來了，再不然就一定是「老師」來了。錯不了。

聊天的內容相對要複雜一些，主要還是要圍繞在「領導」、「老闆」或「老師」的身體上頭。一般是誇。誇別人的身體是推拿師的本分，他們自然要遵守這樣的原則。但是，指出別人身體上的小毛小病，這也是本分，同樣是原則，要不然生意還怎麼做？——「你的身上有問題！」這幾乎是可以肯定的。剩下來就是推薦一些保健知識了。比方說，關於肩周。肩周是人體的肌肉纖維特別錯綜的部位，是身體的「大件」，二頭肌、三頭肌和斜方肌的肌腱頭都集中在這裡。肩部的動作一旦固定的時間太長，肌腱頭的纖維就會出現撐拉，撐拉久了，肌肉的滲出液就出來了。滲出液並不可怕，肌肉自己會再一次吸收進去。可架不住時間長啊，時間太長滲出液就不再被吸收。這一下問題來了，滲出液把肌肉的纖維黏連起來了。一黏連就有可能誘發炎症，也就是肩周炎——疼痛就在所難免。如果得不到有效的控制和理療，天長日久，被黏連的纖維就會鈣化。一鈣化就麻煩了。你想啊，肌肉都鈣化了，哪裡還能有彈性？你就動不了了，和朋友說一聲再見都抬不起胳膊——麻煩吧？所以呢，對肩周要好一點。女人對自己要好一點，男人對自己也要好一點。運動是必需的。實在沒時間動，也有辦法，那就讓別人替你動。推拿嘛。一推拿黏連的部分就剝離開來了，怎麼說「保健、保健」的呢？關鍵是保。就這些。既是嚴肅的科普，也是和煦的提示，還是溫馨的廣告。這些知識並不複雜，客人們也不會真的就拿他們的話當真。但是，交代和不交代則不一樣。在這個問題上他們向來是不厭其煩的。

　　這一天中午進來了一個過路客，來頭特別大的樣子，一進門就喊著要見老闆。推拿房的老闆沙復明從休息室裡走出來，來客說：「你是老闆？」沙復明堆上笑，恭恭敬敬地說：「不敢。我叫沙復明。」客人說：「來個全身。你親自做。」沙復明說：「很榮幸。你裡邊請。」便把客人引到客房去了。服務員小唐的手腳相當地麻利，轉眼間已經鋪好床單。客人隨手一扔，他的一串鑰匙已經丟在推拿床上了。沙復明眼睛不行，對聲音卻有超常的判斷，一耳朵就能估摸出動靜的方位與距離。沙復明準確地抓起鑰匙，摸一摸鑰匙的長和寬，知道了，這位來頭特別大的客人是一個司機。是卡車的司機，他的身上有淡淡的油味，不是汽油，是柴油。沙復明微笑著，把鑰匙遞給小唐，小唐再把鑰匙掛在了牆壁上。沙復明咳嗽了一聲，開始撫摸客人的後腦勺。他的後腦勺冰涼，只有二十三四度的樣子。毫無疑問，他拿汽車裡的空調當冰箱了。沙復明捏住客人的後頸，仰起頭，笑著說：「老闆的脖子不太好，可不能太貪涼啊。」「老闆」嘆了一口氣，說：「日親媽的，頸椎病犯了，頭暈，直犯睏。——要不然我怎麼能到這個地方來？我還有二百多公里呢。」沙復明聽出來了，司機是淮陰人。淮陰人民和全國人民一樣，都喜歡「日」人家的媽。但淮陰人有淮陰人的高標準和嚴要求，只日「親媽」，不親的堅決不日。沙復明先給淮陰的「老闆」放鬆了兩側肩頭的斜方肌，所用的指法是剁。接下來沙復明開始搓，用巴掌的外側搓他的後頸。由於速度特別地快，像鋸，也可以說，像用鈍刀子割頭。一會兒司機後腦勺上的溫度就上來了。司機舒坦了，一舒坦就接二連三地「日親媽」。沙復明說：「頸椎呢，其實也沒到那個程度，主要還是你貪涼。路途長，老闆把溫度打高一點就好了。」「老闆」就是「老闆」，不再言語了，隨後就響起了呼嚕。沙復明轉過頭，小聲地關照小唐說：「你忙去吧，在外頭把門帶上。」小唐說：「呼嚕這麼響人家都能睡，你這麼小聲做什麼？」沙復明笑笑，想，也是的。沙復明便不再說什麼了，輕手輕腳地，給他做滿了一個鐘。做完了，輔助用的是鹽熱敷。「老闆」最終是被鹽袋燙醒了，一醒過來就神清氣爽，是乾坤朗朗的空曠。「老闆」坐起來，眨巴著眼睛，用腦袋在空氣裡頭「寫」了一個「永」，說：「日親媽，舒服，舒服了！」沙復明說：「舒服吧？舒服了就好。」「老闆」意猶未盡，閉起眼睛又「寫」了一個「來」。最後的一捺他「寫」得很考究，下巴拖得格外地遠，格外地長，是意到筆到、意境雋永的模樣。司機最終「收筆」了，高高興興地搬回自己的下巴，說：「前天是在浴室做的，小丫頭摸過來摸過去，摸得倒是不錯。日親媽的，屁用也沒有，還小包間呢——還是你們瞎子按摩得好！」沙復明把臉轉過來，對準了「老闆」面部，說：「我們這個不叫按摩。我們這個叫推拿。不一樣的。歡迎老闆下次再來。」

第ノ章　王大夫

王大夫——盲人在推拿房裡都是以「大夫」相稱的——的第一桶金來自於深圳。他打工的店面就在深圳火車站的附近。那是上世紀末，正是盲人推拿的黃金歲月。說黃金歲月都有點學生氣了，王大夫就覺得那時候的錢簡直就是瘋子，拚了性命往他的八個手指縫裡鑽。

那時候的錢為什麼好掙呢？最直接的原因就是香港回歸了。香港人熱中於中醫推拿，這也算是他們的生活傳統和文化傳統了。價碼卻是不菲。推拿是純粹的手工活，以香港勞動力的物價，一般的人哪裡做得起？可是，香港一回歸，情形變了，香港人呼啦一下就蜂擁到深圳這邊來了。從香港到深圳太容易了，就像男人和女人擁抱一樣容易，回歸嘛，可不就是擁抱？香港的金領、白領和藍領一起拿出了擁抱的熱情，拚了性命往祖國的懷抱裡鑽。深圳人在第一時間捕捉到了這樣的商機，一眨眼，深圳的推拿業發展起來了。想想也是，無論是什麼樣的生意，只要牽扯到勞動力的價格，大陸人一定能把它做到泣鬼神的地步。更何況深圳還是特區呢。什麼叫特區？特區就是人更便宜。

還有一個原因也不能不提，那時候是世紀末。人們在世紀末的前夜突然感覺到了一種大恐慌，這恐慌沒有來頭，也不是真恐慌，準確地說，是「虛火」旺，表現出來的卻是咄咄逼人的精神頭，每個人的眼睛裡都噴射出精光，渾身的肌肉都一顫一顫的，——撈錢啊，趕快去撈錢啊！晚了就來不及啦！這一來人就瘋了。人一瘋，錢就瘋。錢一瘋，人更瘋。瘋子很容易疲倦。疲倦了怎麼辦呢？做中醫推拿無疑是一個好辦法。

深圳的盲人推拿就是在這樣的背景下壯大起來的。迅猛無比。用風起雲湧去形容吧，用如火如荼去形容吧。全中國的盲人立馬就得到了這個振奮人心的好消息。消息說，在深圳，盲人嶄新的時代業已來臨。滿大街都是錢——它們活蹦亂跳，像鯉魚一樣在地上打挺，劈里啪啦的。外地人很快就在深圳火車站的附近發現了這樣一幅壯麗的景象，滿大街到處都是洶湧的盲人。這座嶄新的城市不只是改革和開放的窗口，還是盲人的客廳兼天堂。盲人們振奮起來了，他們戴著墨鏡，手拄著盲杖，沿著馬路或天橋的左側，一半從西向東，一半從東向西，一半從南向北，另一半則從北向南。他們魚貫而入，魚貫而出，摩肩接踵，浩浩蕩蕩。幸福啊，忙碌啊。到了燈火闌珊的時分，另一撥人浩浩蕩蕩地過來了。疲憊不堪的香港人，疲憊不堪的、居住在香港的日本人，疲憊不堪的、居住在香港的歐洲人，疲憊不堪的、居住在香港的美國人，當然，更多的卻還是疲憊不堪的大陸人，那些新興的資產階級，那些從來不在公共場合用十個手指外加一根舌頭數錢的新貴，——他們一窩蜂，來了。他們累啊，累，從頭到腳都貯滿了世紀末的疲憊。他們累，累到了抽筋扒皮的地步。他們來到推拿房，甚至都來不及交代做幾個鐘，一躺下就睡著了。洋呼嚕與本土的呼嚕此起彼伏。盲人推拿師就幫他們放鬆，不少匆匆的過客乾脆就在推拿房裡過夜了。他們在天亮之後才能醒過來。一醒過來就付小費。付完了小費再去掙錢。錢就在他們的身邊，大雪一樣紛飛，離他們只有一劍之遙。只要伸出手去，再踏上一個弓步，劍尖「呼啦」一下就從錢的胸部穿心而過。兵不血刃。

王大夫也開始掙錢了。他掙的是人家的小零頭。可王大夫終究是窮慣了的，一來到深圳就被錢嚇了一大跳，錢哪有這麼掙的？恐怖了。他只是一個自食其力的人，什麼叫自食其力？能解決自己的溫飽就可以了。可王大夫不只是自食其力，簡直就像夢遊。他不只是掙到了人民幣，他還掙到了港幣、日元和美金。王大夫第一次觸摸到美金是在一個星期六的凌晨。他的客人是一個細皮嫩肉的日本人，小手小腳的，小費小了一號，短了一些，也窄了一些。王大夫狐疑了，擔心是假鈔。但客人畢竟是國際友人，王大夫不好意思明說，大清早的，王大夫已經累得快虛脫了，但「假鈔」這根筋繃得卻是筆直。就站在那裡猶豫。不停地撫摸手裡的小費。日本朋友望著王大夫猶豫的樣子，以為他嫌少，想一想，就又給了一張。還是短了一些，窄了一些。這一來王大夫就更狐疑了，又給一張是什麼意思呢？難道錢就這麼不值錢麼？王大夫拿著錢，乾脆就不動了。日本朋友也狐疑了，再一次抽出了一張。他把錢拍在王大夫的手上，順手抓住了王大夫的一個大拇指，一直送到王大夫的面前。日本人說：「幹活好！你這個這個！」王大夫挨了誇，更不好意思說什麼了，連忙道了謝。王大夫一直以為自己遭了騙，很鬱悶，還沒臉說。他把三張「小」費一直攥到下午，終於熬不住了，請一個健全人看了，是美金。滿打滿算三百個美金。王大夫的眉梢向上挑了挑，咧開嘴，好半天都沒能攏起來。他開始走。一口氣在祖國的南海邊「畫」了三個圈。

錢就是這麼瘋。一點都不講理，紅了眼了。它們一張一張的，像阿拉伯的神毯，在空中飛，在空中躥。它們上升，旋轉，翻騰，俯衝。然後，準確無誤地對準了王大夫的手指縫，一路呼嘯。王大夫差不多已經聽到了金錢詭異的引擎。它在轟鳴，伴隨著尖銳的哨音。日子過得越來越刺激，已經像戰爭了。王大夫就這樣有錢了。

王大夫在「戰爭」中迎來了他的「春天」。他戀愛了——這時候時光已經逼近千禧，新的世紀就要來臨了。世紀末的最後一天的晚上，小孔，一個來自蚌埠的盲姑娘，從深圳的另一側來到了火車站，她看望王大夫來了。因為沒有客人，推拿房裡寂寥得很，與千禧之年的最後一夜一點也不相稱。盲人們擁擠在推拿房的休息室裡，東倒西歪。他們也累了，都不說話，心裡頭卻在抱怨。他們在罵老闆，這樣的時候怎麼可以不放假呢？但老闆說了，這樣的時候怎麼能放假？別人的日子是白的，你們的日子是黑的，能一樣麼？別人放假了，玩累了，你們才有機會，誰知道生意會邁著哪一條腿跨進來？等著吧！一個都不能少。推拿師們等倒是等了，可是，生意卻斷了腿了，一個都沒有進來。王大夫和小孔在休息廳裡乾坐了一會兒，無所事事。後來王大夫就輕輕地嘆息了一聲，上樓去了。小孔聽在耳朵裡，幾分鐘之後也摸到了樓梯，到樓上的推拿室裡去了。

推拿房裡更安靜。他們找到最裡邊的那間空房子，拉開門，進去了。他們坐了下來，一人一張推拿床。平日裡推拿房都是人滿為患的，從來都沒有這樣冷清過。在千禧之夜，卻意外地如此這般，教人很不放心了。像布置起來的。像刻意的背景。像等待。像預備。預備什麼呢？不好說了。王大夫和小孔就笑。也沒有出聲，各人笑各人的。看不見，可是彼此都知道，對方在笑。笑到後來，他們就詢問對方：「笑什麼？」能有什麼呢？反過來再問對方：「你笑什麼？」兩個人一句連著一句，一句頂著一句，問到後來卻有些油滑了，完全是輕浮與嬉戲的狀態。卻又嚴肅。離某一種可能性越來越近，完全可以再接再厲。他們只能接著笑下去。笑到後來，兩個人的腮幫子都不對勁了，有些僵。極不自然了。接著笑固然是困難的，可停止笑也不是那麼容易。慢慢地，推拿室裡的空氣有了暗示性，有了動態，一小部分已經蕩漾起來了。很快，這蕩漾連成了片，結成了浪。不知道在什麼時候，波浪成群結隊，彼此激蕩，呈現出推波助瀾的勢頭。千軍萬馬了。一會兒洶湧到這一邊，一會兒又洶湧到那一邊。危險的跡象很快就來臨了。為了不至於被波浪掀翻，他們的手抓住了床沿，死死的，越抓越有力，越抓越不穩。他們就這樣平衡了好長一段時間，其實也是掙扎了好長一段時間，王大夫終於把他們的談話引到正題上來了。他嚥了一口唾沫，問：「你——想好了吧？」小孔的臉側了過去。小孔有一個習慣，她在說話之前側過臉去往往意味著她已經有了決心。小孔抓住床，說：「我想好了。你呢？」王大夫好半天沒有說話。他一會兒笑，一會兒不笑，臉上的笑容上來了又下去，下去了又上來，折騰了三四趟，最後說：「你知道的，我不重要。主要還是你。」為了把這句話說出來，王大夫用了太長的時間，小孔一直在等。在這個漫長的等待中，小孔不停地用手指頭摳推拿床上的人造革，人造革被小孔的指頭摳得咯吱咯吱地響。聽王大夫這麼一說，小孔品味出王大夫的意思了，它的味道比「我想好了」還要好。小孔在那頭就喘。很快，整個人都發燙了。小孔突然就覺得自己的身體有了微妙的卻又是深刻的變化，是那種不攻自破的情態。小孔就從推拿床上下來了，往前走，一直走到王大夫的跟前。王大夫也站起來了，他們的雙手幾乎是在同時撫摸到了對方的臉。還有眼睛。一摸到眼睛，兩個人突然哭了。這個事先沒有一點先兆，雙方也沒有一點預備。他們都把各自的目光流在了對方的指尖上。眼淚永遠是動人的，預示著下一步的行為。他們就接吻，卻不會。鼻尖撞在了一起，迅速又讓開了。小孔到底聰明一些，把臉側過去了。王大夫其實也不笨，依照小孔的鼻息，王大夫在第一時間找到小孔的嘴唇，這一回終於吻上了。這是他們的第一個吻，也是他們各自的第一個吻，卻並不熱烈，有一些害怕的成分。因為害怕，他們的嘴分開了，身體卻往對方的身上靠，幾乎是黏在了一起。和嘴唇的接觸比較起來，他們更在意、更喜愛身體的「吻」，彼此都有了依靠。——有依有靠的感覺真好啊。多麼地安全，多麼地放心，多麼地踏實。相依為命了。王大夫一把把小孔摟在了懷裡，幾乎就是用蠻。小孔剛想再吻，王大夫卻激動了，王大夫說：「回南京！我要帶你！南京！我要開店！一個店！我要讓你當老闆娘！」語無倫次了。小孔踮起腳，說：「接吻哪、接吻哪——你吻我啊！」這個吻長了，足足跨越了兩個世紀。小孔到底是小孔，心細，她在漫長的接吻之後似乎想起了什麼，掏出了她的聲控報時手錶，摁了一下。手錶說：「現在時間，北京時間零點二十一分。」小孔把手錶遞到王大夫的手上，又哭了。她拖著哭腔大聲地叫道：

「新年啦！新世紀啦！」

新年了，新世紀了，王大夫談起了戀愛。對王大夫來說，戀愛就是目標。他的人生一下子就明確了：好好工作，湊足錢，回家開個店，早一點讓心愛的小孔當上老闆娘。王大夫是知道的，只要不偷懶，這個目標總有一天可以實現。王大夫這樣自信有他的理由，他對自己的手藝心裡頭有底。他的條件好哇。摸一摸他的手就知道了，又大，又寬，又厚，是一雙開闊的肉手。王大夫的客人們都知道，王大夫的每一次放鬆都不是從脖子開始，而是屁股。他的大肉手緊緊地捂住客人的兩隻屁股蛋子，晃一晃，客人的骨架子一下子就散了。當然，並不是真的散，而是一種錯覺，好的時候能放電。王大夫天生就該做推拿，即使眼睛沒有毛病，他也是做推拿的上好材料。當然，手大是沒用的，手上的肉多也是沒用的，真正有用的還是手上的力道。王大夫魁梧，塊頭大，力量足，手指上的力量遊刃有餘。「遊刃有餘」這一條極為關鍵，它所體現出來的是力量的質量：均勻，柔和，深入，不那麼刺戳戳。如果力道不足，通常的做法是「使勁」。推拿師一「使勁」就不好了，客人一定疼。這疼是落在肌膚上的，弄不好都有可能傷及客人的筋骨。推拿的力量講究的是入木三分，那力道是沉鬱的，下墜的，雄渾的，當然，還有透澈，一直可以灌注到肌肉的深處。疼也疼，卻伴隨著疼，還有脹。有不能言說的舒坦。效果就在這裡了。王大夫指頭粗，巴掌厚，力量足，兩隻手虎虎的，穴位「搭」得又非常準，一旦「搭」到了，彷彿也沒費什麼力氣，你就被他「拿住」了。這一「拿」，再怎麼挨他「折磨」都心甘情願。正因為王大夫的手藝，他的回頭客和貴賓特別地多，大多是「點鐘」，包夜的也多。由於有了這一點，王大夫的收入光小費這一樣就不同於一般。連同事們都知道，王大夫絕對算得上他們這一行裡的大款，都有閒錢玩票了嘛。上證指數和深證指數裡就有他的那一份。

王大夫有麻煩了。他的麻煩其實正在股票上。要說有錢，王大夫的確有幾個。可是，王大夫盤算了一下，就他的那點錢，回南京開一個店只能將就。要想把門面弄得體面一點，最切實的辦法只能是合股。但王大夫不想合股。合股算什麼？合股之後小孔到底算誰的老闆娘？這個老闆娘小孔當起來也不那麼痛快。與其讓小孔不痛快，倒不如等一等了。在「老闆娘」這個問題上，王大夫死心眼了。他本人可以不在意這個「老闆」，對小孔他卻不願意馬虎。人家把整個的人都給了自己，容易麼？作為報答，王大夫必須讓小孔當上「老闆娘」。她只要坐在他的店裡，喝喝水，嗑嗑瓜子，他王大夫就是累得吐血也值得。

王大夫怎麼會把錢放到股票上去的呢？說起來還是因為戀愛。戀愛是什麼？王大夫體會了一陣子，體會明白了，無非就是一點，心疼。王大夫就是心疼小孔。說得再具體一點，就是心疼小孔的那雙手。

雖說都在深圳，王大夫和小孔的工作卻並不在一起，其實是很難見上一面的。就算是見上了，時間都是掐好了的，也就是幾個吻的工夫。吻是小孔的最愛。小孔熱愛吻，接吻的時間每一次都不夠。後來好些了，他們在接吻之餘也有了一些閒情，也有了一些逸致。比方說，相互整理整理頭髮，再不就研究一下對方的手。小孔的手真是小啊，軟軟的，指頭還尖。「小蔥一樣」的手指，一定是這樣的了吧。但小孔的手有缺憾。中指、食指和大拇指的指關節都長上了肉乎乎的小肉球。這是沒有辦法的事，吃推拿這碗飯的，哪一隻手不是這樣？可是，王大夫很快就從小孔的手上意識到不對了。小孔手指的骨頭不在一條直線上。從第二個關節開始，她的指頭歪到一邊去了。王大夫拽了一下，直倒是直了，一鬆手，又歪了。小孔的手已經嚴重變形了。這還叫手麼？這還是手麼？小孔自己當然是知道的，不好意思了，想把手收回去。王大夫卻拽住了，小孔哪裡還收得回去？王大夫就那麼拽住小孔，楞住了。

小孔的身子骨偏小，又瘦，說什麼也不該學推拿的。客人真是什麼樣的都有，有些客人還好，碰不得，一碰就癢，一碰就疼；有些客人就不一樣了，是牛皮和牛肉，受力得很。你要是輕了，他就覺得虧，齜牙咧嘴地提醒你：「給點力氣嘛，再給點力氣吧。」這樣的祖宗王大夫就遇上過，最典型的例子是一個來自非洲的壯漢。這個非洲來的兄弟中國話說得不怎麼樣，有三個字卻說得特別地道：「重一點。」一個鐘之後，就連王大夫這樣夯實的小夥子都被他累出了一身的汗。小孔的手指頭肯定是在一次又一次的努力當中變形的。以她的體力，以她那樣的手指頭，哪裡禁得起日復一日？哪裡禁得起每一天的十四五個小時？

「重一點！再重一點！」

王大夫捏住小孔的手腕，摸著她的指頭，心碎了。突然就把小孔的手甩了出去，最終卻落在了他的臉上。啪地就是一個大嘴巴。小孔嚇了一大跳，一開始還沒有明白過來。等明白過來的時候卻已經晚了。王大夫似乎抽出癮來了，還想抽。小孔死死地拽住了，一把把王大夫的腦袋摟在了胸前。小孔哭道：「你這是幹什麼？這關你什麼事？」

王大夫把錢投到股市上去帶有賭博的性質，其實起初也是猶豫了一陣子的。一想起小孔的手，王大夫就急著想發財，恨不能一夜暴富。可這年頭錢再怎麼發瘋，手指縫終究是手指縫，總共才有八個。眼見得一年又過去了一大半了，王大夫的天眼開了，突然就想起了股市。這年頭的錢是瘋了，可是，再怎麼瘋，它還只是個小瘋子。大瘋子不叫錢，叫票，股票的票。股票這個瘋子要是發起瘋來，可不是拿大頂和翻跟頭了，它會拔地而起，它會旱地拔蔥。王大夫在上鐘的時候經常聽到客人們在談論股市，對股市一直有一個十分怪異的印象，這印象既親切，又陰森，既瘋魔，又現實，令人難以置信。如果一定要總結一下，完全可以對股票做出這樣的概括：「錢在天上飄，不要白不要；錢在地上爬，不拿白不拿；錢在懷裡揣，只能說你呆。」為什麼不試一試？為什麼不？如果說，明天的股市是一隻鑽天猴，那麼，後天上午，王大夫不就可以帶上小孔直飛南京了麼？王大夫扭了扭脖子，挑了挑眉梢，把腦袋仰到天上去了。他抱起自己所有的積蓄，咣噹一聲，砸進去了。

王大夫的進倉可不是時候。還是滿倉。他一進倉股市就變臉了。當然，他完全有機會從股市裡逃脫出來。如果逃了，他的損失並不是很大。但王大夫怎麼會逃呢？對王大夫來說，一分錢的損失也不能接受。他的錢不是錢。是指關節上赤豆大小的肉球。是骨頭的變形。是一個又一個通宵。是一聲又一聲「重一點」。是大拇指累了換到食指。是食指累了換到中指。是中指累了換到肘部。是肘部累了再回到食指。是他的血和汗。他捨不得虧。他在等。發財王大夫是不想了，可「本」無論如何總要保住。王大夫就這樣被「保本」的念頭拖進了無邊的深淵。他給一個沒有身體、沒有嗓音、一輩子也碰不到面的瘋子給抓住了，死死卡住了命門。

股市沒有翻跟頭。股市躺在了地上。撒潑，打滾，抽筋，翻眼，吐唾沫，就是不肯站起來。你奶奶的熊。你奶奶個頭。股市怎麼就瘋成這樣了呢？是誰把它逼瘋了的呢？王大夫側著腦袋，有事沒事都守著他的收音機。王大夫從收音機裡學到了一個詞，叫做「看不見的手」。現在看起來，這隻「看不見的手」被人戲耍了，活生生地教什麼人給逼瘋了。在這隻「看不見的手」後面，一定還有一隻手，它同樣是「看不見」的，卻更大、更強、更瘋。王大夫自己的手也是「看不見的」，也是「看不見的手」，但是，他的這兩隻「看不見的手」和那兩隻「看不見的手」比較起來，他的手太渺小、太無力了。他是螞蟻。而那兩隻手一個是天，一個是地，一巴掌就能把王大夫從深圳送到烏拉圭。王大夫沒有拍手，只能掰自己的指關節。掰著玩唄。大拇指兩響，其餘的指頭三響。一共是二十八響，劈里啪啦的，都趕得上一掛小鞭炮了。

錢是瘋了。一發瘋王大夫有錢了，一發瘋王大夫又沒錢了。

「我已是滿懷疲憊，歸來卻空空的行囊。」這是一首兒時的老歌，王大夫會唱。二〇〇一年的年底，王大夫回到了南京，耳邊響起的就是這首歌。王大夫垂頭喪氣。可是，從另一種意義上，也可以說，王大夫喜氣洋洋——小孔畢竟和他一起回來了。小孔沒有回蚌埠，而是以一種祕密的姿態和王大夫一起潛入了南京，這裡頭的意思其實已經很明確了。王大夫的母親高興得就差蹦了。兒子行啊，行！她把自己和老伴的床騰出來了，特地把兒子領進了廚房。母親在廚房裡對著兒子的耳朵說：「睡她呀，睡了她！一覺醒來她能往哪裡逃！」王大夫側過了臉去，生氣了。很生氣。他厭惡母親的庸俗。她一輩子也改不了她身上的市儈氣。王大夫抬了抬眉梢，把臉拉下了。有些事情就是這樣，可以「這樣」做，絕對不可以「那樣」說。

王大夫和小孔在家裡一直住到元宵節。小孔的氣色一天比一天好。王大夫的母親不停地誇，說小孔漂亮，說小孔的皮膚真好，說南京的水土「不知道要比深圳好到哪裡去」，「養人」哪，「我們家小孔」的臉色一天一個樣！為了證明給小孔看，王大夫的母親特地抓起了小孔的手，讓小孔的手背自己去蹭。「可是的？你自己說，可是的？」是的。小孔自己也感覺出來了，是滋潤多了，臉上的肌膚滑溜溜得很。但小孔終究是一個女人，突然就明白了這樣的變化到底來自於什麼樣的緣故。小孔害羞得要命，開始慌亂。她的慌亂不是亂動，而是不動。一動不動。身體僵住了。上身繃得直直的。另一隻手卻捏成了拳頭，大拇指被窩在拳心，握得死緊死緊的。盲人就是這點不好，因為自己看不見，無論有什麼祕密，總是疑心別人都看得清清楚楚的，一點掩飾的餘地都沒有了。小孔就覺得自己驚心動魄的美好時光全讓別人看去了。

王大夫沒有浪費這樣的時機。利用父母不在的空檔，王大夫十分適時地把話題引到正路上來了。王大夫說：「要不，我們就不走了吧？」小孔沒有說好，也沒有說不好，只是說：「那邊還有行李呢。」王大夫思忖了一下，說：「去一趟也行。」不過王大夫馬上就補充了，「不是又要倒貼兩張火車票麼？」小孔一想，也是。可還是捨不得，說：「再不我一個人跑一趟吧。」王大夫摸到小孔的手，拽住了，沉默了好大的一會兒，說：「別走吧。」小孔說，「不就是幾天麼？」王大夫又沉默，最終說：「我一天也不想離開你。你一走，我等於又瞎了一回。」這句話沉痛了。王大夫是個本分的人，他實話實說的樣子聽上去就格外地沉痛。小孔都不知道怎麼回答才好。想了半天，幸福就有點無邊無際，往天上升，往地下沉。血卻湧在了臉上。小孔心裡頭想，唉，全身的血液一天到晚都往臉上跑，氣色能不好麼？小孔拉著王大夫的手，十分自豪地想，現在的自己一定很「好看」。這麼一想小孔就不再是自豪，而是有了徹骨的遺憾——她的「氣色」王大夫看不見，她的「好看」王大夫也看不見，一輩子都看不見。他要是能看見，還不知道會喜歡成什麼樣子。遺憾歸遺憾，小孔告訴自己，不能貪，現在已經很好了，不能太貪的。再怎麼說，她小孔也是一個坐擁愛情的女人了。

小孔留下來了。這邊的問題剛剛解決，王大夫的心思卻上來了。他當初可是要把小孔帶回南京當「老闆娘」的。可是，他的店呢？他的店如今又在哪裡？夜深人靜的時候，王大夫聽著小孔均勻的呼吸，依次撫摸著小孔的十個手指頭——其實是她八個歪斜的手指縫——睡不著了。他的失眠歪歪斜斜。他的夢同樣歪歪斜斜。

猶豫了兩三天，王大夫還是把電話撥到沙復明的手機上去了。說起來王大夫和沙復明之間的淵源深了，從小就同學，一直同學到大專畢業，專業又都是中醫推拿。唯一不同的是，畢業之後王大夫去了深圳，沙復明卻去了上海。轉眼間，兩個人又回到南京來了。際遇卻是不同。沙復明已經是老闆了，王大夫呢，卻還是要打工。想必沙老闆手指上的小肉球這會兒都已經退光了吧？

這個電話對王大夫來說痛苦了。去年還是前年？前年吧，沙復明的推拿中心剛剛開張，沙復明急於招兵買馬，直接把電話撥到了深圳。他希望王大夫能夠回來。沙復明知道王大夫的手藝，有王大夫在，中流砥柱就在，品牌就在，生意就在，聲譽就在。為了把王大夫拉回來，沙復明給了王大夫幾乎是不能成立的提成，給足了臉面。可以說不掙王大夫的錢了。合股也可以。沙復明說得很清楚了，他就是想讓「老王」來「壯一壯門面」。王大夫謝絕了。深圳的錢這樣好掙，挪窩做什麼呢？但王大夫自己也知道，真正的原因不在這裡。真正的原因在他的心情。王大夫不情願給自己的老同學打工。老同學變成了上下級，總有說不出來的彆扭。

真是敬酒不吃吃罰酒。人家「請」的時候沒有來，現在，反過來要上門去吆喝。——同樣是去，這裡頭的區別大了。當然，王大夫完全可以不吆喝，南京的推拿中心多著呢，去哪一家不是去？王大夫一心想到沙復明那邊，說到底還是因為小孔。

小孔這個人有意思了，哪裡都好，有一點卻不敢恭維，吝嗇得很，說摳門都不為過。錢一旦沾上她的手，她一定要掖在胳肢窩裡，你用機關槍也別想嘟嚕下來。如果是一般的朋友，這樣的毛病王大夫是斷然不能接受的，可是，回過頭來一想，小孔遲早是自己的老婆，這毛病又不能算是毛病了——不是吝嗇，而叫「扒家」。還在深圳的時候，小孔就因為摳，和前臺的關係一直都沒有處理好。推拿師和前臺的關係永遠是重要的、特殊的。從某種意義上說，一個推拿師能不能和前臺處理好關係，直接關係到盲人的生存。做前臺的不是盲人，只能是健全人。她們的眼睛雪亮。客人一進門，是富翁還是窮鬼，她們一眼就看出來了。富翁分配給誰，窮鬼分配給誰，這裡頭的講究大了。全在前臺的一聲吆喝。推拿師是要掙小費的，一天同樣做八個鐘，結果卻是不同，道理就在這裡了。當然，店裡有店裡的規矩，得按次序滾動。可次序又有什麼用？次序永遠是由人把控的。隨便舉一個例子，你總要上廁所吧？你上廁所的時候一個大款進來了，前臺如果照顧你，先讓大款「坐一坐」，「喝杯水」，這有什麼破綻麼？沒有。等你方便完了，輕輕鬆鬆地出來了，大款就順到你的手上了。反過來，你剛剛進了廁所的門，前臺立即就給「下一個」安排下去，等你從廁所裡頭湯湯水水地趕回來，大款已經躺在別人的床上說笑了。——你又能說什麼？你什麼也說不出來。所以，和前臺的關係一定要捋捋順。前臺的眼睛要是盯上你了，你的世界裡到處都是明晃晃的眼睛，你還怎麼活？怎麼才能捋捋順呢？很簡單，一個字，塞。塞什麼？一個字，錢。對於這樣的行為，店裡的規章制度極其嚴格，絕對禁止。可是，推拿師哪裡能被一紙空文鎖住了手腳？他們挖空了心思也要讓前臺收下他們的「一點小意思」。眼睛可不是一般的東西，誰不怕？推拿師們圖的就是前臺的兩隻眼睛能夠睜一隻、閉一隻。在一睜、一閉之間，盲人們就可以把他們的日子周周正正地活下去了。

小孔摳。就是不塞。小孔為自己的摳門找到了理論上的依據，她十分自豪地告訴王大夫，她是金牛座，喜歡錢，缺了錢就如同缺了氧，連喘氣都比平時粗。當然，這是說笑了。為此，小孔專門和王大夫討論過。小孔其實也不是摳，主要還是氣不過。小孔說，我一個盲人，辛辛苦苦掙了幾個，反讓我塞到她們的眼眶裡去，就不！王大夫懂她的意思，可心裡頭忍不住嘆氣，個傻丫頭啊！王大夫笑著問：「暗地裡你吃了很多虧，你知道不知道？」小孔樂呵呵地說：「知道啊。吃了虧，再摳一點，不就又回來了？」王大夫只好把頭仰到天上去，她原來是這麼算賬的。「你呀，」王大夫把她摟在了懷裡，笑著說，「一點也不講政治。」

王大夫是知道的，小孔到了哪裡都是吃虧的祖宗，到了哪裡都要挨人家欺負。別看她嘴硬，在深圳，只有老天爺知道她受了多少窩囊氣。摳門是一方面，主要還是小孔的心氣高。心氣高的人就免不了吃苦頭。王大夫最終鐵定了心思要給老同學打工，道理就在這裡。再怎麼說，老闆是自己的老朋友、老同學，小孔不會被人欺負。沒有人敢委屈了她。

王大夫拿起電話，撥到沙復明的手機上去，喊了一聲「沙老闆」。沙老闆一聽到王大夫的聲音就高興得要了命，熱情都洋溢到王大夫的耳朵裡來了。不過沙老闆立即就說了一聲「對不起」，說正在「上鐘」，說「二十分鐘之後你再打過來」。

王大夫關上手機，嘴角抬了上去，笑了。沙復明怎麼就忘了，他王大夫也是一個盲人，B-1級，很正宗、很地道的盲人了。盲人就這樣，身邊的東西什麼也看不見，但是，隔著十萬八千里，反過來卻能「看得見」，尤其在電話裡頭。沙復明沒有「上鐘」。他在前廳。電話裡的背景音在那兒呢。對王大夫來說，前廳和推拿房的分別，就如同屁股蛋子左側和右側，表面上沒有任何區別，可中間隔著好大的一條溝呢。沙復明這小子說話辦事的方式越來越像一個有眼睛的人了。出息了。有出息啦。

王大夫很生氣。然而，王大夫沒有讓它泛濫。二十分鐘之後，還是王大夫把電話打過去了。

「沙老闆，生意不錯啊！」王大夫說。

「還行。飯還有得吃。」

「我就是想到老同學那邊去吃飯呢。」王大夫說。

「見笑了。」沙復明說，「你在深圳那麼多年，腰粗了不說，大腿和胳膊也粗了。你到我這裡來吃飯？你不把我的店吃了我就謝天謝地了。」沙復明現在真是會說話了，他越來越像一個有眼睛的人了。

王大夫來不及生沙復明的氣。王大夫說：「是真的。我人就在南京。如果方便的話，我想到你那邊去。你要是不方便，我再想別的辦法。」

沙復明聽出來了，王大夫不是開玩笑。沙復明點了一根菸，開始給王大夫交底：「是這樣，南京的消費你是知道的，不能和深圳比。一個鐘六十，貴賓四十五，你提十五。一個月超過一百個鐘，你提十六。一百五十個鐘你提十八。沒有小費。南京人不習慣小費，這你都知道的。」

王大夫都知道。王大夫笑起來了，有些不好意思，說：「我還帶了一張嘴呢。」

沙復明明白了，笑著說：「你小子行啊——眼睛怎麼樣？」

「和我一樣，B-1級。」王大夫說。

「你行啊，」沙復明說，「小子你行！」沙復明突然提高了嗓音，問：「——結了沒有？」

「還沒呢。」

「那行。你們要是結了我就沒辦法了。你是知道的，吃和住，都歸我。你們要是結了，我還得給你們租一個單間，那個錢我付不起。沒結就好辦了，你住男生宿舍，她住女生宿舍，你看這樣好不好？」

王大夫收了線，轉過身對著小孔的那一邊，說：「明天我們走一趟。你也去看一看，你要是覺得可以，後天我們就上班。」

小孔說：「好的。」

依照先前的計劃，王大夫原本並不急著上班。還在深圳的時候他和小孔就商量好了，趁著春節，多休息一些日子，要把這段日子當作蜜月來過。他們是這樣計劃的，真的到了結婚的那一天，反過來，簡單一點。盲人的婚禮辦得再漂亮，自己總是看不見，還不如就不給別人看了。王大夫說：「這個春節我要讓你在蜜罐子裡頭好好地泡上三十天。」小孔很乖地告訴王大夫，說：「好。我聽新郎官的話。」

事實上，王大夫和小孔的蜜月還不足二十天。王大夫這麼快就改變了主意，這裡頭有實際的原因。這個家他其實待不長久，架不住王大夫的小弟在裡頭鬧騰。說起來有意思了，王大夫的小弟其實是個多餘的人。在他出生的時候，計劃生育已經是國家的基本國策了——他能來到這個世上，完全是仰仗了王大夫的眼睛。小弟出生的時候，王大夫已經懂事了，他聽得見父母開懷的笑聲。年幼的王大夫是高興的，是那種徹底的解脫；同時，卻也是辛酸的，他無法擺脫自己的嫉妒。有時候，王大夫甚至是懷恨在心的，歹毒的閃念都出現過。因為這一閃而過的歹念，成長起來的王大夫對自己的小弟有一種不能自拔的疼愛，替他死都心甘情願。小弟是去年的「五一」結的婚，結婚的前夕小弟把電話打到深圳，他用開玩笑的口吻告訴哥哥：「大哥，我就先結了，不等你啦。」王大夫為弟弟高興，這高興幾乎到了緊張的地步，身子都顫抖起來了。可王大夫一掐手指頭，壞了，坐火車回南京哪裡還來得及？王大夫立馬就想到了飛機，又有些心疼了。剛想對小弟說「我馬上就去訂飛機票」，話還沒有出口，他的多疑幫了他的忙：——該不是小弟不希望「一個瞎子」坐在他的婚禮上吧？王大夫就說：「哎呀，你怎麼也不早幾天告訴我？」小弟說：「沒事的，哥，大老遠的幹什麼呀，不就是結個婚嘛，我也就是告訴你一聲。」小弟這麼一說，王大夫當即明白了，小弟只是討要紅包來了，沒有別的意思。幸虧自己多疑了，要不然，還真的丟了小弟的臉了。王大夫對小弟說了一大堆的吉祥話，便匆匆掛了電話。過後人卻像病了一樣，筋骨被什麼抽走了。王大夫一個人來到銀行，一個人來到郵局，給小弟電匯了兩萬元人民幣。王大夫本打算匯過去五千塊的，因為太傷心，因為自尊心太受傷，王大夫憤怒了，抽自己嘴巴的心都有。一咬牙，翻了兩番。王大夫的舉動帶有賭氣的意思，帶有一刀兩斷的意思，這兩萬塊錢打過去，兄弟一場就到這兒了。營業員是一個女的，她接過錢，說：「都是你掙的？」王大夫正傷心，心情糟透了，想告訴她：「不是偷的！」但王大夫是一個修養極好的人，再說，他也聽出來了，女營業員的聲音裡有讚美的意思。王大夫就笑了，說：「是啊，就我這眼睛，左手只能偷到右手。」自嘲就是幽默。女營業員笑了，郵局裡所有的人都笑了。想必所有的人都看著自己。女營業員欠過上身，她把她的手摁在了王大夫的手臂上，拍了拍，說：「小夥子，你真了不起，你媽媽收到這筆錢一定開心死了！」王大夫感謝這笑聲，王大夫感謝這撫摸，一股暖流就這樣傳到了王大夫的心坎裡，很粗，很猛，猝不及防。王大夫差一點就哭了出來。小弟啊，小弟啊，我的親弟弟，你都不如一群素不相識的陌生人哪！我不丟你的臉，行嗎？行了吧！行了吧?!

回到南京之後，王大夫知道了，許多事情原來都不是小弟的主意，是那個叫「顧曉寧」的女人把小弟弄壞的。王大夫已經聽出來了，顧曉寧是一個頤指氣使的女人，一口的城南腔，一開口就是濃郁的刁民氣息。不是好東西。小弟也是，一結婚就成了膿包，什麼事都由著他的老婆擺布。不能這樣啊！王大夫在一秒鐘之內就原諒了自己的小弟。他的恨轉移了。一聽到顧曉寧的聲音他的心頭就躥火。

王大夫就替自己的小弟擔心。小弟沒工作，顧曉寧也沒工作，他們的日子是怎麼過的呢？好在顧曉寧的父親在部隊，住房還比較寬裕，要不然，他們兩個連一個落腳的地方都沒有。可他們就是有本事把日子過得跟神仙似的，今天看看電影，明天坐坐茶館，後天再ＫＫ歌。顧曉寧的身上還能散發著香水的氣味。他們怎麼就不愁呢？這日子怎麼就過得下去呢？

王大夫離開這個家其實很久了，十歲上學，住校，一口氣住到大專畢業。畢業之後又去了深圳。說起來王大夫十歲的那一年就離開這個家了，斷斷續續有一些聯繫。小弟是一個什麼樣的人，王大夫其實是不清楚的。小時候有些刁蠻罷了。王大夫實在弄不懂小弟為什麼要娶顧曉寧這樣的女人。你聽聽顧曉寧是怎麼和小弟說話的，「瞎說！」「你瞎了眼了！」一點顧忌都沒有。聽到這樣的訓斥王大夫是很不高興的。盲人就這樣，對於「瞎」，私下裡並不忌諱，自己也說，彼此之間還開開玩笑的時候都有。可是，對外人，多多少少有點多心。顧曉寧這樣肆無忌憚，不能說她故意，可她沒把他這個哥哥放在眼裡，也沒把這個「嫂子」放在眼裡，這是一定的。哥哥不放在眼裡也罷了，「嫂子」在這裡呢——肆無忌憚了。顧曉寧一來小孔說話就明顯少了。她一定是感受到什麼了。

這些都不是大問題。大問題是王大夫從飯桌上看出來的。大年三十，小弟說好了要回家吃年夜飯，結果，「春節聯歡晚會」都開始了，人沒回來。大年初一的傍晚他們倒來了一趟，給父母拜了一個黑咕隆咚的年，和王大夫說了幾句不疼不癢的話，走了。從大年初七開始，真正的問題出現了。每天中午他們準時過來，開飯，吃完了，走人。到了晚飯，他們又來了，吃完了，再走人。日復一日，到了大年十五，王大夫琢磨出意思來了，他們一定以為他和小孔在這裡吃白飯。哥哥和小孔能「白吃」，他們怎麼能落下？也要到公共食堂裡來。

一頓飯沒什麼，兩頓飯沒什麼，這樣天長日久，這樣搜刮老人，你們要搜刮到哪一天？老人們過的可是貧寒的日子。這等於是逼王大夫和小孔走。還咄咄逼人了。一定是顧曉寧這個女人的主意！絕對的！王大夫可以走，可是，小孔的蜜月可怎麼辦？王大夫什麼也不說，骨子裡卻已是悲憤交加。還沒法說了。

沒法說也得說，起碼要對小孔說明白。蜜月只有以後給人家補了。夜裡頭和父母一起在客廳裡「看」完了「晚間新聞」，王大夫和小孔回房了。王大夫坐在床沿，拉住了小孔的手，是欲言又止的樣子。小孔卻奇怪了，吻住了王大夫，這一來王大夫就更沒法說了。小孔一邊吻一邊給王大夫脫衣裳，直到脫毛衣的時候王大夫的嘴巴才有了一些空閒。王大夫剛剛想說，嘴巴卻又讓小孔的嘴唇堵上了。王大夫知道了，小孔想做。可王大夫一點心情也沒有。在鬱悶，就猶豫。小孔已經赤條條的了，通身洋溢著她的體溫。小孔拉著他躺下了，說：「寶貝，上來。」王大夫其實是有點勉強的，但王大夫怎麼說也不能拒絕小孔，兩個人的身體就連起來了。小孔把她的雙腿抬起來，箍住了王大夫的腰，突然問了王大夫一個數學上的問題：「我們是幾個人？」王大夫撐起來，說：「一個人。」小孔托住王大夫的臉，說：「寶貝，回答正確。你要記住，永遠記住，我們是一個人。你想什麼，要說什麼，我都知道。你什麼也不要說。我們是一個人，就像現在這個樣子，你就在我裡面。我們是一個人。」這些話王大夫都聽見了。剛想說些什麼，一陣大感動，來不及了，體內突然湧上來一陣狂潮，來了。突如其來。他的身子無比凶猛地頂了上去，僵死的，卻又是萬馬奔騰的。差不多就在同時，王大夫的淚水已經奪眶而出。他的淚水沿著顴骨、下巴，一顆一顆地落在了小孔的臉上。小孔突然張大了嘴巴，想吃她男人的眼淚。這個臨時的願望帶來了驚人的後果，小孔也來了。這個短暫的、無法複製的性事是那樣的不可思議，還沒有來得及運作，什麼都沒做，卻天衣無縫，幾乎就完美無缺。小孔迅速放下雙腿，躺直了，頂起腰腹，一下子也死了。卻又飄浮。是失重並滑行的跡象。已經滑出去了。很危險了。就在這千鈞一髮的時刻，小孔一把拽住了王大夫的兩隻大耳朵，揪住它們，死死地拽住它們，眼見得又要脫手了。多危險哪。小孔就把王大夫往自己的身上拽，她需要他的重量。她希望他的體重「鎮」在自己的身上。

「──抱緊，──壓住，別讓我一個人飛出去──我害怕呀。」

第2章 沙復明

上午十點，是王大夫帶著另外的「一張嘴」過來「看一看」的時間，也是沙復明的胃開始疼痛的時間。沙復明的胃痛越來越準時了，上午十點來鐘一次，下午三四點一次，夜裡的凌晨左右還有一次。對付胃，沙復明現在很有經驗了，只要疼起來，沙復明就從口袋裡摸出一粒喜樂，塞到嘴裡去，嚼碎了，乾嚥下去，幾分鐘之內就止疼了。中醫是有用的，但中醫永遠也不能像西醫這樣立竿見影。

沙復明在前廳嚼藥，王大夫卻站在「沙宗琪盲人推拿中心」的門口，大聲喊了一聲「沙老闆」。王大夫到底走過碼頭，他沒有喊「老同學」，而是把「沙老闆」這三個字喊得格外地有聲勢，差不多就是卡車上的汽喇叭了。沙復明從裡頭出來，一來到門口就開始和王大夫寒暄。王大夫首先給沙老闆介紹了小孔，所用的口吻也是很正規的，他把小孔叫成了「孔大夫」。沙復明立即就知道了，的確是沒有結婚的樣子。

沙老闆和王大夫的寒暄很有節制，也就是一兩分鐘，沙復明就把王大夫帶到休息區去了。休息區裡鴉雀無聲。不過王大夫感覺得出來，休息區坐滿了人，所有的人都站了起來。王大夫楞了一下，笑著說：「開會吧？」沙復明說：「開會一般在星期一，今天是業務學習。」王大夫說：「正好啊，我也來學習學習。」沙復明笑著說：「老同學開玩笑了——抽空你還得給他們講講。現在的教育馬虎得很，一代不如一代，沒法說，跟我們那時候沒法比了。」王大夫笑出聲來，同時也聽出門道來了，當著全體員工的面，沙復明給了他王大夫十足的臉面，連跟在他身後的小孔都輕輕地舒了一口氣。王大夫沒有順著杆子往上爬，笑著說：「沙老闆客氣了。沙老闆的理論和實踐都是一流的。」沙復明不在意人家誇他的手藝，卻在意人家誇他的「理論」。他非常在意自己是一個「有理論」的人。沙復明就笑。王大夫這樣說倒也不是拍沙復明的馬屁，沙老闆的確有手段。短短的幾分鐘，王大夫已經「看」出來了，生意不論大小，沙復明拾掇得不錯。有規有矩。有模有樣。王大夫放心了。作為一個打工的，王大夫喜歡的事情有兩樣，規矩，還有模樣。

王大夫的感覺是對的。「沙宗琪推拿中心」有一個特徵，不只是做生意，業務培訓也抓得特別緊。這也是沙復明別出心裁的地方了。培訓是假，管理才是真。一般來說，上午十點左右都是推拿中心生意清淡的時候，沙復明打工的那會兒，經常利用這樣的機會睡個回籠覺。說起上班時睡覺，盲人最方便的地方也就在這一點了。如果你是一個正常人，一閉上眼別人就看出來了。可是，盲人就不一樣了，只要坐下來，腦袋一靠就過去了，誰也看不出來。雖說看不出來，但是，誰要是睡覺了，大夥兒還是知道的，說話的聲音在那兒呢。被驚醒的人都有一個共同的特徵，說話的聲音不是懶洋洋的就是急促得過了頭，反應總歸是不一樣。沙復明當年就意識到這一點了，暗地裡給自己提出了一個嚴要求：哪一天自己要是當上了老闆，絕對不能讓員工在推拿中心睡覺。這個現象必須杜絕。客人都是有眼睛的，如果員工們都在打瞌睡，他們所看到的決不是懶散，而是生意上的蕭條。反過來，利用空閒的時候開開會，探討探討業務，前廳的精氣神就不一樣，是精益求精的氣象。氣象很重要，它是波浪，能夠一傳十，十傳百。沙復明是打工出身，知道打工生活裡頭的ＡＢＣ，回過頭來再做管理，他的手段肯定就不一樣。他知道員工們的軟肋在哪裡。所謂管理，嗨，說白了就是抓軟肋。

沙復明帶領著王大夫和小孔在推拿房裡走了一遍，每一個房間都走到了。王大夫對沙復明的盤子已經估摸出來了，十三四個員工，十七八張床，不算大，可也不算小了。如果王大夫的資金沒有被套住，他的店差不多也能有這樣的模樣。這麼一想王大夫心裡就難受起來了，手指頭的關節劈里啪啦又是一陣響。

最後的一個房間看完了，沙復明後退了一步，把推拉門關上了。王大夫知道，關鍵的時刻來到了，談話馬上就走入了正題。沙復明的語調是抒情的，意思是，老同學來助陣，他由衷地高興，由衷地歡迎。所談的內容卻是平等。王大夫懂沙復明的意思，雖說是老同學，他王大夫在這裡和別人一樣，沒有任何的特殊性。王大夫乾脆把話挑明了，輕聲說：「這個老闆放心，我打工也不是一天兩天了。」既然王大夫把話都說到這兒，沙復明就搓了搓手，說：「那你們就去添置一點東西，生活必需品什麼的，我馬上打電話到宿舍去，給你們清理床位。」王大夫拍了拍沙復明的肩膀，沙復明也拍了拍王大夫的肩膀。沙復明提高了聲音，說：「沙宗琪推拿中心歡迎你們。」

王大夫側過腦袋，不解了。明明是「沙復明推拿中心」，沙復明為什麼要說「沙宗琪推拿中心」呢？

「是這樣，」沙復明解釋說，「這個店是我和張宗琪兩個人合資的。我一半，他一半，可不就是『沙宗琪』了麼？」

「張宗琪是誰？」

「我在上海認識的一朋友。」

「他現在在哪兒？」

「在休息廳呢。」

「我還沒去看望人家呢。」王大夫說。

「沒事。」沙復明說，「時間長著呢。什麼人家我家的，我跟他一個人似的。——他在開會。」

王大夫仰起頭，做了一個「哦」的動作，卻沒有發出聲音來。心裡頭似乎鬆動一些了。他拉了一下小孔的手，又立即放下了。原來沙復明的店是合資的。他也只是二分之一個老闆。有一點可以肯定了，在上海，他並不比自己在深圳混得強。

送走王大夫和小孔，沙復明站在寒風裡，仰著頭，「看」自己的門面。對這個門面，沙復明是不滿意的。嚴格地說，「沙宗琪盲人推拿」的市口並不好，勉強能夠擠進南京的二類地區。二十年前，這地方還是農田呢。但這年頭的城市不是別的，是一個熱中於隆胸的女人，貪大，就喜歡把不是乳房的地方變成乳房。這一「隆」，好了，真的值錢了，水稻田和棉花地也成二類地區了。先幹著吧，沙復明對自己說，等生意做好了，做大了，租金再高，再貴，他沙復明也要把他的旗艦店開到一類地區去。他要把他的店一直開到鼓樓或者新街口。

從打工的第一天起，沙復明就不是衝著「自食其力」而去的，他在為原始積累而努力。「自食其力」，這是一個多麼荒謬、多麼傲慢、多麼自以為是的說法。可健全人就是對殘疾人這樣說的。在殘疾人的這一頭，他們對健全人還有一個稱呼，「正常人」。正常人其實是不正常的，無論是當了教師還是做了官員，他們永遠都會對殘疾人說，你們要「自食其力」。自我感覺好極了。就好像只有殘疾人才需要「自食其力」，而他們則不需要，他們都有現成的，只等著他們去動筷子；就好像殘疾人只要「自食其力」就行了，都沒餓死，都沒凍死，很了不起了。去你媽的「自食其力」。健全人永遠也不知道盲人的心臟會具有怎樣剽悍的馬力。

沙復明原始積累的進程卻慘不忍睹。馬克思說，原始積累伴隨著罪惡。沙復明的原始積累沒有條件去伴隨罪惡，他夠不著。沙復明的原始積累所伴隨的是犧牲。他犧牲的是自己的健康。年紀輕輕的，沙復明就已經落下了十分嚴重的頸椎病和胃下垂了。他給多少頸椎病的患者做過理療？數不過來了。可他自己的頸椎卻成了一個嚴重的問題，暈起來的時候都想吐。每一次頭暈的時候沙復明的腦海裡都想著一樣東西，錢。要錢幹什麼？不是為了該死的「自食其力」，是做「本」。他需要「本」。沙復明瘋狂地愛上了這個「本」。沙復明暈一次他的眼睛就亮一次，暈到後來，他終於「看到」了。他業已「看到」了生活的真相。這個真相是簡明的關係：不是你為別人生產，就是別人為你生產。就這麼簡單。

如果不是先天性的失明，沙復明相信，他一個人就足以面對整個世界。他是一個讀書的好料子。這正是沙復明自視甚高的緣由。他會讀書。舉一個例子，在他們學習中醫經脈和穴位的時候，在王大夫他們還在摸索心腧、肺腧、腎腧、天中、委中和足三里的時候，沙復明卻通過他的老師，到醫學院學習西醫的解剖去了。他觸摸著屍體，通過屍體，通過骨骼、系統、器臟和肌肉，沙復明對人體一下子就有了一個結構性的把握。中醫是好的，但中醫有中醫的毛病，它的落腳點和歸結點都在哲學上，動不動就把人體牽扯到天地宇宙和陰陽五行上去。它是淺入的，卻深出，越走越深奧，越學越玄奧。西醫則不。它反了過來，每一個環節都能夠深入淺出。西醫裡的身體有它的物質性和實證性，而不是玄思與冥想。一句話，解剖學更實用，見效更快。一個未來的推拿師，又是盲人，只要把屍體摸清楚，就一定能把活人擺弄好。

沙復明學得很好，可是，和班裡的另一位優等生王大夫比較起來，他們的風格就不一樣了。王大夫同樣也學得很好，他知道將來自己要幹什麼，說白了，就是靠自己的身體吃飯。王大夫就一直在健身。王大夫課餘的時間幾乎都泡在了健身房。為了將來能有一個好的臂力與指力，他臥推的重量達到了驚人的一百二十五公斤。王大夫的胳膊和女同學的大腿一般粗，大拇指一摁就是入木三分的氣力。

沙復明卻從來不練基本功。沙復明堅信，手藝再好，終究是個手藝人。武功再高，終究是個勇士。沙復明要做的是將軍。花那麼大的精力在健身房幹什麼呢？還不如學一點英語和日語呢。後來的事實證明，沙復明的「眼光」是長遠的，獨到的，戰略性的。剛剛到上海打工的時候，只要香水味——外賓——走進來，盲人們就害羞起來了，一個個都不情願講話。沙復明的優勢在這個時候體現出來了。他用有限的英語或日語和他們打招呼。招呼一打，客人自然而然就是他的了。沒有人抱怨沙復明在搶生意。相反，同事們羨慕沙復明，崇敬的心思都有。沙復明的心眼活絡了，說外語的信心也上來了，他用結結巴巴的英語或日語就小費的問題和國際友人們展開了討論，其實就是討價還價。回到宿舍之後還翻譯給同事們聽。同事們一聽嚇壞了，這哪裡是討價還價，簡直就是國際貿易，簡稱「國貿」。他們的嘴巴張開來了。沙復明玩大了。他的生意脫穎而出。忙起來的時候恨不得把自己的身體來一個五馬分屍。

沙復明幾乎不要命了，沒日沒夜地做。他的指法並不出色。但是，老外哪裡能懂什麼指法？他們就知道肱二頭肌、肱三頭肌、胸大肌、背闊肌、斜方肌和腹直肌，不知道心腧、隔腧和天中，更不知道摁、壓、揉、搓、點、敲、剁。老外所感受到的是沙復明的口頭表達，他親和，機敏，博學，還有因為外語的簡陋而意想不到的幽默。隨便舉一個例子，老外看見沙復明穿得很單薄，問他冷不冷。沙復明說，不，我是一個不怕冷的男人。可是，他的英語是這樣表達的：「I am a hot man。」這句英語的意思是什麼呢？是「我是騷貨」。老外們樂壞了，他們想不到這個盲人朋友是如此地風趣。沙復明的出現改變了許多客人對殘疾人的基本看法，甚至改變了許多國際友人對中國人的基本看法，「沙先生」是如此地健談、樂觀、open 和 humorous。基於此，沙復明的客人都要提前兩三天預約，隨叫隨到是絕對不可能的。其實，預約的時間也用不了那麼長，但是，沙復明就是有如此這般的排場和派頭。事情就是這樣，越是不好預定，客人就越是願意等。沙復明的生意蒸蒸日上。到了後來，沙復明幾乎不在拉動內需這個問題上動腦筋了，他的生意是清一色的國貿。許多國際友人都知道了，在民鳳路和四象路的交界處，有一家推拿中心，在推拿中心裡頭，有一個了不起的「Dorctor Sha」。他的手藝和談吐都「fantastic」。

但是，隱患出現了。沙復明的生意很快就有了蕭條的跡象。似乎有那麼一天，老外反過來和沙復明討價還價了。沙復明並不知道，這些恰恰都是沙復明的同事們教的。「你可以還價的」，沙復明的一個同事對老外說，你可以「攔腰之後再攔一刀」。什麼叫「攔腰之後再攔一刀」？老外側著腦袋，費思量了。語言是可以被阻隔的，然而，語言的表達欲望什麼樣的力量也不可阻擋。沙復明的另一位同事做起了示範。他摸到了老外的腹部，另一隻巴掌繃得筆直，做出「刀」的形狀，舉起來了。掌落刀落，老外的身體「啊嚓」一下就被「攔」了一刀；老外驚魂未定，手起刀落，「啊嚓」，膝蓋的部位又被「攔」了一刀——老外實際上就只剩下一條毛茸茸的小腿了。老外望著自己的腳，毛茸茸的腳趾頭還能夠活蹦亂跳，明白了，他並沒有遇見義和團。他們談論的是貿易——具有濃郁的中國特色——如何把一變成四分之一，甚至，八分之一，甚而至於，十六分之一。中國的數字表達太有趣了，像漢賦和唐詩一樣瑰麗。「Yeah——」「明白了。我的明白了。」「太胖（棒）了，太——胖（棒）啦！」

沙復明的生意急轉直下。沙復明犯錯誤了。過於龐大和過於堅硬的自尊妨礙了沙復明的判斷。和王大夫做股票一樣，沙復明沒有能夠做到見好就收。他想挽回他的「國際貿易」，用的卻是中國人的思維。他在想，我和老外的關係都這樣了，都「老朋友」了，他們「不好意思」隨便換人的吧。沙復明錯了。國際友人好意思。「不好意思」的反而是沙復明自己。後來的情形有意思了，沙復明一聽到英語和日語就慚愧，他似乎是被拋棄了。想躲。慚愧什麼呢？想躲什麼呢？沙復明也不知道。可沙復明就是慚愧，生意一落千丈。沙復明的健康偏偏在這時候露出了它猙獰的面目。

沙復明的身體做學生的時候其實就虧下了。為什麼虧下了呢？是因為死讀書。盲人其實最不適合「死讀書」了。健全人再怎麼用功，再怎麼「夜以繼日」，再怎麼「鑿壁偷光」，再怎麼「焚膏繼晷」，終究還有一個白天與黑夜的區別。但是，這區別盲人沒有——他們在時間的外面。還有一點，健全人的眼睛在閱讀久了之後會出現疲勞，這疲勞在盲人的那一頭是不存在的，他們所依仗的是食指上的觸覺。——沙復明就「沒日沒夜」地「讀」了，他讀醫，讀文，讀史，讀藝，讀科學，讀經濟，讀上下五千年，讀縱橫八萬里。他必須讀。沙復明相信王之渙的那句話，「欲窮千里目，更上一層樓」。這兩句詩誰不知道呢？可是，對沙復明來說，這不是詩。是哲學。是勵志。一本書就是一層樓。等他「爬」到一定的樓層，他沙復明就有了「千里目」：蕩胸生層雲，決眦入歸鳥；吳楚東南坼，乾坤日夜浮。沙復明相信自己是可以「復明」的，一如父母所期盼的那樣。沙復明堅信，每個人一定還有一雙眼睛，在心中。他要通過一本又一本的書，把內心的眼睛「打開」來。沙復明在時間的外面，雄心萬丈。

他在讀。天從來就沒有亮過，反過來說，天從來就沒有黑過。

學生時代的沙復明究竟太年輕了。一般說來，盲人讀書都比較晚，沙復明和同等學歷的健全人比較起來，年紀其實已經不小了。但是，再「不小了」，終究還是年輕。年輕人有年輕人的特點，身子骨吃得起虧。今天虧一點，沒事，明天虧一點，沒事，後天再虧一點，還是沒事。老托爾斯泰說得好：身體就應當是精神的奴隸！

頸椎在沙復明的身體裡面，胃也在沙復明的身體裡面。沙復明在奴役它們。每一天，沙復明都雄心勃勃地奴役它們。等沙復明意識到它們吃了大虧的時候，它們已不再是奴隸，相反，是貴族的小姐，是林黛玉。動不動就使小性子，不饒人了。

健康永遠是需要他人提醒的，比方說：「張三，你的氣色怎麼這麼差？哪兒不舒服了？」在這個問題上，盲人之間從來就沒有這樣的便利。鞋大鞋小，永遠只有自己知道。在沙復明的生意如火如荼的時候，沙復明的頸椎和胃已經很成問題了。沙復明忍著，什麼也沒說。盲人的自尊心是雄渾的，骨子裡瞧不起傾訴——傾訴下賤。它和要飯沒什麼兩樣。沙復明的自尊心則更加巍峨，他可不情願把自己的任何不舒服告訴任何一個人。退一步說，告訴了又有什麼用？生意這樣好，這樣忙，錢不能不掙。一個月就是一萬多塊呢。一萬多塊，沙復明過去想都不敢想。沙復明原先有一個長遠的計劃，爭取在四十歲之前當上老闆。現在看起來，沙復明的計劃過於長遠了，很有可能要大大地提前。為此，對病痛，沙復明選擇了忍。再忍忍，再忍一忍吧。只要開了店，自己也成了「資產階級」，會有人為自己「生產」健康、舒服和金錢的。頸椎，還有胃，反正也不是什麼要命的部位。沙復明是半個醫生，他「有數」。說到底也就是不舒服而已。

從表面上說，是頸椎與胃和沙復明過不去，事實上，還是沙復明的職業和頸椎與胃過不去。單說胃，沙復明虧欠它實在是太多了。因為熬夜讀書的緣故，沙復明從學生時代就不吃早飯了。打工之後的情形則更嚴重，推拿師的工作主要在夜間，第二天的早上就格外地戀床，早飯往往就顧不上了。中飯又是在什麼時候吃呢？沙復明自己做不了主，一切都取決於客人。客人在手上，你總不能去吃飯吧？另一種情況也是常見的，正吃著呢，客人來了，怎麼辦呢？——最簡明的選擇則是快。說起吃飯的快，就不能不說沙復明吃飯的動作，在許許多多的時候，沙復明從來就不是「吃」，而是「喝」。他把飯菜攪拌在一起，再把湯澆進去，這一來乾飯就成了稀飯，用不著咀嚼，呼嚕，呼嚕，再呼嚕，嘴巴象徵性地動幾動，完了，全在肚子裡了。吃得快算不上本事，哪一個做推拿的吃得不快？關鍵是又多又快。不多不行，早飯已經省略了，而晚飯又不知道是什麼時候，沙復明的每一天其實都靠這頓午飯墊底了，所以，要努力地、用功地「喝」。因為「喝」得太飽，太足，問題來了。一般來說，客人在午飯過後並不喜歡推拿，而是選擇足療，在足療的按、捏、推、揉當中，好好地補上一個午覺。可足療必須是坐著做的，一坐，沙復明的胃部就「頂」在了那裡，撐得要吐。即使打一個飽嗝，也要將身子直起來，脖子仰上去。——這是飽罪；餓罪也有，其實更不好受。要是回憶起來的話，沙復明禁受得更多的主要還是餓罪。一般來說，每天的凌晨一點鐘過後，沙復明就委頓了。年輕人有一個特點，人在委頓的時候胃卻無比地精神。餓到一定的地步，胃就變得神經質，狠刀刀的，憑空伸出了五根手指頭。它們在胃的內部，不停地推、拉、搓、揉，指法一點也不比沙復明差。

沙復明的胃就是這樣一天天地壞掉的，後來就開始痛。沙復明沒有吃藥。鄭智化唱得好：

他說風雨中
這點痛算什麼
擦乾淚不要問
——為什麼

鄭智化是殘疾人。為了勵志，他的旋律是進取的，豪邁的，有溫情的一面，卻更有鏗鏘和無畏的一面。沙復明有理由相信，鄭智化是特地唱給他聽的。是啊，這點痛算什麼？擦乾淚不要問——為什麼。其實沙復明也不需要擦乾淚，他不會流淚。他瞧不起眼淚。

胃後來就不痛了，改成了疼。痛和疼有什麼區別呢？從語義上說，似乎並沒有。沙復明想了想，區別好像又是有的。痛是一個面積，有它的散發性，是拓展的，很鈍，類似於推拿裡的「搓」和「揉」。疼卻是一個點，是集中起來的，很銳利。它往深處去，越來越尖，是推拿裡的「點」。到後來這疼又有了一個小小的變化，變成了「撕」。怎麼會是「撕」的呢？胃裡的兩隻手又是從哪裡來的？

第3章 小馬

王大夫在男生宿舍住下來了。所有的男生宿舍都一樣，它是由商品房的住宅改裝過來的，通常說來，在主臥、客廳和書房裡頭，安置三組床或四組床，上下鋪，每一間房裡住著六到八個人。

王大夫剛到，不可能有選擇的機會，當然是上鋪了。王大夫多少有些失望。戀愛中的人就這樣，對下鋪有一種本能的渴望，方便哪。當然，王大夫沒有抱怨。他一把抓住上鋪的圍欄，用力拽了一把，床鋪卻紋絲不動。王大夫知道了，床位一定是用膨脹螺絲固定在牆面上了。這個小小的細節讓王大夫有一種說不出的愉悅。看起來沙復明這個人還行。盲人老闆就是這點好，在健全人容易忽略的細枝末節上，他們周到得多，關鍵是，知道把他們的體貼用在恰當的地方。

下鋪是小馬。依照以往的經驗，王大夫對小馬分外地客氣。在集體宿舍，上下鋪的關係通常都是微妙的，彼此很熱情，其實又不好處。弄不好就是麻煩。這麻煩並不大，通常也說不出口，最容易彆扭了。王大夫可不想和任何人彆扭，是打工，又不是打江山，幹麼呢。和氣生財吧。王大夫就對小馬客氣。不過王大夫很快就明白過來了，他對小馬的客氣有些多餘了。這傢伙簡直就是一個悶葫蘆，你對他好是這樣，你對他不好也還是這樣。他不對任何人好，他也不對任何人壞。

小馬還小，也就是二十出頭。如果沒有九歲時的那一場車禍，小馬現在會在幹什麼呢？小馬現在又是一副什麼樣子呢？這是一個假設。一個無聊、無用卻又是繚繞不去的假設。閒來無事的時候，小馬就喜歡這樣假設，時間久了，他就陷進去了，一個人恍惚在自己的夢裡。從表面上看，車禍並沒有在小馬的軀體上留下過多的痕跡，沒有斷肢，沒有恐怖的、大面積的傷痕。車禍卻摧毀了他的視覺神經。小馬澈底瞎了，連最基本的光感都沒有。

小馬的眼睛卻又是好好的，看上去和一般的健全人並沒有任何的區別。如果一定要找到一些區別，其實也有。眼珠子更活絡一些。在他靜思或動怒的時候，他的眼珠子習慣於移動，在左和右之間飄忽不定。一般的人是看不出來的。正因為看不出來，小馬比一般的盲人又多出一分麻煩。舉一個例子，坐公共汽車——盲人乘坐公共汽車向來可以免票，小馬當然也可以免票。然而，沒有一個司機相信他有殘疾。這一來尷尬了。小馬遇上過一次，剛剛上車，司機就不停地用小喇叭呼籲：乘客們注意了，請自覺補票。小馬一聽到「自覺」兩個字就明白了，司機的話有所指。盯上他了。小馬站在過道裡，死死地拽著扶手，不想說什麼。哪一個盲人願意把「我是盲人」掛在嘴邊？吃飽了撐的？小馬不開口，不動。司機有意思了，偏偏就是個執著的人。他端起茶杯，開始喝水，十分悠閒地在那裡等。引擎在空轉，怠速勻和，也在那裡等。等過來等過去，車廂裡怪異了，有了令人冷齒的肅靜。僵持了幾十秒，小馬到底沒能扛住。補票是不可能的，他丟不起那個臉；那就只有下車了。小馬最終還是下了車。引擎轟的一聲，公共汽車把它溫暖的尾氣噴在小馬的腳面上，像看不見的安慰，又像看不見的譏諷。小馬在大庭廣眾之下受到了侮辱，極度地憤怒。他卻笑了。他的微笑像一幅刺繡，掛在了臉上，針針線線都連著他臉上的皮。——我這個瞎子還做不成了，大眾不答應。笑歸笑，小馬再也沒有踏上過公共汽車。他學會了拒絕，他拒絕——其實是恐懼——一切與

「公共」有關的事物。待在屋子裡挺好。小馬可不想向全世界莊嚴地宣布：先生們女士們，我是瞎子，我是一個真正的瞎子啊！

不過小馬帥。所有見過小馬的人都有一個共同的看法，他是個標準的小帥哥。一開始小馬並不相信，生氣了。認定了別人是在挖苦他。可是，這樣說的人越來越多，小馬於是平靜下來了，第一次認可了別人的看法，他是帥的。小馬的眼睛在九歲的那一年就瞎掉了，那時候自己是什麼模樣呢？小馬真的想不起來了。像一個夢。是遙不可及的樣子。小馬其實已經把自己的臉給忘了。很遺憾。現在好了，小馬自己也確認了，他帥。Sh-u-ai－Shuai。一共有三個音節，整個發音的過程是複雜的，卻緊湊，乾脆。去聲。很好聽。

很帥的小馬有一點帥中不足，在脖子上。他的脖子上有一塊面積驚人的疤痕。那不是車禍的紀念，是他自己留下來的。車禍之後小馬很快就能站立了，眼前卻失去了應有的光明。小馬很急。父親向他保證，沒事，很快就會好的。小馬就此陷入了等待，其實是漫長的治療歷程。父親帶著小馬，可以說馬不停蹄。他們輾轉於北京、上海、廣州、西安、哈爾濱、成都，最遠的一次甚至去了拉薩。他們在城市與城市之間輾轉，在醫院與醫院之間輾轉，年少的小馬一直在路上，他抵達的從來就不是目的地，而是失望。可是，父親卻是熱情洋溢地，他的熱情是至死不渝地。他一次又一次向他的寶貝兒子保證，不要急，會好的，爸爸一定能夠讓你重見光明。小馬尾隨著父親，希望，再希望。心裡頭卻越來越急。他要「看」。他想「看」。該死的眼睛卻怎麼也睜不開。其實是睜開的。他的手就開始撕，他要把眼前的黑暗全撕了。可是，再怎麼努力，他的雙手也不能撕毀眼前的黑暗。他就抓住父親，暴怒了，開始咬。他咬住了父親的手，不鬆。這是發生在拉薩的事情。可父親突然接到了一個天大的喜訊——在南京，他們漫長旅程的起點，一位眼科醫生從德國回來了，就在南京市第一人民醫院。小馬知道德國，那是一個更加遙遠的地方。小馬的父親把小馬抱起來，大聲地說：「孩子，咱們回南京，這一次一定會好的，我向你保證，會好的！」

「從德國回來的」醫生不再遙遠，他的手已經能夠撫摸小馬的臉龐了。九歲的小馬頓時就有了極其不好的預感。他相信遠方。他從來都不相信「身邊」的人，他從來也不相信「身邊」的事。既然「從德國回來的」手都能夠撫摸他的臉龐，那麼，這隻手就不再遙遠。後來的事實證明了小馬的預感，令人震驚的事情到底發生了，父親把醫生摁在了地上，他動用了他的拳頭。事情就發生在過道的那一頭，離小馬很遠。照理說小馬是不可能聽見的，可是，小馬就是聽見了。他的耳朵創造了一個不可企及的奇蹟，小馬全聽見了。父親和那個醫生一直鬼鬼祟祟的，在說著什麼，父親後來就下跪了。跪下去的父親並沒有打動「從德國回來的」醫生，他撲了上去，一下就把醫生摁在了地上。父親在命令醫生，讓醫生對他的兒子保證，再有一年他的眼睛就好了。醫生拒絕了。小馬聽見醫生清清楚楚地說：「這不可能。」父親就動了拳頭。

九歲的小馬就是在這個時候爆炸的。小馬的爆炸與任何爆炸都不相同，他的爆炸驚人地冷靜。沒有人相信那是一個九歲的孩子所完成的爆炸。他躺在病床上，耳朵的注意力已經挪移出去了。他聽到了隔壁病房裡有人在吃東西，有人在用勺子，有人在用碗。他聽到了勺子與碗清脆的撞擊聲。多麼地悅耳，多麼地悠揚。

小馬扶著牆，過去了。他扶著門框，笑著說：「阿姨，能不能給我吃一口？」

小馬把臉讓過去，小聲地說：「不要你餵，我自己吃。」

阿姨把碗送到了小馬的右手，勺子則塞在了小馬的左手上。小馬接過碗，接過勺，沒有吃。咣噹一聲，他把碗砸在了門框上，手裡卻捏著一塊瓷片。小馬拿起瓷片就往脖子上捅，還割。沒有人能夠想到一個九歲的孩子會有如此駭人的舉動。阿姨嚇傻了，想喊，她的嘴巴張得太大了，反而失去了聲音。小馬的血像彈片，飛出來了。他成功地引爆了，心情無比地輕快。血真燙啊，飛飛揚揚。可小馬畢竟只有九歲，他忘了，這不是大街，也不是公園。這裡是醫院。醫院在第一時間就把小馬救活了，他的脖子上就此留下了一塊駭人的大疤。疤還和小馬一起長，小馬越長越高，疤痕則越長越寬，越長越長。

也許是太過驚心觸目的緣故，不少散客一躺下來就能看到小馬脖子上的疤。他們很好奇。想問。不方便，就繞著彎子做語言上的鋪墊。小馬是一個很悶的人，幾乎不說話。碰到這樣的時候小馬反而把話挑明了，不挑明了反而要說更多的話。「你想知道這塊疤吧？」小馬說。客人只好慚愧地說：「是。」小馬就拖聲拖氣地解釋說：「眼睛看不見了嘛，看不見就著急了嘛，急到後來就不想活了嘛。我自己弄的。」

「噢——」客人不放心了，「現在呢？」

「現在？現在不著急了。現在還著什麼急呢？」小馬的這句話是微笑著說的。他的語氣是安寧的，平和的。說完了，小馬就再也不說什麼了。

既然小馬不喜歡開口，王大夫在推拿中心就盡可能避免和他說話。不過，回到宿舍，王大夫對小馬還是保持了足夠的禮貌。睡覺之前一般要和小馬說上幾句。話不多，都是短句，有時候只有幾個字。也就是三四個回合。每一次都是王大夫首先把話題挑起來。不能小看了這幾句話，要想融洽上下鋪的關係，這些就都是必需的。從年齡上說，王大夫比小馬大很多，他犯不著的。但是，王大夫堅持下來了。他這樣做有他的理由。王大夫是盲人，先天的，小馬也是盲人，卻是後天的。同樣是盲人，先天的和後天的有區別，這裡頭的區別也許是天和地的區別。不把這裡頭的區別弄清楚，你在江湖上肯定就沒法混。

就說沉默。在公眾面前，盲人大多都沉默。可沉默有多種多樣。在先天的盲人這一頭，他們的沉默與生俱來，如此這般罷了。後天的盲人不一樣了，他們經歷過兩個世界。這兩個世界的鏈接處有一個特殊的區域，也就是煉獄。並不是每一個後天的盲人都可以從煉獄當中穿越過去的。在煉獄的入口處，後天的盲人必須經歷一次內心的大混亂、大崩潰。它是狂躁的、暴戾的、摧枯拉朽的和翻江倒海的，直至一片廢墟。在記憶的深處，他並沒有失去他原先的世界，他失去的只是他與這個世界的關係。因為關係的缺失，世界一下子變深了，變硬了，變遠了，關鍵是，變得詭祕莫測，也許還變得防不勝防。為了應付，後天性的盲人必須要做一件事，殺人。他必須把自己殺死。這殺人不是用刀，不是用槍，是用火。必須在熊熊烈火中翻騰。他必須聞到自身烤肉的氣味。什麼叫鳳凰涅槃？鳳凰涅槃就是你得先用火把自己燒死。

光燒死是不夠的。這裡頭有一個更大的考驗，那就是重塑自我。他需要鋼鐵一樣的堅韌和石頭一樣的耐心。他需要時間。他是雕塑家。他不是藝術大師。他的工序是混亂的，這裡一鑿，那裡一斧。當他再生的時候，很少有人知道自己是誰。他是一尊陌生的雕塑。通常，這尊雕塑離他最初的願望會相距十萬八千里。他不愛他自己。他就沉默了。

後天盲人的沉默才更像沉默。彷彿沒有內容，其實容納了太多的呼天搶地和艱苦卓絕。他的沉默是矯枉過正的。他的寂靜是矯枉過正的。他的淡定也是矯枉過正的。他必須矯枉過正，並使矯枉過正上升到信仰的高度。在信仰的指引下，現在的「我」成了上帝，而過去的「我」只能是魔鬼。可魔鬼依然在體內，他只能時刻保持著高度的警覺與警惕：過去的「我」是三千年前的業障，是一條微笑並含英咀華的蛇。蛇是多麼地生動啊，牠妖嬈，通身洋溢著蠱惑的力量，稍有不甚就可以讓你萬劫不復。在兩個「我」之間，後天的盲人極不穩定。他易怒。他要克制他的易怒。

從這個意義上說，後天的盲人沒有童年、少年、青年、中年和老年。在涅槃之後，他直接抵達了滄桑。他稚氣未脫的表情全是炎涼的內容，那是活著的全部隱祕。他透澈，懷揣著沒有來路的世故。他的肉體上沒有瞳孔，因為他的肉體本身就是一直漆黑的瞳孔——裝滿了所有的人，唯獨沒有他自己。這瞳孔時而虎視眈眈，時而又溫和纏綿。它懂得隔岸觀火、將信將疑和若即若離。離地三尺有神靈。

小馬的沉默裡有雕塑一般的肅穆。那不是本色，也不是本能，那是一種爐火純青的技能。只要沒有特殊的情況，他可以幾個小時、幾個星期、幾個月甚至幾年保持這種肅穆。對他來說，生活就是控制並延續一種重複。

但生活究竟不可能重複。它不是流水線。任何人也無法使生活變成一座壓模機，像生產肥皂或拖鞋那樣，生產出一個又一個等邊的、等質的、等重的日子。生活自有生活的加減法，今天多一點，明天少一點，後天又多一點。這加上的一點點和減去的一點點才是生活的本來面目，它讓生活變得有趣、可愛，也讓生活變得不可捉摸。

小馬的生活裡有了加法。日子過得好好的，王大夫加進來了，小孔也加進來了。

小孔第一次來到小馬的宿舍已經是深夜的一點多鐘了。推拿師一般要工作到夜間的十二點鐘，十二點鐘一刻左右，他們「回家」了。一般來說，推拿師們是不說「下班」的，他們直接把下班說成「回家」。一口氣幹了十四五個小時的體力活，突然輕鬆下來，身子骨就有點犯賤，隨便往哪裡一靠都像是「回家」。回到家，他們不會立即就洗、馬上就睡，總要安安靜靜地坐上一會兒，那是非常享受的。畢竟是集體生活，不可能總安靜，熱鬧的時候也有。冷不丁有誰來了興致，那就吃點東西。吃著吃著，高興了，就開始扯皮，扯淡。說說，笑笑，打打，鬧鬧。在「家裡」頭聊天實在是舒服，沒有任何主題，他們就東拉西扯。他們聊冰淇淋，聊地鐵一號線，聊迪斯尼、銀行利息、各自的老同學、汽車、中國足球、客人們留下來的「段子」、房地產、羊肉串、電影明星、股票、中東問題、白日夢、日本大選、耐克運動鞋、春節晚會、莎士比亞、包二奶、奧運會、腳氣病、烤饅頭與麵包的區別、NBA、戀愛、艾滋病、慈善。逮著什麼聊什麼。聊得好好的，爭起來了，一不小心還傷了和氣。傷了和氣也不要緊，修補一下又回來了。當然，有時候，為了更好地聊，男生和女生之間的串門就不可避免了。這一來聊天就要升級了，往往會起鬨。他們的起鬨往往還伴隨著嗑瓜子的聲音，收音機的聲音——股市行情、評書、體育新聞、點播、心理諮詢、廣告。當然，再怎麼串，規矩是有的。一般來說，上半場在女生的宿舍，到了下半場，場子就擺到男生的這一邊來。女生在臨睡之前總有一些複雜的工序，是上床之前必要的鋪墊。女生總是有諸多不便之處的。哪裡能像「臭男人」，臭襪子還沒脫就打上呼嚕了。

深夜一點多鐘，小孔終於來到了王大夫的宿舍。一進門徐泰來就喊了小孔一聲「嫂子」。這個稱呼有點怪。其實說起來也不怪，王大夫來的日子並不長，可有人已經開始叫王大夫「大哥」了。

王大夫就這樣，一見面就知道是特別老實的那一類。厚道，強壯，勤快，卻嘴笨。是可以吃虧、能夠受氣的那一路。腦子又不活絡，說話慢騰騰的，還有軟綿綿的笑容襯在後頭——這些都是「大哥」的特徵。他都當上「大哥」，小孔不是「嫂子」又是什麼？

徐泰來並不喜歡笑鬧，平日裡挺本分的一個人。就是這樣一個本分的人，硬是笨嘴笨舌地把小孔叫做了「嫂子」，效果出來了。一個未婚的女子被人叫做「嫂子」，怎麼說也是一件有趣的事。是水深的樣子。是心照不宣的樣子。好玩了。有了諧謔的意思。大夥兒頓時就鬨了起來，一起「嫂子」長，「嫂子」短。小孔沒有料到這一齣，楞住了。她剛剛洗過澡，特地把自己簡單地拾掇了一下，一進門居然就成了「嫂子」了。小孔就是不知道怎樣才好。

小孔在雜亂的人聲裡聽到鋼絲床的聲音，「咯吱」一聲。知道了，是王大夫在給她挪座位。小孔循聲走過去，當然沒法坐到王大夫的上鋪上去，只能一屁股坐在小馬的下鋪上。是正中央。小孔有數得很，她的左側是王大夫，右一側只能是小馬了。小孔還沒有來得及和小馬打招呼，張一光已經來到了她的跟前，張一光的審判就已經開始了。

張一光來自賈汪煤礦，做過十六年的礦工，已經是兩個孩子的爹了，是「家」裡頭特別熱鬧的一個人。張一光在推拿中心其實是有些不協調的。首先是因為年紀。出來討生活的盲人大多都年輕，平均下來也不過二十五六歲，張一光卻已經「奔四」，顯然是老了。說張一光在推拿中心不協調倒也不完全是因為他的老，還有這樣的一層意思：張一光不能算作「盲人」。三十五歲之前，這傢伙一直都有一雙炯炯有神的眼睛，也許還是一雙虎視眈眈的眼睛。三十五歲之後，他的眼睛再也不能炯炯有神和虎視眈眈了，一場瓦斯爆炸把他的兩隻瞳孔澈底留在了井下。眼睛壞了，怎麼辨呢？張一光半路出家，做起了推拿。和其他的推拿師比較起來，張一光沒有「出生」，人又粗，哪裡能吃推拿這碗飯？可張一光有張一光的殺手鐗，力量出奇地大，還不惜力氣，客人一上手就「呼哧呼哧」地用蠻，幾乎能從客人的身上採出煤炭來。有一路的客人特別地喜歡他。沙復明看中了他的這一點，把他收下了。生意還就是不錯。不過張一光年紀再大也沒有人喊他大哥。他是為長不尊的。一點做老大的樣子都沒有。他最大的特點就是「過火」，很少能做出恰如其分的事情來。就說和人相處吧，好起來真好，熱情得沒數，恨不能把心肝掏出來下酒；狠起來又真狠，也沒數，一翻臉就上手。他在盲人堆裡其實是沒有真正的朋友的。

張一光撐著床框，站起來了，首先宣布了「這個家」的規矩——所有新來的人都必須在這裡接受審訊，要不然就不再是「一家子」。「嫂子」也不能例外。小孔當然知道這是玩笑，卻多多少少有些緊張。張一光這傢伙結過婚哪，都有兩個孩子了，他在拷問的「業務」上一定是很「專業」的。小孔的擔心很正確。果然，張一光一上來就把審問的內容集中到「大哥」和「嫂子」的「關係」上來了，偏偏又沒有赤裸裸，而是拐著特別有意思的彎，以一種無比素淨的方法把「特殊」的內容都概括進去，誘導你去聯想，一聯想就不妙了，教你不知道怎麼說才好。

「先活動活動腦筋，來一個智力測驗，猜謎。」張一光說，「說，哥哥和嫂子光著身子擁抱，打一成語，哪四個字？」

哪四個字呢？哥哥和嫂子光著身子擁抱，可幹的事情可以說上一輩子，四個字哪裡能概括得了？

張一光說：「凶多吉少。」

哥哥和嫂子光著身子擁抱怎麼就「凶多吉少」了呢？不過，大夥兒很快就明白過來了，哥哥和嫂子光著身子擁抱，可不是「胸多雞少」麼？大夥兒笑翻了。這傢伙是活寶。是推拿中心的潘長江或趙本山。他的一張嘴就是那麼能「搞」。

腦子「活動」過了，張一光卻把嫂子撇開了，轉過臉去拷問王大夫。張一光說：「昨天下午有一個客人誇嫂子的身材好，說，嫂子的身材該有的都有，該沒的都沒。——你說說，嫂子的身上究竟什麼該有，什麼該沒？」

大夥兒都笑。王大夫也笑。雖說笑得不自然，王大夫的心裡頭還是實打實的幸福了。嫂子被人誇了，開心的當然是大哥。這還用說麼。小孔卻扛不住了，也不好說什麼，只能不停地挪屁股。似乎她的身體離王大夫遠了，她和大哥就可以脫掉干係。可這又有什麼用？張一光一直在逼。張一光逼一次小孔就往小馬的身邊挪一次，挪到後來，小孔的身體幾乎都靠在小馬的身上了。

王大夫的嘴笨，一轉眼已經被張一光逼到山窮水盡的地步。小孔慌不擇路，站起來了，突然就擂了小馬一拳頭，還挺重。小孔說：「小馬，我被人欺負，你也不幫幫我！」

小馬其實在走神。「家裡」的事小馬從來不摻和，他所熱中的事情就是走神。從小孔走進「男生宿舍」的那一刻起，小馬一直是默然的。沒想到嫂子徑直就走到小馬的床邊。小馬在第一時間就捕捉到嫂子身上的氣味了。準確地說，嫂子身上的氣味在第一時間就捕捉到小馬了。是嫂子頭髮的氣味。嫂子剛洗了頭，濕漉漉的。香波還殘留在頭髮上。但頭髮上殘留的香波就再也不是香波，頭髮也不再是原先的那個頭髮，香波與頭髮產生了某種神奇的化學反應，嫂子一下子就香了。小馬無緣無故地一陣緊張。其實是被感動了。嫂子真好聞哪。小馬完全忽略了張一光洶湧的拷問，他能夠確認的只有一點，嫂子在向他挪動。嫂子的身體在一次又一次地逼近他小馬。小馬被嫂子的氣味籠罩了。嫂子的氣味有手指，嫂子的氣味有胳膊，完全可以撫摸、攙扶，或者擁抱。小馬全神貫注，無緣無故地被嫂子擁抱了。小馬的鼻孔好一陣翕張，想深呼吸，卻沒敢。只好屏住。這一來窒息了。

嫂子哪裡有工夫探究小馬的祕密，她只想轉移目標。為了把王大夫從窘境當中開脫出來，她軟綿綿的拳頭不停地砸在小馬的身上。

「小馬，你壞！」

小馬抬起頭，說：「嫂子，我不壞。」

小馬這樣說確實是誠心誠意的，甚至是誠惶誠恐的。但他的誠心誠意和誠惶誠恐都不是時候。在如此這般的氛圍裡，小馬的「我不壞」俏皮了。往嚴重裡說，挑逗了。其實是參與進去了。小馬平日裡不說話的，沒想到一開口也能夠這樣的逗人。語言就是這樣，沉默的人一開口就等同於幽默。

大夥兒的笑聲使小孔堅信了，小馬也在「使壞」。小孔站起來了，用誇張的語氣說：「要死了小馬，我一直以為你老實，你悶壞！你比壞還要壞！」話是這麼說的，其實小孔很得意了，她小小的計謀得逞了，大夥兒的注意力到底還是轉移到小馬這邊來了。為什麼不把動靜做得更大一點呢？小孔一不做，二不休。趁著得意，也許還有輕浮的快樂，小孔的雙手一下子就掐住了小馬的脖子，當然，她有數，是很輕的。小孔大聲地說：「小馬，你壞不壞？」

這裡又要說到盲人的一個特徵了，因為彼此都看不見，他們就缺少了目光和表情上的交流，當他們難得在一起嬉笑或起鬨的時候，男男女女都免不了手腳並用，也就是「動手動腳」的。在這個問題上，他們沒有忌諱。說說話，開開玩笑，在朋友的身上拍拍打打，這裡撓一下，那裡掐一把，這才是好朋友之間應有的做派。如果兩個人的身體從來不接觸，它的嚴重程度等同於健全人故意避開目光，不是心懷鬼胎，就是互不買賬。

小馬弄不懂自己的話有什麼可笑的。可嫂子的雙手已經掐在小馬的脖子上了。小馬在不經意之間居然和嫂子肌膚相親了。嫂子一邊掐還一邊給自己的動作配音，以顯示她下手特別地重，都能把小馬掐死。她的身體開始搖晃，頭髮就澎湃起來。嫂子的髮梢有好幾下都掃到小馬的面龐了。濕漉漉的，像深入人心的鞭打。

「你壞不壞？」嫂子喊道。

「我壞。」

小馬沒想到他的「我壞」也成了一個笑料。不知不覺的，小馬已經從一個可有可無的局外人演變成事態的主角了。還沒有來得及辨析個中的滋味，小馬澈底地亂了。他不知道自己是怎麼動起手腳來的。他的胳膊突然碰到了一樣東西，是兩坨。肉乎乎的。綿軟，卻堅韌有力，有一種說不上來的固執。小馬頓時就回到了九歲。這個感覺驚奇了。稍縱即逝。有一種幼稚的、蓬勃的力量。小馬僵住了，再不敢動。他的胳膊僵死在九歲的那一年。他死去的母親。生日蛋糕。鮮紅鮮紅蠟燭所做成的「9」。光芒四射。咚的一聲。車子翻了。頭髮的氣味鋪天蓋地。乳房。該有的都有。嫂子。蠢蠢欲動。窒息。

小馬突然就是一陣熱淚盈眶。他仰起臉來。他捂住了嫂子的手，說：「嫂子。」

大夥兒又是一陣笑。這陣笑肆虐了。是通常所說的「浪笑」。誰能想得到，悶不吭聲的小馬會是這樣一個冷面的殺手。他比張一光還要能「搞」。

「我不是嫂子，」小孔故作嚴肅地喊道，「我是小孔！」

「你不是小孔，」小馬一樣嚴肅地回答說，「你是嫂子。」

在眾人的笑鬧中小孔生氣了。當然，假裝的。這個小馬，實在是太壞太壞了，逗死人不償命的。小孔能有什麼辦法？小孔拿小馬一點辦法也沒有。好在小孔在骨子裡對「嫂子」這個稱呼是滿意的，小孔氣餒了，說：「嫂子就嫂子吧。」

不過，「嫂子」這個稱號不是任何一個未婚女人馬上就能心平氣和地接受的，這裡頭需要一個扭捏和害羞的進程。小孔在害羞的過程中拉住了小馬的手，故意捏了一把。其實是告誡他了，看我下一次怎麼收拾你。

小馬意識到了來自於嫂子的威脅。他抿了一下嘴。這一抿不要緊，小馬卻突然意識到自己在笑。這個隱蔽的表情是那樣地沒有緣由。他清清楚楚地知道笑容是一道特別的縫隙，有一種無法確定的東西從縫隙裡鑽進去了。是他關於母親的模糊的記憶。有點涼。有點溫暖。時間這東西真的太古怪了，它從來就不可能過去。它始終藏匿在表情的深處，一個意想不到的表情就能使失去的時光從頭來過。

王大夫遠遠地坐在床的另一側，喜孜孜的。他也在笑。他掏出了香菸，打了一圈，從頭到尾都沒有說一句話。這也是小孔的一點小遺憾了。王大夫哪裡都好，他可以為小孔去死，這一點小孔是相信的。但是，有一點王大夫卻做不到，他永遠也不能夠替小孔說話。說到底還是他的嘴太笨了。

小孔又能說什麼呢？小孔什麼也不能說。玩笑平息下來了。小孔只能拉著小馬的手，有那麼一點失神。當然是關於王大夫的。因為失神，她所有的動作都成了下意識，不知道何去何從。小馬的手就這麼被嫂子抓著，身體一點一點地飄浮起來了。他是一只氣球。而嫂子只能是另一只氣球。他們一起飄浮起來了。小馬注意到，天空並不是無垠的，它是一個錐體。無論它有多麼的遼闊，到後來，它只能歸結到一個尖尖的頂。兩只氣球就這樣在天空裡十分被動地相遇了，在尖尖的塔頂裡頭，其實他們不是兩只氣球，是兩匹馬。天馬在行空。沒有體重。只有青草和毛髮的氣味。它們廝守在一起。摩擦。還有一些疲憊的動作。

小孔的第一次串門很不成功。從另外的一個意義上說，又是很成功的。小孔，還有王大夫，和同事們的關係一下子融洽了。融洽向來都有一個標誌，彼此之間可以打打鬧鬧。打打鬧鬧是重要的，說不上推心置腹，卻可以和和美美。是一種僅次於友誼的人際關係。

因為有了第一次的串門，小孔習慣於在每晚的睡眠之前到王大夫這邊來一次，坐下來，聊一聊。當然，都是在洗完澡之後。很快就成了規律。盲人是很容易養成規律的。他們特別在意培養並遵守生活上的規律，一般不輕易更改。一件事，如果第一次是這麼做的，接下來他們也一定還是這麼做。規律是他們的命根子，要不然就會吃苦頭。隨便舉一個例子，走路時拐彎，你一定得按照以往的規律走，——多一步你不能拐，少一步你同樣不能拐。一拐你的門牙就沒了。

新的規律養成了，小孔和王大夫之間舊的規律卻中斷了。自從來到南京的那一天起，小孔和王大夫的生活裡頭多出了一樣規律，每天晚上做兩次愛。第一次是大動作。王大夫的第一次往往特別地野，是地動山搖的架勢，拚命的架勢，吃人的架勢；第二次卻非常地小，又瑣碎又憐惜，充滿了神奇的繾綣與出格的纏綿。如果說，第一次是做愛的話，第二次則完全是戀愛。小孔都喜歡。如果一定要挑，小孔也許會挑第二次，太銷魂了。然而，也只是十幾天的工夫，這個規律中斷了。隨著他們再一次的打工，他們的大動作與小動作一起沒了。一到下班的時候，回到「家」，小孔就特別特別地「想」。起初是腦子「想」，後來身子也跟著一起「想」。腦子想還好辦，身子一想就麻煩了，太折磨人了。小孔恍恍惚惚的，熱熱燙燙的。欲火中燒了。

這一來小孔每一次串門的情態就格外地複雜。外人不知道罷了。也許連王大夫都不一定知道。小孔很沮喪，人卻特別地興奮。沮喪和興奮的力量都特別地大，是正比例的關係，拉力十足。這時的小孔其實很容易生氣，很容易傷感，很容易動感情。落實到舉止上，有意思了，喜歡發嗲，格外地渴望撒嬌。嬌滴滴的樣子出來了。她多想撲到王大夫的懷裡去啊，哪怕什麼都不「做」，讓王大夫的胳膊箍一箍，讓王大夫的嘴巴咂一咂，其實就好了。胡攪蠻纏一通也行。可是，在集體宿舍裡頭這怎麼可以呢？不可以。小孔自己都不知道，她悄悄地繞了一個大彎子，把她的嬌，還有她的嗲，一古腦兒撒到小馬的頭上去了。她就是喜歡和小馬瘋。嘴上是這樣，手上也是這樣。

小馬的幸福在一天一天地滋生。對嫂子的氣味著迷了。小馬卻不知道怎樣才能描述嫂子的氣味，乾脆，他把這股子博大的氣味叫做了嫂子。這一來嫂子就無所不在了，彷彿攙著小馬的手，走在了地板上，走在了箱子上，走在了椅子上，走在了牆壁上，走在了窗戶上，走在了天花板上，甚至，走在了枕頭上。這一來男生宿舍不再是男生宿舍了，成了小馬九歲的大街。九歲的大街是多麼地迷人，在大商場和大酒店之外，到處懸掛著熱帶水果、耐克籃球、阿迪達斯T恤以及冰淇淋的大幅廣告。嫂子引領著小馬，她不只是和善，也霸蠻。嫂子把小馬管教得死死的了。母親原來也厲聲管教過小馬的，小馬卻逆反得很，一直在反抗。可小馬在嫂子的面前就不反抗，就讓她笑瞇瞇地挖苦吧，就讓她甜滋滋地擠對吧，就讓她軟綿綿地收拾吧。小馬心甘情願了。似乎還有了默契。他們的配合天衣無縫。

那個星期二的晚上嫂子沒有來。她感冒了，小馬能聽見嫂子遙遠的咳嗽。小馬一直坐在床沿上，不想睡，無所事事，骨子裡在等。等到後來，差不多男生和女生宿舍的人都睡了，小馬知道，今天等不來了。小馬沒有脫衣服，躺下了。他開始努力，企圖用自己的鼻子來發明嫂子的氣味。這是一次令人絕望的嘗試，小馬失敗了。沒有。什麼都沒有。該有的沒有。不該有的也沒有。小馬在絕望之中撫摸起自己的床單，他希望能找到嫂子的頭髮，哪怕只有一根。小馬同樣沒有找到。但這次荒謬的舉動讓小馬想起了一件事，他的手臂與嫂子的胸脯那一次神祕的接觸，隔著乾燥而又柔和的紡織物。他的下體就是在這個妙不可言的瞬間發生了深刻的變化，越來越大，越來越粗，越來越硬。王大夫就在這個時候翻了一個身，同時還補充了一次咳嗽。小馬嚇住了，警覺起來。他把王大夫的咳嗽理解成了警告。他不想再堅硬，卻沒有找到解決問題的路徑。相反，有些東西在變本加厲。

第4章 都紅

都紅來到「沙宗琪推拿中心」比王大夫和小孔還要早些，當然，也早不到哪裡去，也就是幾個月的光景。她是季婷婷推薦到「沙宗琪推拿中心」來的。因為初來乍到的緣故，在最初的那些日子裡，都紅每天都要和季婷婷廝守在一起。說廝守其實有些過分了，推拿師們的生活半徑就這麼大，無非就是推拿中心的這點地盤，再不就是宿舍。要是說廝守，十幾號人其實每一天都廝守在一起。但是，就在這樣的擁擠裡，他們之間的關係還是有一些親疏。她和她要好一些，他和他走動得要多一些，這些都是常有的。不過，都紅只和季婷婷廝守了一兩個月，很快就和高唯走到一起去了。

高唯是前臺。健全人。如果都紅的視力正常，都紅一定可以發現，高唯是一個小鼻子小眼的姑娘。還愛笑，一笑起來上眼皮和下眼皮之間就什麼都沒有了，只有星星點點的一些光。大眼睛迷人，小眼睛醉人。高唯瞇起眼睛微笑的時候實在是醉人的。都紅看不見，當然不可能被高唯的小眼睛醉倒。可都紅和高唯一天天好起來了，這是真的。好到什麼地步了呢？高唯每天都要用她的三輪車接送都紅上下班。盲人的行動是困難的，最大的困難還在路上。現在，有了高唯這樣的無私，都紅方便了。不知不覺，都紅把季婷婷撇在了一邊。即使到了吃飯的時間，都紅也要和高唯肩並著肩，一起咀嚼，並一起下嚥。

高唯前來應聘的時候還不會騎三輪車。自行車當然騎得很俐落了。來到「沙宗琪推拿中心」的第一天，沙復明給高唯提出了一個要求，趕緊學會三輪車。高唯說：「自行車兩個輪子，我騎上去就跟玩似的，三輪車有三個輪子，還不是上去就走麼？」沙復明就讓高唯到門口去試試。一試，出洋相了。高唯居然拿她的三輪車和牆面對著幹，一邊撞還一邊叫。所有的盲人都聽到了高唯失措的呼喊，最終，咚的一聲，高唯和三輪車一起被牆面彈回來了。笑死了。

高唯從地上爬起來，研究了一番，明白了。自行車雖然有龍頭，但拐彎主要還是借助於身體的重心，龍頭反而是輔助性的了。三輪車因為有三個輪子的緣故，它和路面的關係是固定的。到了拐彎的時刻，騎車的人還是習慣於偏轉身體的重心，可這一次不管用了，三輪車還是順著原先的方向往前衝。那就剎車吧，不行。三輪車的剎車不在龍頭底下，用的是手拉，情急之中你想不起來也用不起來。這一來車身就失控了。高唯的運氣好，她試車的時候前面是牆，如果是長江，三輪車也照樣衝下去，高唯她叫得再響也沒有用。

前臺最要緊的工作是安排客人，製表和統計一樣重要。但是，在推拿中心，有一項工作也必不可少，那就是運送枕巾和床單。按照衛生部門的規定，推拿中心的枕巾和床單必須一人一換。用過的枕巾和床單當然要運回去，漂洗乾淨了，第二天的上午再運過來。這一來就必然存在一個接送的問題。為了節約人手，沙復明就把接送枕巾和床單的任務交給了前臺。不會騎三輪車，無論你的眼睛怎樣地迷人和怎樣地醉人，沙復明堅決不錄用。

好在三輪車也不是飛機，嘗試了幾下，高唯已經能夠熟練地向左轉和向右轉了，還能夠十分帥氣地從褲襠的下面拉上剎車。和推拿師以及服務員比較起來，在推拿中心做前臺算是一個好差事了。主要是可以輪休。也就是說，做一天就歇一天。但是，高唯從來都不輪休，每一天都要上下班。她上班的目的是為了把都紅送過去，到了深夜，再用三輪車把都紅接回來。正因為這一層，都紅和季婷婷的關係慢慢地淡了，最終和高唯走到了一起。她們兩個連說話都不肯大聲地喧譁，而是用耳語。嘰嘰喳喳的。如果有人問她們：「說什麼呢？」都紅一般都是這樣回答：「說你的壞話呢。」

季婷婷把這一切都「看」在眼裡，心裡頭老大的不痛快。好在都紅聰明，在這個問題上調劑得不錯，時不時給季婷婷送一些吃的。比方說，三四瓣橘子，七八顆花生，四五個毛栗子。每一次都是這麼一點點，卻親親熱熱的，像是專門省給了婷婷姊。這一來反而把這一點可憐的吃食弄出人情味來了，越是少吃起來才越是香，完全是女人們之間的小情調。都紅偶爾還給季婷婷梳梳頭。季婷婷究竟是一個心胸開闊的女人，又比都紅年長好多歲，不再介意了。她對都紅的態度分外地滿意。都紅都意思到了，行了。都是盲人，可以理解的。和「三輪車」把關係搞搞好，多多少少是個方便。

都紅學推拿不能算是專業，頂多只能算是半路出家。還在青島盲校的時候，她的大部分精力一直都花在音樂上了。如果都紅當初聽從了老師的教導，她現在的人生也許就在舞臺上了。老師們都說，都紅在音樂方面有天分，尤其是音樂的記憶上面。一般來說，當事人永遠也不可能知道自己在某個方面的才能，當這種才能展露出來的時候，他能知道的只有一點——做起來特別地簡單。

音樂相對於都紅來說正是這樣了。都紅是怎麼學起音樂來的呢？這話說起來遠了，一直可以追溯到都紅的小學五年級。那一天都紅她們學校包場去「看」電影，電影是好萊塢的，所描繪的是未來的宇宙，從頭到尾就聽見很尖銳的聲音在那裡亂竄。音樂就更亂了，很不著調，又空洞又刺耳，這就是所謂的太空音樂了吧。一個星期之後，都紅的音樂老師到衛生間裡小解，聽到有人在一邊哼，耳熟，卻不知道是什麼。一想，想起來了，可不是好萊塢的太空音樂麼？老師洗過手，就站在那裡等，最後等出來的卻是都紅。老師就問，這麼亂哄哄的樂曲你也能記得住？都紅很不解，笑了，反過來問她的老師：「音樂又不是課文，需要記麼？」這句話聽上去大了。如果這句話是一個健全人說出來的，多多少少都有點自信得過了頭的意思。盲人沒有這樣的自信。即使有，他們的表達也不是這種樣子。所以，這句很「大」的話在都紅的嘴裡只有一個意思，是一句實話。

老師便把都紅拉到了辦公室，當著所有老師的面，給都紅彈奏了一段勃拉姆斯。四句。彈完了，老師把雙手放在膝蓋上，等著都紅視唱。都紅站在鋼琴的旁邊，兩隻胳膊掛在那兒，怎麼說都不出聲。老師知道了，她這是不好意思。就用表情示意其他老師「都出去」。老師們都離開了，都紅站在那裡，還是不肯。躲在窗外的老師們最終失去了耐心，散了。等他們真的散了，都紅開始了她的視唱。她視唱的是右手部分，也就是旋律。音程和音高都很準。老師還沒有來得及讚歎，令人驚奇的事情發生了，都紅把左手的和聲伴奏也視唱出來了。這太難了。太難了。只有極少數的天才才能夠做到。老師驚呆了，雙手扶著都紅的肩膀，向左撥了一下，又向右撥了一下，用力地看。這孩子是都紅麼？是那個數學考試總是四十多分的小姑娘麼？

這孩子是都紅。學數學，她不靈。學語文，她不靈。學體育，她也不靈。音樂卻不用學，一聽就靈。怎麼就沒發現呢？可現在發現也不晚哪，她才五年級。老師當機立斷，抓她彈鋼琴。都紅卻不感興趣。老師說，你究竟對什麼感興趣？都紅說，我喜歡唱歌。老師坐在了琴凳上，急了，不停地用巴掌拍打自己的大腿，用的是進行曲的節拍——

都紅，你不懂事啊，不懂事！你一個盲人，唱歌能有什麼出息？你一不聾，二不啞巴，能唱出什麼來？什麼是特殊教育，啊？你懂麼？說了你也不懂。特殊教育一定要給自己找麻煩，做自己不能做的事情。比方說，聾啞人唱歌，比方說，肢體殘疾的人跳舞，比方說，有智力障礙的人搞發明，這才能體現出學校與教育的神奇。一句話，一個殘疾人，只有通過千辛萬苦，上刀山、下火海，做——並做好——他不方便、不能做的事情，才具備直指人心、感動時代、震撼社會的力量。你一個盲人，唱歌有什麼稀奇？嘴巴一張就來了嘛。可彈鋼琴難哪。盲人最困難的是彈、鋼、琴——你懂不懂？你多好的條件啊，怎麼就不知道珍惜？你這是懶！——把你的家長喊過來！

都紅沒有喊家長。妥協了。鋼琴老師像一個木匠，她把都紅打成了一條凳子，放在了鋼琴的前面。都紅的進步可以用神速去形容，僅用了三年的工夫，她的鋼琴考試達到了八級。都紅創造了一個奇蹟。

初中二年級，都紅的奇蹟突然中斷了。是她自行了斷的。都紅說什麼也不肯坐到鋼琴的面前去了。

這一切都因為一次演出，是一臺向殘疾人「獻愛心」的大型慈善晚會。晚會上來了許多大腕，都是過氣的影視明星和當紅的流行歌手。作為一名特約演員，都紅穿著一身喇叭狀的拖地長裙，參加這臺晚會來了。都紅即將演奏的是巴赫的三部創意曲。這是一部複調作品，特別強調左右手的對位。很難。要說把握，都紅對二部創意曲的把握更大些。但是，老師鼓勵她了，要上就上難的。這是都紅第一次正式的演出，一上臺都紅就覺得不對勁。她的手緊張。尤其是無名指，突然失去了往昔的自主性，僵硬了，一直都沒有呈現出欲罷不能的好局面。要是往細處追究一下的話，「無名指無力」是都紅的一個老問題了，都紅花過很大的工夫，似乎已經好了。但是，就在這樣一個隆重的場合，她「無名指無力」這個老問題再一次出現了。為了增加無名指的力量，都紅唯一可做的事情就是發力，她借助於手腕的力量，把無名指往琴鍵上砸。這一來都紅手指上的節奏就亂了，都紅自已都不敢聽了。這哪裡是巴赫？這哪裡還是巴赫？

都紅是唯美的。她唯一想做的事情就是停下來。停下來，從頭開始，重來一遍。可是，這不是練琴，這是公開演出。都紅只能順著旋律把她的演奏半死不活地往下拖。都紅的心情嚴重地變形了。很不甘。她像吃了一大堆蒼蠅。手上卻又出錯了。她的演奏效果連練琴時的一半都沒有達到。都紅只有破罐子破摔。心中充滿了說不出的懊喪。

都紅好幾次都想哭了，還好，都紅沒有。都紅都不知道自己是怎麼彈完的。最後一個音符即將來臨，都紅伴隨著極大的委屈，提起胳膊，懸腕，張開了她的手指。彷彿了卻一個心思一樣，都紅屏住呼吸，把她所有的指頭一古腦兒摁在了琴鍵上。她在等。等彈完最後一個節拍，都紅吸氣，提腕，做了一個收勢。總算完了。第三創意曲醜陋不堪。太丟人了，太失敗了。這個時候的都紅終於有些憋不住了，想哭。掌聲卻響了起來，特別地熱烈，是那種熱烈的、經久不息的掌聲。都紅就百感交集。站起來，鞠躬。再鞠躬。女主持人就在這個時候出現了。女主持人開始讚美都紅的演奏，她一連串用了五六個形容詞，後面還加上了一大堆的排比句。一句話，都紅的演奏簡直就完美無缺。都紅想哭的心思沒有了，心卻一點一點地涼下去。是蒼涼。都紅知道了，她到底是一個盲人，永遠是一個盲人。她這樣的人來到這個世界只為了一件事，供健全人寬容，供健全人同情。她這樣的人能把鋼琴彈出聲音來就已經很了不起了。

女主持人抓住都紅的手，把她向前拉，一直拉到舞臺的最前沿。女主持人說：「鏡頭，給個鏡頭。」都紅這才知道了，她這會兒在電視上。全省，也許是全國人民都在看著她。都紅一時就不知道怎麼才好了。女主持人說：「告訴大家，你叫什麼名字？」都紅說：「都紅。」女主持人說：「大聲一點好麼？」都紅大聲地說：「都——紅。」女主持人說：「現在高興麼？」都紅想了想，說：「高興。」女主持人說：「再大聲一點好麼？」都紅的脖子都拉長了，吶喊著說：「高——興！」「為什麼高興？」女主持人問。為什麼高興？這算什麼問題？這算什麼問題呢？這個問題把都紅難住了。女主持人說：「這麼說吧，你現在最想說的話是什麼？」都紅的嘴巴動了動，想起了「自強不息」，想起了「我要扼住命運的咽喉」，這些都是現成的成語和格言，都紅一時卻沒能組織得起來。好在音樂響起來了，是小提琴，一點一點地，由遠及近，由低及高，抒情極了，如泣如訴的。女主持人沒有等待都紅，她在音樂的伴奏下已經講起都紅的故事了。所用的語調差不多就是配樂詩朗誦。她說「可憐的都紅」一出生就「什麼都看不見」，她說「可憐的都紅」如此這般才鼓起了「活下去的勇氣」。都紅不高興了。都紅最恨人家說她「可憐」，最恨人家說她「什麼都看不見」。都紅站在那裡，臉已經拉下了。但女主持人的情感早已醞釀起來了，現在正是水到渠成的時候。她聲情並茂地問了一個大問題，「都紅為什麼要在今天為大家演奏呢？」是啊，為什麼呢？都紅自己也想聽一聽。臺下鴉雀無聲。女主持人的自問自答催人淚下了，「可憐的都紅」是為了「報答全社會——每一個爺爺奶奶、每一個叔叔阿姨、每一個哥哥姊姊、每一個弟弟妹妹——對她的關愛」！小提琴的旋律剛才還是背景的，現在，伴隨著女主持人的聲音，推出來了，迴響在整個大廳，迴響在「全社會」的每一片大地。這是哀痛欲絕的旋律，像輓歌，直往人傷心的地方鑽。女主持人突然一陣哽咽，再說下去極有可能泣不成聲。「報答」，這是都紅沒有想到的，她只是彈了一段巴赫。她想彈好，卻沒有能夠。為什麼是報答？報答誰呢？她欠誰了？她什麼時候虧欠的？還是「全社會」。都紅的血在往臉上湧。她說了一句什麼，她清清楚楚地知道自己說了一句什麼，然而，話筒不在她的手上，說了也等於沒說。小提琴的旋律已經被推到了高潮，戛然而止。在戛然而止的同時，女主持人的話剛好畫上了句號。女主持人摟住了都紅的肩膀，扶著她，試探性地往下走。都紅一直不喜歡別人攙扶她。這是她內心極度的虛榮。她能走。即使她「什麼都看不見」，她堅信自己一定可以回到後臺去。「全社會」都看著她呢。都紅想把女主持人的手推開，但是，愛的力量是決絕的，女主持人沒有撒手。都紅就這樣被女主持人小心翼翼地攙下了舞臺。她知道了，她來到這裡和音樂無關，是為了烘托別人的愛，是為了還債。這筆債都紅是還不盡的，小提琴動人的旋律就幫著她說情。人們會哭的，別人一哭她的債就抵消了。——行行好，你就可憐可憐我吧！都紅的手都顫抖了，女主持人讓她噁心。音樂也讓她噁心。都紅仰起臉來，驕傲地伸出了她的下巴——音樂原來就是這麼一個東西。賤。

都紅的老師站在後臺，她用她的懷抱接住了都紅。她悲喜交加。都紅不能理解她的老師哪裡來的那麼多的喜悅與悲傷，不知道該做怎樣的應答。她只是在感受老師的鼻息，炙熱的，已經發燙了。

都紅似乎是被老師的鼻息燙傷了，再也沒有走進鋼琴課的課堂。老師一直追到都紅的宿舍，問她為什麼不去。都紅把宿舍裡的同學打發乾淨，說：「老師，鋼琴我不學了，你教我學二胡吧。」

老師納悶了：「什麼意思？」

都紅說：「哪一天到大街上去賣唱，二胡帶起來方便。」

都紅的這席話說得突兀了。口吻裡頭包含了與她的年紀極不相稱的刻毒。但都紅所說的卻是實情，她也不小了，得為自己的未來打算。總不能一天到晚到舞臺上去還債吧？她要還到哪一天？去他媽的音樂！音樂從一開始就他媽的是個賣逼的貨！她只是演奏了一次巴赫，居然惹得一身的債。這輩子還還不完了。這次演出成了都紅內心終生的恥辱。

都紅懸崖勒馬了。她在老師的面前是決絕的。她不僅拒絕了鋼琴課，同樣拒絕了所有的演出。「慈善演出」是什麼，「愛心行動」是什麼，她算是明白了。說到底，就是把殘疾人拉出來讓身體健全的人感動。人們熱愛感動，「全社會」都需要感動。感動吧，流淚吧，那很有快感。別再把我扯進去了，我挺好的。犯不著為我流淚。

想過來想過去，都紅最終選擇了中醫推拿。說選擇是不對的，都紅其實別無選擇。都紅再一次伸出她的雙手了，這一次觸摸的卻不是琴鍵，而是同學的身體。說起推拿，生活拿都紅開玩笑了，鋼琴多難？可都紅學起來幾乎就不用動腦子；推拿這麼容易，都紅卻學不來。就說人體的穴位吧，都紅怎麼也記不住；記住了，卻找不準；找準了，手指頭又「拿」不住。鋼琴的指法講究的是輕重與緩急，都紅便把這種輕重緩急投放到同學的身體上去了。看看同學們是怎樣譏諷都紅的，她摁一下，同學就說：「多——」她又摁一下，同學又說：「來——」下面自然是「米發韶拉西」。都紅就掐。同學只能「哎喲」。笑是笑了，鬧是鬧了，都紅免不了後悔。那麼多的好時光白白地浪費了，畢業之後她如何是好啊。

都紅最終繞了一個巨大的彎子才到了南京。通過朋友的朋友，都紅認識了季婷婷。季婷婷遠在南京，是那種特別熱心的祖宗。她的性格裡頭有那種「包在我身上」的闊大氣派，這一點在盲人的身上是很罕見的。說到底還是她在視力上頭有優勢。季婷婷的矯正視力可以達到B-3。雖說是朋友的朋友的朋友，季婷婷對著手機發話了，季婷婷說：「都是朋友。妹子，來吧。南京挺好的。」

還沒有見面，季婷婷就把都紅叫做「妹子」了，都紅只好順著季婷婷的思路，把季婷婷叫做了「婷婷姊」。其實都紅不喜歡這樣。土。還有令人生厭的江湖氣。但江湖氣也有江湖氣的好處，利索。一到南京，季婷婷就把都紅帶到沙復明的面前，季婷婷說：「沙老闆，又是一棵搖錢樹來啦。」

沙復明提出面試。這個當然。季婷婷是業內人士，自然要遵守這樣的一個規矩。季婷婷拉過沙復明，把他推進了推拿房，直接就把沙復明摁在了床上。季婷婷拿起都紅的手，放到了沙復明的脖子上去了。都紅對季婷婷的這一個舉動印象很不好，她也太顯擺自己的視力了。都紅的手指頭一搭上沙復明的脖子沙復明就有數了。都紅不是吃這碗飯的人。

沙復明趴在了床上，一邊接受都紅的推拿，一邊開始發問。都紅的籍貫啦，都紅的年齡啦，就這些，雜七雜八，口氣並不怎麼好，完全是一副大老闆的派頭了。都紅一一做了回答。沙復明後來又問起了都紅所受業的學校，都紅還是如實做了回答。沙復明不說話了，話題一轉，開始和都紅聊起了教育。這時候都紅正在給沙復明放鬆脖子，沙復明的臉陷在洞裡頭，兀自笑了。這哪裡是推拿？撓癢癢了嘛。沙復明很沉重地嘆了一口氣，說：

「現在的教育，誤人子弟啊。」

沙復明所譏諷的是「現在的教育」，和都紅沒有一點關係。但是，都紅多聰明的一個人，停住了。楞了片刻，兩隻手一同離開了沙復明的身體。

關於都紅的業務，沙復明沒有給季婷婷提及一個字。他來到了門口，掏出一張人民幣。是五十。沙復明說：「給你一天假，你帶小姑娘到東郊去遛遛，好歹也來了一趟南京。千里迢迢的。」意思已經都在明處了。季婷婷把錢擋了回去，只是摁住沙復明的手，不動。是懇請的意思。沙復明笑了，是嘴角在笑，說：「你這是在逼我。」沙復明把上身欠過去了，對著季婷婷的耳朵說：「不是一般的差。」

沙復明拍了兩下季婷婷的肩膀，離開了。對季婷婷，沙復明一直都是照顧的，多多少少有些另眼相看的意思。然而，現在所面臨的是原則性的問題，沙復明不可能讓步。沙復明沒有走進休息區。他知道都紅這刻正在裡頭，說不準兩個人的身體就撞上了。還是不要撞上的好。

季婷婷站在推拿中心的門口，心情一下子跌落下去了。一口氣眨巴了十幾下眼睛。她掏出手機來，想給遠方的趙大姊打個電話。都紅畢竟是趙大姊托付給自己的。可這個話怎麼對趙大姊說，還是個問題了。趙大姊在電話裡給季婷婷交代過的，「無論如何也得幫幫她」，幾乎就是懇求了。懇求這東西就是這樣，到了一定的地步，它就成了死命令。季婷婷想過來想過去，只好把手機又裝回去。

手機卻響了。季婷婷把手機送到耳邊，卻是都紅的聲音。都紅說：「婷婷姊，我都知道了，沒事的。」

「你在哪兒？」

「我在衛生間裡。」

「你幹麼不出來和我說話？」

都紅停頓了一會兒，輕聲說：「我還是在衛生間裡頭待一會兒吧。」

季婷婷越發不知道怎麼說好了，隔了半天，說：「南京有個中山陵，你知道的吧？」

都紅沒有說知道，也沒有說不知道，都紅說：「婷婷姊，沒事的。」

季婷婷的心口突然就是一陣緊。都紅這樣文不對題地說話，只能說明一個問題，她的心早已經亂了。都紅此時此刻的心情季婷婷能夠理解，這畢竟是都紅第一次出門遠行哪。對一個盲人來說，天底下最困難的事情是什麼？是第一次出門遠行。尤其是一個人出門遠行。這裡頭的擔心、焦慮、膽怯、自卑，都會以一種無限放大的姿態黑洞洞地體現出來，讓人怕。這怕是虛的，也是實的，是假的，也是真的。真真假假，虛虛實實，就看你撞上什麼了。盲人的怕太遼闊了，和看不見的世界一樣廣袤，怕什麼呢？不知道。都紅偏偏就是這樣不走運，第一腳就踩空了。是踩空了，不是跌倒了，這裡頭有根本的區別。跌倒了雖然疼，人卻是落實的，在地上；踩空了就不一樣了，你沒有地方跌，只是往下墜，一直往下墜，不停地往下墜。個中的滋味比粉身碎骨更令人驚悸。

季婷婷把手機握得緊緊的。她到底是個過來人，不知道說什麼好了。

當天夜裡季婷婷讓都紅擠在了自己的床上。床太小，兩個人都只能側著身子。起初是背對背，只躺了一會兒，季婷婷覺得不合適，翻了個身，面對著都紅的後背了。既然說不出什麼來，那就撫摸撫摸都紅的肩膀吧，好歹是個安慰。

都紅也翻了個身，抬起胳膊，想把胳膊繞到季婷婷的後背上，一不小心，卻碰到季婷婷的胸脯上去了。都紅把手窩起來，做成半圓的樣子，順勢就捂了上去。都紅說：「你的怎麼這麼好啊？」這不是一個好的話題。但是，對於沒話找話的兩個女人來說，這已經是一個很不錯的話題了。季婷婷也摸了摸都紅的，說：「還是你的好。」季婷婷補充說：「我原先真是挺好的，現在變了，越長越開，都分開了。」都紅說：「怎麼會呢？」季婷婷說：「怎麼不會呢？」都紅就想，自己也有分開的那一天的吧。季婷婷卻把嘴唇一直送到都紅的耳邊，悄聲說：「有人摸過沒有？」都紅說：「有。」季婷婷來勁了，急切地問：「誰？」都紅說：「一個女色鬼，很變態的。」季婷婷楞頭楞腦的，還想了一會兒，這才弄明白了。一明白過來就捉住都紅的乳頭，兩個指頭猛地就是一捏。季婷婷的手指頭沒輕沒重的，都紅疼死了，直哈氣。季婷婷的手實在是太沒輕沒重了。

就這麼嬉戲了一回，都紅也累了，畢竟抑鬱，很快就睡著了。睡著了的都紅老是往季婷婷的懷裡拱，肩膀那個部位還一抽一抽的。盲人的不安全感是會咬人的，咬到什麼程度，只有盲人自己才能知道。季婷婷便把都紅摟住了，這一摟，季婷婷睡不著了。季婷婷第一次面試的時候是在北京，十分鐘不到就給人打了回票。季婷婷是記得的，她就覺得自己的身體在往下墜，一直在往下墜，不停地往下墜。然而，季婷婷畢竟是幸運的，趙大姊就是在那樣的時候出現了，她幫助了她。季婷婷對趙大姊永遠有說不盡的感謝，一直想報答她。又能報答什麼呢？似乎也沒有什麼可以報答的。季婷婷能做的也就是幫別人，像趙大姊所關照的那樣，一個幫一個，一個帶一個。季婷婷做到了麼？沒有。季婷婷怎麼也睡不著了。

季婷婷後悔得要命。事情沒有辦好。都紅怎麼辦呢？季婷婷只能摟著都紅，心疼她了。

無論如何，明天得把都紅留住。去不去東郊再說，讓她在南京歇一天也是好的。還是帶都紅去一趟夫子廟吧，逛一逛，吃點小吃，最後再給她備上一份小禮物。一句話，一定要讓都紅知道，南京絕對不是她的傷心地。這裡有關心她的人，有心疼她的人。她只是不走運罷了。這麼一想季婷婷就不太敢睡，起碼不能睡得太死，絕對不能讓都紅在一清早就提著行李走人。

季婷婷到了下半夜才入睡，一大早，她卻睡死了。不過，她所擔心的事情卻沒有發生。一覺醒來，都紅表態了，中山陵她不去，夫子廟她也不去。態度相當地堅決。都紅說，她還是想「陪著婷婷姊」到推拿中心去。季婷婷誤會了，以為都紅這樣做是為了不耽擱她的收入，好歹也是一天的工錢呢。等來到了推拿中心，季婷婷發現，不是的。她季婷婷小瞧了這個叫都紅的小妹妹了。

都紅換了一件紅色的上衣。她跟在季婷婷的身後，來到了「沙宗琪推拿中心」。當著所有人的面，突然喊了一聲「沙老闆」。都紅說：「沙老闆，我知道我的業務還達不到你的要求，你給我一個月的時間行不行？我就打掃打掃衛生，做做輔助也行。我只在這裡吃三頓飯。晚上我就和婷婷姊擠一擠。一個月之後我如果還達不到你的要求，我向這裡的每一個人保證，我自己走人。我會在一年之內把我的伙食費寄回來。希望沙老闆你給我這個機會。」

都紅一定是打了腹稿了。她的語氣很膽怯，聽上去有些喘，還夾雜了許多的停頓，這一席話她差不多就是背誦下來的。然而，都紅自己並不知道，她的舉動把所有的人都鎮住了。都紅膽戰心驚地展示了她骨子裡氣勢如虹。

沙復明沒有想到會出現這樣的一個局面。如果都紅是一個健全人，她的這一席話就太普通了，然而，都紅是一個盲人，她的這一席話實在不普通。盲人的自尊心是駭人的，在遭到拒絕之後，盲人最通常的反應是保全自己的尊嚴，做出「此處不留爺自有留爺處」的派頭。都紅偏偏不這樣。沙復明被震驚了。沙復明當即就問了自己一個問題：在同樣的情況下，你自己會不會這樣做？答案是否定的。然而，都紅這樣做了，沙復明並不覺得有什麼不妥，相反，他驚詫於她的勇氣。看起來盲人最大的障礙不是視力，而是勇氣，是過當的自尊所導致的弱不禁風。沙復明幾乎是豁然開朗了，盲人憑什麼要比健全人背負過多的尊嚴？許多東西，其實是盲人自己強加的。這世上只有人類的尊嚴，從來就沒有盲人的尊嚴。

「行。」沙復明恍恍惚惚地說。

沙復明天生就是一個老闆，有他好為人師的一面。他真的開始給都紅上課了，盡心盡力的。而都紅，則學得格外地努力。說到底盲人推拿也不是彈鋼琴，還是好學的，並不是什麼了不得的大學問，也不需要什麼了不得的大智慧。都紅只是「不通」，在認識上有所偏差罷了。沙復明嚴肅地告訴都紅，穴位呢，一下子找不準其實也沒有什麼大不了的。你要聰明一些。你要嘗試著留意客人的反應。喏，這是天中穴，一個痛穴。沙復明現身說法了，一下子就把都紅的天中穴給摁住了，大拇指一發力，都紅便是一聲尖叫。沙復明說，你看看，你有反應了吧？客人也一樣。他們會發出一些聲音，再不然就是擺擺腿。——這些反應說明了什麼？說明你的穴位找準了。你要在這些地方多用心思。

——不要擔心客人怕疼。擔心什麼呢？你要從客人的角度去認識問題。客人是這樣想的：我花了錢請你來做推拿，一點也不疼，不等於白做了？人都是貪婪的，每個人都喜歡貪便宜，各有各的貪法。對有些客人來說，疼，就是推拿；一點不疼，則是異性按摩。所以呢，讓他疼去，別怕。疼了他才高興。如果客人叫你輕一點，那你就輕一點。這個時候輕，他就不會懷疑你的手藝了。

都紅在聽。都紅發現，語言也有它的穴。沙復明是個不一般的人，他的話總能夠把語言的穴位給「點」到，然後，聽的人豁然開朗。都紅很快就意識到了，她的業務始終過不了關，問題還是出在心態上。她太在意別人了，一直都太小心、太猶豫。不敢「下手」。怎麼能把客人的身體看作一架鋼琴呢？客人的身體永遠也不可能是一架鋼琴，該出手時一定要出手。他壞不了。下手一定要重。新手尤其是這樣。下手重起碼是一種負責和賣力的態度。如果客人喊疼了，都紅就這樣說：「有點疼了吧？最近比較勞累了吧？」這樣多好，既有人際上的親和，又有業務上的權威，不愁沒有回頭客的。說白了，推拿中心就是推拿中心，又不是醫院，來到這裡的人還不就是放鬆一下？誰會到這裡來治病？一個人要是真的生了病，往推拿中心跑什麼，早到醫院去了。

依照沙復明原來的意思，好好地調教都紅一段日子，往後怎麼辦，完全看她的修行了。沙復明只要做到問心無愧就可以。行，留下來，不行，都紅也不至於讓沙復明白白地養活她。不至於的。然而，意想不到的事情發生了，沙復明去了一趟廁所，都紅上鐘去了。沙復明把前臺高唯叫到了一邊，問：「誰讓你安排的？」高唯很委屈，說：「是客人自己點的鐘，我總不能不安排吧？」沙復明不吭聲了，後悔自己不該有這樣的婦人之仁。都紅的爛手藝遲早要砸了自己的小招牌。「沙宗琪推拿中心」可也是剛剛才上路，口碑上要是出了大問題，如何能拉得回來？

不可思議的不是都紅上鐘。不可思議的是，都紅的生意在沙復明的眼皮子底下一點一點興旺起來了。清一色是客人點的鐘。慢慢地居然還有了回頭客。沙復明當然不便阻攔，客人點了她，還回頭了，他一個當老闆的，總不能從學術的角度去論證自己的推拿師不行吧。沙復明不放心，悄悄做了幾回現場的考察，都紅不只是生意上熱火朝天，和客人相處得還格外地熱乎。怎麼會這樣的呢？

答案很快就揭曉了。答案令沙復明大驚失色，都紅原來是個美女，驚人地「漂亮」。關於推拿師們的「長相」，沙復明多少是瞭解的，他聽得多了。客人們閒得無聊，總得做點什麼，又做不了，就說說話。其實都是扯鹹淡了。有時候免不了也會讚美一番推拿師們的模樣，身材，還有臉蛋。老一套了。無非是某某某推拿師（女）「漂亮」，某某某推拿師（男）「帥氣」。沙復明自己還被客人誇過「帥氣」呢，說的人和聽的人都不會往心裡去。退一步說，就算客人們說的都是真話，某某某（女）確實是個美女，沙復明反正也看不見，操那份心做什麼？他才不在乎誰「漂亮」誰「不漂亮」呢。把生意做好了，把客人哄滿意了，你就是「漂亮」。

這一天來了一撥特殊的客人，是一個劇組，七八個人，一起擠在了過道裡。領頭的是一個五十開外的男子，嗓音很渾，一口地道的京腔。大夥兒都叫他「導演」。導演是怎樣的人物，沙復明知道。雖說是過路客，沙復明還是做出了一個決定，給予導演與劇組最優質的服務。他親自詢問了人數，派出了推拿中心的所有精英，當然，他自己倒沒有親自出馬，卻把另外一位老闆張宗琪也安排進去了。推拿中心的面積本來就不大，七八個人一起擠進來，浩浩蕩蕩的了，「沙宗琪推拿中心」頓時就洋溢起生意興隆的好氣象。沙復明的心情好極了。把客人和推拿師成雙成對地安頓好了，沙復明搓著手，來到了休息區，說：「拍電視劇的，拍過《大唐朝》，你們都聽說過吧？」

《大唐朝》，都紅聽說過。還「看」過一小部分。音樂一般，主題曲《月比太陽明》倒還不錯。都紅正坐在桌子的左側，臉對著沙復明，兩隻手平放在大腿上，微笑著。說起都紅的「坐」，她的「坐」有特點了。是「端坐」。因為彈鋼琴的緣故，都紅只要一落座，身姿就繃得直直的，小腰那一把甚至有一道反過去的弓。這一來胸自然就出來了。上身與大腿是九十度，大腿與小腿是九十度。兩肩很放鬆，齊平。雙膝並攏。兩隻手交叉著，一隻手覆蓋著另一隻手，閒閒靜靜地放在大腿上。她的坐姿可以說是鋼琴演奏的起勢，是預備；也可以說，是一曲幽蘭的終了。都紅「端坐」

在桌子的左側，微笑著，其實在生氣。她在生沙老闆的氣，同時也生自己的氣。沙老闆憑什麼不安排她？她都紅真的比別人差多少麼？都紅不在意一個鐘的收入，她在意的是她的臉面。但是都紅有一個習慣，到了生氣的時候反而能把微笑掛在臉上。這不是給別人看的，是她內心深處對自己的一個要求。即使生氣，她也要儀態萬方。

都紅微笑了差不多有一個小時，這就是說，她生了一個小時的氣。一個小時之後，導演帶著他的人馬浩浩蕩蕩地出來了。導演似乎來了一股特別的興致，他想在推拿中心走一走，看一看。說不定下一次拍戲的時候用得上呢。沙復明就把導演帶到了休息區。推開門，沙復明說：「導演來看望大家了。大家歡迎。」休息區的閒人都站立起來了，有幾個還鼓了掌。掌聲寥落，氣氛卻熱烈，還有點尷尬。主要是大夥兒有點激動。他們可是「劇組」的人哪。

都紅只是微笑，輕輕點了點頭。卻沒有起身。導演一眼就看到了都紅。都紅簡直就是一個剛剛演奏完畢的鋼琴家。他站住了，不說話，卻小聲地喊過來一個女人。沙復明就聽見那個女人輕輕地「啊」了一聲。是讚歎。沙復明當然不知道這一聲讚歎的真實含義：都紅在那個女人的眼裡已經不再是鋼琴家了，而是一個正在加冕的女皇。親切，高貴，華麗，一動不動，充滿了肅穆，甚至是威儀。沙復明不知情，客客氣氣地說：「導演是不是喝點水？」導演沒有接沙老闆的話，卻對身邊的一個女人低語說：「太美了。」女人說：「天哪。」女人立即又補充了一句：「真是太美了。」那語氣是權威的，似科學的結論一樣，毋庸置疑了。沙復明不明所以，卻聽見導演走進了休息區。導演小聲問：「你叫什麼？」漫長的一陣沉默之後，沙復明聽到了都紅的回答，都紅說：「都紅。」導演問：「能看見麼？」都紅說：「不能。」導演嘆了一口氣，是無限的傷嘆，是深切的惋惜。導演說：「六子，把她的手機記下來。」都紅不卑不亢地說：「對不起，我沒有手機。」沙復明後來就聽見導演拍了拍都紅的肩膀。導演在門外又重複了一遍：「太可惜了。」沙復明同時還聽到了那個女人進一步的嘆息：「實在是太美了。」她的嘆息是認真的，嚴肅的，發自肺腑，甚至還飽含了深情。

浩浩蕩蕩的人馬離開了。剛剛離開，「沙宗琪推拿中心」再一次安靜下來了。說安靜不準確了。這一回的安靜和平日不一樣，幾乎到了緊張的地步。所有的盲人頃刻間恍然大悟了，他們知道了一個驚天的祕密：「他們」中間有一位大美女。驚若天人。要知道，這可不是普通客人的普通戲言。是《大唐朝》的導演說的。是《大唐朝》的導演用普通話嚴肅認真地朗誦出來的。簡直就是臺詞。還有證人，證人是一位女士。

當天夜裡，推拿中心的女推拿師們不停地給遠方的朋友們發短信，她們的措辭是神經質的，彷彿是受到了驚嚇：——你知道嗎？——我們店有一個都紅，——你不知道她有多美！她們一點都不嫉妒。被導演「看中」的美女她們怎麼可能嫉妒呢？她們沒有能力描述都紅的「美」。但是，沒關係。她們可以誇張。實在不行，還可以抒情。說到底，「美」無非是一種驚愕的語氣。她們不是在說話，簡直就是在詠歎，在唱。

這是一個嚴肅的夜晚。沙復明躺在床上，滿腦子都是都紅。卻不成形。有一個問題在沙復明的心中嚴重起來了。很嚴重。

什麼是「美」？

沙復明的心浮動起來了，萬分的焦急。

第5章 小孔

情欲是一條四通八達的路，表面上是一條線，骨子裡卻鏈接著無限紛雜和無限曲折的枝杈。從恢復打工的那一天起，小孔就被情欲所纏繞著。王大夫也一直被情欲所纏繞著。當情欲纏繞到一定火候的時候，新的枝杈就出現了，新的葉子也就長出來了。小孔，王大夫，他們吵嘴了。戀愛中的人就這樣，他們的嘴唇總是熱烈的，最適合接吻。如果不能夠接吻，那麼好，吵。戀愛就是這樣的一個基本形態。

王大夫和小孔吵嘴了麼？沒有吵。卻比吵還要壞。是冷戰，腹誹了。不過，兩個當事人還是心知肚明的，他們吵嘴了。

小孔每天深夜都要到王大夫這邊來，王大夫當然是高興的。次數一多，時間一久，王大夫看出苗頭來了。小孔哪裡是來看他？分明是來看望小馬。看就看吧，王大夫的這點肚量還是有的。可是，慢慢地，王大夫扛不住了，她哪裡是來看望小馬，簡直就是打情罵俏。小馬還好，一直都是挺被動的，坐在那裡不動。可你看看小孔現在是一副什麼模樣，是硬往上湊。王大夫一點也看不見自己的表情，他的表情已經非常嚴峻了。嘴不停地動。他的兩片嘴唇和自己的門牙算是幹上了，一會兒張，一會兒閉。還用舌頭舔。心裡頭彆扭了。是無法言說的酸楚。

小孔哪裡是打情罵俏，只是鬱悶。是那種飽含著能量、靜中有動的鬱悶，也就是常人所說的「悶騷」。上班的時候尤其是這樣。下了班，來到王大夫的宿舍，她的鬱悶換了一副面孔，她的人來瘋上來了。精力特別地充沛。她的人來瘋當然是衝著王大夫去的，可是，不合適，卻拐了一個神奇的彎，撲到小馬的頭上去了。這正是戀愛中的小女人最常見的情態了，做什麼事都喜歡指西打東。王大夫哪裡知道這一層，王大夫就覺得他的女朋友不怎麼得體，對著毫不相干的男人春心蕩漾。他的臉往哪裡放？

好好的，小孔和小馬終於打了起來。說打起來就冤枉小馬了，是小孔在打小馬。為了什麼呢？還是為了「嫂子」這個稱呼，是歷史上遺留下來的老問題了。小孔在這個晚上格外的倔強，一把揪起小馬的枕頭，舉了起來。她威脅說，再這麼喊她就要「動手」了。可她哪裡知道小馬，軟弱無用的人強起來其實格外強。小孔真的就打了。她用雙手掄起了枕頭，一古腦兒砸在了小馬的頭上。她知道的，終究是個枕頭罷了，打不死，也打不疼。

這一打打出事情來了，小馬不僅沒有生氣，私底下突然就是一陣心花怒放。小馬平日裡從來不回嘴，今天偏偏就回了一句嘴：

「你就是嫂子！」

小馬的話無異於火上澆油。枕頭不再是枕頭，是暴風驟雨。掄著掄著，小孔掄出了癮，似乎把所有的鬱悶都排遣出來了。一邊掄，她就一邊笑。越笑聲音越大，呈現出痛快和恣意的跡象來了。

小孔是痛快了，一旁的王大夫卻沒法痛快。他的臉陰沉下去，嘴巴動了幾下，想說點什麼，最終卻什麼都沒說。悄悄地，爬到自己的上鋪去了。小孔正在興頭上，心裡頭哪裡還有王大夫？她高舉著枕頭，拚了命地砸。一口氣就砸了好幾十下。幾十下之後，小孔喘著粗氣，疲乏了。回過頭再找王大夫，王大夫卻沒了。小孔「咦」了一聲，說：「人呢？」王大夫已經在上鋪躺下了。小孔又說了一句：「人呢？」

上鋪說：「睡了。」

聲音含含糊糊的。他顯然是側著身子的，半個嘴巴都讓枕頭堵死了。

戀人之間的語言不是語言，是語氣。語氣不是別的，是絃外之音。小孔一聽到王大夫的口氣心裡頭就是一沉，立即意識到了，他不高興了。宿舍裡頓時安靜了下來。這安靜讓小孔的臉上很不好看，是那種下不了臺的很不好看。小孔對王大夫的不高興很不高興。你還不高興了！你知道我心裡的感受麼？你憑什麼不高興？小孔的雙肩一沉，丟下了手裡的枕頭。臉上已經很不好看了。小孔客客氣氣地對小馬說：「小馬，不早了，我也睡覺去了。明天見。」

這是王大夫的第一個失眠之夜。小孔走後，他哪裡「睡了」，不停地在床上翻。因為不停地翻，下床的小馬也無法入睡，也只能不停地翻。彼此都能夠感覺得到。翻過來翻過去，王大夫想明白了，小孔只是他的女朋友，還不是他的妻子。不能因為他們有了半個月的「蜜月」小孔就一定是他的人了。這麼一想問題就有些嚴重。王大夫坐了起來，想給小孔打一個電話。剛剛撥出去，手機剛出現傳呼，王大夫卻聽見了隔壁的鈴聲。手機的鈴聲嚇了王大夫一跳，這電話怎麼能打？這不是現場直播麼？王大夫想都沒有來得及想，匆忙把手機合上了。又擔心小孔把電話撥回來，王大夫乾脆關了機。沒想到距離還真的是戀愛的一個大問題，太遠了是一個麻煩，太近則是另外一個麻煩。

王大夫其實是用不著關機的，小孔根本就沒有搭理他。不只是當時沒有搭理，第二天的一整天都沒有。王大夫昨晚的舉動太過分了，讓小孔太難堪了，當著一屋子的人，就好像她小孔是個朝三暮四的浪蕩女了。不能再慣著他了。只要王大夫的腳步聲一靠近，小孔立馬就離開。推拿中心的床多著呢，你「睡」去吧！

王大夫當然感覺出來了，卻不敢上去。畢竟第一次吵嘴，王大夫要是硬著頭皮湊上去，小孔究竟是一個什麼樣的態度，王大夫還吃不準。再怎麼說也不能在推拿中心丟臉。這個臉王大夫丟不起。

時間在一分一秒地過去，王大夫不知所措了。好不容易到了晚上，回到家，小孔卻沒有來。王大夫其實是難受的，又不敢到小孔的宿舍去。睡不著了，不停地在床上翻。小馬也睡不著，卻不敢翻。他不敢把自己失眠的消息傳到上鋪去。這一夜小馬難受了，他只能採用一個睡姿，做出一副睡得很香的假象來。硬挺著了。

到了第三天，王大夫明白過來了，事情好像不像他想像的那樣簡單，真的麻煩了。小孔不會喜歡上小馬了吧？很難說的。王大夫已經深切地感受到小孔的痛苦了。戀愛的前夕小孔就是這樣的，痛苦得很，做什麼事都有氣無力。小孔又一次有氣無力了，她說話的氣息在那裡呢。小孔的痛苦加重了王大夫的痛苦，開始理不出頭緒了。這一天的生意偏偏又特別地好，王大夫接二連三地上鐘，越來越疲憊。這裡頭有自責，也有擔憂。他哪裡能夠知道，這其實就是戀愛了。到了下午，王大夫幾乎都支撐不住了。有了失魂落魄的跡象。無論如何，得給小孔打個電話了。這電話又怎麼打呢？好不容易熬到下鐘，王大夫一個人走進了衛生間，反鎖上門，撥通了小孔的手機。小孔接得倒是挺快，口氣卻是冷冷的。小孔說：「喂，誰呀？」王大夫就不知道說什麼好了。不知道該從哪一頭開始說起。小孔又問了一聲：「誰呀？」王大夫脫口說：「想你。」

小孔正在上鐘，也是魂不守舍，也已經失魂落魄。王大夫的那一聲「想你」是很突然的，小孔聽在耳朵裡，百感交集了。這裡頭既有欣慰的成分，也有「得救」的成分。小孔好好地鬆了一口氣。她是不可能主動向王大夫認輸的，可私下裡也有點怕，——他們的戀愛不會就這麼到頭了吧？畢竟是冷戰的第三天了。太漫長、太漫長了。小孔實在是太疲憊了，就想趴到王大夫的懷裡去，好好地哭一回。還有什麼比戀人認輸了更幸福的呢？

可小孔畢竟在上班，兩隻手都在客人的身上，手機是壓在耳朵邊上的。再說了，上鐘就是上鐘，不是談情說愛的時候。身邊還有客人和同事呢。小孔不能太放肆的，她選擇了客客氣氣的語氣，彷彿在打發遠方的朋友。小孔說：「知道了。我在上鐘，回頭再說吧。」掛了。心裡頭甜蜜蜜。

王大夫捏著自己的手機。他聽到了掛機的聲音，心口早已經涼了半截。他聽出來了，小孔的口氣是在打發他。這樣的口氣要是還聽不出來，他王大夫就真的是個二百五了。王大夫傻了好大的一會兒，記起來了，自己還在廁所呢。該出去了。是該出去了。就拉門。該死的門卻怎麼也拉不開。王大夫的懊惱已到了極點，用蠻了，只能使勁地拉。拉了半天，想起來了，門已經被自己插上了。

小孔一下鐘就來到了休息區，火急火燎。王大夫卻又上鐘了。小孔多聰明的一個人，她剛才聽到衛生間的動靜了，是水滴的聲音。既然王大夫能躲在衛生間裡打電話，她為什麼不能？小孔來到衛生間，微笑著掏出手機，把玩了半天，然後，用兩個大拇指一五一十地往鍵盤上摁號碼。手機通了。小孔原封不動地把王大夫獻給她的兩個字回獻給了她心愛的男人。還多出了兩個字。是「我也」。小孔說：「我也想你。」這個「我也」是多麼地好，它暗含了起承轉合的關係，暗含了戀人之間的全部隱祕。時間隔得再久也不要緊，一下子就全部銜接起來了。戀愛是多麼地好啊。

王大夫說「想你」已經是半個小時以前的事了，中間夾雜了太多的內心活動。很劇烈的，說到底是很悲情的。他已經做好了最壞的打算了。但是，突然，小孔說話了，是「我也想你」。王大夫就要哭。但王大夫怎麼能哭？他的身邊有客人、有同事呢。王大夫客客氣氣地說：「知道了。一樣的。回頭再說吧。」王大夫恨死了這樣的口吻。但恨歸恨，王大夫到底還是知道了，生活的根本是由誤解構成的，許多事情不是自己親身經歷那麼一下，也許就沒法理解。這是一個教訓，下一次要懂得設身處地。

小孔和王大夫終於在休息室裡見面了。休息室裡都是人，他們當然不會做出出格的舉動。王大夫來到小孔的身邊，小孔這一回沒有躲，他們就坐在一張廢棄的推拿床上，肩並著肩。也沒有說話。但是，這種不說話和先前的不說話不一樣了。是起死回生的柔軟。值得兩個人好好地珍藏一輩子。王大夫終於把他的手放到小孔的大腿上去了。小孔接過來，抓住了。這一下真的是好了。王大夫的每一個手指都在對小孔的指縫說「我愛你」，小孔的每一個手指也在對王大夫的指縫說「我也愛你」。小孔側過臉，好像這一次才算是真的戀愛了一樣。

王大夫和小孔靜悄悄的，十個指頭越摳越緊，還摩挲。他們到底做過愛，這一撫摸就撫摸出內容來了，都是動人的細節種種。他們多麼想好好地做一次愛啊，只有做了才能讓對方知道，自己是多麼地愛對方。可是，到哪裡做去呢？不可能的。只能忍。不只是忍，也在用手指頭勸對方，忍忍吧。忍忍。這是怎樣的勸說？它無聲，卻加倍地激動人心。勸過來勸過去，兩個人都已經激情四溢了。可激情四溢又怎麼樣？只能接著忍。「忍」不是一種心底的活動，而是個力氣活。它太耗人了。忍到後來，小孔徹底沒了力氣了，身子一軟，靠在了王大夫的肩膀上。嘴巴也張開了。王大夫聞到了小孔嘴巴裡的氣息，燙得教人心碎。王大夫微微地喘著氣，一心盼望著自己能夠早一點做老闆。要做老闆哪，趕緊的。打工仔的日子實在不是人過的日子。

小孔沒有想到吵架能吵出這樣的效果來，知足了。但吵架終究是吵架，太傷人了。還是不要吵架的好。小孔仔細地回顧了一下，之所以會出現這樣的情況，說到底還是自己舉止不妥當，說到底，自己也有值得檢點的地方。無論如何，當著自己男朋友的面，和別人那樣調笑總是有失分寸的。小孔暗自告訴自己，男生宿舍她是不會再去了。事到如今，小孔都是無心的，但真的讓王大夫誤解了，畢竟不是一件好事情。

小孔不再到男生宿舍去，剩下來的選擇就只有一種，王大夫只能到小孔的女生宿舍來。但是，王大夫很快就察覺出來了，串門和串門是不一樣的。王大夫是那種偏於穩重的人，女生們一般是不會和他開玩笑。當著眾人的面，小孔和王大夫也不便說悄悄話，這一來王大夫的串門就有些寡味，和小孔的串門不可同日而語了。也就是坐坐罷。像一個儀式。是枯坐。擺設一樣的。

王大夫這才認真地留意起小孔來了。小孔一直憂心忡忡的。王大夫看不見小孔的臉，但小孔說話的腔調在這兒，她再也不是以往的那副樣子了。其實，不只是現在，從第二次打工開始，小孔就悶悶不樂了，王大夫沒有往心裡去罷了。小孔在深圳的時候是什麼樣子？嗓門亮，說話快，一開口就顧前不顧後，偶爾還有粗口。這一來小孔就快樂了。小孔一直給人以快樂和通透的印象。小孔現在的不開心王大夫是可以理解的，說一千，道一萬，還是王大夫沒有讓人家當上老闆娘。往根子上說，小孔是被王大夫「騙」到南京來的。他沒有騙她。可在事實上，他騙了。王大夫的心情就這麼沉重起來了。

心情沉重的王大夫就回到自己的宿舍，躺在上鋪聽收音機。盲人都喜歡收音機，聽聽綜藝，聽聽體育，好歹也是個樂子。王大夫喜歡綜藝，也喜歡體育。可王大夫現在哪裡還有那樣的心思，他所關注的只有股市。因為心裡頭有一本特別的賬，王大夫又不想讓人家知道，他就特地配了一副耳機。耳機塞在耳朵眼裡，聽過來聽過去，股市還是一具屍體，冰冷的，一點呼吸的跡象都沒有。

收音機裡不只有股市，還有南京的房地產行情。說起南京的房地產行情，王大夫情不自禁地想起了四個字：禍不單行。股市瘋過了，把王大夫套進去了，還沒有來得及悲傷，南京的房地產卻又瘋了。他王大夫怎麼淨遇上瘋子的呢？南京的房地產還不是一般的瘋子，是個武瘋子，是一條瘋狗，狗鏈子都拴不住，直往人的鼻尖和腦門子上撲。現在看起來，他王大夫回到南京實在是自投羅網了。房地產的價格決定了門面房的價格，在現有的條件下，即使王大夫在股市上解了套，再想開店，難了。當初要不是入市，退一萬步，就算王大夫不開店，兩室一廳的房子肯定買好了。現在倒好，股市先瘋，房地產再瘋，他的那點錢越來越不是錢了。有一點王大夫是相信了，「自食其力」的人注定了要窮一輩子。無論你辛辛苦苦掙回來多少，即使你累得吐血，一覺醒來，你時刻都有一貧如洗的危險。對未來，王大夫有了「死無葬身之地」的憂慮。

小孔哪一天才能當上老闆娘啊。

其實王大夫錯了。小孔憂心忡忡是真的，卻不是為了當老闆娘，而是別的。到現在為止，小孔潛入到南京其實還是一個祕密，她一直瞞著她的父母親。她不敢把她戀愛的消息告訴他們。他們不可能答應的。尤其是她的父親。

關於男朋友，小孔的父母對小孔一直有一個簡單的希望，其實是命令——別的都可以將就，在視力上必須有明確的要求。無論如何，一定要有視力。全盲絕對不可以。遠走深圳的前夜，父母把一切都對小孔挑明了，概括起來說，你的戀愛和婚姻我們都不干涉，但你要記住了，生活是「過」出來的，不是「摸」出來的，你已經是全盲了，我們不可能答應你嫁給一個「摸」著「過」日子的男人！

事實上，為了找個人可以和自己一起「過」，小孔努力過。很遺憾，除了眼淚，她什麼也沒有得到。什麼也沒有得到的小孔反而明白了一個道理，一個人，無論他（或她）多麼聰明，多麼明理，一旦做了盲人的父母，他（或她）自己首先就瞎了，一輩子都生活在自己的一廂情願裡頭。小孔又何嘗不想找一個一起「過」日子的人呢？難哪。然而，盲人的父母就是盲人的父母，他們的固執是不講道理的，原因很簡單，在孩子的面前，他們的付出非比尋常；他們的擔憂非比尋常；他們的希望非比尋常；他們的愛非比尋常。一句話，他們對孩子的基本要求就必然非比尋常。他們的本意絕不是干涉孩子們的婚姻，可他們必須要干涉，不放心哪。

王大夫恰恰就是全盲。從戀愛的一開始，小孔就打定主意了，先瞞著家裡，處處看。哪裡能那麼巧，一輩子正好就趕上這一錘子買賣。處了一些日子，愛上了。小孔對自己的感情想來是警惕的，可是，當一個女孩子第一次感受到愛情的時候，警惕又有什麼用？愛情是小螞蟻，千里之堤就等著毀於蟻穴。小孔只是在自己千里之堤上頭開了一個很小很小的小口子，後來想堵的，來不及了。小孔就哭。哭完了，小孔決定愛。小孔有自己的小算盤，等事態到了一定的火候，也就是常人所說的「生米煮成了熟飯」，回過頭來總是有辦法的。當然，得有非比尋常的耐心。話又說回來了，做盲人的就必須有耐心。耐心是盲人的命根子，只有耐心才能配得上他們看不見的眼睛。說到底，盲人要學會等。無論遇上什麼事，盲人都不能急吼吼地撲上去，一撲，就倒了。也許還要賠進去一嘴的牙。

小孔可以等，戀愛卻不等人。小孔怎麼也沒有想到，她的戀愛居然會以這樣一種令人眩暈的速度奔湧起來，她這麼快她就來到了南京。說起南京，小孔的心潮澎湃了，那是怎樣的波瀾壯闊。是王大夫向小孔提起來的，他想帶著小孔「一起到南京去」過春節。「一起到南京去」隱藏了怎樣的潛臺詞，小孔不是小姑娘，知道的。小孔沒有答腔。不是不想答，是不敢答。她知道她的聲音是怎樣的，一定會顫抖得失去了體面。王大夫沒有得到答案，嚇得縮回去了。小孔不敢答腔還不只是緊張，這裡頭有她人生最為重大的那一個步驟。一旦跨出去，她就再也不回頭了。「不回頭」就必然帶來這樣的一個問題：背叛自己的父母。這「背叛」具有怎樣的含義，健全人通常是理解不了的。小孔又哭。還是哭。然而，「一起到南京去」這六個字擁有不可抗拒的魔力，它蠱惑人心，散發出妖冶的召喚。它們像絲，把小孔捆起來了，把小孔繞起來了，把小孔纏起來了，它還把小孔縫起來了。小孔自己都知道了，是她自己在吐絲。她在作繭自縛。一遍又一遍的，到最後連掙扎的力氣都沒有了。她在沉迷。

小孔可沒有沉迷。她行動了。小孔的行動驚天動地，說出口能嚇死人。她去了一趟美髮店，把頭髮重新做過了。做好了頭髮，她開始買。她買了一雙高跟鞋。高跟鞋是盲人的忌諱，其實用不上的，但是，哪怕就穿一次，就用一天，就兩個小時，她也捨得。她還買了一套戴安芬內衣，很薄，摸上去有歎為觀止的針織鏤空。最後，她拿出了吃奶的力氣，其實是勇氣，買了一瓶香奈爾五號。為什麼要買這個？這就牽扯到兩個年輕的女客人了，其中的一個是小孔的貴賓。她們一邊享受著推拿，一邊在聊天，海闊天空的。其實是做夢。夢想著自己奢靡的、不著邊際的生活。她們一下子就聊起了高闊而又豪華的海景房，聊起了窗簾，床，還有一個迷人的、在床上像一臺永動機的男人。小孔的貴賓馬上就引用了瑪麗蓮．夢露的名言，她說，如果有這樣的日子的話，她「睡覺的時候只穿香奈爾五號」。另一個就笑，說她騷。這句話小孔其實並沒有聽懂，然而，究竟是女人，幾乎就在同時，小孔又懂了。小孔的心突然就是一陣慌，她對「只穿香奈爾五號」充滿了令人窒息的狂想。

等把這一切都置辦好了，小孔甚至把自己都嚇住了，這不是把自己嫁出去麼？是的，小孔是要把自己悄悄地嫁出去。一切都預備好了，年底也逼近了，王大夫的那一頭卻沉默了，再也不提南京的事。王大夫到底碰過一次釘子了，哪裡還有勇氣？沒有了。最終還是小孔把電話打過去的。小孔說，日子一天天靠近啦，你到底回不回南京哪？王大夫支吾了半天，說，是啊，是啊。小孔壓住性子，問，是啊是啊是什麼意思？王大夫這個木頭，居然還是「是啊是啊」。小孔上火了，主要是委屈，對著手機喊道，你可想好了！想好了再給我打電話！掛線了。話都到了這一步了，王大夫只能抓耳撓腮。抓完了，撓完了，腹稿也打好了，可還是沒有勇氣說出口。兩分鐘之後，他把電話回過去了，說，我只想和你在一起。這句話是虛的，不涉及實質性的內容。王大夫就覺得自己聰明，話說得漂亮極了，甚至還有點得意自己的油滑，不停地吊動他的眉梢。這個呆子，憨厚得真是教人心疼。小孔所迷戀的又何嘗不是這一點呢？小孔輕聲說：「那你對我好不好？」口風鬆動了，口吻完全是一個新娘子。王大夫哪裡能知道女人這座山有多高，女人這汪水有多深，卻聽出了希望。希望給了王大夫莊嚴，他不敢再油滑了，突然開口了，一開口就無比的肅穆，他在手機的那一端高聲地說：「我要對你不好一出門就讓汽車撞死！」

小孔的這一頭完全是新婚的心態。新婚需要誓言，卻忌諱毒誓。小孔說：

「烏鴉嘴！操你媽的，再也不理你了！」

小孔就這樣來到了南京。對父母，她撒了一個謊，說自己要到香港去。這還是小孔第一次對自己的父母親撒謊，內心裡其實愧疚得厲害。但是，「這種事」不撒謊又能怎麼樣？小孔不相信自己能有這樣的膽量，色膽包天哪。想起來都害怕。可是話又得反過來說，要是有人把事情的真相告訴了父母，小孔的父母一定是不信的。他們的女兒在「這上頭」是多麼地本分、多麼地安穩。然而，就是這樣一個又本分又安穩的姑娘，一錘子，硬是把所有的買賣全做了。

小孔膽大了。小孔願意。小孔愛。如果能回過頭來，小孔還是願意做出這樣的選擇。在戀愛這個問題上，說到底，父母親都是被欺騙的。小孔的「眼裡」只有新郎了。小孔喜歡他的脖子，喜歡他的胸膛，還有，喜歡他蠻不講理的胳膊。他是火爐。他多暖和啊。他的溫度取之不盡。她要他的身體，她要他的體重，他的懷抱是多麼地安全。只要他把她箍進來，她就進了保險箱了。這些都還不是全部。最要緊的是，他愛她。她知道他愛她。她有完全的、十足的把握。他不會讓她有一點點的危險。即使面對的是刀，是火，是釘子，是玻璃，是電線杆子，是建築物的拐角，是飛行的摩托，是莽撞的滑輪，是滾燙的三鮮肉絲湯，他都會用他的身軀替她擋住這一切。其實她不需要。她能對付。但是，他願意去做。愛真好。比渾身長滿了眼睛都要好。

小孔真正喜歡的還是他的脾性。他穩當，勤勉，在任何一個地方都受到人們的尊敬。當然，他的「小弟弟」調皮得很，沒日沒夜地「要」。小孔也「要」。可是，和「要」比較起來，小孔更熱愛的是事後。她已經把「香奈爾五號」穿在身上了，她「只穿」香奈爾五號。兩個人風平浪靜的，她就躺在他的懷裡，他撫摸著她，她也撫摸著他。即使外面都是風，都是雨，都是雪，都是冰，都是狼，都是虎，和他們又有什麼關係呢？他們安安穩穩的，暖暖和和的。這樣的時分小孔捨不得睡，在許多時候，她在裝睡。他以為她睡著了，還在親她，小聲地喊她「寶貝」。她怎麼捨得把這種蓬鬆的時光用來睡覺呢？她就熬。實在熬不住了，那麼好吧，鼻孔裡出一口粗氣，兩個肩頭一鬆，就在他的懷裡睡著了。

即使兩個人都睡著了，她的手也要堅持放在他的胸脯上。她不放心。不願意撒手。四處摸。不小心的時候也有，一摸，摸到他的「小弟弟」上了。他的「小弟弟」機警得很，小孔的指頭一過來，立即就醒了，一陣一陣地擴張，一陣緊似一陣。它一醒小孔就醒了。他也醒了。醒過來了他就「要」。夜深人靜的，小孔真的不想「要」了，她累得都不行了。但是，小孔認準了一個死理，她是他的，只要他要，她就給。「小弟弟」壞。太壞。這個小小的冤家，他可不像他的「哥哥」那樣本分。

小孔幸福。不過，即使在最幸福的時候，她都沒有放鬆對手機的戒備。這裡所說的手機是「深圳的手機」。她已經在南京配備了新手機了，可是，她必須依靠「深圳的手機」來撒謊，號碼不一樣的。謊言使她的幸福打了折扣，有了不潔的痕跡。一想起父母漫長而又過分的付出，她每一次都覺得被欺騙的不是父母，而是她自己。然而，謊言是一種強迫性的行走，只要你邁出左腿，就必然會邁出右腿，然後，又是左腿，又是右腿。可謊言終究是不可靠的，它禁不起重複。重複到一定的時候，謊言的力量不僅沒有得到加強，而是削弱，直至暴露出它本來的面目。

就在小孔和王大夫冷戰的關頭，母親終於起了疑心。她不相信了：「你到底在哪裡？」

「在深圳哪。」

母親的語氣斬釘截鐵了：「你不在深圳。」

小孔的語氣更加地斬釘截鐵：「我不在深圳還能在哪裡？」是深圳，還是南京，這是一個問題。小孔不能把「南京」暴露出去。一旦暴露，接下來必然是下一個更大的問題：好好的你為什麼要去南京？

說謊話的人都是盲目的，他們永遠低估了聽謊話的人。其實母親已經聽出來了，她的女兒不在深圳。女兒手機的背景音突然沒有以往那樣嘈雜了，最關鍵的是，沒有了拖聲拖氣的廣東腔。他們的寶貝女兒肯定不在深圳。

母親急了，父親也急了。女兒的生活裡究竟發生了什麼？她到底在哪裡？

小孔把深圳的手機設定成震動。每一次震動，小孔的心都一拎——又要撒謊了。小孔只能走到推拿房的外面，做賊一樣，和父親與母親打一番關於「人在何處」的狗頭官司。當著其他人的面，當著王大夫的面，她說不出「我在深圳」這樣的話。撒謊本來就已經很難了，當眾撒謊則難上加難。

還有一件事情是小孔必須小心的，她不能讓王大夫知道「父母不同意」。這會傷害他的。所以，她在撒謊的時候必須瞞著王大夫。

第6章 金嫣和泰來

推拿中心並不只有小孔和王大夫這一對戀人，還有一對，那就是金嫣和徐泰來。同樣是戀愛，與小孔和王大夫比較起來，金嫣和泰來不一樣了。首先是開頭不一樣，小孔和王大夫在來之前就已經是一對戀人，而金嫣和泰來呢，卻是來了之後才發展起來的。還有一點，那就是戀愛的風格。小孔和王大夫雖說是資深的戀人，卻收著，斂著，控制著，看上去和一般的朋友也沒什麼兩樣。金嫣和泰來不一樣了，動靜特別地大。尤其是金嫣的這一頭，這丫頭把她的戀愛搞得嘩啦啦、嘩啦啦的，就差敲鑼打鼓了。

一般來說，戀愛的開局大多是這樣的，男方對女方有了心得，找一個合適的機會，悄悄地向女方表達出來。當然，女追男的也有。女追男總要直接得多，反而不願意像男方那樣隱蔽。金嫣和泰來正是這樣。但是，金嫣有金嫣獨特的地方，認識徐泰來還沒有兩天，金嫣發飆了。一切都明火執仗。她是扛著炸藥包上去的。泰來那頭還沒有回話，金嫣在推拿中心已經造成了這樣一種態勢：其他人就別摻和了，徐泰來這個人歸我了。金嫣我勢在必得。

金嫣的舉動實在是誇張了，泰來又不是什麼稀罕的寶貝，誰會和你搶？泰來真的是一個一般人，幾乎沒有什麼特別的地方。就說長相吧，四個字就可以概括了，其貌不揚。十個徐泰來放在大街上，一棍子下去可以撂倒八九個。盲人們相互之間看不見，但是，到底生活在健全人的眼皮子底下，通過健全人的言談，彼此的長相其實還是有一個大致的瞭解——泰來和金嫣根本就配不上。金嫣這樣不要命地追他，不可理喻了。一定要尋找原因的話，不外乎兩個，徐泰來呆人有呆福，——這沒什麼道理好說，對上了唄；要不就是金嫣的腦袋搭錯了筋。

其實，金嫣和泰來之間的事情複雜了。是有淵源的。這口井真的很深，一般人不知情罷了。不要說一般的人不知情，甚至連泰來本人也不知情。

徐泰來是蘇北人，第一次出門打工去的是上海。金嫣是哪裡人呢？大連人。他們一個在天南，一個在地北，根本就不認識。嚴格地說，風水再怎麼轉，他們兩個也轉不到一起去。

泰來在上海打工的日子過得並不順心。他這樣的人並不適合出門討生活。原因很簡單，泰來的能力差，一點也不自信，甚至還有那麼一點封閉。就說說話，這年頭出來混的盲人誰還沒有受過良好的教育呢？良好的教育有一個最基本的標誌，那就是能說普通話。泰來所受的教育和別人沒有質的區別，但是，一開口，差距出來了，一口濃重的蘇北口音。泰來也不是完全說不來普通話，硬要說，可以的。可是，泰來一想到普通話就不由自主地聳肩膀，脖子上還要起雞皮疙瘩。泰來乾脆也就不說了。有口音其實並不要緊，誰還能沒有一點口音呢？可是，自卑的人就是這樣，對口音極度地敏感，反過來對自己苛刻了。

為什麼要苛刻呢？因為他的口音好玩，有趣。徐泰來的蘇北口音有一個特點，「h」和「f」是不分的。也不是不分，是正好弄反了。「h」讀成了「f」，而「f」偏偏讀成了「h」。這一來「回鍋肉很肥」就成了「肥鍋肉很回」，「分配」就只能是「婚配」。好玩了吧。好玩了就有人學他的舌。就連前臺小姐有時候也拿他開心：「小徐，我給你『婚配』一下，上鐘了，九號床。」

被人學了舌，泰來很生氣。口音不是別的，是身分。泰來最怕的還不是他的盲人身分，大家都是盲人，徐泰來不擔心。徐泰來真正在意的是他鄉下人的身分。鄉下人身分可以說是他的不治之症，你再怎麼自強不息，你再想扼住命運的咽喉，鄉下人就是鄉下人，口音在這兒呢。別人一學，等於是指著他的鼻子了：個鄉巴佬。

氣歸氣，對前臺，徐泰來得罪不起。但是，這並不等於什麼人他都得罪不起。對同伴，也就是說，對盲人，他的報復心顯露出來了，他敢。他下得了手。他為此動了拳頭。他動拳頭並不是因為他英武，而是因為他懦弱。因為懦弱，他就必須忍，忍無可忍，他還是忍。終於有一天，忍不住了，出手了。他自己一點都不知道他是怎樣的小題大做，完全是蠻不講理了。可是，話又得說回來，老實人除了蠻不講理，又能做什麼呢？

這一打事情果然就解決了，再也沒有一個人學他了。徐泰來揚眉吐氣。從後來的結果來看，徐泰來的揚眉吐氣似乎早了一點。幾乎所有的人都一起冷落他了。說冷落還是輕的，泰來差不多就被大夥兒晾在一邊，不再答理他。泰來當然很自尊，裝得很不在意。不理拉倒，我還懶得答理你們了呢。泰來弄出一副嫉妒傲岸的樣子，乾脆就把自己封閉起來了。但是，再怎麼裝，對自己他裝不起來。有一點泰來是很清楚的，如果說傲岸必須由自己的肩膀來扛，鬱悶同樣必須由自己的肩膀來擔當。徐泰來就這樣把鬱悶扛在肩膀上，一天一天鬱悶下去了。鬱悶不是別的，它有利息。利滾利，利加利，徐泰來的鬱悶就這樣越積越深。

鬱悶當中徐泰來特地注意了一個人，小梅。一個來自陝西的鄉下姑娘。徐泰來關注小梅也不是小梅有什麼獨到的地方。不是。是小梅一直在大大方方地說她的陝西方言。她說得自如極了，坦蕩極了，一點想說普通話的意思都沒有。泰來很快就聽出來了，陝西話好聽，平聲特別地多，看似平淡無奇的，卻總能在一句話的某一個地方誇張那麼一下，到了最後一個字，又平了，還拖得長長的，悠揚起來了，像唱。要說口音，陝西方言比蘇北方言的口音重多了，小梅卻毫不在意，簡直就是渾然不覺。她就是那樣開口說話的。聽長了，你甚至會覺得，普通話有問題，每個人都應當像小梅那樣說一口濃重的陝西話才對。比較下來，蘇北方言簡直就不是東西，尤其在韻母的部分，沒頭沒腦地採用了大量的入聲和去聲，短短的，粗粗的，是有去無回的嘎，還有強。泰來自慚形穢了，他怎麼就攤上蘇北方言了的呢？要是陝西話，鄉下人就鄉下人吧，他認了。

意外的事情偏偏就發生了。這一天的晚上泰來和小梅一起來到了盥洗間，小梅正在汰洗一雙襪子，兩個人站在水池子的邊上，小梅突然說話了，問了泰來一個很要命的問題，你為什麼總也不說話嘛？泰來的眼皮子眨巴了兩三下，沒有答理她。小梅以為徐泰來沒有聽見，又問了一遍。泰來回話了，口吻卻不怎麼好。

「你什麼意思？」

「偶沫（沒）有意思，偶就是想聽見你說話嘛。」

「你想聽什麼？」

「偶啥也不想聽。偶就想聽見你說說話嘛。」

「什麼意思？」

「浩（好）聽嘛。」

「你說什麼？」

「你的家鄉話實在是浩（好）聽。」

這句話有點嚇唬人了。徐泰來花了好大的工夫才把小梅的這句話弄明白。這真是隔鍋飯香了。方言讓徐泰來自卑，是他的軟肋。可他的軟肋到了小梅的那一頭居然成了他的硬點子。泰來不信。可由不得泰來不信，小梅的口氣在那裡，充滿了實誠，當然，還有羨慕和讚美。

泰來在小梅面前的自信就這樣建立起來了。說話了。說話的自信是一個十分鬼魅的東西，有時候，你在誰的面前說話自信，你的內心就會醞釀出自信以外的東西，使自信變得綿軟，擁有纏繞的能力。兩個人就這樣熱乎起來了，各自說著各自的家鄉話，越說話越多，越說話越深，好上了。

泰來與小梅的戀愛一共只存活了不到十個月。那是九月裡的一個星期天，小梅的父親突然給上海打來了一個電話，他「請求」小梅立即回家，嫁人，父親把所有的一切都挑明了，男方是一個智障。小梅的父親不是一個蠻橫的人，他把話都說得明明白白的，他「不敢」欺騙自己的女兒，他也「不敢」強迫自己的女兒，只是和小梅「商量」。是「請求」。父親甚至把內裡的交易都告訴了小梅，一句話，「事成之後」，小梅的一家都有「好處」。

「娃，回來吧。」

小梅的離開沒有任何跡象。她只是在附近的旅館裡開了一間房，然後，悄悄把泰來叫過去了。一覺醒來，泰來從小梅的信件上知道小梅離開的消息，他用他的指尖撫摸著小梅的信，每一個聲母和韻母都是小梅的肌膚，是小梅拔地而起的毛孔。在信中，小梅把一切都對「泰來哥」說了。到了信的結尾，小梅這樣寫道：「泰來哥，你要記住一件事，我是你的女人了，你也是我的男人了。」

泰來不知道自己把小梅的信讀了多少遍，讀到後來，泰來把小梅的信放在了大腿上，開始摩挲，開始唱。開始還是低聲的，只唱了幾句，泰來把他的嗓子扯開了，放聲歌唱。泰來的舉動招來了旅館的保安，他們把泰來請了出去，直接送回到推拿中心。徐泰來一定是著了魔了，回到推拿中心他還是唱，差不多唱了有一天半。一開始大夥兒還替他難過的，到後來大夥兒就不只是難過，而是驚詫。泰來怎麼會唱那麼多的歌？他開始大聯唱了，從二十世紀八〇年代末一直串聯到二十一世紀初。什麼風格的都有，什麼唱法的都有。令人驚詫的還在後頭，誰也沒有想到泰來能有那麼好的嗓音，和他平日裡的膽怯一點也不一樣，他奔放，呼天搶地。還有一點就更不可思議了，泰來一直說不來普通話，可是，他在歌唱的時候，他居然把每一個字的聲母和韻母吃得都很準，「f」和「h」正確地區分開來了，「n」和「L」也嚴格地區分開來了，甚至連「zh、ch、sh」和「z、c、s」都有了它們恰當的舌位。泰來一個人躺在宿舍的床上，不論同事們怎麼勸，他都不吃，不喝，只是唱。

從來就沒有冷過因為有你在我身後
你總是輕聲地說黑夜有我
你總是默默承受這樣的我不敢怨尤
現在為了什麼不再看我
我是不是你最疼愛的人你為什麼不說話

白天和黑夜只交替沒交換
無法想像對方的世界
我們仍堅持各自等在原地
把彼此站成兩個世界
你永遠不懂我傷悲
像白天不懂夜的黑

九妹九妹漂亮的妹妹
九妹九妹透紅的花蕾
九妹九妹可愛的妹妹
九妹九妹心中的九妹

原來給你真愛的我是無悔是每一天
原來只要共你活一天
凡塵裡一切再不掛念
原來海角天際亦會變
你這剎那在何方我有說話未曾講

如何能聯繫上與你再相伴在旁
愛意要是沒迴響這世界與我何干

風中有朵雨做的雲一朵雨做的雲
雲在風中傷透了心不知又將吹向哪裡去

我家住在黃土高坡大風從坡上刮過
不管是西北風還是東南風
都是我的歌
我的歌

告訴你我等了很久告訴你我最後的要求
我要抓起你的雙手你這就跟我走
這時你的手在顫抖這時你的淚在流
莫非你是正在告訴我你愛我一無所有你這就跟我走

唱到後來泰來已經失聲了，只有氣流的喘息。就在大夥兒以為要出人命的時候，泰來沒有出人命。他做出了一個平靜的舉動，自己爬起來了。沒有任何人勸他吃，他吃了。沒有任何人勸他喝，他喝了。吃飽了，喝足了，泰來沒事一樣，上班去了。

那個時候的金嫣還在大連。大連離上海有多遠？起碼也有兩千公里，可以說是兩重天。然而，在手機時代，兩千公里算什麼？是零距離。金嫣在第一時間就從她的一位老鄉那裡聽說了泰來的事。事實上，手機的轉述中，事情離它的真相已經很遠了，它得到了加工，再加工，深度加工。事件上升到了故事的高度。它有了情節，開始跌宕，起伏，擁有了叙事人的氣質特徵，擁有了愛情故事的爆發力。它完整，破碎，激烈，淒迷。徐泰來與小梅的故事在盲人的世界裡迅速地傳播，是封閉世界裡無邊的旋風。金嫣聽完了故事，合上手機，眼淚都還沒有來得及擦，金嫣已經感受到了愛情。「咚」的一聲，金嫣掉下去了，陷進去了。這時候的金嫣其實已經戀愛了。她的男朋友就是故事裡的男主人公。她的戀人叫徐泰來。

一個星期之後，金嫣辭去大連的工作，瘋狂的火車輪子把她運到了上海。一份工作對金嫣來說真的無所謂，作為一個推拿師，她所有的手藝都在十個手指頭上，這裡辭去了，換一個地方還可以再賺回來。但愛情不一樣。愛情只是「這個時候」，當然，愛情也還是「這個地方」，錯過了你就一輩子錯過了。作為一個盲人，金嫣是悲觀的。她的悲觀深不可測。她清楚地看到了她的一生：這個世界不可能給她太多了。悲觀反而讓金嫣澈底輕鬆下來了。骨子裡，她瀟脫。她不要。她什麼都可以捨棄。今生今世她只要她的愛情，餓不死就行了。在愛情降臨之後，她要以玫瑰的姿態把她所有花瓣綻放出來，把她所有的芬芳彌漫出來。愛一次，做一次新娘子，她願意用她的一生去做這樣的預備。為了她的愛情，她願意把自己的一生當作賭注，全部押上去。她豁出去了。

金嫣卻撲了一個空。就在金嫣來到上海前的一個星期，泰來早已不辭而別。像所有的傳說一樣，主人公在最後的一句話裡合理地消失了，消失在一個「很遠很遠的地方」。無影無蹤。金嫣撥通了泰來的手機，得到的答覆是意料之中的，「您撥打的手機已停機」。金嫣並不沮喪。「已停機」不是最好的消息，卻肯定也不是最壞的消息。「已」是一個信號，它至少表明，那個「故事」是真的，泰來這個人是真的。有。泰來不在這兒，卻肯定在「那兒」，只不過他的手機「已經」停機了。這又有什麼關係？停機就停機吧，愛情在就行了。

金嫣的戀愛從一開始就只有一半，一半是實的，一半是空的；一半在地上，一半在天上；一半是已知的，一半是未知的；一半在「這兒」，一半在「那兒」。一半是當然，一半是想當然。這很迷人。這很折磨人。因為折磨人，它更加地迷人，它帶上了夢幻和天高地迴的色彩。

泰來在哪裡？金嫣不知道。然而，不幸的消息最終還是來到了，幾乎就是噩耗。金嫣的手機告訴金嫣，她撥打的手機不再是「停機」，而是「空號」。

金嫣沒有悲傷，心中卻突然響起了歌聲。所有的歌聲都響起來了，像傾盆的雨，像飛旋的雪，從八〇年代末到二十一世紀初，什麼唱法的都有，什麼風格的都有。它們圍繞在金嫣的周遭，霧氣茫茫。金嫣的心無聲，卻縱情歌唱。

泰來，一個失戀的男人，一個冥冥中的男人，一個在虛無的空間裡和金嫣談戀愛的男人，他哪裡能夠知道他已經又一次擁有了他的愛情呢？他姓徐。他叫徐泰來。金嫣的心蒼茫起來了，空闊起來了。海闊憑魚躍，天高任鳥飛。可滿世界都是毫不相干的魚，滿世界都是毫不相干的鳥。泰來被大海和天空無情地淹沒了，他在哪——裡啊，在哪裡？

金嫣決定留在上海。氣息奄奄。像一個夢。她在泰來曾經工作過的推拿中心留下來了。金嫣是悲傷的，卻一點也不絕望，這可是泰來生活和工作過的地方。她清清楚楚地知道，她所做的事情並不盲目。她瞭解盲人的世界，盲人的世界看起來很大，從實際的情況來說，很小，非常小。與此同時，盲人都有一個致命的特徵，戀舊。上海有泰來的舊相識，泰來總有一天會把他的電話打回到上海來的。金嫣要做的事情其實只有一件，等，在小小的世界裡守株待兔。又有誰能知道金嫣的心是怎麼跳動的呢？金嫣是知道的。別人的心跳像兔子，她的心跳則像烏龜。烏龜一定能在一棵大樹的底下等到一隻屬於牠的兔子。金嫣堅信，一個戀愛中的女人每一次心跳都是有價值的，她的心每跳動一次就會離她的戀人近一點，再近一點，更近一點。金嫣看不見，但是，她的瞳孔內部裝滿了泰來消逝的背影——重重疊疊，鬱鬱蔥蔥。金嫣在戀愛，她的戀愛只有一個人。一個人的戀愛是最為動人的戀愛。一個人的戀愛才更像戀愛。親愛的，我來了。親愛的，我來了。

金嫣給了自己一個時間表，大致上說，一年。金嫣願意等。時間這東西過起來很快的，它的意義完全取決於你有沒有目標。等待的人是很艱難的，說到底又是幸福的，每一天，每一個小時，其實都在接近。它們都用在了刀刃上。只要能夠接近，等待必然意味著一寸光陰一寸金。

金嫣並沒有等待一年。命運實在是不可捉摸的東西，金嫣在上海只等了五個月。五個月之後，金嫣聽到了命運動人的笑聲。那是一個夜晚，金嫣他們已經下了夜班了，幾個「男生」聚集在金嫣的宿舍裡，胡亂地嗑瓜子，瓜子殼被他們吐得到處飛。大約在凌晨的一點多鐘，他們扯來扯去的，怎麼就扯到泰來的身上去了。一說起泰來大夥兒便沉默。這時候坐在門口的「野兔」卻說話了，十分平靜地說：「他現在挺好的。在南京呢。」

談話的氣氛寂靜下來了。

「你說誰？你說誰挺好？」金嫣側過臉問。

「野兔」「嗨」了一聲，說：「一個活寶。你不認識的，徐泰來。」

金嫣控制住自己，聲音卻還是顫抖了，金嫣說：「你有他的手機號麼？」

「有啊。」「野兔」說，「前天中午他還給我打電話了。」

金嫣說：「你為什麼不告訴我？」這句話問得有些不講道理了。

「野兔」把一粒瓜子架在牙齒的中間，張著嘴，不說話了。金嫣的話問得實在沒有來路。「野兔」想了想，說：「你不認識他的。」

金嫣說：「我認識他的。」

「野兔」說：「你怎麼認識他的？」

金嫣想了想，說：「我欠他的。」

南京。南京啊南京。當金嫣還在大連的時候，南京是一個多麼遙遠的地方，像一個謎底，隱藏在謎語的背後。而現在，南京嘩啦一下，近了，就在上海的邊沿。金嫣突然就感到了一陣害怕，是「近鄉情更怯」的恐懼。可金嫣哪裡還有時間害怕，她的心早已是一顆子彈，經過五個多月的瞄準，「啪」的一聲，她扣動了扳機，她把她自己射出去了。也就是兩個多小時的火車，當然，還有二十多分鐘的汽車，第二天的下午三點二十七分，出租車穩穩當當地停泊在了「沙宗琪推拿中心」。

金嫣推開「沙宗琪推拿中心」的玻璃門，款款走了進去。她要點鐘。她點名要了徐泰來。前臺小姐告訴她，徐大夫正在上鐘，我給你另外安排吧。金嫣平平淡淡地給了前臺小姐三個字：

「我等他。」

「我等他。」金嫣等待徐泰來已經等了這麼久了，她哪裡還在乎再等一會兒。以往的「等」是怎樣的一種等，那是空等、痴等和傻等，陪伴她的只是一個人的戀愛，其實是煎熬。現在，不一樣了。等的這一頭和等的那一頭都是具體的，實實在在的。她突然就愛上了現在的「等」，她要用心地消化並享受現在的「等」。金嫣說：「給我來杯水。」

在後來的日子裡，金嫣一直不能相信自己的平靜與鎮定。她怎麼能這樣地平靜與鎮定呢？她是怎樣做到的呢？太不同尋常了。金嫣驚詫於自己的心如止水。她就覺得她和泰來之間一定有上一輩子的前緣，經歷了一個紛繁而又複雜的轉世投胎，她，和他，又一次見了面。就這麼簡單。

徐泰來終於出現在了金嫣的面前。很模糊，霧濛濛的，是個大概。然而，金嫣可以肯定，這是一個「實體」。高度在一米七六的樣子。金嫣的眼睛和別的盲人不一樣，她既是一個盲人，又不能算是一個澈底的盲人。她能夠看到一些。只是不真切。她的視力毀壞於十年之前的黃斑病變。黃斑病變是一種十分陰險的眼疾，它是漫長的，一點一點的，讓你的視力逐漸地減退，視域則一點一點地減小，最後，這個世界就什麼都沒了。金嫣的視力現在還有一些，卻是棍狀的，能看見垂直的正前方，當然，距離很有限，也就是幾厘米的樣子。如果拿一面鏡子，金嫣只要把鼻尖貼到鏡面上去，她還是可以照鏡子的。這句話也可以這樣說，如果金嫣把徐泰來抓住，一直拉到自己的面前，金嫣努力一下，完全可以看清徐泰來的長相。但是金嫣絲毫也不在意徐泰來的長相。和他的杜鵑啼血比較起來，一個男人的長相又算得了什麼？

泰來的手指頭終於落在金嫣的身上了。第一步當然是脖子。他在給她做放鬆。他的手偏瘦。力量卻還是有的。手指的關節有些鬆弛，完全符合他脆弱和被動的天性。從動作的幅度和力度上看，不是一個自信的人，是謹小和慎微的樣子。不會偷工。每一個穴位都關照到了。到了敏感的部位，他的指頭體貼，知道從客人的角度去感同身受。他是一個左撇子。

老天爺開眼了。從聽說徐泰來的那一刻起，金嫣就知道徐泰來是「怎樣的」一個人了。彷彿收到了神諭，對徐泰來，金嫣實在一無所知，卻又瞭如指掌。現在看起來是真的，泰來就是金嫣想要的那一號。他是她的款。金嫣不喜歡強勢的男人。強勢的男人包打天下，然後，女人們在他的懷裡小鳥依人。金嫣不要。金嫣所鍾情的男人不是這樣的。對金嫣來說，好男人的先決條件是柔軟，最好能有一點纏綿。然後，金嫣像一個大姊，或者說，母親，罩住他，引領著他。金嫣所痴迷的愛情是溺愛的，她就是要溺愛她的男人，讓他暈，一步也不能離開。金嫣有過一次短暫的愛情，小夥子的視力不錯，能看到一些。就是這麼一點可憐的視力把小夥子害了，他的自我感覺極度良好，在金嫣的面前飛揚跋扈。金嫣都和他接吻了。但是，只接了一次吻，金嫣果斷地提出了分手。金嫣不喜歡他的吻。他的吻太自我、太侵略，能吃人的。金嫣所渴望的是把「心愛的男人」摟在自己的胸前，然後，一點一點地把他給吃了。金嫣瞭解她自己，她的愛是抽象的，卻更是磅礴的，席捲的，包裹的，母老虎式的。她喜歡乖男人，聽話的男人，懼內的男人，柔情的男人，黏著她不肯鬆手的男人。和「被愛」比較起來，金嫣更在乎「愛」，只在乎「愛」。

金嫣的黃斑病變開始於十歲。在十歲到十七歲之間，金嫣的生活差不多就是看病。八年的看病生涯給了金嫣一個基本的事實，她的眼疾越看越重，她的視力越來越差，是不可挽回的趨勢。金嫣最終說服了她的父母，不看了。失明當然是極其痛苦的，但是，金嫣和別人的失明似乎又不太一樣，她的失明畢竟擁有一個漸變的過程，是一路鋪墊著過來的，每一步都做足了心理上的準備。十七歲，在一個女孩子最為充分、最為飽滿的年紀，金嫣放棄了治療，為自己爭取到了最後的輝煌。她開始揮霍自己的視力，她要抓住最後的機會，不停地看。看書，看報，看戲，看電影，看電視，看碟片。她的看很快就有了一個中心，或者說，主題，那就是書本和影視裡的愛情。愛情多好哇，它感人，曲折，富有戲劇性，衣食無憂，撇開了柴米油鹽醬醋茶，還有藥。愛情迷人啊。即使這愛情是人家的，那又怎麼樣？「看看」唄。「看看」也是好的。慢慢地，金嫣又看出新的頭緒出來了，愛情其實還是初步的，它往往只是一個鋪墊。最吸引人的又是什麼呢？婚禮。金嫣太喜愛小說和電影裡的婚禮了，尤其是電影。她總共看過多少婚禮？數不過來了。古今中外的都有。金嫣很快從電影裡的婚禮上總結出戲劇的規律來了，戲劇不外乎悲劇和喜劇，一切喜劇都以婚禮結束，而一切悲劇只能以死亡收場。婚禮，還有死亡，這就是生活的全部了。說什麼政治，說什麼經濟，說什麼軍事，說什麼外交，說什麼性格，說什麼命運，說什麼文化，說什麼民族，說什麼時代，說什麼風俗，說什麼幸福，說什麼悲傷，說什麼飲食，說什麼服裝，說什麼擬古，說什麼時尚，別弄得那麼玄乎，看一看婚禮吧，都在上頭。

作為一個心智特別的姑娘，金嫣知道了，她終究會是一個瞎子，她的心該收一收了。老天爺不會給她太多的機會。除了不被餓死，不被凍死，還能做什麼呢？只有愛情了。但她的愛情尚未來臨。金嫣告訴自己，這一輩子什麼都可以沒有，愛情不能沒有。她要把她的愛情裝點好。怎麼才能裝點好呢？除了好好談，最盛大的舉動就是婚禮了。從某種意義上說，從放棄了治療的那一刻起，金嫣每一天都在婚禮上。她把自己放在了小說裡頭，她把自己放在了電影和電視劇裡頭。她一直在結婚——有時候是在東北，有時候是在西南，有時候是在中國，有時候是在國外，有時候是在遠古，有時候是在現代。這是金嫣的祕密，她一點也不害羞，相反，婚禮在支撐著她，給她蛋白質，給她維生素，給她風，給她雨，給她陽光，給她積雪。當然，金嫣不只是幸福，擔心也是有的，金嫣最大的擔心就是婚禮之前雙目失明。無論如何也要在雙目失明之前把自己嫁出去。她要把自己的婚禮錄下來，運氣好的話，她還可以把自己的錄像每天看一遍，即使趴在屏幕上，她也要看。直到自己的雙眼什麼都看不見為止。有一個成語是怎麼說的？望穿雙眼。

還有一個成語，望穿秋水。金嫣是記得自己的眼睛的，在沒有黃斑病變之前，她的眼睛又清，又澈，又亮，又明，還有點漣漪，還有點晃。再配上微微上挑的眼角，她的眼睛不是秋水又是什麼？金嫣有時候就想了，幸虧自己的眼睛不好，要是一切都好的話，她在勾引男人方面也許有一手。這些都是說不定的事情。

金嫣趴在床上，感受著徐泰來的手指頭，微微嘆了一口氣，像在做夢。但她無比倔強地告訴自己，這不是夢。是真的。她一遍又一遍地警告自己，挺住，要挺住，這不是夢，是真的。她多麼想翻過身來，緊緊地抓住泰來的手，告訴他，我們已經戀愛很久了，你知道嗎？

金嫣說：「輕一點。」

金嫣說：「再輕一點。」

「你怎麼那麼不受力？」徐泰來說。這是徐泰來對金嫣所說的第一句話。徐泰來說：「再輕就沒有效果了。」

怎麼能沒有效果呢？推拿輕到一定的地步就不再是推拿，而是撫摸。男人是不可能懂得的。金媽輕輕哼唧了一聲，說：「先生您貴姓？」

「不客氣。」徐泰來說，「我姓徐。」

金媽的臉部埋在推拿床的洞裡，「噢」了一聲，心裡頭卻活絡了。——金媽說話了：「如果你願意告訴我你有幾個兄弟姊妹，我能算出你的名字，你信不信？」

泰來撤下一隻手，想了想，說：「你是幹什麼的？」

「我是學命理的。」

「就是算命的吧？」

「不是。凡事都有理。道有道理，數有數理，物有物理。命也有命理。」

「那你告訴我，我有幾個兄弟姊妹？」

「你把名字告訴我。只要知道了你的名字，我就能知道你有幾個兄弟姊妹。」

徐泰來想了想，說：「還是你來說我的名字吧。我有一個妹妹。」

果然是蘇北人。果然是一口濃重的蘇北口音。只有蘇北人才會把「妹妹」說成了「咪咪」。徐泰來說，他有一個「咪咪」。

金媽想了想，說：「你姓徐是吧？一個妹妹是吧？你叫——徐——泰——來。沒錯。你叫徐泰來。」

徐泰來的兩隻手全部停止了。——「你是誰？」

「我是學命理的。」

「你怎麼知道我的名字？」

「凡事都有理，清清楚楚。你姓徐，你有一個妹妹，你只能是徐泰來。」

「我為什麼要相信你？」

「我不要你信我。我只要你相信，你是徐泰來。你信不信？」

過了好大的一會兒，徐泰來說：「你還知道什麼？」

金嫣坐起來了，通身洋溢的都是巫氣。金嫣是知道的，自己的身上沒有巫氣，是喜氣。「把手給我。」

徐泰來乖乖的，依照男左女右這個原則，把自己的左手伸到了金嫣的手裡。金嫣卻把他的雙手一古腦兒握在了手上。這是金嫣第一次觸摸徐泰來，她的心頓時就難受了。但是，金嫣沒有讓自己難受，她正過來摸，反過來又摸。然後，中止了。金嫣拽著泰來的手，篤篤定定地說：

「你命裡頭有兩個女人。」

「為什麼是兩個？」

「第一個不屬於你。」

「為什麼不屬於我？」

「命中注定。你不屬於她。」

徐泰來突然就是一個抽搐，金嫣感覺出來了。他在晃，要不就是空氣在晃。

「她為什麼不是我的女人？」

「因為你屬於第二個女人。」

「我要是不愛這個女人呢？」

「問題就出在這個地方。」金嫣放下徐泰來的手，說，「你愛她。」

徐泰來仰起臉。他的眼睛望著上方，那個地方叫宇宙。

徐泰來站在了宇宙裡，罡風浩蕩，他四顧茫茫。

金嫣已經不和他糾纏了。金嫣說：「麻煩你一件事，把你們的老闆叫過來。」

徐泰來傻在了那裡，不知道他的命運裡頭究竟要發生什麼。徐泰來自然是不會相信身邊的這個女人的，但是，說到底盲人是迷信的，多多少少有點迷信，他們相信命。命是看不見的，盲人也看不見，所以，盲人離命運的距離就格外地近。徐泰來木頭木腦的，想了想，以為客人要投訴，真的把沙復明叫過來了。沙復明的步履相當地匆忙。一進門，知道了，不是投訴，是求職來了。

金嫣早已經反客為主，她讓沙復明躺下，自說自話了，活生生地把推拿房當成了面試的場景。當即就要上手。沙復明也是個老江湖了，哪裡能受她的擺布？沙復明謝絕了，說：「我們是小店，現在不缺人手。」

「這怎麼可能？」金嫣說，「任何地方都缺少優秀的人手。」

金嫣拉著沙復明，讓他躺下了。沙復明也沒見過這樣的陣勢，總不能拉拉扯扯和人家動手吧，只好躺下了。也就是兩分鐘，沙復明有底了，她的手法不差，力道也不差，但是，好就說不上了，不是她所說的那樣「優秀」。沙復明咳嗽了兩聲，坐起來，客氣地、盡可能委婉地說：「我們是小店，小廟，是吧。你沿著改革路往前走，四公里的樣子，就在改革路與開放路的路口，那裡還有一家店面，你可以去那裡試試運氣。」為了緩和一下說話的氣氛，沙復明還特地調皮了一下，說：「改革和開放一路都是推拿和按摩。」

金嫣沒有笑。金嫣說：「我哪裡也不去。我就在這裡了。」這句話蠻了，沙復明還沒有見過這樣求職的。沙復明自己卻笑起來，說：「這句話怎麼講呢？」

金嫣說：「我不是到你這兒打工的。要打工，我就會到別的地方去了。」

沙復明又笑，說：「那我們也不缺老闆哪。」

金嫣說：「我只是喜歡你們的管理。我必須在這裡看看。」這句話一樣蠻，卻漂亮了，正中了沙復明的下懷。像搓揉。沙復明的身子骨當即就鬆了下來。不笑了。開始咧嘴。咧過嘴，沙復明說：「——你是聽誰說的？」

「在上海聽說的。」這句話含糊得很，等於沒說。它不涉及具體的「誰」，卻把大上海推出來了。這等於說，沙復明的管理在大上海也都是人人皆知的。這句沒用的話已不再是搓揉，而是點穴，直接就點中了沙復明的穴位。沙復明已不是一般的舒服，當然，越是舒服沙復明就越是不能齜牙咧嘴。沙復明在第一時間表達了一個成功者應有的謙虛與得體，淡淡地說：「摸著石頭過河罷了，其實也一般。」

金嫣說：「我就想在這裡學一學管理，將來有機會開一家自己的店。老闆要是害怕，我現在就可以向你保證，萬一我的店開在南京，我的店面一定離你十公里，算是我對你的報答。」

說是「報答」，這「報答」卻充滿了挑戰的意味。沙復明不能不接招。人就是這樣，你強在哪裡，你的軟肋就在哪裡。沙復明又笑了，清了清嗓子，說：「都是盲人，不說這個。你掙就是我掙。沙宗琪推拿中心歡迎你。」

金嫣謝過了，後怕卻上來了。這麼長的時間過去了，徐泰來始終都杳無音信，她一直堅守著一個人的戀愛，金嫣是一往無前的，卻像走鋼絲，大膽，鎮定，有勇氣，有耐心。現在，終於走到徐泰來的身邊了。走鋼絲的人說什麼也不可以回頭的，回頭一看，金嫣自己把自己嚇著了，——每一步都暗含著掉下去的危險。金嫣突然就是一陣傷慟，有了難以自制的勢頭。好在金嫣沒有哭，她體會到了愛情的艱苦卓絕，更體會到了愛情的蕩氣迴腸。這才是愛情哪。金嫣一下子就愛上自己的愛情了。

但問題是，泰來還蒙在鼓裡。他什麼都不知道。對金嫣來說，如何把一個人的戀愛轉換成兩個人的戀愛，這有點棘手了。有一點是很顯然的，徐泰來還沒有從第一次失敗當中緩過勁來，就是緩過勁來了，那又怎麼樣？他哪裡能知道金嫣的心思，退一步說，知道了，他又敢說什麼？

金嫣不想拖。想過來想過去，金嫣決定，還是從語言上入手。南京雖然離蘇北很近，但是，泰來口音上的特徵還是明白無誤地顯示出來了。他對他的口音太在意、太自卑了。如果不幫著泰來攻克語言上的障礙，交流將是一個永久的障礙。

機會還是來了。金嫣終於得到了一個和泰來獨處的機會。就在休息區。金嫣是知道的，這樣的機會不會保留太久，五分鐘，兩分鐘，都是說不定的。

問題是泰來怕她。從「算命」的那一刻起，泰來就已經怕她了。這一點金嫣是知道的。金嫣沒有一上來就和徐泰來聊天，假裝著，掏出手機來了，往大連的老家打了一個電話，也沒人接。金嫣就嘆了一口氣，合上手機的時候說話了。金嫣說：「泰來，你老家離南京不遠的吧？」

「不遠。」泰來說，「也就兩三百里。」

「也就兩三百里？」金嫣的口氣不解了，「怎麼會呢？」金嫣慢騰騰地說，「南京話這麼難聽，也就兩三百里，你的家鄉話怎麼就這樣的呢？你說話好聽死了。真好聽。」

這句話是一顆炸彈。是深水炸彈。它沿著泰來心海中的液體，搖搖晃晃，一個勁地下墜。泰來感覺到了它的沉墜，無能為力。突然，泰來聽到了一聲悶響。它炸開了。液體變成了巨大的水柱，飛騰了，沸騰了，喪心病狂地上湧，又喪心病狂地墜落。沒有人能夠描述他心中的驚濤與駭浪。金嫣直接就聽到了徐泰來粗重的呼吸。

泰來傻乎乎地坐在那裡。金嫣卻離開了。她一邊走一邊說：

「我就知道，喜歡聽你說話的人多了，肯定不止我一個。」

這句話洩氣了，含有不自量力的成分。是自艾。意味特別地深長。

第7章　沙復明

「美」是什麼？「美」是什麼呢？從導演離開推拿中心的那一刻起，沙復明就被這個問題纏住了。他挖空了心思，卻越來越糊塗。「美」究竟是個什麼東西呢？它長在哪兒？

嚴格地說，沙復明想弄清楚的並不是「美」，而是都紅。可是，「美」在都紅的身上，這一來「美」和都紅又是一碼子事了。你不把「美」這個問題弄明白，你就永遠不可能弄懂真正的都紅。沙復明焦躁了，傷神了。他的焦躁沒有任何結果，留給他的只有更加開闊的茫然，自然還有更加深邃的黝黑，那是一個永遠都無法抵達的世界。「把都紅從頭到腳摸一遍吧。」沙復明這樣想。這個念頭嚇了沙復明一跳。說到底，手又能摸出什麼來呢？手可以辨別出大小、長短、軟硬、冷熱、乾濕、凸凹，但手有手的極限。手的極限讓沙復明絕望，整個人都消沉了。他終日枯坐在休息廳裡，在想。在胃疼，面色凝重。

書上說，美是崇高。什麼是崇高？

書上說，美是陰柔。什麼是陰柔？

書上說，美是和諧。什麼是和諧？

什麼是高貴的單純？什麼是靜穆的偉大？什麼是雄偉？什麼是壯麗？什麼是浩瀚？什麼是莊

嚴？什麼是晶瑩？什麼是清新？什麼是精巧？什麼是玄妙？什麼是水光瀲灩？什麼是山色空濛？什麼是如火如荼？什麼是鬱鬱蔥蔥？什麼是綠島淒淒？什麼是白霧茫茫？什麼是黃沙漫漫？什麼是莽莽蒼蒼？什麼是嫵媚？什麼是窈窕？什麼是裊娜？什麼是風騷？什麼是風姿綽約？什麼是嫣然一笑？什麼是帥？什麼是酷？什麼是瀟灑？什麼是風度？什麼是俊逸鏗鏘？什麼是揮灑自如？流水為什麼潺潺？煙波為什麼淡淡？天路為什麼逶迤？華光為什麼璀璨？戎馬為什麼倥傯？八面為什麼玲瓏？虛無為什麼縹緲？歲月為什麼崢嶸？

什麼是紅？什麼是綠？什麼是「紅是相思綠是愁」？什麼是「知否知否，應是紅肥綠瘦」！

沙復明記憶力出眾，至今能背誦相當數量的詩詞和成語。還在小學階段，他出色的記憶力曾為他贏得過「小博士」這個偉大的稱號。這些詩詞和成語他懂麼？不懂。許多都不懂，學舌罷了。慢慢地，隨著年歲的增加，似乎又懂了。這個「懂」是什麼意思呢？是他會用。嚴格地說，盲人一直在「用」這個世界，而不是「懂」這個世界。

問題是，「美」不是用的，它是需要懂的。

沙復明急了，急火攻心。一顆心其實已經暴跳如雷了。然而，暴跳如雷沒有用，沙復明只能控制住自己，在休息區裡坐下來了。他撥弄著自己的手指，像一個念珠的老僧，入定了。他怎麼能入定？他的心在寂靜地翻湧。

他和這個世界有關係麼？有的吧，有。應該有。他確確實實就處在這個世界裡頭，這個世界裡頭還有一個姑娘，叫都紅。就在自己的身邊。可是，「美」將他和都紅隔開了，結結實實地，隔離開來了。所以，他和這個世界無關。這個突發的念頭讓沙復明的心口拎了一下，咕咚就是一聲。對這個世界來說，他沙復明只是一個假設；要不然，這個世界就是一個假設。

問題是，「美」有力量。它擁有無可比擬的凝聚力。反過來說，它給了你驅動力。它逼著你，要挾著你，讓你對它做出反應。從這個意義上說，與其說是都紅的「美」吸引了沙復明，不如說是導演對「美」的讚歎吸引了他。導演的讚歎太令人讚歎了，「美」怎麼會讓一個人那樣的呢？它具有怎樣的魔法？

足足被「美」糾纏了一個星期，沙復明扛不住了。瞅準了一個空檔，沙復明鬼鬼祟祟地把都紅叫了過來，他想「看一看」她的「業務」。都紅進來了，沙復明關上門，一隻手卻摸到了牆壁上的開關，「啪」的一聲，燈打開了。燈光很黑，和沙復明的瞳孔一樣黑。為什麼一定要開燈呢？沙復明想了想，也沒有想出什麼結果來。考核完畢，沙復明說：「很好。」人卻不由自主地緊張起來了。他只好笑，他的笑聲前言不搭後語，最終，沙復明拿出一種嬉戲的、甚至是油滑的口吻，說：「都紅，大家都說你美，能不能把你的『美』說給我聽聽？」

「老闆你開玩笑了。」都紅說。都紅這樣說得體了。在這樣的時候，還有什麼比謙虛更能夠顯得有涵養呢。「人家也是開玩笑。」

沙復明收斂起笑容，嚴肅地指出：「這不是玩笑。」

都紅楞了一下，差不多都被沙老闆的嚴肅嚇住了。「我哪裡能知道，」都紅說，「我和你一樣，什麼也看不見的。」

這個回答其實並不意外。可是，沙復明意外。不只是意外，準確地說，沙復明受到了意外的一擊。他的上身向後仰了一下，像是被人捅了一刀，像是被人打了一個悶棍。「美」的當事人居然也是什麼都不知道的。這讓沙復明有一種說不出口的悲哀。這悲哀闃然不動，卻能夠興風作浪。

沙復明無限地疲憊，他決定放棄，放棄這個妖言惑眾的、騙局一般的「美」。但沙復明低估了「美」的能力，——它是誘惑的，它擁有不可抗拒的吸引力。它是漩渦，周而復始，危險而又迷人。沙復明陷進去了，不停地沉溺。

「美」是災難。它降臨了，輕柔而又緩慢。

胃卻疼了。它不該這樣疼的。它比平時早到了兩個小時。

就在忍受胃疼的過程中，沙復明無緣無故地恨起了導演，還有導演身邊的那個女人。如果是一個普普通通的客人，他們對都紅說：「小姑娘，你真漂亮啊！」沙復明還會往心裡去麼？不會。可這句話偏偏就是一個藝術家說出來的，還帶著一股濃郁的文藝腔。像播音。他們說什麼也不該闖入「沙宗琪推拿中心」。藝術家是禍首。柏拉圖一心想把藝術家從他的「理想國」當中驅逐出去，對的。他們就會蠱惑人心。當然，這是氣話了。沙復明從心底裡感謝導演和那個女人。沙復明感謝他們的發現。是他們發現並送來了一個黑暗的、撩人的、卻又是溫暖的春天。

如果春天來了，夏天還會遠麼？沙復明聞到了都紅作為一朵迎春花的氣息。

但沙復明究竟悲哀。沙復明很快就意識到了，即使到了鍾情的時刻，盲人們所依靠的依然是「別人」的判斷。盲人和所有的人一樣，到了戀愛的關頭都十分在意一件事，那就是戀人的長相。但是，有一點又不一樣了，盲人們不得不把「別人」的意見記在心上，做算術一樣，一點一點地運算，最後，得到的答案彷彿是私人的，骨子裡卻是公共的。盲人一輩子生活在「別人」的評頭論足裡，沒有我，只有他，只有導演，只有導演們。就在「別人」的評頭論足裡，盲人擁有了盲人的一見鍾情，盲人擁有了盲人的驚鴻一瞥或驚豔一絕。

說起來沙復明曾經有過一次驚鴻一瞥，那可是真正的驚鴻一瞥，在沙復明十六歲的那一年。那時候沙復明還是一個在校就讀的中學生。十六歲的中學生哪裡能想得到，他在馬路上居然會撞上了愛情。

沙復明至今都還記得那個陽光明媚的夏日午後，陽光照耀在他的額頭上，鋪張而又有力，在跳，一根一根的。沙復明剛剛從蔬果超市裡頭出來，渾身的皮膚都像燃燒起來了一樣。沙復明從臺階上往下走，剛剛走到第五步，沙復明的手突然被另一隻手拽住了。沙復明當即就害羞起來，站在那裡直努嘴。盲人行走在大街上得到一些幫助其實是常有的事，可是，這隻手不一樣。這是一個少女的手。皮膚上的觸覺在那兒。沙復明的內心好大的一陣扭捏，跟著她走了。沙復明一點都沒有意識到這一次的跟隨意味著什麼。到了拐彎的地方，沙復明放下女孩的手，十分禮貌同時也十分拘謹地說了一聲「謝謝」。女孩卻反過來把沙復明的手拉住了，說：「一起去喝點什麼吧？」果然是個女孩子，十六歲，或者十七歲。這個是不可能錯的。沙復明一時還不能確定是該高興還是該生氣。——不少人好心得過了頭，他們在幫助盲人之後情不自禁地拿盲人當乞丐，胡亂地就施捨一些什麼。沙復明不喜歡這樣的人，沙復明不喜歡這樣的事。沙復明客客氣氣地說：「謝謝了。馬上就要上課了。」女孩卻堅持了，說：「我是十四中的，也有課——還是走吧。」十四中沙復明知道，就在他們盲校的斜對面，上學期兩所學校還聯合舉辦過一次文藝匯演呢。女孩說：「交個朋友總可以吧？」她的胳膊搖晃起來，沙復明的胳膊也一起搖晃起來了，而臉上的皮膚也感受到了異樣，——這就是所謂的「面紅耳赤」了吧。沙復明只能把臉側過去，說：「還是謝謝了，我下午還有課呢。」女孩子把嘴巴送到了沙復明的耳邊，說：「我們一起逃課怎麼樣？」

在後來的日子裡，沙復明終於找到了一個恰當的成語來描繪當時的情形了，少女的話簡直就是「晴天霹靂」，具有震撼人心的力量。他一直都是一個好學生，不要說逃課，對他來說，遲到都是不可能的。現在，情況不一樣了，一個女孩子向他發出了邀請，這邀請千嬌百媚。——「逃課」怎麼樣？——「一起」逃課怎麼樣？——「我們」一起逃課怎麼樣？

沙復明在剎那間受到了蠱惑。猶豫了。他認準了他的「晴天霹靂」的背後隱藏著一種動人的東西，那東西就叫做「主流社會」。是從什麼時候開始的？盲人們一直擁有一個頑固的認識，他們把有眼睛的地方習慣性地叫做「主流社會」。「晴天霹靂」背後的不只是「主流社會」了，還是「主流社會」裡最另類的那一個角落。主流，卻另類，沙復明摩拳擦掌了，心中憑空就蕩漾起探險與搏擊的好奇與勇氣。

他們去的是長樂路上的酒吧。女孩子顯然是酒吧裡的常客了，熟練地點好了冰鎮可樂。這是沙復明第一次走進酒吧，心情複雜了。振奮是一定的，卻也有拘謹，還有那麼一點點鬼頭鬼腦的怕。主要是害怕在女孩子的面前露了怯。好在沙復明的腦子卻是清醒的，不停地在判斷，不停地記。也就是十來分鐘，沙復明輕鬆下來了，慢慢地活絡了。沙復明的活絡表現在言語上，他的話一點一點地多了。話一多，人也就自信起來。但沙復明終究是不自信的，他的自信就難免表現得過了頭，話越說越多，一句連著一句，一句頂著一句。話題已經從酒吧裡的背景音樂上引發開來了。這是沙復明的一個小小的計謀，必須把話題引到自己的強項上去。慢慢地，沙復明控制住了話題，擁有了話語的控制權。和這個年紀的許多孩子一樣，他們所依仗的不是理解，而是記憶力，沙復明就開始大量地引用格言，當然，還有警句。沙復明用格言和警句論述了音樂和靈魂的關係，一大堆。在一大堆的格言與警句面前，沙復明突然一個急剎車，意識到了，女孩子都已經好半天沒有開口了。人家也許不感興趣了吧？沙復明只好停頓下來。可以說戛然而止。女孩子似乎意識到了什麼，說：「我在聽呢。」為了表明她真的「在聽」，她拽出了沙復明的一隻手，一起放在了桌面上。她說：「我在聽呢。」

沙復明的雙手是合十的，放在大腿的中間，被兩隻膝蓋夾得死死的。現在，他的左手被女孩拽出來了，放在了桌面上。她的手掌是躺著的，而他的手掌則俯著。女孩的手指找到了沙復明的手指縫，扣起來了。這個看不見的場景遠遠超出了沙復明的想像，他無法想像兩隻毫不相干的手可以呈現出這樣一種簡單而又複雜的結構關係，像精密的設計，每一根手指與每一個手指縫都派上了用場。很結實，很穩固。他的手卻無力了，有些顫。內心卻掀起了波濤，自信與自卑在不要命地蕩漾。上去了，又下來了，下來了，又上去了。彷彿是在原地，似乎又去了遠方。沙復明穩定下來，慢慢地，他們聊到唐詩上去了。唐詩是沙復明最為擅長的領域了，他出色的記憶力這時候派上了用場，他能背。說一會兒他就引用一兩句，再說一會兒他就再引用一兩句。雖說是閒聊，可他的閒聊顯得格外地有理有據，都是有出處的。是有底子的模樣。腹有詩書氣自華，沙復明的才華出來了，他感受到了自己的「氣質」。他一邊聊，一邊引用，還一邊闡發。可到底還是不自信，就想知道女孩是不是在聽。女孩在聽。她已經把另外的一隻手加在沙復明的手上了。這等於說，她小小的巴掌已經把沙復明的手捂在了掌心。沙復明再一次停頓下來。他不敢張嘴，一張嘴他的心臟就要蹦出去了。

「你叫什麼？」女孩問。

「沙復明。」沙復明伸出脖子，噝了噝，說，「黃沙的沙，光復的復，明亮的明。——你呢？」

為了能把自己的姓名介紹得清晰一些，女孩子有創意了。她從杯子裡取出一塊冰，拉過沙復明的胳膊，在沙復明胳膊上寫下了三個字。

沙復明的胳膊感受到了冰。他的胳膊感受到了冰涼的一橫、一豎、一撇、一捺。這感受是那樣地奇特，沁人心脾。由於溫度的關係，女孩子的一橫一豎與一撇一捺就不再是「寫」出來的了，而是「刻」。銘心刻骨的「刻」。沙復明腰部的那一段慢慢地直了起來。他想閉上眼睛。他擔心自己的眼睛流露出迷茫的內容。但是，他沒有閉，睜開了，目視前方。

女孩子卻頑皮了，執意讓他大聲地說出她的名字。「告訴我，我是誰？」

沙復明抽回自己的胳膊。靜默了好大的一會兒，沙復明終於說：「我，不識字的。」

沙復明說的是實情。他說的是漢語，其實，這漢語又不是真正的漢語，是一種特殊的語言。準確地說，是盲文。他沒有學過一天的漢字。儘管他可以熟練地背誦《唐詩三百首》。

女孩子笑了。以為沙復明在和他逗。女孩說：「對，你不識字。你『還』是個文盲呢。」

一個人在極力表現自信心的時候是顧不上玩笑的，沙復明轉過臉，正色說：「我不是文盲。可是我真的不識字。」

沙復明臉上的表情讓事態嚴重起來。女孩子端詳了半天，相信了。「怎麼可能呢？」向天縱說。

沙復明說：「我學的是盲文。」為了把這個問題弄清楚，也為了使談話能夠走向深入，他問清楚女孩子的姓名，同樣摸出了一塊冰，捂在掌心。冰化了，開始流淌。沙復明伸出他的食指，鄭重其事了。他在桌面上「寫」下了「向天縱」這三個字，其實是一些水珠，是大小不等的小圓點。

向天縱望著桌面，桌面上是雜亂卻又有序的水珠。這就是她了。這就是她的姓和名了。向天縱向左歪過腦袋，看，向右歪過腦袋，看。多麼古怪的語言！他們一直在說話，可是，沙復明使用的其實是「外語」。這感覺奇妙了，有趣了，多好玩哦，是羅曼蒂克的場景，可遇不可求。向天縱用雙手一把捂住沙復明的臉，在酒吧裡喊了起來：「你真——酷哎！」

沙復明對語氣的理解力等同於他對語言的理解力。他從向天縱的語氣裡把所有的自信都找回來了。更何況他的臉還在向天縱的手心裡呢。沙復明直起脖子，咳嗽了一聲，要咧開嘴笑。因為擔心被向天縱看見，即刻又止住了。這很難，可沙復明用他無比堅強的神經控制住了，他做到了。笑是一個好東西，也是一個壞東西，好和壞取決於它的時機。有時候，一個人的笑容會使一個人喪失他的尊嚴。沙復明絕對不能讓自己失去尊嚴。沙復明故作鎮定，再一次開口說話了。這一次的說話不同於一般，幾乎就是一場學術報告：

「這是一種很年輕的語言，它的創造者姓黃，叫黃乃。黃乃你也許不知道，但他的父親你一定知道，那就是我國近代史上著名的民主革命家、辛亥革命重要的領導人，黃興。黃乃是黃興最小的兒子。他是一個遺腹子。

「黃乃在年輕的時候喜歡足球，由於踢足球受傷，黃乃失去了他的右眼。一九四九年，左眼視網膜脫落，從此雙目失明。

「敬愛的周恩來總理對黃乃的病情十分關心，一九五〇年，敬愛的周恩來總理把黃乃送到了蘇聯，準確地說，前蘇聯。終因發病過久，醫治無效。

「黑暗使黃乃更加懂得光明的意義，他想起了千千萬萬的盲人是多麼地需要一種理想的文字來學習文化、交流思想啊。但是，當時的中國流傳著兩種盲文，都有很大的缺陷，黃乃下定了決心，決定創造一種嶄新的盲文。

「經過無數次的試驗、失敗、改進，一九五二年，黃乃研究出了以北京語音為標準、以普通話為基礎的拼音盲文體系，第二年，獲得了國家教育部的批准，並在全中國推廣。

「由於有了盲文，所有的盲人一下子有了眼睛，許多盲人成了教師、作家和音樂家。鄭州有一位盲姑娘，叫王虹，經過艱苦的努力，最終成了廣播電臺的節目主持人。」

沙復明其實不是在講話，而是背誦了。——這些話他在課堂上聽過多少遍了？除了「準確地說，前蘇聯」是他臨時加進去的，其他的部分他已經爛熟於心。沙復明怎麼能僅僅局限於背誦呢？他說：

「中國的盲文其實就是拼音，也就是拉丁化。五四運動之後不少學者一直在呼籲漢語的拉丁化，很遺憾，後來沒有實施。如果實施了，我們在語言學習上起碼可以節省二分之一的時間。只有我們盲文堅持了漢語拉丁化的道路。盲文其實很科學。」

這才是沙復明最想說的。最想說的說完了，沙復明十分恰當地停止了談話。該把說話的機會讓給別人了。

「你怎麼這麼聰明？」

向天縱的語調抒情了。沙復明感覺到了向天縱對自己的崇敬。他的身體像一個氣球，被氣筒撐起來了，即刻就有了飄飄欲仙的好感受。十六歲的沙復明說：「走自己的路，讓別人說去吧。」一算是回答了。想了想，不合適，就改了一句，十分認真地說：「我把別人喝咖啡的時間都用在了學習上。」

酒吧裡的背景音樂像游絲一樣，繚繞著，糾纏著，有了揮之不去的纏綿。就在這樣的纏綿裡，向天縱做出了一個出格的舉動，她放下沙復明，拉起沙復明的手，把它們貼到自己的面龐上去了。這一來其實是沙復明捂著向天縱的面龐了。沙復明的手不敢動。沙復明使出了吃奶的力氣，不敢動。還是向天縱自己動了，她的脖子扭動了兩下，替沙復明完成了這個驚心動魄的撫摸。

就在酒吧的不遠處，左前方，一個角落裡頭，正坐著一個無比高大的高中男生。他是第十四中學籃球隊的主力中鋒，他的懷裡歪著一個桃紅柳綠的小女生。這是沙復明不可能知道的。主力中鋒的懷抱在四天之前還屬於向天縱，但是，它現在已經被一個「不知羞恥的女人」給霸占了。向天縱的心口正在流血，她不服輸。她要有所行動。向天縱就是在「有所行動」的路上遇見沙復明的，想都沒有想，一把就把沙復明的手拉過來了。她一定要拉著一個男生出現在主力中鋒的面前。

向天縱的耳朵「在聽」沙復明，可她的眼睛一刻也沒有離開左前方。她一直都盯著那一對「狗男女」。主力中鋒正望著窗外。向天縱的眼睛卻在挑釁。而桃紅柳綠的「小女人」也在挑釁。但是，這挑釁是可愛的，她們的目光都沒有表現出咄咄逼人的氣勢，相反，內容是幸福的，柔和的。她們在競賽，這是她們的奧林匹克。她們就是要比較一下，看看誰的目光更柔、更輕、更媚，一句話，她們在比誰更快樂、更幸福。作為一個勝利者，「小女人」的目光更為曼妙，是嫵媚的姿態，還有「煙籠寒水月籠沙」的勁頭。向天縱怎麼能輸給她？向天縱就不看這個小妖精了，她轉過目光，凝視著沙復明，她的目光越來越迷濛了，已經到了痴迷的地步，是排山倒海般的心滿意足。——跟我來這一套，你還嫩了點，少來！你的眼睛那麼閃亮全是因為你的隱形眼鏡，別以為我不知道！

沙復明看不見，但是，這不等於說，他對情意綿綿毫無知覺。他知道的。他所不知道的只有一點，那就是左前方的祕密。幸福就這麼來了，猝不及防。

「逃課好不好？」

「好。」

「你開心不開心？」

沙復明動了動嘴唇，一時找不到合適的詞。要讓一個十六歲的少年描述現在的心境是困難的。沙復明的腦子亂了，但是，還沒有糊塗。沒糊塗就記得唐詩。沙復明說：「此情可待成追憶。」他粗粗地喘了一口氣，對自己的回答分外滿意。

向天縱靠在了沙復明的懷裡，說：「我就想這麼坐下去。一輩子。」

沙復明往嘴裡送了一塊冰。他把冰含在嘴裡。他的嘴在融化，而冰塊卻在熊熊燃燒。

沙復明一直都不知道他的愛情是從哪裡來的，又到哪裡去了。他的愛情並沒有在酒吧裡持續「一輩子」，他可憐的「小愛情」只持續了兩個多小時。然後，沒了。澈底沒了。兩個多小時，短暫的時光；兩個多小時，漫長的歲月。兩個多小時之所以可以稱之為「歲月」，沙復明還是在後來的日子裡體會到的。他的愛情再也沒有了蹤影，無疾而終。真是「此情可待成追憶」。沙復明只有

「追憶」，只有夢。在沙復明的夢裡，一直有兩樣東西，一樣是手，一樣是冰。手是纏繞的，裊娜的，天花亂墜的，淙淙作響的；突然，它就結成了冰。冰是多麼地頑固，無論夢的溫度怎樣地偏執，冰一直是冰，它們漂浮在沙復明的記憶裡，多少年都不肯融化。讓沙復明永遠也不能釋懷的是，那些冰始終保持著手的形狀，五指並攏在一起，沒有手指縫。沙復明再怎麼努力也找不到攙扶的可能。水面上漂滿了手，冰冷，堅硬，浩浩蕩蕩。

兩個多小時的「小愛情」對沙復明後來的影響是巨大的。他一直在渴望一雙眼睛，能夠發出目光的眼睛。他對自己的愛情與婚姻提出了苛刻的要求：一定要得到一份長眼睛的愛情。只有眼睛才能幫助他進入「主流社會」。

沙復明的婚姻就這樣讓自己拖下來了。眼睛，主流社會，這兩個關鍵詞封閉了沙復明。它們不再是婚戀的要求，簡直就成了信仰。人就是這樣，一旦有了信仰，他就有決心與毅力去浪費時光。

一般來說，盲人在戀愛的時候都希望找一個視力比自己好的人，這裡頭既有現實的需要，也有虛榮的成分。這一點在女孩子的這一頭更為顯著了，她們要攀比。一旦找到一個視力正常的健全人，絕對是生命裡的光榮，需要額外的慶祝。

沙復明不虛榮。他只相信自己的信仰。沒有眼睛，他願意一輩子不戀愛，一輩子不娶。可是，在「美」的面前，他的信仰無力了。信仰是一個多麼虛妄的東西，有時候，它的崩潰僅僅來自於一次內心的活動。

內心的活動不只是內心的活動，它還有相匹配的行為。利用午飯過後一小段清閒的時光，沙復明來到休息廳的門口，敲了敲休息區的房門。沙復明說：「都紅。」都紅站起來了。沙復明說：

「來一下。」公事公辦了。

「來一下」幹什麼，沙復明也不交代，只坐在推拿床上，不動。都紅又能做什麼呢？站在一邊，也不動。都紅是有些擔憂的，老闆最近一些日子一直悶悶不樂，會不會和自己有什麼瓜葛？她還不是「沙宗琪推拿中心」的正式員工呢。都紅便把近幾天的言談和舉止都捋了一遍，沒有什麼不妥當，心裡頭也就稍稍放寬了些。都紅說：「老闆，放鬆哪兒？」

老闆就是不說話，也沒有指定都紅去放鬆哪兒。都紅一點都不知道，沙復明的胳膊已經抬起來了，兩隻手懸浮在半空。它們想撫摸都紅的臉。它們想在都紅的臉上驗證並認識那個叫做「美」的東西。那雙手卻始終在猶豫。不敢。沙復明最終還是抓住了都紅的手。都紅的手冰涼。卻不是冰。沒有一點堅硬的跡象。柔軟了。像記憶裡的感動。都紅的手像手。一共有五個手指頭。沙復明一根又一根地撫摸，沙復明很快就從都紅的手上得到了一個振奮人心的新發現：都紅的手有四個手指縫。沙復明甚至都沒有來得及想，他的手指已經插到都紅的手指縫裡去了。原來是嚴絲合縫的。到了這個時候沙復明終於意識到了，不是都紅的手冰涼，而是自己的手冰涼。卻融化了。是自己的手在融化，滴滴答答。眼見得就有了流淌和奔湧的跡象。

沙復明孟浪了，突然拽過都紅的手。他要搶在融化之前完成一項等待已久的舉動。他把都紅的手摁在了自己的腮幫子上。都紅不敢動。沙復明的腦袋輕輕的一個搖晃，都紅就撫摸他了。都紅是多麼的暖和啊。

「老闆，這樣不好吧。」

這是一個多麼漫長的夢，穿越了如此不堪的歲月。原來就在這裡。一步都不曾離開。

「留下吧」，沙復明說，「都紅，永遠留下。」

都紅把自己的手抽出來，全是汗。都紅說：「沙老闆，這不成交易了麼？」

第8章 小馬

嫂子突然就不到「男生」這邊來了。有些日子不來了。

小馬其實已經感覺出來了，嫂子這樣做是在回避自己。在宿舍裡是這樣，在推拿房也是這樣。從嫂子回避小馬的那一刻起，小馬就開始了他的憂傷。但是，嫂子為什麼要回避自己呢？小馬憂傷的臉上平白無故地浮上了笑容。很淺，稍縱即逝。小馬看到了回避的背後所隱藏的內容。他的身體已接近生動。

嫂子的氣味。嫂子頭髮的氣味。濕漉漉的氣味。嫂子「該有」的「有」。嫂子「該沒」的「沒」。

小馬沉默了，像嫂子的氣味一樣沉默。小馬平日裡就沉默，所以，外人是看不出他的變化來的。只有小馬自己才能夠知道，這不一樣。他過去的沉默是沉默，現在的沉默則是沉默中的沉默。什麼是沉默呢？什麼是沉默中的沉默呢？小馬都知道。

——小馬在沉默的時候大多都是靜坐在那裡，外人「看」上去無比地安靜。其實，小馬的安靜是假的，他在玩。玩他的玩具。沒有一個人知道他的玩具是什麼。他的玩具是時間。

小馬不用手錶，沒有時鐘。輪到他上鐘了，小馬會踩著幽靜的步伐走向推拿房。一個小時之後，小馬對客人說一聲「好了」，然後，踩著幽靜的步伐離開，不會多出一分鐘，也不會少掉一分鐘。小馬有一絕，小馬對時間的判斷有著驚人的稟賦，對他來說，時間有它的物質性，具體，具象，有它的周長，有它的面積，有它的體積，還有它的質地和重量。小馬是九歲的那一年知道「時間」這麼一個東西的，但是，那時候的「時間」還不是他的玩具。在沒有玩具的日子裡，他的眉梢在不停地向上扯，向上拽。他想睜開眼睛。他心存僥倖，希望有奇蹟。那時候的小馬沒日沒夜地期盼著這樣一個早晨的來臨：一覺醒來，他的目光像兩只釘子一樣從眼眶的內部奪眶而出，目光刺破了他的上眼皮，他眼眶的四周全是血。他的期盼伴隨著常人永遠也無法估量的狂暴，就在死亡的邊沿。

四年之後，這個十三歲的少年用他無與倫比的智慧挽救了自己，他不再狂暴。他的心安寧了。他把時間活生生地做成了他的玩具。

小馬至今還記得家裡的那只老式臺鐘。圓圓的，裡面有一根時針、一根分針和一根秒針。秒針的頂端有一個紅色的三角。九歲的小馬一直以為時間是一個囚徒，被關在一塊圓形玻璃的背後。九歲的小馬同樣錯誤地以為時間是一個紅色的指針，每隔一秒鐘就哢嚓一小步。大概有一年多的時間，小馬整天抱著這臺老式的時鐘，分分秒秒都和它為伍。他把時鐘抱在懷裡，和哢嚓玩起來了。哢嚓去了，哢嚓又來了。可是，不管是去了還是來了，不管哢嚓是多麼地紛繁，複雜，它顯示出了它的節奏，這才是最要緊的。哢嚓。哢嚓。哢嚓。哢嚓。哢嚓。哢嚓。它不快，不慢。它是固定的，等距的，恒久的，耐心的，永無止境的。

哢嚓。哢嚓。哢嚓。哢嚓。哢嚓。哢嚓。哢嚓。哢嚓。哢嚓。哢嚓。哢嚓。哢嚓。哢嚓。唠嚓。

時間在「唠嚓」。它不是時間，它是唠嚓。它不是唠嚓，它是時間。唠嚓讓他喜歡。他喜歡上時間了。

事實上，小馬在一年之後就把那只老式的臺鐘捨棄了。他不需要。他自己已經會唠嚓了。他的身體擁有了唠嚓的節奏，絕對不可能錯。時間在他身體的內部，在唠嚓。不用動腦子，不用分神，在什麼情況下他自己都能夠唠嚓。他已經是一只新式的臺鐘了。但是，他比鐘生動，他吃飯，還睡覺，能呼吸。他知道冷，他知道疼。這是小馬對自己比較滿意的地方。他吃飯的時候會把米飯吃得唠嚓唠嚓的，他呼吸的時候也能把進氣和出氣弄得唠嚓唠嚓的。如果冷，他知道冷了多少個唠嚓，如果疼，他也知道疼了多少個唠嚓。當然，睡覺的時候除外。可是，一覺醒來，他的身體就自動地唠嚓起來了。他在唠嚓。

小馬不滿足於唠嚓。這種不滿給小馬帶來了嶄新的快樂。他不只是在時間裡頭，他其實是可以和時間玩的。時間的玩法有多種多樣，最簡單的一種則是組裝。

唠嚓一下是一秒。一秒可以是一個長度，一秒也可以是一個寬度。既然如此，唠嚓完全可以是一個正方形的幾何面，像馬賽克，四四方方的。小馬就開始拼湊，他把這些四四方方的馬賽克拼湊在一起，唠嚓一塊，唠嚓又一塊。它們連接起來了。唠嚓是源源不斷的，它們取之不盡，用之不竭。兩個星期過去了，小馬抬起頭來，意外地發現了一個博大的事實，大地遼闊無邊，鋪滿了唠嚓，勾勒縱橫，平平整整。沒有一棵草。沒有一棵樹。沒有一座建築物。沒有一個電線杆子。即使是一個盲人騎著盲馬，馬蹄子也可以像雪花那樣縱情馳奔。小馬沒有動，耳邊卻想起了嗡嗡的風聲。他的頭髮在腦後飄起來了。

時間一久，小馬感到了組裝的單調，也可以說，建設的單調。既然所有的東西都是人建的，那麼，所有的東西就必須由人來拆。瘋狂的念頭出現了，小馬要破壞。他想拆。他首先做了一個假定：一個標準的下午是五個小時。這一來就好辦了，他把五個小時劃分成五個等份，先拿出一個，一小時。他把一小時分成了六十個等份，一分鐘就出現了；再分，這一來最精細的部分就出現了，是秒。哢嚓來了。哢嚓一下他拿掉一塊，再哢嚓一下他又拿掉一塊。等最後一個哢嚓被他拆除之後，一個開闊無邊的下午就十分神奇地消失了。空蕩蕩的笑容浮現在了小馬的臉上。一個多麼壯麗的下午啊，它哪裡去了呢？是誰把它拆散的？它被誰放在了什麼地方？這是一個祕密。是謎。

再換一個角度，再換一種方法，時間還可以玩。小馬就嘗試著讓自己和時間一起動。時鐘是圓的，小馬的運動就必然是圓周運動。在圓周的邊緣，小馬周而復始。大約玩了兩三個月，小馬問了自己一個問題，時間為什麼一定是圓形的呢？時間完全可以是一個三角！每一個小時都可以是一個三角，每條邊等於二十分鐘。每一分鐘也可以是一個三角，每條邊等於二十秒。就這樣又玩了一些日子，一個更大膽、更狂放的念頭出現在了小馬的腦海中——時間的兩頭為什麼要連接起來呢？沒有必要。可不可以把時間打開呢？誰規定不能打開的呢？小馬當即就做了一個新鮮的嘗試，它假定時間是一條豎立的直線，哢嚓一下，他就往上挪一步，依此類推。小馬開始往上爬了。——事實很快就證明了，並沒有什麼東西可以阻擋小馬。兩個小時過去了，整整兩個小時過去了，小馬始終都沒有回頭的意思。但小馬突然意識到了，他清醒地意識到了，他已經來到了高不可攀的高空。他在雲端。這個發現嚇出了小馬一身的冷汗，他興奮而又驚悚，主要是恐高。可是，小馬是聰明的，冷靜的，他把自己的兩隻手握緊了，這就保證了他不會從高不可攀的高空摔下來。他是懸空的，無依無靠。天哪。天哪。天哪！他在天上。這太驚險、太刺激了。這時候，哪怕是一個稍縱即逝的閃念都足以使小馬粉身碎骨。

是冷靜與鎮定幫了小馬的忙。小馬做出了一個無比正確的決定，怎麼爬上來的，他就怎麼爬下去。小馬吸了一口氣，開始往下爬。還是一個哢嚓一步。小馬耐著性子，哢嚓。哢嚓。哢嚓……七百二十個哢嚓過去了，僅僅是七百二十個哢嚓，奇蹟發生了，小馬的屁股勝利抵達了他的座位。這是一次英武的冒險，這同樣又是一次艱難的自救。小馬一身的冷汗，他扶住椅子，支撐起自己的身體，站起來了。他成功了，成功啦！小馬幸福無比，振奮異常。他體會到了前所未有的狂放，在無人的客廳裡大聲地呼喊：

「我發現了，我發現啦！時間不是圓的！不是三角的！不是封閉的！」

既然時間不是封閉的，哢嚓就不可能是囚徒，從來都不是。它擁有無限的可能。通過艱苦卓絕的探險，小馬終於發現了時間最為簡單的真相。這個真相恰恰是被自己的眼睛所蒙蔽的。——眼見不為實。如果小馬是個先天的盲人，換句話說，如果他一生下來就沒有見過那只該死的老式臺鐘，他怎麼會認為時間是圓的呢？哢嚓從一開始就不是一個囚徒。

看不見是一種局限。看得見同樣是一種局限。高傲的笑容終於掛在了小馬的臉上。

時間有可能是硬的，也可能是軟的；時間可能在物體的外面，也可能在物體的裡面；哢與嚓之間可能有一個可疑的空隙，哢與嚓之間可能也沒有一個可疑的空隙；時間可以有形狀，也可以沒有形狀。小馬看到時間魔幻的表情了，它深不可測。如果一定要把它弄清楚，唯一可行的辦法就是貫穿它，從時間的這頭貫穿到時間的那頭。

人類撒謊了。人類在自作多情。人類把時間裝在了盒子裡，自以為控制它了，自以為可以看見它了。還讓它啈嚓。在時間面前，每一個人都是瞎子。要想看見時間的真面目，辦法只有一個：你從此脫離了時間。

小馬就此懂得了時間的含義，要想和時間在一起，你必須放棄你的身體。放棄他人，也放棄自己。這一點只有盲人才能做到。健全人其實都受控於他們的眼睛，他們永遠也做不到與時間如影隨形。

與時間在一起，與啈嚓在一起，這就是小馬的沉默。

——沉默中的沉默卻是另外的一副樣子。沉默中的沉默不再是沉默。小馬沒有和時間在一起，他被時間澈底地拋棄了。他學會了關注。小馬機警地關注嫂子的一舉一動，甚至，嫂子的一個轉身。嫂子在轉身的時候空氣會動，小馬能感受到這種細微到幾乎不存在的震顫。休息室不再是休息室，小馬的眼前突然呈現出童年時代的場景，有山，有水，有草，有木，有藍天，有白雲。還有金色的陽光。嫂子是一隻蝴蝶，她在無聲地飛。蝴蝶真多啊，滿天遍野，一大群，擁擠，斑斕。但嫂子是那樣地與眾不同，即使有再多的蝴蝶嫂子也能和牠們區分開來：她是唯一的一隻玉蝴蝶。在眾多的蝴蝶中，嫂子是那樣地醒目，她的翅膀上有瑰麗的圖案，她的翅膀發出了毛茸茸的光芒。她在翩翩起舞。她的翻飛沒有一點喧鬧，一會兒上去了，一會兒又下來了，最終，她離開了蝴蝶群，安靜地棲息在一片修長的葉片上。她的整個身軀就是兩片巨大的玉色的翅膀，平行，對稱，輕巧而又富麗堂皇。

「小馬，你幹麼跟著我？」嫂子說，「你壞。你壞死了！」

小馬壯著膽子，同樣棲息在嫂子的那片葉子上了。嫂子是沒有體重的，小馬也是沒有體重的，但是，修長的葉子還是晃動了一下。嫂子一定感受到了這陣晃動，她再一次起飛了。然而，這一次的起飛不同了，浩瀚的晴空萬里無雲。浩瀚的晴空一碧如洗。浩瀚的晴空只有兩樣東西，嫂子，還有小馬自己。小馬的心情無限地輕暢，他尾隨著嫂子，滿世界就只剩下了四隻自由自在的翅膀。

嫂子再一次棲息下來了。這一次她棲息在了水邊。小馬圍繞著嫂子，在飛，小心翼翼，最終，他棲息了。這是一次壯麗的棲息——小馬棲息在了嫂子的身上。一陣風過來了，嫂子和小馬的身體就起伏起來了，像顛簸，像蕩漾，激動人心，卻又心安理得。小馬側過頭去，他在水中看到了他和嫂子的倒影，這一來又彷彿是嫂子棲息在小馬的身上了。嫂子的倒影是多麼地華美，而自己呢？卻是一隻黑蝴蝶，是蠢笨的樣子，簡直就是一隻蠢笨的飛蛾。小馬自慚形穢了，他的眼前一黑，身體從嫂子的身上滑落下來了，不可挽回，掉在了水裡。

這時候偏偏就過來了一大群的魚。是魚群。牠們黑壓壓的，成千上萬。每一條魚都是一樣的顏色，一樣的長短，一樣的大小。小馬突然發現自己已經不再是飛蛾了，而是一條魚。他混雜在魚群裡，和所有的魚都是同樣的顏色，同樣的大小。這個發現讓小馬恐懼了：到底哪一條魚才是自己呢？茫茫魚海，魚海茫茫啊，嫂子還能辨認出自己麼？小馬奮力來到了水面，竭盡全力，想跳出去。可是，小馬的努力是徒勞的，他的躍起沒用，每一次都是以回落到水中作為收場。連聲音都沒有，連一朵水花都沒能濺起。

為了確認自我，小馬想從魚群當中脫離出來。然而，不敢。離開了他的魚群，他只能獨自面對無邊的大海。他不敢。離群索居是怎樣的一種大孤獨？他不敢。離開？還是不離開？小馬在掙扎。掙扎的結果給小馬帶來了絕望，他氣息奄奄，奄奄一息。小馬感覺到自己失去了最後的一點力氣，他的身體翻過去了。他白色的肚皮即將漂浮在水面。他的命運將是以屍體的形式隨波逐流。

一條海豚就在這個時候出現了。牠光潔，潤滑。全身的線條清晰而又流暢。牠游過來了，為了前進，牠的身軀在不停地扭動。牠一邊游，一邊對著魚群喊：「小馬，小馬，我是嫂子！」小馬一個機靈，抖擻了精神，跟上去了。小馬大聲地喊道：「嫂子！我是小馬！」嫂子停住了，用她溜圓的眼睛望著小馬，不信。嫂子不相信眼前的傢伙就是小馬。如果牠是小馬，那麼，大海裡誰又不是小馬呢？小馬急了。小馬仰過身子，說：「嫂子你看，我的脖子上有一條很大的疤！」嫂子看見了，她看見了。小馬永遠也不能依靠自己的臉龐去證明自己，然而，一道駭人的傷痕讓他們重逢了。這教人心痛。然而，他們沒有心痛，他們激動，無比地激動，想擁抱。可是，他們沒有胳膊，沒有手。他們唯一能做的只有相對而泣。一顆又一顆巨大的淚珠流出了眼眶。他們的眼淚是氣泡。氣泡嘩啦啦，嘩啦啦，筆直地撲向了遙不可及的天空。

「我從來都沒這麼哭過，」嫂子說，「小馬你壞死了！」

小馬就這樣坐在休息室裡，做著他的白日夢，無休無止。在白日夢裡，嫂子已經把他死死地拽住了。在嫂子沒有任何動靜的時候，嫂子是一隻蝴蝶，嫂子是一條魚，嫂子是一抹光，一陣香，嫂子是花瓣上的露珠，山尖上的雲。嫂子更是一條蛇，沿著小馬的腳面，盤旋而上，一直糾纏到小馬的頭頂。小馬就默默地站起來了，身上盤了一條蛇。他是休息室裡無中生有的華表。

但嫂子在休息室裡不可能永遠是坐著的，她畢竟有走動的時候。只要嫂子一抬腳，哪怕是再小的腳步聲，小馬也能在第一時間把它捕捉到，並放大到驚人的地步。嫂子的腳步聲有她的特點，一隻腳的聲音始終比另一隻腳的聲音要大一些。這一來嫂子就是一匹馬了。當嫂子以一匹馬的形象出現的時候，休息室的空間動人了，即刻就變成了水草豐美的大草原。這一切都是小馬為嫂子預備好了的。

小馬固執地認定嫂子是一匹棕紅馬。小馬在無意間聽客人們說起過的，嫂子的頭髮過油，標準的棕紅色。現在，嫂子的鬃毛和尾巴都是棕紅色的。當嫂子揚起她的四隻蹄子之後，她修長的鬃毛就像風中的波浪，她修長的尾巴同樣是風中的波浪。小馬在八歲的時候見過一次真正的馬，馬的睫毛給了小馬無限深刻的印象。馬的眼睛是清亮的，這清亮來自於它的潮濕。在潮濕的眼睛四周，馬的睫毛構成了一個不規則的橢圓。迷人了。含情脈脈，可以看見遠山的影子。嫂子用她橢圓形的和潮濕的眼睛看了小馬一眼，長嘶一聲，縱情奔馳了。小馬緊緊地跟隨，一直就在嫂子的一側，他們是並駕齊驅的。因為速度，他們的奔跑產生了風。風撞在了小馬的瞳孔上，形成了一道根本就不可能察覺的弧線。風從小馬的眼角膜上滑過去了。多麼地清涼，多麼地悠揚。嫂子的瞳孔一定感覺到了這陣風，她的蹄子得意起來，差不多就騰空了。

嫂子說：「小馬，你是真正的小馬。」

這句話說得多好。這句看似平淡的話裡有多麼自由的內容。小馬的蹄子縱情了，他和嫂子一起爬上了一道山岡。在山岡的最高處，開闊的金牧場呈現在了他們的眼前。金牧場其實是一塊巨大的盆地，一些地方碧綠，一些地方金黃。陽光把雲朵的陰影投放在了草場上，陰影在緩緩地移動。這一來金牧場運動起來了，兀自形成了一種旋轉。這旋轉是圍繞著一匹棕紅色的母馬——也就是嫂子

——而運行的。嫂子卻不知情，她撩起了她的兩隻前蹄，長嘶一聲，然後，打了一連串的吐嚕。在她打吐嚕的時候，她的尾巴飛揚起來，在殘陽的夕照中，千絲萬縷，紛紛揚揚，飄飄灑灑，形成了一道又一道棕紅色的線條。這線條是透明的，散發出灼灼的華光，像沒有溫度的火焰，在不可思議地燃燒。小馬把他的鼻子靠上去了，嫂子就用她的火焰拂拭小馬的面孔。小馬聞到了火焰醉人的氣味。嫂子後來就轉過身來，她背對著金牧場，把她的脖子架在了小馬的背脊上。嫂子的脖子奇特了，她脖子下面的那一塊皮膚溫熱而又柔滑，鬆軟到了不可思議的地步。小馬就不動，用心地體會這種驚人的感受。最終，他讓開了，反過來把自己的脖子架在嫂子的背脊上。嫂子的身上全是汗，她的肌肉還在不規則地顫動。一陣風過來了，嫂子的身體和小馬的身體挨在了一起，他們擁有了共同的體溫，他們還擁有了共同的呼吸。他們各自用自己的一隻眼睛凝視對方。嫂子一點都不知道，她亮晶晶的瞳孔裡頭全是金牧場的影子，還有小馬的頭部。小馬的頭部在嫂子的瞳孔裡頭是彎曲的，它的弧度等同於嫂子瞳孔表面的弧度。

嫂子的眼睛眨巴了一下。在她眨巴眼睛的過程中，她所有的睫毛都參與到這個美妙的進程中來了。先是聚集在一起，然後，啪地一下，打開了。這個啪的一聲讓小馬震撼，他的脖子蹭了一下嫂子。作為回報，或者說，作為責備，或者說，作為親昵，嫂子也用她的脖子蹭了小馬一回。小馬願意自己的半張臉永遠沐浴在嫂子的鼻息裡。到死。到永遠。

一個牧人這時候卻走了過來，大步流星。他的肩膀上扛著一副馬鞍。牧人幾乎沒有看小馬，直接來到嫂子的面前，他把他的馬鞍放到嫂子的身上去了。小馬大聲說：「放開，別碰她！」牧人卻拍了拍嫂子的脖子，對嫂子說：「吁——」

牧人跨上嫂子的背脊，對嫂子說：「——駕！」

牧人就走了。是騎著嫂子走的，也可以說，是嫂子把他帶走的。牧人的背影在天與地的中間一路顛簸。小馬急了，撒開四隻蹄子就追。然而，只追了幾步，小馬就發現自己不對勁了。小馬回過頭去，吃驚地發現自己的身體散落一地，全是螺絲與齒輪，還有時針、分針與秒針。小馬原來不是馬，而是一臺年久失修的鬧鐘。因為狂奔，小馬自己把自己跑散了。他聽到了嫂子的四隻馬蹄在大地上發出的撞擊聲，嚓嚓，嚓嚓，嚓嚓，嚓嚓。

「王大夫，孔大夫，小馬，上鐘了！」小馬閉著眼睛，還在那裡天馬行空，大廳裡突然就響起了高唯的一聲叫喊。

小馬醒來了。不是從沉默中醒來的，而是從沉默中的沉默中醒來了。小馬站起身。嫂子也站起身。站起身的嫂子打了一個很長的哈欠，同時伸了一個很充分的懶腰。嫂子說：「唉，又要上鐘了。困哪。」

客人是三個。偏偏就輪到了王大夫、嫂子還有小馬。小馬不情願。然而，小馬沒有選擇。作為一個打工仔，永遠也沒有理由和自己的生意彆扭。

三位客人顯然是朋友。他們選擇了一個三人間。小馬在裡側，嫂子居中央，王大夫在門口，三個人就這樣又擠在一間屋子裡了。這樣的組合不只是小馬彆扭，其實，王大夫和小孔也彆扭。因為彆扭，三個人都沒有說話。這是中午。從氣息上說，中午的時光和午夜的時光並沒有任何的區別。它安寧，靜謐，適合於睡眠。也就是三四分鐘，三個客人前前後後睡著了。比較下來，王大夫的客人最為酣暢，他已經打起了響亮的呼嚕。

那邊的呼嚕剛剛打起來，小馬的客人也當仁不讓，跟上了。他們的呼嚕有意思了，前後剛剛差了半個節拍。此起，彼伏，此伏，彼起。到底是朋友，打呼嚕都講究呼應，卻分出了兩個聲部，像二重唱了。原本是四四拍的，因為他們的呼應，換成了進行曲的節奏。聽上去是那種沒有來頭的倉促。好像睡眠是一件很繁忙的事情。有趣了。小孔笑著說：「這下可好了，我一個指揮，你們兩個唱，可好了。」

小孔的這句話其實也就是隨口一說，沒有任何特定的含義。可是，說話永遠都是有場合的。有些話就是這樣，到了特別的場合，它就必然有特別的意義。不可以琢磨。一琢磨意義就大了，越琢磨就越覺得意義非凡。

「我一個指揮，你們兩個唱」，什麼意思呢？王大夫在想。小馬也在想。王大夫心不在焉了，小馬也心不在焉了。

除了客人的呼嚕，推拿室裡就再也沒有動靜了。可推拿室裡的靜默並沒有保持太久，王大夫和小孔終於說話了。是王大夫把話頭挑起來的。他們談論的是最近的伙食，主要是菜。小孔的意思很明確，最近的飯菜越來越不像話。這句話王大夫倒是沒有接，他可不想在這個問題上糾纏過多，萬一傳到金大姊的耳朵裡，總歸是不好。金大姊是推拿中心的廚師，她那張嘴也是不饒人的。王大夫就把話岔開了，開始回憶深圳。王大夫說，還是深圳的飯菜口味好。小孔同意。他們一起回顧了深圳的海鮮，還有湯。

因為客人在午睡，王大夫和小孔說話的聲音就顯得很輕細。有一句沒一句的。也沒有任何感情上的色彩。很家常的，彷彿老夫和老妻，在臥室裡，在廚房裡。就好像身邊沒有小馬這個人似的。

但小馬畢竟在，一字一句都聽在耳朵裡。在小馬的這一頭，王大夫和嫂子的談話已經超出了閒聊的範疇，是另一種意義上的調情了。小馬沒有去過深圳，就是去過，他也不好插嘴的。小馬能做的事情只有一個，在沉默中沉默。內心的活動卻一點一點地加劇了。羨慕有一些，酸楚有一些，更多的卻還是嫉妒。

不過嫂子到底是嫂子，每過一些時候總要和小馬說上一兩句，屬於沒話找話的性質。這讓小馬平靜了許多。再怎麼說，嫂子的心裡頭還是有小馬的。小馬羨慕，酸楚，嫉妒，但多多少少也還有一些溫暖。

不管怎麼樣，這一個小時是平靜的，對他們三個人來說卻又有點漫長。三個人都希望能夠早一點過去。還好，小馬手下的客人第一個醒來了，一醒來就長長地舒了一口氣。這口氣把另外的兩個客人都弄醒了。這一來推拿室裡的氣氛恢復了正常，再也不是老夫老妻的廚房和臥室了。客人們睡眼惺忪地探討了這個午覺的體會，他們一致認為，這個中午好。這個中午來做推拿，是一個偉大、光榮和正確的抉擇。

高唯這個時候進來了，站在王大夫的身邊耳語了一句，王大夫的一個貴賓來了，正在四號房等他。床已經鋪好了。王大夫說了一聲「知道了」，給客人拽了拽大腿，說了兩句客氣話，告別了。客人們則開始在地板上找鞋子。利用這個空隙，小孔已經把深圳的手機摸出來了。她打算留下來，在客人離開之後和父親通一次話。小馬已經聽出了嫂子的磨蹭。她沒有要走的意思。小孔一點也不知道，時間正在哢嚓，小馬的心臟也在哢嚓。

客人終於走了，小馬走到門口，聽了聽過廊，沒有任何動靜了。小馬拉上門，輕聲喊了一聲

「嫂子」。小孔側過臉，知道小馬有話想對她說，便把手機放回到口袋裡，向前跨一步，來到了小馬的跟前。小馬不知道自己要說什麼，卻聞到了嫂子的頭髮。嫂子的頭髮就在他的鼻尖底下，安靜，卻蓬勃。小馬低下頭，不要命地做了一個很深很深的深呼吸。

「嫂子。」

這一個深呼吸是那樣的心曠神怡。它的效果遠遠超越了鼻孔的能力。「嫂子。」小馬一把摟住小孔，他把嫂子箍在了懷裡，他的鼻尖在嫂子的頭頂上四處遊動。

小孔早已是驚慌失措。她想喊，卻沒敢。小孔掙扎了幾下，小聲地卻是無比嚴厲地說：「放開！要不我喊你大哥了！」

第9章 金嫣

徐泰來說話了。他到底說話了。徐泰來一開口事情就好辦了，金嫣當即就開始了她的情感攻勢。這攻勢別致了。她的進攻是從外部做起的，掃蕩一樣，把外圍的一切都掃平了。這句話怎麼講呢？這句話的意思是，當徐泰來意識到金嫣喜歡自己的時候，推拿中心的人早就知道了。

金嫣做了兩件事，一，吃飯的時候坐在泰來的身邊；二，下班的路上拉著泰來的手。對盲人們來說，這兩個舉動其實都是家常的，一般來說，並沒有特殊的含義，尤其在下班的路上。——盲人下班歷來都是集體行動，三個一群，四個一組，由一個健全人攙扶著，手拉著手「回家」。但是，金嫣就是金嫣，永遠都是不同凡俗的。

應當說，推拿中心的人對金嫣和徐泰來的關係並沒有做好精神上的準備。相對說來，哪一個男的會追哪一個女的，或者說，哪一個女的會追哪一個男的，人們大致上會有一個普遍的認識。簡單地說，看起來「般配」。「般配」這東西特別地空洞，誰也說不出什麼來。但是，一旦落實到實處，落實到人頭上，「般配」這東西又格外地具體。再怎麼說，林黛玉總不會和魯智深戀愛的吧。黛玉和魯達「不配」。金嫣和泰來也「不配」。既然「不配」，誰還會往「那上頭」想呢？

金嫣高調出場了。這一天的中午金大姊來了。她的到來是一個信號，中午飯開場了。金大姊是一個健全人，是推拿中心的專職廚師。她的特點是準時，不用摁錶，她一進門一定是北京時間中午十二點。金大姊勤勤懇懇的，客客氣氣的，她把飯鉢遞到每一個人的手上。大夥兒很快就狼吞虎嚥了。年輕人就這樣，不可能好好地吃的，不分男女，要不狼吞，要不虎嚥。金嫣這一次卻沒有。她把飯鉢放在桌面上，反過來喝水去了。金大姊說：「金嫣，快吃吧，今天的伙食不錯呢。」金嫣是這樣平心靜氣地回答金大姊的：「不著急。我要等泰來。我們一起吃。」

金嫣說這句話的時候泰來還在上鐘。他的一個貴賓崴了腳踝，需要理療，所以就加了半個小時的鐘。金嫣這麼一說大夥兒想起來了，昨天午飯的時候金嫣特地走到了泰來的面前，說：「泰來，我坐在你身邊可以嗎？」金嫣說得大大方方的，大夥兒都以為只是一個普普通通的玩笑，誰也沒往心裡去。都紅站了起來，特地給她讓開了座位。坐吧，徐泰來又不是貝克．漢姆，你愛坐多久坐多久。

可是，金嫣這一次說的是「我要等泰來」，這一次說的是「我們一起吃」，大夥兒很快靜默下來了。多麼輕描淡寫。輕描淡寫就是這樣，它的本質往往是敲鑼打鼓。金嫣才來了幾天？也太快了吧也。她怎麼就看上徐泰來了呢？

不會吧。搞錯了吧？

沒搞錯。金嫣看上泰來了。是不是戀愛了現在還說不上，不過，事態卻是明擺著的。金嫣對泰來不是一般的好。更不是同事之間的那種好。泰來下了鐘，金嫣先讓他去洗手。洗過手，金嫣和泰來坐在了一處，吃起來了。金嫣一邊吃，一邊關照泰來「慢一點」；一邊關照，一邊從自己的碗裡給泰來撥菜。嘴裡頭還絮絮叨叨的。這哪裡是同事嘛。休息區安靜了，泰來聽到了這種安靜，低下頭，想拒絕。金嫣放下碗，搡了泰來一把，說：「男人要多吃，知道嗎？」泰來已經窘迫得不知所措了，就知道扒飯，都忘記了咀嚼，滿嘴都塞得鼓鼓囊囊的。——這是哪兒？這可是休息區啊，所有的人都在。金嫣就是有這樣的一種遼闊的氣魄，越是大庭廣眾，越是旁若無人。

金嫣吃著，說著，偶爾還發出一兩聲的笑。聲音小小的，低低的，呈現出來的是一種親昵的格局，是「戀人」才有的局面。這一來休息區裡的人們反倒不好意思大聲說話了，靜悄悄的，只剩下金嫣和泰來的咀嚼。咀嚼聲一唱一和，或者說，夫唱婦和。大夥兒只能保持沉默，心底裡卻複雜了。徐泰來算什麼？算什麼？剛剛來了一個美女，偏偏就看上他了。泰來還愛理不理的，誰信呢。

如果說，一起吃飯時金嫣所表現出來的是她的勇敢，高調，到了深夜，在「回家」的路上，金嫣又不一樣了。金嫣呈現出來的是另外的一面，無能而又嬌怯。她對泰來依賴了。一定要拉著泰來的手，別人的則堅決不行。

深夜的大街安靜了，馬路上不再有喧鬧的行人，不再有擁擠的車輛。這是喧鬧和擁擠之後的安靜，突然就有些冷清。大街一下子空曠起來，成了盲人們的自由世界，當然，也是一個孤獨的世界。盲人們雖然結著伴，但到底是孤獨的。金嫣所喜歡的正是這份孤獨，他們沿著馬路的左側，一路低語，或一路說笑。每到這樣的時刻，金嫣都有一個無限醉人的錯覺，這個世界是她的，只有她和泰來兩個人。像荒漠。

我是一匹來自北方的狼
走在無垠的風雨中

淒厲的北風吹過

漫漫的黃沙掠過還有什麼比這更好的麼？沒有了。想想吧，在深夜，在寂寥的大街上，也可以說，在蒼涼的荒原上，一個姑娘拉著一個小夥子的手，他們在走，義無反顧。多麼地嚴峻，多麼地溫馨。

慢慢地跟著你走
慢慢地知道結果
……
直到天長地久
Love is forever

泰來卻一直都沒敢接招。他如此這般的膽怯，一方面是天性，另一方面還是被他的初戀傷得太重了。是一朝被蛇咬，十年怕井繩的驚悚。然而，這恰恰是金嫣迷戀泰來最大的緣由。在骨子裡，金嫣有救死扶傷的衝動。如果泰來當初就沒有受傷，金嫣會不會這樣愛他呢？難說。金嫣是知道自己的，她不愛鐵石心腸，不愛銅牆鐵壁。金嫣所痴迷的正是一顆破碎的心。破碎的心是多麼地值得憐愛啊，不管破成怎樣，碎成怎樣，金嫣一定會把所有的碎片撿起來，捧在掌心裡，一針一線地，針腳綿密地，給它縫上。她要看著破碎的心微微地一顫，然後，完好如初，收縮，並舒張。這才是金嫣嚮往的愛情哪。

午飯是一頓連著一頓的，下班是一夜連著一夜的。金嫣和泰來始終在一起。同事們都知道了這樣的一個基本事實，金嫣，還有泰來，他們戀愛了。那就愛吧。既然這個世界上有鮮花，有牛糞，鮮花為什麼就不能插在牛糞上？

然而，問題是，他們沒有戀愛。金嫣知道的，他們還沒有。戀愛永遠不能等同於一般的事，它有它的儀式。要麼一句話，要麼一個動作，也可以兩樣一起上，一起來。只有某一個行為把某一種心照不宣的東西「點破」之後，那才能算是戀愛。

金嫣把能做的都做了，大開大闔，大大方方。但是，在「儀式」這一個問題上，金嫣體現出了一個女孩子應有的矜持。「我愛你」這三個字她堅決不說。她一定要讓泰來說出來。在這個問題上金嫣是不可能妥協的。泰來不說，她就等。金嫣有這個耐心。金嫣太在意泰來的這三個字了，她一定要得到。她有權利得到。她配得上。只有得到這三個字，她的戀愛才有意義。

泰來卻始終都沒有給金嫣這三個字。這也是金嫣意料之中的事了。在這個問題上金嫣其實是有些矛盾的，一方面，她希望早一點得到這三個字，另外一方面，她又希望泰來的表白來得遲一些。泰來畢竟剛剛經歷了一場戀愛。一個男人有沒有戀過愛，有沒有結過婚，有沒有生孩子，這些問題金嫣一點也不在乎。她在乎的是一個男人對待女人的態度，尤其是對待前一個女友的態度。泰來剛剛從死去活來的戀愛當中敗下陣來，一調頭，立即再把這三個字送給金嫣，金嫣反而會寒心的。金嫣才不急呢。愛情的表白是上好的湯，要熬。

日子在一天一天過去，一天，又一天，一個星期，又一個星期。泰來什麼都沒有對金嫣表白。

金嫣有耐心，但有耐心並不意味著金嫣不等待。時間久了，金嫣畢竟也有沉不住氣的時候。無論金嫣做什麼，怎麼做，泰來的那一頭就是紋絲不動。陪金嫣吃飯，可以，陪金嫣下班，可以，陪金嫣聊天，可以。但是，一到了「關鍵」的時候，泰來就緘默了。堅決不接金嫣的招。

泰來的緘默是嚇人的。回過頭來一看，金嫣自己把自己都嚇了一跳，他們認識的日子已經「不短」了。泰來的那一頭連一點表達的意思也沒有。泰來不是欲言又止，也不是吞吞吐吐，他所擁有的僅僅是「關鍵」時刻的無動於衷。泰來在「關鍵」時候的緘默幾乎摧毀了金嫣的自信心，——他也許不愛自己的吧。「鮮花」插在「牛糞」上，「牛糞」就是不要，可以吧？可以的。

金嫣有點力不從心了。她感到了累。可事已至此，金嫣其實已經沒有了退路。最累人的已經不是泰來的緘默了，——所有的人都知道他們的關係，她是高調出擊的，現在，他們正在「戀愛」，她金嫣有什麼理由不高調呢？沒有。金嫣時刻必須做出春暖花開的樣子，這就有點吃不消了。

金嫣不點破，泰來也不點破。金嫣有耐心，泰來更有耐心。金嫣以為自己可以一直等下去的，這一次卻錯了。她所等待的不是泰來，是時間，時間本身。時間是無窮無盡的，比金嫣的耐心永遠多一個「明天」。明天深不見底，它遙遙無期。金嫣終於意識到了，她等不下去了。她被自己的耐心擊垮了。泰來更為堅韌、更為持久的耐心讓她徹底崩潰了。泰來的耐心太可怕了。他簡直就不是人。金嫣只有一個心思，好好地哭一回。好在金嫣知道自己的德行，哭起來驚天動地。為此，她專門請了半天的假，去了卡樂門。那是一家卡拉ＯＫ廳。金嫣在卡樂門卡拉ＯＫ廳的包間裡把音量調到了最大，然後，全力以赴地痛哭了一回。

哭歸哭，金嫣在私下裡還是做起了準備。她給母親打了一個電話，她告訴母親，自己的身體狀況似乎「不怎麼好」。她知道母親會說什麼，無非是讓她早一點回去。金嫣也就順水推舟，說，再看看吧。這個「再看看」是大有深意的，它暗含了一個決心：金嫣決定和姓徐的把事情挑明了，行，金嫣就留在南京，不行，金嫣就立馬打道回府。

最後翻牌的依然不是泰來，是金嫣。這一天晚上是張宗琪、季婷婷、泰來和金嫣一組，由服務員小唐帶領著，一起「回家」了。到了「家」門口，就在住宅樓的底下，金嫣站住了。金嫣走到張宗琪的一側，把泰來的另一隻手從張宗琪的掌心裡拔出來，說：「張老闆，你們先上樓吧，我們再遛達一會兒。」張宗琪笑笑，拉過小唐的手，上樓去了。金嫣拽了拽泰來的上衣下襬，站在了道路的旁邊。聽著同事們都上樓了，金嫣沒有拐彎子，直截了當了。金嫣說：「泰來，我想和你談談。」這句話的架勢非常大，泰來的表情當即就凝重了起來。他不知道他的表情會不會被金嫣看見，他沒有把握。他把頭低了下去。憑直覺，泰來知道，今天晚上一定會發生一點什麼。

但無論發生什麼，泰來打定了主意，不說話。金嫣明明是打算在這個晚上和泰來把事情挑明了的，「看見」泰來的這一副姿態，生氣了。金嫣在這個晚上特別地倔強，你不說，好，你不說我也不說，就這麼耗下去，看你能耗到什麼時候。大不了耗到天亮，姑奶奶我陪著你了。

然而，這一次金嫣又錯了。她的耐心怎麼也比不過徐泰來。也就是十來分鐘，金嫣撐不住了，她火暴的脾氣上來了。金嫣全力控制住自己，一隻手扶在了泰來的肩膀上。金嫣說：

「泰來，店裡頭都是盲人，所有的盲人都看出來了，都知道了，你看不出來？你就什麼也不知道？」

泰來咳嗽了一聲，用腳尖在地上劃拉。

「看起來你是逼著我開口了。」金嫣的聲音說變就變，都帶上哭腔了，「——泰來！我可是個女人哪……」

金嫣說：「泰來，你就是不說，是不是？」

金嫣說：「泰來，你就是要逼著我說，是不是？」

金嫣說：「泰來，你到底說不說？」

泰來的腳在動，嘴唇在動，舌頭卻不動。

金嫣的兩隻手一起扶住了泰來的肩膀，光火了。她火冒三丈。壓抑已久的鬱悶和憤怒終於衝上了金嫣的天靈蓋。金嫣大聲說：「你說不說?!」

「——我說。」泰來哆嗦了一下，脫口說，「我說。」他「望著」金嫣，憋了半天，到底開口了：

「我配不上你。」

泰來說這句話的時候早已是心碎。似乎也哭了。他知道的，他配不上人家。怕金嫣沒聽清楚，泰來誠心誠意地重複了一遍：「金嫣，我實在是配不上你。」

原來是這樣。天啊，老天爺啊，原來是這樣。這樣的場景金嫣都設想過一萬遍了，什麼都想到了，偏偏就沒有想到這個。「我配不上你」，「我實在是配不上你」，天下的戀愛有千千萬，還有什麼比這更好的開頭麼？沒有。沒有了。因為戀愛，她一直是謙卑的，她謙卑的心等來的卻是一顆更加卑微的心。謙卑，卑微，多麼地不堪。可是，在愛情裡頭，謙卑與卑微是怎樣地動人，它令人沉醉，溫暖人心。愛原來是這樣的，自己可以一絲不掛，卻願意把所有的羽毛毫無保留地強加到對方的身上。金媽收回自己的胳膊，定定的，「望著」泰來。她的肩膀顫抖起來。她的身體顫抖起來。她還能說什麼？讓她說什麼好啊？金媽握緊了自己的拳頭，腦子裡全空了。此時此刻，除了哭，她還能做什麼？金媽哇的一聲，號啕大哭。

金媽的哭聲飛揚在深夜。夜很深了，很靜了。金媽的哭喊突如其來。這是什麼地方？這可是居民小區啊。張宗琪很快就帶領著金大姊和高唯下樓來了。他們想把金媽拉回去，金媽死活不依。張宗琪沒有辦法，只能拉下臉來：「金媽，我們是租來的房子，你這樣，小區會有意見的。」金媽哪裡還聽得進去，她才不管呢。她就是要哭。這個時候不好好地哭，還等什麼？

金大姊已經睡了一覺，懵里懵懂地被張老闆喊起來。一醒來就聽到了金媽潑婦般的號叫。她是不可能知情的。但是，既然金媽都哭成這個樣子了，原因只能有一個，徐泰來欺負人家了。女人在任何時候都必須站在女人的這一邊。金大姊就拿出了大姊的派頭，劈頭蓋臉就問了徐泰來一個嚴峻的問題：「徐泰來，你怎麼能這樣欺負我們金媽?!」徐泰來很委屈，他怎麼也想不通，金媽為什麼會有這麼大的動靜。

徐泰來被張宗琪拉走了。金大姊一把摟住金媽，說：「好了，我們不哭了。」金媽哽咽了一聲，抬起頭，差一點岔過氣去。金媽說：「金大姊，你先回去，你讓我再哭五分鐘。」這話奇怪了。什麼樣的傷心會持續「五分鐘」呢？借助於路燈的燈光，金大姊仔細研究了一番金媽的表情，金媽的表情和她的嚎哭完全不相匹配。金大姊的心裡當即就有數了，看起來徐泰來十有八九是被她冤枉了。冤枉了也就冤枉了吧，下次吃肉的時候給他多添兩塊就是了。既然徐泰來是被冤枉的，那金媽肯定就沒事。金大姊柔和起來，說：「聽話，跟我上樓去。你不睡，人家可要睡呢。」金媽把金大姊推開了，說：「不行啊大姊，不哭不行啊。」

金大姊心底裡嘆了一口氣。世道真是變了，年輕人說話她都聽不懂了。什麼叫「不哭不行啊」！

「我愛你」這句話最終還是金嫣說出來的。是在泰來的懷裡說的。泰來自卑，對愛情有恐懼，對感情的表達就更加恐懼。但泰來對金嫣的珍惜金嫣還是感受到了。他怕金嫣，怕把她碰碎了，怕把她碰化了，緊張得只知道喘氣，每一個手指頭都是僵硬的。金嫣歪在泰來的懷裡，情意綿綿的，一不小心就把那三個字說出口了。他不說就不說了吧，不要再逼他了。金嫣算是看出來了，在愛情面前，泰來是一個農夫，怯懦，笨拙，木訥，死心眼。這些都是毛病。可是，這些毛病一旦變成愛情的特徵，不一般了。金嫣決意要做農夫懷裡的一條蛇。當然，不是毒蛇，是水蛇，是一條小小的、七拐八彎的水蛇。是蛇就要咬人。她可是要咬人的。她的愛永遠都要長著牙齒的。想著想著，金嫣就笑了，無聲地笑了。

「泰來，我好不好？」

「好。」

「你愛不愛？」

「愛。」

「你在睡覺之前想我麼？」

「想。」

「你能不能一輩子對我好？」

「能。」

金嫣就咬了他一口。不是咬著玩的，是真咬。她咬住了他的脖子，直到泰來發出很疼痛的聲音，金嫣才鬆口了。

「你疼不疼？」

「疼。」

「你知不知道我也很愛你？」

「知道。」

「你知不知道我就是想嫁給你這樣的人？」

「知道。」

「你也咬我吧。」

「我不咬。」

「咬吧。」

「我不咬。」

「為什麼不咬？」

「我不想讓你疼。」

這個回答讓金嫣感動。被感動的金嫣又一次咬住了泰來的脖子。他們的約會還不到一個小時，泰來就已是遍體鱗傷。

金嫣似乎突然想起什麼來了，她從泰來的懷抱當中掙脫開來，一把把泰來摟在了自己的懷裡，問了泰來一個無比重要的大問題：

「泰來，我可漂亮了。我可是個大美女，你知道麼？」

「知道。」

金嫣一把抓住泰來的手，說：

「你摸摸，好看麼？」

「好看。」

「你再摸摸，好看麼？」

「好看。」

「怎麼一個好看法？」

徐泰來為難了。他的盲是先天的，從來就不知道什麼是好看。徐泰來憋了半天，用宣誓一般的聲音說：

「比紅燒肉還要好看。」

第10章　王大夫

王大夫一個人回到了家。之所以沒有帶小孔一起回去，是因為母親在電話裡的聲音有些不對勁。王大夫也沒有多問，下了鐘只是和沙復明打了個招呼，就回家去了。說起家，王大夫其實還是有些怕，想親近的意思有，想疏遠的意思也有，關鍵是不知道和父母說什麼。照理說，回到南京了，王大夫應當經常回家看看才是，王大夫沒有。王大夫也就是每天往家裡打一個電話，盡一份責任罷了。就一般的情形來看，王大夫正處在熱戀當中，熱戀中的人常回家多好！許多事情在外面終究不那麼方便。王大夫還是不願意。他寧願他的父母親都在遠方，是一份牽掛，是一個念頭，他似乎已經習慣於這樣了。

一進家門王大夫就感覺到家裡的氣氛不對。父母都不說話，家裡頭似乎有人。出什麼事了吧？陰森森的。

王大夫突然就有些慌，後悔沒在回家的路上先給弟弟打個電話。再怎麼說，弟弟是個健全的人，他是這個家的頂梁柱。有弟弟在，家裡的情形肯定就不一樣了。好在王大夫還算沉著，先和母親打了招呼，再和父親打了招呼，一隻手摸著沙發，另一隻手卻在口袋裡摸到了手機。他在第一時間就把弟弟的手機號碼撥出去了。

「這是大哥吧？」一個好聽的聲音說。

王大夫假裝吃了一驚，笑起來，說：「家裡頭有客人嘛。怎麼稱呼？」

王大夫的手機卻在口袋裡說話了：「對不起，您撥打的手機已關機。」

「怎麼稱呼告訴你也沒意思。還是問問你弟弟吧。可他的手機老是關機。」

手機在十分機械地重複說：「對不起，您撥打的手機已關機。」

客廳裡很安靜，手機的聲音反而顯得響亮了。王大夫很尷尬，乾脆把口袋裡的手機掐了，心裡的恐懼卻放大了，不可遏止。

「媽，怎麼不給客人倒茶？」

「不客氣。倒了。」

「那麼，——請喝茶。」

「不客氣。我們一直在喝。我們是來拿錢的。」

王大夫的胸口咯噔了一下，果然是遇上麻煩了，果然是碰上人物了。可轉一想，似乎也不對，明火執仗搶到家裡來，不至於吧。王大夫客客氣氣地說：「能不能告訴我，誰欠了你們的錢？」

「你弟弟。」

王大夫深深地吸了一口氣，明白了。一明白過來就不再恐懼了。

「請問你們是哪裡的？」

「我們是襠裡的。」

「什麼意思？」

「襠嘛，就是褲襠的襠。我們不是褲襠裡的。我們是麻將襠裡的。我們是規矩人。」

王大夫不吭聲了，開始掰自己的手指頭。掰完了左手掰右手，掰完了右手再掰左手。可每一個關節只有一響，王大夫再也掰不出清脆的聲音來了。

「欠債還錢，理所應當。」王大夫說，「可我爸不欠你們的錢，我媽不欠你們的錢，我也不欠你們的錢。」

「襠裡的規矩就不麻煩你來告訴我們了。我們有他的欠條。欠條上有電話，有地址。我們只認欠條，不認人。我們是規矩人。」

這已經是這個好聽的聲音第二次說自己是規矩人了。聽著聽著，王大夫的心坎就禁不住發毛。剛剛放下來的心又一次揪緊了。——「規矩人」是什麼意思？聽上去一點都不落底。

「我們沒錢。」王大夫說。

「這不關我們的事。」好聽的聲音說。

王大夫吸了一口氣，鼓足了勇氣說：「有我們也不會給你。」

「這不可能。」

「你想怎麼樣吧？」王大夫說。

「我們不怎麼樣。」好聽的聲音說，「我們只管要錢，實在要不到就拉倒。別的事有別的人去做。這是我們的規矩。我們是規矩人。」

這句話陰森了。王大夫的耳朵聽出來了，每個字都長著毛。

「他欠你們多少錢？」

「兩萬五。從江西到陝北。是個好數字。」

「你們要幹什麼？」

「我們來拿錢。」

「還有沒有王法了？」王大夫突然大聲地喊道。這一聲是雄偉的，也是色厲內荏的。

「不是王法，」好聽的聲音更喜愛四兩撥千斤。「是法律，不是王法。我們懂得法律。」

王大夫不說話了，開始喘。他呼嚕一下站起來，掏出手機，劈里啪啦一通摁。手機說：「對不起，您撥打的手機已關機。」王大夫掄起了胳膊就要把手機往地上砸，卻被人擋住了。王大夫很有力，掙扎了一回，可那隻胳膊更有力。

「不要和手機過不去。」好聽的聲音說。胳膊是胳膊，聲音是聲音。家裡頭原來還有其他人。

「有什麼事你們衝著我來！」王大夫說，「你們不許碰我的父母！」

「我們不能衝著你來。」好聽的聲音說。

作為一個殘疾人，這句話王大夫懂。這句話羞辱人了。但羞辱反而讓王大夫冷靜下來，王大夫說：「你們到底想怎麼樣？」

「拿錢。」

「我現在拿不出來，真的拿不出來。」

「我們可以給你時間。」

「那好，」王大夫說，「一年。」

「五天。」

「半年。」

「十天。」

「三個月。」王大夫說。

「最多半個月。」「這是最後的半個月。」好聽的聲音說，「你弟弟這個人很不好，他這個人很不上路子。」

回到推拿中心已經是晚上的九點多鐘了。王大夫擠在公共汽車裡頭，平視前方。這是他在任何公共場所所表現出來的習慣，一直平視著正前方。可王大夫的心裡卻沒有前方，只有錢。他估摸著算了算，兩萬五，手上的現金怎麼也湊不齊的。唯一的選擇就是到股市上割肉。但王大夫在第一時間否定了這個動議。他連結婚都沒有捨得這樣，現在就更不可能這樣了。王大夫的心一橫，去他媽的，反正又不是他欠下的債，不管他了。

所謂的「心一橫」，說到底是王大夫自我安慰的一個假動作，就像韓喬生在解說中國足球賽的時候所說的那樣，某某某在「無人防守的情況下做了一個漂亮的假動作」。假動作做完了，王大夫的心像中國足球隊隊員的大腿，又軟了。心軟的人最容易恨。王大夫就恨錢。恨褲襠的襠。恨襠裡的人。恨弟弟。

弟弟是一個人渣。是一堆臭不可聞的爛肉。無疑是被父母慣壞了。這麼一想王大夫就心疼自己的父母，他們耗盡了血肉，把所有的疼愛都集中到他一個人身上去了，最終卻餵出了這麼一個東西。弟弟是作為王大夫的「補充」才來到這個世界上的，這麼一想王大夫又接著恨自己，恨自己的眼睛。如果不是因為自己的眼睛，父母說什麼也不會再生這個弟弟；即使生，也不會把他當作紈絝子弟來嬌養。說一千，道一萬，還是自己作了孽。

這個債必須由他來還，也是命裡注定。

王大夫動過報警的念頭，但是，不能夠。他們的手裡捏著弟弟的借條，王大夫贏不了。王大夫永遠也不可能知道弟弟的欠條上究竟寫了些什麼。王大夫已經聽出來了，那些狗娘養的有一個完好的組織。他們體面。他們知道怎樣「依法辦事」。人家可是「規矩人」哪。

可是，錢呢？到哪裡去弄錢呢？

王大夫突然想起來了，到現在為止，他還沒有和弟弟說上話呢。這麼一想王大夫又撥打弟弟的手機，手機依然關著。王大夫想起來了，為什麼不找弟媳婦呢？王大夫即刻撥通了母親，要過弟媳的手機號，打過去。居然通了。手機一通就是驚天動地的爆炸聲，還有飛機呼嘯的俯衝，似乎是在電影院裡頭。王大夫壓低了聲音，說：「曉寧麼？」弟媳說：「誰呀？」王大夫說：「我是大哥，我弟在麼？」弟媳說：「我們在看電影呢。」王大夫賠上笑，說：「我知道你們在看電影，你讓他接一下電話好不好？」

弟弟終於出現了。這會兒他不知道躲在哪裡，然而，到底出現了。王大夫說：「我是大哥，你在哪裡？」

「安徽。鄉下。」

噢，安徽，下鄉。安徽的風景不錯，他躲到那兒去了。可是，躲得過初一，躲不過十五，你躲得掉麼？

「什麼事？我在看電影呢。」弟弟說。

「你欠了櫃裡的錢吧？」王大夫小心翼翼的，盡可能平心靜氣。他怕弟弟生氣，他一生氣就會把電話掛了。

「是啊。」

「人家找上門來了。」

「他找上門就是了。」弟弟說，「多大事。」

「什麼叫找上門就是了？你躲到安徽去了，爸爸媽媽躲到哪裡去？」

「為什麼要躲？我們只是爬了一趟黃山。」

「那你為什麼把手機關了？」

「手機沒錢了嘛，沒錢了開機做什麼？」

王大夫語塞了。他聽出來了，弟弟真的沒有躲，他說話的口氣不像是「躲起來」的樣子。他的口吻與語氣都坦坦蕩蕩，裝不出來的。弟弟真是一個偉人，他的心胸無比的開闊，他永遠都能夠舉重若輕。王大夫急了，一急聲調就大了：「你怎麼就不愁呢？欠了那麼多的錢！」

「愁什麼？我欠他的，又不是他欠我的。」

「你就不怕他們對父母親動刀子?!」

「他動就是了。煩不了那麼多。多大事？才幾個錢？誰會為了這幾個錢動刀子？」

「欠錢怎麼能不還呢？」王大夫說。

「我沒說不還哪。」

「那你還哪。」

「我沒錢哪。」

「沒錢你也要還哪。」

「你急什麼呢？你——急什麼？」弟弟說，「放著好日子不過。」

弟弟笑了。王大夫沒有聽見笑聲，但是，王大夫感覺出來了，弟弟在安徽笑。弟弟這一笑王大夫就覺得自己猥瑣得不行，從頭到腳都沒有活出一個人樣。王大夫突然就是一陣慚愧，匆匆把手機關了。

王大夫站在馬路的邊沿，茫然四顧。

王大夫想起來了，在南京，老百姓對弟弟這樣的人有一個稱呼，「活老鬼」。王大夫一直不知道是什麼意思。王大夫現在知道了，「活老鬼」是神奇的，誰也不知道他們是怎樣活在這個世界上的，這是一個天大的祕密，暗藏著妖魅的魔力。每個人都擔心他們活不下去，可他們活得挺好，活得比大部分人都要好。他們既在生活的外面，也在生活的裡面；既在生活的最低處，也在生活的最高處。他們不樂觀，也不悲觀，他們的臉上永遠懸掛著無聲的微笑。他們有一個最為顯著的特徵，也可以說，招牌。那是他們的口頭禪。這個口頭禪涵蓋了他們全部的哲學，「煩不了那麼多」，「多大事」。——無論遇上天大的麻煩，「多大事」？「煩不了那麼多」。

「多大事」，太陽就落下去了。「煩不了那麼多」，太陽又升上來了。太陽每天都會升起來，「煩不了那麼多」。太陽每天都會落下去，「多大事」？

回到推拿中心的時候小孔還在上鐘。王大夫卻懶了，陷在了沙發裡，不願意再動彈，滿腦子都是錢。不管怎麼說，在錢這個問題上，王大夫打算做兩手的準備。先把錢預備好，這總是沒錯的。

誰讓弟弟是作為自己的補充來到這個世界上的呢？王大夫決定了，也讓自己做一回弟弟的補充。王大夫黑咕隆咚地，笑了。這就是生活了吧？它的面貌就是「補」。拆東牆，補西牆；拆西牆，補東牆。拆南牆，補北牆，拆北牆，補南牆。拆內牆，補外牆，拆外牆，補內牆。拆高牆，補矮牆，拆矮牆，補高牆。拆吧，補吧。拆到最後，補到最後，生活會原封不動，卻可以煥然一新。

從理論上說，向小孔借錢不該有什麼問題。但是，話還是要說到位。小孔在金錢這個問題上向來是不好說話的。商量商量看吧。十點鐘不到，小孔下鐘了，王大夫便把沙復明拉到了門外，小聲地告訴沙老闆，他想和小孔「下早班」，「先回去」。所謂「下早班」，是推拿中心針對「上早班」而制定的一項規定。推拿中心在上午十點之前畢竟沒什麼生意，所以，大部分推拿師的正常上班時間是上午的十點。但是，推拿中心的大門總不能在上午十點鐘還鎖著吧，就必須有人先過來。這個先過來的一小部分就叫「上早班」。既然要「上早班」，「上早班」的人在前一天的晚上就可以提前一個小時「下早班」，這才公平。沙復明摁了一下報時手錶，北京時間晚上十點，離「下早班」還有一個小時呢。

沙復明的管理向來嚴格。在上下班這個問題上，他一直都是一視同仁的。剛剛想說些什麼，突然明白過來了。人家是戀人。王大夫畢竟也是第一次開口，難得了。管理要嚴，但人性化管理總還是要講。沙復明說：「行啊。不過醜話說在前頭，這一個小時你要還我。下不為例。」王大夫說：「那當然。」王大夫還沒有來得及轉身，沙復明的巴掌已經摸到他的肩膀。拍了一下。又拍了兩下。

這最後的巴掌意味深長了。王大夫突然就醒悟過來了，一醒悟過來就很不好意思。「不是。」

王大夫連忙說。「不是」什麼呢，王大夫又不好解釋了。沙復明倒是痛快，說：「快走吧。」這就更加地意味深長了。王大夫慚愧死了，什麼也沒法說，只能硬著頭皮回到休息區，來到小孔的面前，輕聲說：「小孔，我和老闆說過了，我們先回家吧。」王大夫自己也覺得自己的聲音過於鬼祟了。

小孔不知情，偏偏又是個直腸子，大聲問：「還早呢，這麼早回家做什麼？」但話一出口小孔就明白了。王大夫這樣鬼祟，「回家」還能「做」什麼？小孔的血液「嗞」的一聲，速度上來了。

小馬待在他的角落裡，突然乾咳了一聲。小馬的這一聲乾咳在這樣的情境底下有點怪異了。也許並不怪異，可是，小孔聽起來卻特別地怪異。自從小馬做出了那樣慌亂的舉動，小馬一直很緊張，小孔也一直很緊張，他們的關係就更緊張了。當然，很私密。小馬緊張是有緣由的，畢竟他害怕敗露。小孔卻是害怕小馬再一次莽撞。緊張的結果是兩個人分外的小心，就生怕在肢體上有什麼磕碰。這一來各自的心裡反而有對方了。

咳嗽完了小馬就站起了身子，一個人往門外摸。他的膝蓋似乎撞在什麼東西上了。小孔沒有調頭，卻從小馬的背後看到了一片浩渺的虛空。

小孔突然就是一陣心疼，連小孔自己都吃了一驚，心疼他什麼呢？不可以的。就在這樣一個微妙的剎那裡，小孔真的覺得自己是小馬的嫂子了。有點像半個母親。這個突如其來的身分是那樣地具有溫暖感，小孔就知道了，原來自己是一個女人，就希望小馬哪裡都好。

當然，這樣的閃念是附帶的，小孔主要還是不好意思。人一不好意思就愚蠢了，這愚蠢又時常體現在故作聰明上。小孔對王大夫說：「給我帶什麼好吃的啦？」畫蛇添足了。

王大夫有心事。他的心事很重。乾巴巴地磨蹭了一會兒，說：「沒帶。」個呆子！個二百五！說句謊能要你償命麼？

張一光卻把話茬接了過來，說：「回去吧，回去吃吧。」

這句話挺好笑的，很不幸，休息區裡沒有一個人笑。小孔害羞死了，尷尬死了。就好像她和王大夫之間的事都做在了明處。

但小孔再尷尬也不能讓王大夫在這麼多人的面前失去了體面。小孔的臉滾燙，感覺自己的臉都大了一圈。小孔一把拉住王大夫的手，說：「走。」話是說得豪邁，心裡頭卻複雜，多多少少還是生了王大夫的氣了。

這哪裡是商量借錢，倒騰來倒騰去，味道全變了。可事已至此，王大夫只能硬著頭皮，拉著小孔的手，出去了。畢竟心慌，一出門，腳底下被絆了一下，要不是小孔的手，王大夫早就一頭栽下去了。「你悠著點。」小孔說。她的聲音怪怪的，居然打起了顫。王大夫就控制了一下，這一控制，壞了。需要加倍的控制才能夠「悠著點」。

現在是北京時間十點。下早班的時間是北京時間十一點。王大夫和小孔總共有一個小時。刨去路上所耗費的十七分鐘，他們實際上所擁有的時間一共有四十七分鐘。四十七分鐘之後，張一光和季婷婷就「下早班」了。形勢是嚴峻的，逼人的。形勢決定了王大夫和小孔只能去爭分奪秒。他們一路上都沒有說話，「到家」的時候已經是一身的汗。現在，第一個問題來了：是在小孔的宿舍還是在王大夫的宿舍？他們喘息著，猶豫了。王大夫當機立斷，還是在自己的這邊。王大夫打開門，進去了，小孔又猶豫了一下，也進去了。幾乎就在小孔進門的同時，王大夫關上門，順手加上了保險。他們吻了。小孔鬆了一口氣，整個人已經軟了，攤在了王大夫的懷裡。

但他們馬上就分開了。他們不能把寶貴的時間用在吻上。他們一邊吻一邊挪，剛挪到小馬的床邊，他們分開了。他們就站在地上，把自己脫光了，所有的衣褲散了一地。王大夫先把小孔架到了上鋪，小孔剛剛躺下，突然想起來了，他們實在是孟浪了，再怎麼說他們也該把衣服一件一件脫下來，再一件一件放好了才是。——盲人有盲人的麻煩，到了脫衣上床的時候，一定要把自己的衣服料理得清清楚楚，脫一件，整理一件，擺放一件。最下面的是襪子，然後，褲子，然後，上衣，然後，毛衣，然後，夾克或外套。只有這樣，起床的時候才有它的秩序，只要按部就班地拿、按部就班地穿就可以了。可誰讓他們孟浪了呢？衣褲散了一地不說，還是混雜的，脫倒是痛快了，可穿的時候怎麼辦？總不能「下早班」的都回來了，他們還在地板上摸襪子。說到底盲人是不可以孟浪的，一步都不可以。小孔又焦躁又傷心，說：「衣服，衣服啊！」王大夫正在往上爬，問：「什麼衣服？」小孔說：「亂得一地，回頭還要穿呢！你快一點哪！」

王大夫終於爬上來了。爬上來的王大夫差不多已經和骨頭一樣硬，幾乎沒有過渡，王大夫一下子就進去了。王大夫感覺到小孔的身體抽搐了一下，繃緊了，她過去可從沒這樣過。可王大夫哪裡來得及問，他的腦海裡全是時間的概念，小孔的腦海裡同樣充斥著時間的概念。他們得搶時間。為了搶時間，他們就必須爭速度。王大夫的速度快了，動作又大，可以說無比的迅猛。一陣劇烈的撞擊，王大夫一聲嘆息，結束了。宿舍裡頓時就洋溢出王大夫的氣息。兩個人一起喘息了，喘息得厲害。小孔都沒有來得及讓喘息平息下來，說：「下來，快穿！」

他們只能匆匆地擦拭，下床了，後悔得要死，剛才要是鎮靜一點多好啊。現在好了，每一樣衣物都要摸。這一件是你的，而那一件才是我的。可時間不等人哪。這時候要是有人回來了那可如何是好！他們的手在忙，心裡頭其實已經慌了。可是，不能慌，得耐心，得冷靜。兩個人足足花了十多分鐘才把衣服穿上了，還是不放心，又用腦子檢查了一遍，再一次坐下的時候兩個人都已是一頭的汗。王大夫哪裡還顧得上擦汗，匆匆把門打開了，隨手抓起了自己的報時手錶，一摁，才十點二十四分。這個時間嚇了王大夫一大跳。還有三十六分鐘呢。這就是說，拋開路上的時間，拋開脫衣服和穿衣服所消耗的時間，他們真正用於做愛的時間都不到一分鐘，也許只有幾十秒。這哪裡是做愛，他只是慌里慌張地對著心愛的女人射了一次精。

這也許就是一個打工仔對他的女人所能做的一切了。王大夫無語。三十六分鐘，這空餘出來的兩千一百六十秒都是他們搶來的，他沒有能獻給自己的女人，卻白白地浪費在毫無意義的等待之中。他們在等什麼？等下早班的人回家。然後，向他們證明，他們什麼都沒有做。荒謬了。王大夫就楞在門口，無所事事，卻手足無措。只好提了一口氣，慢慢地又放下去了。像嘆息。汗津津的。王大夫回到小孔的身邊，找到小孔的手，用心地撫摸。王大夫柔情似水。直到這個時候，王大夫的心坎裡才湧上無邊的珍惜與無邊的憐愛。他剛才都做什麼去了？寶貝，我的女人。心疼了。

小孔也在疼。是身體。她趴在自己的膝蓋上，疼得厲害，身體的深處火辣辣的，比她的「第一次」還要疼。同樣是疼，這一回和那一次不一樣了。那一次的疼是一次證明，證明了他們的擁有。小孔就哭了。——她無法表達她的幸福，她說不出來，只有哭。偏偏王大夫又是個呆子，一摸到小孔的淚水就拚命地說「對不起」。小孔的幸福只有一個詞才可以表達：傷心欲絕。那一次的疼是濕的，這一次呢？乾巴巴。小孔哭不出來。她只是沮喪。她這是幹什麼？她這是幹什麼來了？她賤。沒有任何人侮辱她，但是，小孔第一次感受到了屈辱。是她自己讓自己變成一條不知羞恥的母狗。

「我們結婚吧。」小孔突然抬起頭，一把抓住王大夫。

「你說什麼？」

小孔側過了腦袋，說：

「我們結婚。」

王大夫想了想，說：「什麼都還沒準備呢。」

「不要準備。有你，有我，還要準備什麼？」小孔嘴裡的熱氣全部噴到王大夫的臉上了。

「不是——沒錢麼？」

「我不要你的錢。我有。用我的錢。我們只舉行一個簡單的婚禮，好不好？」

「你的錢，——這怎麼可以呢？」

「那你說怎麼才可以？」

王大夫的嘴唇動了兩下，實在不知道說什麼好了。王大夫說：

「你急什麼？」

這句話傷人了。小孔一個姑娘，幾乎已經放棄了一個姑娘所有的矜持，都把結婚的事主動挑起來了。什麼是「急」？太難聽了。就好像小孔是一個扔不出去的破貨，急吼吼地上門來逼婚似的。至於麼？

「我當然急。」小孔說，「我都這樣了，誰還肯要我？我不急，誰急？」

這句話重了。兩個人剛剛從床上下來，小孔就說自己「都這樣了」，無論她的本意是什麼，在王大夫的這一頭都有了譴責的意味。小孔還是責怪他了。也是，睡的時候你興頭頭的，娶的時候你軟塌塌的，不說人話了嘛。可王大夫要錢哪。悶了半天，王大夫還是順從了，嘟囔著說：「那麼，結就結吧。」

「什麼叫結就結吧？」小孔說。小孔一點都沒有意識到眼淚已經出來了，一下子想起了這些日子裡父母那邊的壓力，想起了小馬的意外舉動所帶來的諸多不便，都是因為誰？都是因為你！小孔突然就是一陣傷心。南京我來了，你的心願也遂了，你哪裡還能體會我的一點難，哪裡還能體會我對你的那番好。「結就結吧」，這句話太讓人難堪了，聽得人心寒。小孔拖著哭腔大聲喊道：「姓王的，我跟著你千里迢迢跑到南京來，我等來的就是你的這句話？『結就結吧』，你還說不說人話？你和凳子結吧，你和椅子結吧，你和鞋墊子結吧，你和你自己結吧！我操你媽媽的！」

借錢的事王大夫再也說不出口了。王大夫很難過。軟綿綿地說：「這個就是你不對了，你操我媽媽做什麼？」

小孔摸了一把自己的眼睛：「操你媽媽的。」

第八章 金嫣

同事們一點都不知道，金嫣，還有泰來，他們的戀愛開始了。金嫣突然就把追求泰來的那股子瘋魔的勁頭收斂起來了，一個急轉身，成了淑女了。同事們在推拿中心很少看到金嫣的高調出擊，都很少聽到她的動靜了。人們反過來替徐泰來擔心，大勢不妙。

其實，敲鑼打鼓的金嫣到底也沒有能夠走出盲人的戀愛常態。所謂盲人的戀愛常態，四個字就可以概括：鬧中取靜。他們大抵是這樣的，選擇一個無人的角落，靜靜地坐下來，或者說，靜靜地抱一抱，或者說，靜靜地吻一吻，然後，手拉著手，一言不發。一般來說，戀愛中的年輕人都愛動，呼啦一下去了電影院，呼啦一下去了咖啡館，呼啦一下又去了風景區，你追我趕的，打情罵俏的，偷雞摸狗的。盲人們不是不想動，也想動，但是，究竟不方便。不方便怎麼辦呢？他們就把自己的身體收斂起來，轉變為一種守候。你拉著我的手，我拉著你的手，守候在一起，也就是所謂的廝守了。他們的靜坐是漫長的，擁抱是漫長的，接吻也是漫長的，一點都不弄出動靜。如果沒有生意，他們可以這樣坐上一天。一點也不悶。要是生意來了，他們就分開。臨走的時候一方還要摸一下另一方的臉，小聲說：「等著我啊。」或者乾脆，什麼都不說，兩隻手卻依依不捨了，是相依為命的樣子，直到身體已經離得很遠，兩個人的食指還要再扣上一會兒。

就態勢而言，金嫣的戀愛並沒有走出常態。其實，金嫣到底與眾不同，還是不一般了。她慵懶了，開始了她的另一個等待。等什麼呢？她的婚禮。金嫣一邊等，一邊想。只要一坐到泰來的身邊，她的思緒必然會沿著她的婚禮有去無回。

金嫣的腦袋其實是一個硬盤，儲存得最多的則是婚禮。如果不是眼睛不方便，金嫣也許可以做一個婚慶公司的主題策劃。在這方面，她是博學的。她的博學為她的遐想提供了無限開闊的空間。從這個意義上說，金嫣不是在「談戀愛」，而是在「想婚禮」。

中式婚禮金嫣其實並不喜歡。它的特徵和缺點是顯而易見的，主要圍繞著吃。因為客人都出了份子，所以，客人們要拚命地吃回去。這個吃當然也包括喝，一喝，麻煩來了。難免有人會喝多，那些酒席上的好漢就成了主角，搶戲了。中式婚禮最大的弊端就是主題分散，很難烘托出一個眾星捧月的效果。也俗。必須承認，雖然中國自稱是禮儀之邦，其實中國人很不懂得禮儀。看看酒席的最後吧，杯盤狼藉。髒，亂，還咣叮咣噹的。可是，話又得分兩頭去說了，中式婚禮自有中式婚禮迷人的地方，這個地方就是洞房。金嫣對洞房一直有一個高度的概括，兩個字，悶騷。性感了。

一定是泰來的父親事先和客人們打過招呼了，婚慶的酒席剛剛結束，客人們剔著牙，打著酒嗝，三三兩兩地走了。金嫣和泰來被司儀領進了洞房。金嫣和泰來肩並著肩，一起坐在床沿上。泰來的母親，這個滿臉皺紋的女人對自己的兒子交代了幾句，倒退著，卻又是合不攏嘴地退出去了。她用她的雙手把洞房的房門反掩起來，合上了。透過紅頭蓋，金嫣看見紅蠟燭的火苗欠了一下身子，然後，再一次亭亭玉立了。它們挺立在那裡，千嬌百媚，嫩黃嫩黃的。寶塔式的蠟燭周身通紅，在它的側面，是鎦金的紅雙喜圖案。

就蠟燭的燭光而言，它通明。然而，放大到整個洞房，燭光其實又是昏暗的，只能照亮新娘子的半個側面。金嫣的另一邊卻留在了神祕的黑暗裡。這正是燭光的好，是燭光最為獨到的地方——它能讓每一樣東西都處在半抱琵琶的狀態之中。但是，新娘子的這半邊亮卻到底不同於一般，猩紅猩紅的，因為紅而亮，因為亮而紅。新娘子的上衣和頭蓋都是用鮮紅的緞子裁剪出來的，一遇上燭光它就擁有了生命，因為曇花一現，所以洶湧澎湃。這一來洞房裡的畫面就給人一種錯覺，蠟燭不顧其餘，它把所有的光亮都集中到新娘子的這一邊了，嚴格地說，半面。別的都是黑色的，它們的使命是烘托。半個新娘子在豔。紅彤彤，暖洋洋。她端坐在床沿，羞赧，嫵媚，安寧，寂靜，嬌花照水。

金嫣是被泰來用一根紅綢緞拉到洞房裡來的。紅綢緞的中間被紮成了一個碗口大的花。另外的一條紅綢緞則捆在泰來的身上，類似於五花大綁，滑稽得很，在泰來的胸前同樣紮了一朵碗口大的花。金嫣被泰來一直拉到了婚床前，金嫣不是用手，而是依靠腰肢的扭轉，用她的屁股找到了床沿，落座了。萬籟俱寂。全世界只有一樣東西還能夠發出聲音，那就是新娘子的心臟。撲通。撲通。撲通。怎麼好呢？她的心和萬籟俱寂的世界一點也不相稱，都能把自己羞愧死。

金嫣並不害羞。金嫣從來都不是一個害羞的姑娘，相反，她的身上有一股男人氣，豪邁，近乎莽撞。如果不是眼疾，她也許就是一個縱橫四海的巾幗英雄。但是，這畢竟是結婚——不，不能叫結婚。叫成親。金嫣在成親的這一天願意害羞。不害羞也要害羞，慢慢地學。

泰來終於挪過來了。他們兩個人的肩膀已經有了接觸了。金嫣的肩膀突然鬆了一下，鐲子掉下來了，從小臂一直落到金嫣的手腕。手鐲自然有手鐲的光芒，潤潤的，油油的，像凝結的脂肪，像新娘子特有的反光。泰來先是撫弄了一番玉手鐲，最終，把金嫣的手背捂在了掌心裡。金嫣的手裡還捏著手絹，她能做的只有一樣，捏緊手絹，說什麼也不能放。

現在，高潮終於來到了。泰來把金嫣的紅蓋頭拽下來了。當紅蓋頭從金嫣的面部滑落下來的時候，金嫣，這個豪邁的姑娘，到底害羞了。他吻了她。不。不是吻，是親。他親了她，是嘴。他們親嘴了。他的嘴唇和口腔裡的氣息滾燙。

「我好不好？」金嫣問。這句話金嫣一定要問的。

「好。」

「你疼我不疼我？」

「疼。」

「那你輕一點。」

一切都遮遮掩掩的，一切都躲躲藏藏的。還有那種古里古怪的語言。太克制了，太悶騷了，太性感了。金嫣呼的一聲就把蠟燭吹滅了，彷彿生了天大的氣。

金嫣不喜歡中式婚禮，對「洞房」，金嫣卻又無比地神往了。它太深邃，太妖冶了。甚至有點鬼魅。它是春風蕩漾的，卻又是水深靜流的，見首不見尾。「洞房」裡最重要的事情當然是性，可性又只能排在第二位，最吸引人的是一種特殊的親情。新郎和新娘既是夫妻，又是兄妹，也許還是姊弟。這一點西方人就搞不懂了，新郎官怎麼可以是新娘子的「哥哥」呢，或者說，新娘子怎麼能是新郎官的「姊姊」呢？亂了。亂倫了嘛。其實，在中國人的這一頭，才不亂呢。一點也不亂。這是中國人才有、中國人才懂、中國人才能領略的風韻。是東方式的性感，是東方式的親情，金嫣喜歡死了。古人說，人生三樣事，洞房花燭夜，金榜題名時，他鄉遇故知。把「洞房花燭」排在第一，有它的道理。金嫣抵擋不住「洞房」對她的誘惑。為了「洞房」，金嫣死死保留了自己的女兒身。無論泰來怎樣地死纏爛打，金嫣永遠說「不」。不。不！不！她在婚前絕對不可能和泰來有任何性行為的。她要等到洞房——像張愛玲所說的那樣——再和泰來「欲仙欲死」。

中式婚禮最大的遺憾還不在吃，在它缺少了一樣東西，令每一個女孩子都怦然心動的東西，婚紗。

金嫣在婚禮上怎麼可以不穿婚紗呢？婚紗，多麼地美妙，它不是「衣服」，它是每一個未婚女子的夢，長在了肌膚上。它是特殊的肌膚，擁有金蟬脫殼的魔力，足以使一個女人脫胎換骨。它簡潔，紛繁，鋪張，華貴。佇立時娉婷，行走時婀娜。撇開婚紗自身的夢幻色彩不說，金嫣如此地迷戀婚紗還有另外一個重要的原因，她的身材好。如果一定要讓金嫣做一個自我評價，她還要加上一個字，是姣好。這樣好的身段不從婚紗裡頭過一遭，冤枉了。金嫣擁有標準的東北女人的身段，主要的特徵是長。這長又充分地體現在她的胳膊上。她的胳膊亭亭玉立。這句話不通。可金嫣就是這樣認為的，她的胳膊「亭亭玉立」。想想吧，當無袖的、低胸的婚紗沿著金嫣的胸脯蜿蜒而下的時候，金嫣光滑而又修長的胳膊該是怎樣一幅動人的景象，天生就是為婚禮預備的。即使新郎官什麼也看不見，即使金嫣自己也看不清晰，金嫣也一定會為自己的胳膊陶醉不已，——她至少證明了一件事，女人所擁有的，她都擁有。這一點對金嫣來說至關重要。

不過有一點，金嫣的身材一天不如一天了。主要是有了發胖的苗頭。盲人沒法運動，靜止的時間太長，這就難免發福。金嫣已經感覺到大臂的外側有些贅肉了。她的大臂曾經很漂亮的，直上直下的，光滑而又柔軟。

為了能夠在婚禮上穿一次婚紗，金嫣私底下已經把婚紗的注意事項都瞭解清楚了。總體上說，有六個方面必須引起她的高度注意：

1、婚紗的基調是白，忌諱紅。一定不能穿紅鞋。紅鞋意味著走入火坑，它是不吉利的。所有的紅色都要忌，紅花、紅腰帶、紅底褲都不可以；

2、穿上婚紗之後新娘子不要鞠躬。如果不可避免，也只能輕輕地一下。這不是因為新娘子矜持，而是為了避免胸脯走光；

3、婚紗不能用裙撐，紗擺不可以抖動得太厲害；

4、穿上婚紗之後，新娘子在走路的時候應當手執鮮花，走一步，停一步；

5、舉行儀式的時候一定要有頭紗遮面，掀開頭紗的人只能是新郎；

6、站位是男右女左，而不是中國式的男左女右。

春光明媚，或者說，秋高氣爽，這些都不重要。重要的是，大地上灑滿了陽光。陽光是七彩的，陽光是繽紛的，它們飄飄灑灑，雨一樣，羽毛一樣，把每一片花瓣、每一張笑臉以至於每一顆門牙都照得通體透亮。陽光把所有物質的色彩都揭示出來了，大地上綠是綠，紅是紅，紫是紫，黃是黃。花團錦簇。植物是很奇怪的，無論什麼樣的顏色，只要是從植物的身上呈現出來的，它們的搭配就永遠也不會出錯。再鮮、再豔也不覺得俗。所有的親朋好友都來了。他們站立在綠幽幽的草坪上，每一個人都喜氣洋洋，每一個人都革履西裝。陽光讓每一個人的額頭都開闊，讓每一個人的下巴都乾淨，讓每一個人的鼻梁都挺拔。《婚禮進行曲》響起來了，泰來拉起金嫣的手，拉開了大廳的大門。金嫣在泰來的攙扶下走向了草坪，草坪鬆軟，他們在款款而行。所有的人都讓開了，所有的親朋和好友在給泰來和金嫣讓開一條道。金嫣和泰來就像走在巷子裡了。金嫣的婚紗拖在草地上，金嫣是裊娜的，金嫣是嫵媚的，金嫣是羞赧的，卻傲慢。幸福得只差暈厥。新郎和新娘來到了草地的中央，人群的中央。所有的人都在為他們祝福，鼓掌。

泰來穿的是一身藏青的西裝。在藏青的陪襯下，雪白的婚紗在陽光的照耀下發出了耀眼的光，像冰，像雪。金嫣在這一刻冰清玉潔。

男式西服最漂亮的部分是肩。泰來不算魁梧的肩部被西服恰到好處地撐開了，泰來的身軀就有了偉岸的特徵。金嫣靠在泰來的胸前。在泰來的胸前，金嫣呈現出來的恰恰是她自己的胸脯。不是胸部，是胸脯。乳房是對稱的，給出了誘人的乳溝。此時此刻，她的乳溝沐浴在陽光的下面，發出新娘子特有的色彩。還有金嫣的肩。金嫣的肩特別了，無骨的部分豐腴，有骨的部分骨感。風從金嫣的肩部滑過去了，風因為不能在金嫣的肩頭駐足而加倍地憂傷。這憂傷卻不屬於金嫣。金嫣自豪。

你願意娶金嫣為妻嗎？當然，我願意。泰來說。你願意嫁給泰來嗎？這還用說，金嫣說，我願意。既然都願意，泰來就用一只小小的枷鎖把金嫣拴起來了，金嫣也用一只同樣的枷鎖把金嫣拴起來了。對了，這個小小的枷鎖有一個好聽的名字：戒指。它們是一對，金嫣的給了泰來，泰來的給了金嫣。它們是最為溫馨的告戒，還有提示：你可是我的人了。它們是白金的。永不腐蝕。一萬年都閃亮如新。

現在，金嫣把泰來「拴」住了，泰來也把金嫣「拴」住了，他們再也不能分開了。金嫣是泰來的風箏，天再高，地再遠，她都是風箏，一輩子都拴在泰來的無名指上。泰來卻不是金嫣的風箏，他是金嫣的yo-yo球。即使金嫣把他扔出去，他也要急速地旋轉，依靠自身的慣性迫不及待地回到金嫣的手掌。草坪上發出了感染人心的歡笑。

新郎和新娘被所有的親朋圍在了中央，他們要求新郎和新娘講他們的故事。泰來害羞，說不出口了。倒是新娘子落落大方，她大聲地告訴每一個人，她是如何追新郎的。為了讓這句話達到最好的效果，她才不會說「追」他呢，她要說她是如此這般地把新郎「搞到了手」。大夥兒一定會笑翻了的吧。東北人一定要逗。男女都一樣。不逗還能叫東北人麼？逗完了，金嫣決定和泰來一起唱歌。金嫣一定要選出最好的曲目，十首。每年最具代表性的歌曲，它的意義在十年，它的象徵意義在百年。他們就手拉手地唱，一直到太陽西下。最後的一抹餘輝戀戀不捨了，每一盞燈都放出它們應盡的華光。

婚紗當然是要脫的。但脫下來的婚紗依然是婚紗。它懸掛在衣架上，像傳說的開頭：多年以前——

說起婚紗，一個更加狂野的念頭在金嫣的腦海中奔騰起來了。——既然婚紗都穿上了，乾脆就做一個西式婚禮吧；既然都做了一個西式婚禮了，那麼再乾脆，到教堂去吧。金嫣沒有去過教堂，但是，電影裡見過。教堂最為迷人的其實不在它的外部，而在裡頭。教堂是人間的天國，眾多遼闊的拱線撐起了天穹。它恢宏。這恢宏是莊嚴的，厚重的，神聖的，同時還是貞潔的。管風琴響起來了，那是贊頌和謳歌的旋律，它們在石頭上回蕩。餘音茫茫。上天入地。想著想著，金嫣已經拉著泰來的手「走進」教堂了，腰桿子有了升騰的趨勢，腦子裡全是彩色玻璃的光怪陸離。金嫣知道了，她的頭頂上是天，腳底下是地，天與地的中間，是她琴聲一樣的婚禮，還有她琴聲一樣的愛情。

為什麼不舉辦一個教堂婚禮呢？為什麼不呢？通過「金陵之聲」的業務廣告，金嫣最終把她的電話打到羅曼司婚慶公司去了。那是一個星期二的中午。羅曼司婚慶公司的業務小姐很客氣，她耐心地聽完了金嫣的陳述，最終問了金嫣一個意想不到的問題：「你是教徒嗎？」金嫣一時沒有明白過來，楞住了。業務小姐立即把問題通俗化了：「你相信上帝嗎？——有一方相信也行。」這個問題嚴肅了。她從來都沒有想過。金嫣不能說是，因為她的確不信；她又不想說不，這樣說似乎有些不吉利。金嫣當即就把手機合上了。為了防止婚慶公司再把電話打過來，金嫣關掉了手機。她害怕進一步的詰問。

但是，業務小姐的話倒是提醒了金嫣，在婚禮的面前，新娘或新郎最好相信一點什麼。金嫣又相信什麼呢？想過來想過去，金嫣並不知道自己該相信什麼。她相信過光，光不要她了。她相信過自己的眼睛，自己的眼睛不要她了。隨著視力的下降，視域的縮小，這個世界越來越暗，越來越窄，這個世界也不要她了。藍天不要她了，白雲不要她了，青山不要她了，綠水不要她了，鏡子裡自己的面孔也不要她了。她能信什麼呢？她能做的只有試探，還有猜測。一個依靠試探與猜測的女人很難去相信。金嫣把玩著自己的手機，對自己說，不相信是對的，不相信就不用再失望了。從此面向大海，從此春暖花開。

她就相信婚禮。有婚禮就足夠了。有婚禮你就不再是一個人，你起碼可以和另一個人生活在一起，這是可信的。婚禮其實是一個魔術，使世界變成了家庭。很完整了。

金嫣高興地發現，因為對婚禮執著的相信，她已經成了一個結婚狂了。婚禮是無所不在的。金嫣每時每刻都在婚禮上。就說吃飯。為了方便，金嫣以前一直都用勺子，現如今，金嫣不再用勺子。她選擇了筷子。金嫣在筷子粗頭的頂端刻了一道淺淺的凹槽，然後，用一根線繫上，再把它拴到另外的一支筷子上去。它們就結婚了。金嫣為筷子舉辦了一個十分隆重的婚禮，所用的場景是電影《茜茜公主》裡的，是皇家的場景，富麗堂皇了。金嫣用一頓午飯的工夫主持了這場婚禮，她的心思盛大而又華貴，她的咀嚼充滿了管弦樂的迴響。

火罐也可以結婚。在推拿的輔助理療上，拔火罐是一個最為普通的手段了。中醫很講「氣」，——人體的內部有火氣，也有寒氣。有了寒氣怎麼辦？把它「拔」出來，這也就是所謂的拔火罐了。金嫣給客人拔火罐的時候往往很特別，她總是成雙成對地使用。有時候是四對，有時候是五對，有時候也用六對。這一來客人的背脊就成了一個巨大的禮堂，剛好可以舉辦一場集體婚禮。集體婚禮不好，可也有它的樂趣，主持起來很有成就感的。它體現了中國的特色，再個人的事情也能夠洋溢出集體主義的精神。

滋味也可以結婚。最為般配的有兩樣，甜與酸，麻和辣。甜是一個女人，也有男人的一面，酸是一個男人，也有女人的一面。它們的婚禮無疑是糖醋排骨。又酸又甜，酸酸甜甜。這是貧寒人家的婚禮，寒酸，卻懂得感恩，知道滿足。它們最容易體現生活的滋味。是窮秀才娶了小家碧玉，幼兒園老師嫁給了出租車司機。婚禮並不鋪張，兩個人卻幸福，心心相印的，最終把緊巴巴的日子過成一道家常菜。

麻是一個不講理的男人，辣卻是一個胡攪蠻纏的女人。它們是冤家，前世的對頭，從道理上來說它們是走不到一起去的。沒有人看好它們。可生活的樂趣和豐富性就在這裡，麻和辣有緣。它們從戀愛的那一天起就相互不買賬，我挖苦你，你擠對我。每個人都怕它們。可它們呢，越吵越靠近，越打越黏糊，終於有一天，結婚了。到了婚禮上它們自己都不相信，它們怎麼會有這一天的呢？還是吵。是和事佬把它們勸下來的。婚禮不歡而散，各自都做好了離婚的準備。奇怪了，就是離不掉。到老一看，天哪，都金婚了。打了一輩子，吵了一輩子，鄰居們都嫌它們煩，它們自己卻不煩了，越嚼越有滋味。它們自己都不知道，它們就是生活裡的大多數，類似於馬路邊上的羊肉串。它們一輩子都不滿意，就是離不開。它們永遠都沒有一個像樣的婚禮，最後的一口了，風燭殘年了，後悔卻上來了，夜深人靜的時候老是對老伴說，我那時候怎麼就沒有對你好一點？「再來一串。」其實是想從頭再來。從頭再來還是這樣的，生活就是這樣一個個可愛的場景。

最為有趣的還是自行車的婚禮了。兩個輪子稀里糊塗的，不是男方糊塗就是女人糊塗，娶了，或者嫁了。雖說新娘和新郎是平等的，骨子裡卻不平等，永遠是一個在前面，一個在後面。一個在外面，一個在裡面。即使到了婚禮也還是這樣，一個行動了，另一個就乖乖地跟上去。它們始終有距離，後面的那一個卻從來都是亦步亦趨的，步步緊隨，是嫁雞隨雞的樣子。仔細一看，一琢磨，又不對了。後面的那一個才是真正的狠角色。它一直在推動。前面的那一個只是傀儡罷了。但是，由於心甘，情願，知道後面的那一個對它好，它認。這樣的婚禮決定了大街上的風景，滿大街都是自行車的車輪，一前一後的，成雙成對的。分開的也有，往往是後面的那一個要到前面去了，這一去，麻煩了，一定是後面的那一個推得太猛了，災難就是這麼來的。

相比較而言，金嫣喜歡花生的婚禮。在大部分的情況下，每一個花生都有兩顆花生米，它們是鄰居，近在咫尺，卻靜悄悄的，是老死不相往來的局面。這怎麼可以呢？金嫣就把花生剝開了，一個是金童，一個是玉女，你們怎麼就這麼沉得住氣呢？金嫣幫著它們撮合了。就在金嫣的巴掌上，金嫣幫它們舉辦了一個祕密的小婚禮。它們真的很合適，雙方的條件都差不多。就是害羞。金嫣一直把它們送進洞房，替它們把衣服都脫光了。兩個新人赤裸裸的，光溜溜的，性感死了。是男歡女愛的樣子。是天地一合春的樣子。金嫣招惹過泰來一次，她把泰來的手拉過來了，把這一對新人送到泰來的掌心。泰來說：

「你吃。」

呆子！呆子！個呆——子！

當然，想過來想過去，金嫣不可能只是為別人張羅婚禮，她想得更多的還是自己的。她哪裡是在想，她是在猶豫，比較，衡量。是中式婚禮好呢還是西式婚禮好？拿不定主意了。但是，拿不定主意又有什麼關係？金嫣瘋狂了。她兩個婚禮都要！誰說一對夫婦只可以結一次婚？這又不是基本國策。金嫣決定，先穿著婚紗把自己「嫁」出去，然後，再讓泰來在風月無邊的燭光當中把自己「娶」回來。兩個婚禮有什麼？不就是錢麼？她捨得。花唄。「花錢」的「花」為什麼是「花朵」的「花」？意思很明確了，錢就是花骨朵，是含苞欲放的花瓣。只要「花」出去，每一分錢都可以怦然綻放。忽如一夜春風來，千樹萬樹梨花開。

第12章 高唯

這麼快就能在推拿中心站穩腳跟，都紅不敢相信。好在都紅是一個自知的人，知道自己的手藝還不足以吸引這麼多的回頭客。其實，問題的關鍵早已經水落石出了，都紅還是占了「長相」的便宜。這是都紅第一次「行走江湖」，她還不能正確地瞭解一個女子的「長相」具有怎樣的重要性。都紅現在知道了，「長相」也是生產力。

與「長相」密切相關的是，都紅的回頭客清一色都是男性。年紀差不多集中在三十五至四十五歲之間。都紅對自己的吸引力是滿意的，自豪了，當然，也還有陌生。——這陌生讓都紅快樂，是一個女性理所當然的那種快樂。要不是出來，她這一輩子可就蒙在鼓裡了。都紅知道自己「漂亮」，可一點也不知道自己「美」。「漂亮」和「美」是兩個不同的概念了，它們所涵蓋的是完全不同的本質。都紅的自豪其實也就在這裡。可是，都紅同樣發現了一個基本的事實，年輕的、未婚的男士很少點她的鐘。這讓都紅又有一種說不上來的寥落。不過都紅很快又找到一個說服自己的理由，年輕人身體好，一般不會到推拿房裡來，幾乎就沒有。說到底，並不是都紅對他們缺少吸引力，而是都紅從根本上就缺少這樣的機會。如果他們來了呢？如果呢？也很難說的吧。

知道自己美固然是一件好事，有時候，卻又不是這樣的。都紅就感到自己的心慢慢地「深」

了。女孩子就這樣，所有的煩惱都是從知道自己的「長相」之後開始的。事實上，都紅都有些後悔知道自己的「長相」了。

生意好，接觸的人就多。人多了就雜。人真是一個奇怪的東西，什麼樣的人都有。差別怎麼那麼大呢？可以說，一個人一個樣。都紅看不見那些男人，但畢竟給他們做推拿，畢竟在和他們說話，他們的區別都紅還是一目了然了。有的胖，有的瘦，有的壯，有的弱，有的斯文，有的粗魯，有的愛笑，有的沉默，有的酒氣沖天，有的菸氣繚繞。但是，無論怎樣的區別，有一點他們又都是一樣的，每個人都有自己的手機。有一點就更加一樣了，每一部手機裡都有它們的「段子」。都紅聽到的第一個「段子」是這樣的，說，在鄉下，一個丈夫下地幹活去了，老婆的相好的當即趕了過來。還沒有來得及親熱，丈夫卻回來了，他忘了拿鋤頭。老婆急中生智，讓相好的躲到麻袋裡，並把他藏在了門後。丈夫扛著鋤頭，急匆匆又要走。走到門口，突然發現門後多了一個麻袋，滿滿的。他踢了一腳，自語說：「咦，麻袋裡是什麼？」相好的在麻袋裡大聲地喊道——「玉米！」

這是都紅聽到的第一個段子，笑死了。連著聽了好幾個，段子開始複雜了。並不是每一個段子都像「玉米」這樣樸素的。都紅年輕，許多段子其實是聽不懂的。聽不懂就必須問。她傻楞楞地盯著客人，一定要把「包袱」的含義問出來。但都紅的話音未落，一下子又無師自通了。這一「通」就要了都紅的命，都紅感到了齷齪，太污濁，太下流了。血直往臉上湧。都紅無比地懊喪，覺得自己也一起齷齪進去了。然而，段子是無窮無盡的，天長日久，都紅居然也習慣了，你總不能不讓客人說話吧。都紅很快就發現這樣一種類型的男人了，他們特別熱中於給女生說段子，越說越來勁，就好像段子裡頭的事情都是他們做出來的。都紅不喜歡這樣的男人，裝著聽不見。就是聽見了，都紅也裝著聽不懂。難就難在都紅聽得懂，這一來她就忍不住要笑。都紅不想笑，但笑是很難忍的，都紅怎麼也忍不住，只好笑。笑一回就覺得吃了一回蒼蠅。

因為每個人都有手機，每個手機裡都有段子，都紅知道了，這個世界就是手機，而生活的本來面目就是段子。

段子都有一個共同的特點，那就是葷。葷這個詞都紅當然知道，它和蔬菜相對，是素的反義詞。葷的背後只能是肉，和肉有不可分割的關係。對於葷，都紅實在是害怕了，渾身都不自在。聽的日子久了，都紅對這個世界有了一個大致上的認識，也可以說，判斷：她所處的這個世界是葷的。她神往的、那個叫做「社會」的東西是葷的。所有的男人都葷，所有的女人也一樣葷。男人和女人一刻也沒有閒著，都在忙。滿世界都是交媾，混雜，癲瘋，痴狂，毫無遮擋。都紅都有點慶幸了，幸虧自己是個瞎子，要不然，眼睛往哪裡看呢？每個人都是走肉，肉在「嘩啦啦」。

都紅還記得第一次離家出門的情景。那時的都紅的確是恐懼的，她擔心自己不能在這個社會上立足。但是，必須承認，都紅在恐懼的同時心裡頭還有另外的一樣東西，那東西叫憧憬。她是多麼地憧憬這個世界啊。她憧憬陌生的人，她憧憬陌生的事，她憧憬不一樣的日子。那時的都紅是怎樣地蠢蠢欲動，就希望自己能夠早一點被這個世界所承認、所接納，然後，融進去。生活有它的意義，都紅所有的夢想都在裡頭。可現在，鋪天蓋地的手機和鋪天蓋地的段子把生活的真相揭示出來了，這個世界下流，齷齪。太髒了，太無聊了，太粗鄙了。都紅沒有什麼可以憧憬的了，從皇帝到乞丐，從總經理到小祕書，從飛行員到乘務員，從村長到二大爺，都一樣。都紅就覺得自己每一天都站在狗屎堆上。她必須站在狗屎堆上，一離開她就不能自食其力了。她遲早也是一塊肉，遲早要

「嘩啦啦」。

事實上，沙復明已經開始對著自己「嘩啦啦」了，都紅聽見了，沙復明的手在自己的臉上「嘩啦啦」。他一定還想通過其他更為隱蔽的方式「嘩啦啦」。沙復明在逼近自己。一想起這個都紅就有些緊張，她的處境危險了。都紅時刻都有可能變成一絲不掛的玉米，被裝在麻袋裡，然後，變成手機裡的笑料。

都紅在嚴加防範，可也不敢得罪他。再怎麼說，沙復明是老闆啊。他說走，你就只能走。走是容易的，可是，上哪兒去呢？就算能換一個地方，一樣的。哪裡沒有男人？哪裡沒有女人？哪裡沒有段子？哪裡沒有手機？天下就是裝滿了玉米的麻袋，天下人就是裝在麻袋裡的玉米。

都紅選擇了無知，客客氣氣的。她對沙復明客氣了。不即。不離。不取。不棄。你就「嘩啦啦」吧，關鍵是怎麼利用好。無知是最好的武器，少女的無知則是核武器，天下無敵的。無論你沙復明怎樣地「嘩啦啦」，都紅很無知。裝出來的無知是真正的無知，一如裝睡。——假裝睡覺的人是怎麼也喊不醒的。

沙復明痛心了。他是真心的。為了都紅，他已經放棄了他的信仰，不再渴望眼睛，他不再思念他的「主流社會」了，他願意和沒有眼睛的都紅一起，黑咕隆咚地過自己本分的日子。他開始追。都紅有意思了，不答應，也不拒絕。懵里懵懂。什麼都不懂。無論沙復明怎樣表達她都不開竅。她的口吻裡頭永遠有一種簡單的快樂，像一個孩子在全神貫注地吃糖。沙復明迂迴，暗示，懇求，越來越急迫，越來越直白，都紅就是聽不明白。沙復明還能怎麼辦？只有實話實說了，其實是哀求：

「都紅，我愛你呀！」

都紅可憐了。——「我還小哎。」

沙復明還能說什麼？都紅越是可憐，他就越是喜歡，滋生了做她屏障的欲望，一心想守護她。魔障了，不能自拔。好吧，沙復明不只是魔障了，還倔強，你小，那我就等。今年不行，明年，明年不行，後年，後年不行，大後年，大後年不行，大大後年。你總有長大的那一天。沙復明堅信，只要有耐心，關鍵是，只要一直都愛著她，他沙復明一定能等到都紅長大的那一天。

這等待當然是私密的，高度地隱蔽，僅僅發生在沙復明的心裡。沙復明謹慎得很，再怎麼說，他好歹是一個老闆。他不能給員工們留下以權謀私的惡劣印象。還有一點也很重要，沙復明畢竟也虛榮。他要是明火執仗地追，難免會招致誤解，他是仗勢得來了愛情。很不光采的。在水落石出之前，還是不要讓別人知道的好。

沙復明卻錯了。他的心思有人知道。誰？高唯。作為推拿中心的前臺小姐，高唯在第一時間已經把沙復明的心思清清楚楚地看在眼裡了。盲人很容易忽略一樣東西，那就是他們的眼睛。他們的眼睛沒有光，不可能成為心靈的窗戶。但是，他們的眼睛卻可以成為心靈的大門。——當他們對某一樣東西感興趣的時候，他們不懂得掩飾自己的眼睛，甚至把脖子都要轉過去，有時候都有可能把整個上身都轉過去。沙復明近來的情緒一直很低落，可是，只要都紅一發出動靜，沙復明精神了。脖子和腰腹就一起轉動。在高唯的眼裡，都紅是太陽，而沙復明就是一朵向日葵。靜中有動。他在諦聽。他一點都不知道自己的神情已經參與到都紅的行為裡去了，嘴唇上還有一些特別的動作。很瑣碎。有點凌亂。一個突然的、淺淺的笑；一個突然的、淺淺的收斂。那是他忘情了。他在愛。他的樣子不可救藥。

高唯就這樣望著她的老闆，一點也不擔心被她的老闆發現。

有一點高唯卻又是不能理解的，只要都紅一走動，沙復明的脖子就要轉過去，他又是如何判斷的呢？他怎麼知道那是都紅的呢？高唯感興趣了。她就盯著都紅的兩條腿，認真地研究，仔細地看。一看，答案出來了。都紅的行走和小孔一樣，都是左腳重，右腳輕，當然了，十分地細微。但小孔是用腳後跟著地，都紅先著地的則是腳尖。——都紅比小孔要膽小一些，每邁出一步，她總是用腳尖去試探一番的。高唯閉上了自己的眼睛，諦聽了一回，果真把都紅的步行動態聽得清清楚楚的了。

就在當天的晚上，高唯成了都紅的好朋友。到了下班的時候，高唯拉住了都紅的手，一直拉到三輪車的旁邊。都紅還在猶豫，高唯已經把她攙扶上去了。她替都紅脫了鞋，都紅就舒舒服服地、軟軟綿綿地坐在了一大堆的床單上了。都紅的感動是可想而知的，高唯好。真是一個熱心腸的人。自己什麼都沒有，高唯能這樣對待自己，只能說，她命好，這樣好的人偏偏就讓她遇上了。

高唯就這樣成了都紅的朋友。近了。距離是一個恒數，都紅離高唯近了，離季婷婷必然就遠了。都紅在這個問題上是有點內疚的，說到底，她勢利了。這勢利並不只是為了一輛三輪車，而是為了眼睛。再怎麼說，高唯是一個有眼睛的人，都紅需要一雙明亮的眼睛成為自己的好朋友。

兩個人越來越好，很短的時間就發展到了無話不說的地步。不過，都紅一直沒有把最大的私房話告訴高唯。關於沙復明，她一個字都不提。都紅是不可能把這樣的祕密告訴高唯的。也不是都紅信不過她。說到底，不同的眼睛下面，必然伴隨著一張不同的嘴巴。盲人和健全人終究還是隔了一層。適當的距離是維護友誼最基本的保證。

高唯也不是對都紅一個人好，平心而論，她對所有的盲人都是不錯的。但是有一點，高唯和推拿中心幾位健全人的關係就有點僵。推拿中心的健全人一共有五個，兩個前臺，高唯和杜莉，兩個服務員，有時候也叫做助理，小唐和小宋，一個廚師，金大姊。同為前臺，高唯和杜莉的關係始終不對，一開始就有點不對。比較起來，五個健全人裡頭最有來頭的要算金大姊了。金大姊是另一位老闆張宗琪的遠房親戚。杜莉呢，則又是金大姊帶過來的。高唯一開始並不知道這裡頭的關係，就知道杜莉初中都沒有畢業，而自己好歹還讀了兩年的高中，氣勢上有點壓人了。等她和杜莉翻了臉，知道了，她已經實實在在地把金大姊給得罪了。金大姊是誰？每頓飯都在她的手上，勺子正一點，歪一點，日子就不一樣了。小唐和小宋其實是有點巴結她的。這一來高唯的問題來了。知識分子的處境艱難了。

從大處來說，推拿中心的人際可以分作兩塊，一塊是盲人，一塊是健全人。彼此相處得很好。如果一定要說哪一方有那麼一點優勢，只能是盲人了。盲人畢竟是推拿中心的主人，他們有專業，有手藝，收入也高。相對來說健全人只能是配角了，打打下手罷了。一般來說，盲人從不摻和到健全人的事態裡去，健全人也不摻和盲人。他們是和睦的井水與河水，一個在地底下安安穩穩，一個在大地上蹦蹦跳跳。

高唯剛來的時候和其他的幾個健全人處得都不錯，因為一次處罰，她和杜莉鬧翻了。那一天本來是杜莉當班，因為有點私事，杜莉和高唯商量，她想倒個班。高唯答應了。高唯偏偏就在那一天的晚上疏忽了，下班的時候疏漏了六號房的空調。沒關。空調整整運作了一夜。沙復明和張宗琪第二天的一早就排查，還用排查麼？當然是高唯的責任。高唯覺得冤。被扣了十塊錢不說，杜莉始終也沒有把高唯的休息日還回來。

難道杜莉就沒有出過錯？杜莉出的錯比高唯還要多。前臺本來就是一個容易出錯的地方，賬目上有些微小的出入是難免的吧？把客人的姓名寫錯了是難免的吧？口吻不好遭到客人的投訴是難免的吧？打瞌睡是難免的吧？下班的時候忘了關燈、關空調是難免的吧？誰也做不到萬無一失。在「沙宗琪推拿中心」，前臺其實是個高風險的職業。別的推拿中心還好，前臺可以在安排客人方面做點手腳，撈一點外快什麼的，「沙宗琪推拿中心」卻行不通。兩個老闆都是打工出身，什麼樣的貓膩不知道？玩不好會把自己玩進去的。

同樣是出錯，高唯和杜莉的處境不一樣了。杜莉要是出錯了，也處理，卻不開會。高唯一旦出了錯，聲勢不一樣了，接下來必然就是會議。高唯最為害怕的就是會議了，會議是一個特別的東西，人還是這幾個人，嘴還是這幾張嘴。可是，一開會，變了，人們的腔調和平日裡就不一樣了。人人都力爭說標準的普通話，人人都力爭站到同一個立場上去。會議就這樣，立場統一了，結果就出來了：每個人都正確，只有高唯她一個人是狗娘養的，完全可以拉出去槍斃。高唯就覺得自己的名字沒有起好，她哪裡是高唯，簡直就是高危。

高唯在推拿中心的處境不好，不是沒有想到過離開。也想過。高唯就是嚥不下那口氣。一個高中生「玩不過」一個初中生，丟的是知識分子的臉。高唯強迫自己堅持下來了。三十年河東，三十年河西，這句話高唯是相信的。任何事情都要把時間拉長了來看，拉長了，人生就好看了。不能急。

沙老闆是什麼時候愛上都紅的呢？事先一點跡象都沒有。都紅是美女，這個高唯知道。可是，沙老闆又看不見，他在意一個人的長相幹什麼呢？高唯倒是把這個問題放在腦子裡琢磨了一些日子，沒有結果。沒有結果就沒有結果吧，反正高唯是知道了，盲人也在意一個人的長相。這就好辦了。沙老闆你下次開會的時候看著辦吧。高唯堅信，沙老闆是一個聰明的男人。聰明的男人要想得到一個女人，你就不能不在意這個女人的閨密。——你的「長相」長在人家的舌頭上呢。

高唯就對都紅不要命地好。很無私了，一點也不求回報。高唯的願望只有一個，讓每個人都看出她和都紅的好。等沙老闆和都紅的關係一旦建立起來，她只能是沙老闆最信得過的人。會，你們儘管開。開會有時候有用，有時候沒有一點用。是這樣的。

相對於高唯的無私，都紅投桃報李了。她把和高唯的關係故意處理得偏於誇張。都紅這樣做考慮的，主要還是安全上的隱患。她不知道沙復明會在什麼時候和什麼地點對她「嘩啦啦」。甘蔗沒有兩頭甜哪。老闆想「嘩啦啦」，工作是穩定了，但是，「嘩啦啦」的威脅她必須面對。現在好了，身邊有高唯，她安全了。高唯有眼睛。沙復明不能不忌諱她的眼睛。高唯的眼睛是都紅白天裡的太陽和黑夜裡的月亮。沙復明膽敢圖謀不軌，高唯的雙眼一定會在第一時間打開它們的開關。「啪」的一聲，「嘩啦啦」就稀里嘩啦。

利用中午的閒散時光，都紅和季婷婷逛了一次超市，附帶把高唯喊上了，正好帶個路。三個女的——兩個盲人，一個健全人——她們手拉著手，高唯的表現格外地得體了。這個得體體現在高唯的不多話上。一般來說，盲人和健全人相處的時候，盲人畢竟有些自卑，他們的話是不多的，幾乎就不插嘴。現在，情形反過來了，兩個盲人在一路交談，高唯卻沒有插嘴，難得了。連季婷婷都發現了高唯難能可貴的這一面。她在當天的晚上告訴都紅：「高唯這個人不錯，不多話。」都紅想了一下，可不是這樣的麼？第二天的上午都紅在休息區裡掏出了鑰匙，打開了自己的專用櫃。都紅取出兩塊巧克力夾心餅乾。上好鎖，來到了前臺。自己吃了一塊，給了高唯一塊。高唯是知道的，盲人與盲人之間幾乎沒有物質上的交往，都紅的這個舉動不同尋常了。高唯把餅乾捂在了嘴裡，很開心，第一次和都紅「動手動腳」了。她抓住都紅腦後的馬尾辮，輕輕地拽了一把。這一拽都紅的臉就仰到天上去了。她的臉對著天花板，在無聲地笑。這個死丫頭好看死了，淺笑起來能迷死人。沙老闆光知道追她，他又能知道什麼呢？他什麼也不知道。都紅的可愛是如此地具體，卻等於白搭。可惜了。

高唯終於壯起了膽子，在安排生意的過程中照顧起都紅。明目張膽了。敏銳的盲人很快就察覺到這個最新的動向。話傳到了杜莉的耳朵裡，杜莉，這個直腸子的丫頭，發飆了。杜莉卻回避了照顧生意的問題，畢竟沒有證據。她的話鋒一轉，到底把三輪車的事情鄭重其事地提出來了。就在會議的一開始，杜莉問了大夥兒一個嚴重的問題：「三輪車到底是誰的？是中心的，還是哪個個人私有的？」杜莉進一步詰問：「推拿中心的規章制度還要不要了？」

杜莉的潛臺詞是什麼，不用多說了。休息區安靜下來，頓時就是一片死寂。大夥兒都以為高唯會說話的。高唯沒有。她在等。她知道，沙老闆會說話的。沙老闆果然就說話了，他談的是業務，關於嬰幼兒的厭食症。沙復明重點分析了家長的心態，家長們願意不願意給嬰幼兒用藥呢？答案是否定的。對付厭食症最穩妥的辦法還是物理治療。胃部搓揉，也就是胃部放鬆。這是一個有待開發的新項目。

由厭食症開始，沙復明把他的講話昇華上去了。他說起了人文主義。人文主義最重要的表現則是人文關懷。他一下子就把「人與人之間的相互幫助」提升到精神文明的高度上去了。沙復明嚴肅了，口吻卻依然是和藹的。他沒有提及該死的三輪車，卻把結論提供給大家了。沙復明說：「一個單位，一個單位裡的人，相互幫助是好的，值得提倡。」沙復明接著就反問了一句：「那麼，以往的規定還執行不執行呢？」沙復明的回答是：「好的就堅持，不好的則一定要改。改革說到底就是兩件事，第一，堅持，第二，改變。中央都提倡摸著石頭過河，我們盲人有什麼理由不這樣？」

杜莉的嘴巴撇到一邊去了。她什麼都沒有說，心裡頭卻罵人了，姓沙的完全在放屁。堅持什麼，改變什麼，還不是你嘴巴上的兩塊皮。杜莉瞥了一眼高唯，高唯沒有看她。她的臉沒什麼好看的。但高唯怎麼也沒有想到她的舉動能和中央扯到一起去，她從來都沒想過。不敢當了。心坎裡還是不由自主地一陣緊張。

小孔坐在沙發裡，心裡頭老大地不舒服。誰去坐三輪車，她無所謂了。然而，她不能忍受一個推拿師和前臺的勾結。小孔在深圳的時候就一直在吃前臺的虧，對前臺是有些鄙夷的。但小孔真正看不上的還是暗地裡拍馬屁的推拿師。怎麼就那麼賤的呢？丟盡了殘疾人的臉。都紅你厲害，早就把前臺拾掇得天衣無縫了。難怪生意那樣好呢，原來是高唯做足了手腳。我說呢。

小孔嘴快，剛剛和季婷婷一起上鐘，憋不住了。小孔突然說：「他媽的，走到哪裡都有人拍馬屁！」這句話含糊了，其實是有所指的。小孔當然知道季婷婷和都紅的關係，就看季婷婷的話怎麼往下接了。季婷婷還沒有開口，王大夫正好在過廊裡路過，乾咳了一聲。季婷婷會心一笑，也乾咳了一聲，一半是回答王大夫的，另一半則給了小孔。季婷婷就和小孔開起了玩笑，說：「小孔，王大夫這麼好，我看你配不上人家。——讓給我算了。」小孔沒有從季婷婷這裡得到她想要的回答，不免有些失落，說：「不給。你要是願意，我做大，你做小，不會虧待你。」季婷婷手底下的客人都笑了，反正是老熟人，也沒有什麼忌諱。客人說：「季大夫，恭喜你啊，都當了二奶了。」季婷婷也不吭聲，左手已經摸到客人的屁股蛋子上去了。找到委中穴，大拇指一發力，點下去了。客人一陣痠痛，突然就是一聲尖叫。季婷婷說：「知道什麼是二奶了吧？我是姑奶——奶！」

當天晚上杜莉就給大夥兒帶來了一個爆炸性的新消息，才不是都紅在拍馬屁呢。人家拍高唯的馬屁做什麼？犯得著麼？真正的馬屁精是高唯。高唯也沒有拍都紅的馬屁，高唯拍的是未來的老闆娘吶！

杜莉沒有嚼舌頭。越來越多的跡象表明，沙老闆動了心了。沙老闆是何等在意臉面的一個人，可他在都紅的面前硬是流露出了「賤相」。這也就罷了，沙老闆在高唯的面前也越來越「賤」，連說話都賠著笑臉。聽得出來的。唉，愛情是毒藥，誰愛誰賤。沙老闆完了。你完嘍。

第13章 張宗琪

外人，或者說，初來乍到的人，時常會有這樣的一個錯覺，沙復明是推拿中心唯一的老闆。實情卻不是這樣。推拿中心的老闆一直是兩個。如果一定要說只有一個的話，這個「一」只能是張宗琪，而不是沙復明。

和性格外露、處事張揚、能說會道的沙復明比較起來，張宗琪更像一個盲人。他的盲態很重。張宗琪一周歲的那一年因為一次醫療事故壞了眼睛，從表面上看，他的盲是後天的。然而，就一個盲人的成長記憶來說，他又可以算是先天的了。即使眼睛好好的，張宗琪也很難改變他先天的特徵，似乎又被他放大了：極度地內斂，一顆心非常非常地深。張宗琪的內斂幾乎走到了一個極端，近乎自閉，差不多就不說話。這句話也可以這樣說，張宗琪從來就不說廢話。一旦說了什麼，結果就必然是什麼。如果一句話不能改變或決定事態的結果，張宗琪寧可什麼都不說。

沙復明是老闆，幾乎不上鐘。他在推拿中心所做的工作就是日常管理，這裡走一走，那裡看一看，客人一看就知道他是一個老闆。張宗琪卻不同，他也是老闆，卻始終堅持在推拿房裡上鐘。這一來張宗琪的收入就有了兩部分，一部分是推拿中心的年終分紅，和沙復明一樣多；另一部分是每小時十五塊錢的提成，差不多和王大夫一樣多。張宗琪不習慣讓自己閒下來。即使是在休息區休息的時候，張宗琪也喜歡做點什麼，比方說，讀書。他最喜愛的一本書是《紅樓夢》。《紅樓夢》裡他最喜歡的則又是兩個人。一個是林黛玉。別看林黛玉長著「兩彎似蹙非蹙罥煙眉」，還有「一雙似喜非喜含情目」，這丫頭其實是個瞎子。冰雪聰明，卻什麼也看不見，她連自己的命都看不住，可憐咧。張宗琪所喜歡的另一個人則是焦大。這是一個粗人，「胸中沒有一點文學」，人家就是什麼都知道。無論是榮國府還是寧國府，一切都被他看得清清楚楚。他能看見兒媳婦門檻上慌亂的腳印。

沙復明做事的風格是大張旗鼓。他喜歡老闆的「風格」，熱中於老闆的「樣子」，他就當老闆了。張宗琪把這一切都給了他。沙復明喜歡「這樣」，而張宗琪偏偏就喜歡「那樣」，好辦了。暗地裡，一個是周瑜，一個是黃蓋，兩廂都非常地情願。張宗琪沒有沙復明那樣地好大喜功，他是實際的。他只看重具體的利益。他永遠也不會因為一個「老闆」的虛名而荒廢了自己的兩隻手。他只是一名「員工」。只有到了和沙復明「面對面」的時候，他才做一次「老闆」。從這個意義上說，他是老闆的「老闆」。張宗琪並不霸道，但是，既然「在大部分情況下」都是沙復明做主，那麼，在「少部分情況下」，張宗琪總能夠發表「個人的一點看法」吧？更何況他們還是朋友呢。這一來張宗琪的低調反而格外地有力了，大事上頭他從不含糊。還有一點張宗琪也是很有把握的，因為他不直接參與管理，幾乎就不怎麼得罪人——到了民主表決的時候，他的意見往往就成了主導。大權並沒有旁落，又拿著兩個人的工資，挺好的。張宗琪不指望別的，就希望推拿中心能夠穩定。延續下去就行了。

動靜突如其來。推拿中心偏偏就不穩定了。

開午飯了，金大姊端著一鍋的湯，來到了休息區。金大姊通常都是這樣安排她的工作次序的，第一樣進門的是湯，然後，拿飯。推拿中心所使用的是統一的飯盒，先由金大姊在宿舍裡裝好了，把飯和菜都壓在一個飯盒裡，再運到推拿中心去。這一來到了推拿中心就方便了，一人一個飯盒。金大姊一邊發，一邊喊：「開飯了，開飯啦！今天吃羊肉！」

張宗琪知道是羊肉。金大姊一進門張宗琪就聞到了一股羊肉的香，其實也就是羊肉的羶。張宗琪愛羊肉。愛的正是這股子獨到的羶。說起羊肉，許多人都喜歡誇耀自己的家鄉，——自己的家鄉好在哪兒呢？「羊肉不羶！」完全是放屁了。不羶還能叫羊肉麼？不羶還值得「掛羊頭賣狗肉」麼？可是，張宗琪再怎麼喜歡，吃一次羊肉其實也不容易。原因很簡單，推拿中心有推拿中心的規矩，員工的住宿和伙食都是老闆全包的。老闆想多掙，員工的那張嘴就必須多擔待。老闆和員工是一起吃飯的，控制了員工，其實也控制了老闆。他們吃一回羊肉也是很不容易的吶。

張宗琪從金大姊的手裡接過飯盒，打開來，認認真真地聞了一遍。好東西就得這樣，不能一上來就吃，得聞。等聞得熬不住了，才能夠慢慢地送到嘴裡去。什麼叫「吊胃口」？這就是了。越是好的胃口越是要吊，越吊胃口就越好。

沒有任何預兆，高唯站起來了。她把飯盒放在了桌面上，啪的就是一聲。這一聲重了。高唯說：「等一等。大家都不要吃。我有話要說。」她的口吻來者不善了。

張宗琪不知道發生了什麼，挾著羊肉，歪過了腦袋，在那裡等。

高唯說：「我飯盒裡的羊肉是三塊。杜莉，你數一數，你是幾塊？」

這件事來得過於突然，杜莉一時還沒有反應過來。她的飯盒已經被高唯一把搶過去了。她把杜莉的飯盒打開了，放在了桌面上。

「杜莉，大夫們都看不見，你能看見。你數，你數給大夥兒聽。」

杜莉的確看得見，她看到了兩個飯盒，一個是自己的，一個是高唯的。她飯盒裡的羊肉多到了「慘不忍睹」的地步。杜莉哪裡還敢再說什麼。

高唯說：「你不數，是吧。我數。」

杜莉卻突然開口了，說：「飯又不是我裝的。關我什麼事？我還沒動呢。我數什麼？」

高唯說：「也是。不關你的事。那這件事就和你沒關係了。你一邊待著去！」

高唯把杜莉的飯盒一直送到金大姊的面前，說：「金大姊，杜莉說了，和她沒關係。飯菜都是你裝的吧？你來數數。」

金大姊這麼幹不是一天兩天的了，她是有恃無恐的。盲人們什麼都看不見，就算是健全人，誰還會去數這個啊！誰會做得出來呢。可是，高唯能看見。高唯這丫頭她做得出來。金大姊的額頭上突然就出汗了。

高唯說：「你不數，好。你不數還是我來數。」高唯真的就數了。她數得很慢，她要讓每一個數字清清楚楚地落實在每一個盲人的每一隻耳朵裡。休息區裡死一樣地寂靜。當高唯數到第十二的時候，人群裡有了動靜。那是不平的動靜。那是不齒的動靜。那也許還是憤怒的動靜。但是，沒完，高唯還在數。數到第十五的時候，高唯顯示出了她掌控事態的能力。她沒有說「一共有十五塊」。高唯說：「就不用再數了吧？」她的適可而止給每一個當事人都留下了巨大的想像空間。

「金大姊，買羊肉的錢不是你的，是推拿中心的吧？」

高唯再一次把飯盒送到杜莉的面前，說：「人做事，天在看。杜莉，請你來驗證一下，看看我有沒有撒謊。」

杜莉早已經是惱羞成怒。一個人在惱羞成怒的時候不可能考慮到後果的。杜莉伸出胳膊，一把就把飯盒打翻了。休息區下起了雨。是飯米做的雨。是羊肉做的雨。杜莉高聲叫囂說：「關我什麼事！」

「話可不能這麼說，」高唯說，「你這樣推得乾乾淨淨，金大姊還怎麼做人？金大姊不是在餵狗吧？」

「我怎麼沒有餵狗?!」金大姊突然發作了，「我就是餵狗了！」

「難得金大姊說了一句實話，」高唯說，「耽擱大家了。開飯了。我們吃飯吧。」

沙復明撥弄著羊肉，已經靜悄悄地把碗裡的羊肉統計了一遍。他不想這樣做，他鄙視這樣做，可是，他按捺不住。作為一個老闆，沙復明碗裡的統計數據極不體面。現在，沙復明關心的卻不再是杜莉了，而是另外的一個人，張宗琪，準確地說，是張宗琪的飯盒。他當然不能去數張宗琪的羊肉，可是，結論卻很壞，非常壞。他認準了那是一個鋪張的、宏大的數據。沙復明承認，高唯是個小人，她這樣做齷齪了。但是，沙復明已經無法控制自己的憤怒了。他端起飯盒，一個人離開了，兀自拉開了足療室的大門。他丟下飯盒，躺下了。這算什麼？搞什麼搞？幾塊羊肉又算得了什麼？可是，為什麼有人就一直在這麼做？為什麼有人就一直容許這樣做？腐敗呀。腐敗。推拿中心腐敗了。

張宗琪沒有動。他在吃。他不能不吃。在這樣的時候，吃也許是他所能做的唯一的事情了。金大姊是他招進來的人，這一點推拿中心個個知道。金大姊還和他沾了一點根本就扯不上的親，也就是所謂的「遠房親戚」，這一點也是推拿中心個個都知道的。現在，張宗琪有一千個理由相信，高唯是衝著杜莉去的。但是，誰又會在意杜莉呢？

高唯的背後是誰？是哪一個指使的呢？這麼一想張宗琪的脖子上就起了雞皮疙瘩。他意識到了問題的嚴重性。從什麼時候開始的呢？自己怎麼一直都蒙在鼓裡？虧你還是個老江湖了。

事情鬧到了這般的動靜，解決是必須的。但金大姊這一次觸犯的是眾怒，顯然不能再依靠民主了。

金大姊是張宗琪招過來的，杜莉又是金大姊帶過來的，按照通行的說法，金大姊和杜莉只能是「他」的人，這件事只能由「他」來解決。常規似乎就應當是這樣。張宗琪開始瘋狂地咀嚼。想過來想過去，張宗琪動了殺心。清理是必須的。他決定了，一定要把高唯從推拿中心「摘」掉。這個人不能留。留下這個人推拿中心就再也不可能太平。

金大姊卻不能走。無論金大姊做了什麼，金大姊一定要留下。要想把金大姊留下來，杜莉就必須留下來，否則金大姊不幹。張宗琪舔了舔上嘴唇，又舔了舔下嘴唇，嘶了一口，意識到了，事情真是難辦了。

難辦的事情只有一個「辦」法，拖。拖到一定的時候，再難辦的事情都好辦了。

張宗琪默不吭聲。他決定拖。決心下定了之後，他站起來了，默默地拿起了《紅樓夢》，一個人去了推拿房。在窘困來臨的時候來一點「國學」，還有什麼比這更好的呢？

金大姊為什麼不能走？這句話說起來長了。

張宗琪極度害怕一樣東西，那就是人。只要是人，張宗琪都怕。這種怕在他五歲的那一年就植根於他的內心了。那一年他的父親第二次結了婚。張宗琪一點都不知道事態的進程，他能夠知道的只有一點，做建築包工的父親帶回了一個渾身彌漫著香味的女人。他不香的媽媽走了，他很香的媽媽來了。

五周歲的張宗琪偏偏不認為她香。他在肚子裡叫她臭媽。臭媽活該了，她在夜裡頭經常遭到父親的揍，父親以前從來都沒有揍過不香的媽媽。臭媽被父親揍得鬼哭狼嚎。她的叫聲悲慘了，凄涼而又緊湊，一陣緊似一陣。張宗琪全聽在耳朵裡，喜上心頭。不過事情就是這樣奇怪，父親那樣揍她，她反過來對張宗琪客客氣氣的，第二天的早上還軟綿綿地摸摸張宗琪的頭。這個女人賤。張宗琪不要賤女人的摸。只要香味一過來，他就把腦袋側過去了。天下所有的香味都很臭。

事態在妹妹出生之後發生了根本性的變化。小妹妹出生了，臭媽的身上沒有香味了。可父親在夜深人靜的時候再也不揍臭媽了。父親甚至都很少回來。很少回家的父親卻請來了另一個女人，這個女人專門給臭媽和張宗琪做飯。張宗琪同樣不喜歡這個女人，她和臭媽一直在嘰嘰。她們嘰嘰嘰，她們咕咕咕。她還傳話。她告訴臭媽，她說張宗琪說了，她臭。

臭媽就是在兩個女人短暫的嘰咕之後第一次揍「小瞎子」的。她沒有打，也沒有掐。她把「小瞎子」的細胳膊擰到背後，然後，往上拽。張宗琪疼。撕心裂肺地疼。張宗琪卻不叫。他知道這個女人的詭計，她想讓自己像她那樣鬼哭狼嚎。張宗琪是絕對不會讓自己發出那樣悲慘的聲音來的。臭媽的慘叫讓他心花怒放，他一定不會讓臭媽心花怒放。他才不會讓自己淒涼而又緊湊的聲音傳到她的耳朵裡去呢。他很疼，就是沒有一點聲音。他是一塊很疼的骨頭，他是一塊很疼的肉。

臭媽終於累了。她放下了很疼的骨頭，她放下了很疼的肉。她失敗了。張宗琪是記得的，他感到了幸福。一個從疼痛當中脫離出來的人是多麼地輕鬆啊，完全可以稱得上幸福了。他微笑了，開始等父親回來。只要父親回來了，他一定要把這件事情告訴父親，添上油，再加上醋。

你就等著在夜裡頭嗷嗷叫吧！

臭媽顯然料到了這一點。他的心思她一目了然。張宗琪的腮幫子感受到了臭媽嘴裡的溫度。她把她的嘴巴送到張宗琪的耳邊來了。臭媽悄聲說：「小瞎子，你要是亂說，我能毒死你，你信不信？」

張宗琪一個機靈，身體的內部一下子亮了。啪地就是一下。在張宗琪的記憶裡，他的這一生總共就看到過一次，是自己身體的內部。他的身體是空的。「毒藥」讓他的體內驟然間發出了黑色的光，然後，慢慢地歸結於平常。張宗琪就是在亮光熄滅之後突然長大的。他是個大人了。他的臭媽能毒死他。他信。那個專門為他們做飯的女人也能毒死他。他也信。

張宗琪再也不和做飯的女人說話了。說話是不安全的。再隱蔽、再遙遠的地方都不能說。一句話只要說出口了，一定會通過別人的嘴巴，傳到很遠很遠的地方去。「說」要小心。「吃」就更要小心。任何「毒藥」都有可能被自己的嘴巴「吃」進去。為了更加有效地防範，張宗琪拚了命地聽。他的聽力越來越鬼魅，獲得了魔力。張宗琪的耳朵是耳朵，但是，它們的能力卻遠遠超越了耳朵。它們是管狀的，像張開的胳膊那樣對稱，瘋狂地對著四方舒張。他的耳朵充滿了不可思議的彈性，可大，可小，可短，可長，隨自己的意願自由地馳騁，隨自己的意願隨時做出及時的修正。無孔不入。無所不能。它們能準確地判斷出廚房和飯桌上的任何動靜。鍋的聲音。碗的聲音。盤子的聲音。筷子的聲音。勺的聲音。鏟的聲音。碗和筷子碰撞的聲音。瓶子的聲音。蓋子的聲音。蓋子開啟的聲音。蓋子關閉的聲音。螺旋的聲音。拔的聲音。塞的聲音。米的聲音。米飯的聲音。麵的聲音。麵條的聲音。光有聽力是不夠的，他學會了正確地區分。他既能確定飯鍋的整體性，又能從整體性上區分出不同的碗。當然，在行為上，要加倍地謹慎。無論是什麼東西，他先要確定別人吃到嘴裡了，嚥下去了，他才有可能接著吃。他的生活只有一件事，嚴防死守。絕不能在家裡被活活地毒死。他活著，只能說明一個問題，她們沒有得逞。但她們也一樣活著，這就是說，她們時刻都有得逞的機會。每一天都是考驗。他盡可能地不吃、不喝。但是，三頓飯他必須要吃。先是早飯，後是中飯，最後，才是晚飯。晚飯過後，張宗琪解放了。他緊張了一天的身心終於放鬆下來了。他完全、澈底地安全啦！

對張宗琪來說，家庭生活已不再是家庭生活了，而是防毒。防毒是一個器官，長在了張宗琪的身上。他長大，那個器官就長大，他發育，那個器官就發育。伴隨著他的成長，張宗琪感覺出來了，過分的緊張使他的心臟分泌出了一種東西：毒。他自己其實已經有毒了，他的骨頭、他的肌膚和他的血液裡都有毒。這是好事。他必須在事先就成為一個有毒的人，然後，以毒防毒，以毒攻毒。

在食物和水的面前，一句話，在所有可以「進嘴」的東西面前，張宗琪確信，自己業已擁有了鋼鐵一般的神經。他的神經和脖子一樣粗，和大腿一樣粗，甚至，和腰圍一樣粗。張宗琪相信，他可能有一千種死法，但是，他這一輩子絕對不可能被毒死。

在上海打工的張宗琪終於迎來了他的戀愛。說起戀愛，這裡頭複雜了。簡單地說，張宗琪經歷了千辛萬苦，活生生地把他的女朋友從別人的手裡搶過來了。這一來張宗琪就不只是戀愛，還是一場勝利。揚眉吐氣的感覺可以想像了。張宗琪對他的女友百般地疼愛。他們的戀愛發展得飛快。嗨，所謂的「飛快」，無非就是散步了，牽手了，擁抱了，接吻了，做愛了。戀愛還能是什麼，就是這些了。

張宗琪的戀愛只用了兩次見面就發展到了接吻的地步。是張宗琪的女朋友首先吻他的。兩個人的嘴唇剛剛有了接觸，張宗琪只是楞了一下，讓開了。女朋友拉著張宗琪的手，好半天都沒有說話。憋了好半天，女朋友到底哭了。她說，她確實和別人接過吻，不過就一次，絕對只有一次，她可以發誓的。張宗琪用手把她的嘴唇堵上了，說，我愛你，不在意這個。真的麼？真的，我也可以發誓。女朋友沒有讓張宗琪發誓，她火熱的嘴唇再一次把張宗琪的嘴巴堵上了。她調皮的小舌尖侵犯到張宗琪的嘴裡，先是把張宗琪的兩片嘴唇撥開了，然後，再撥他的牙齒。張宗琪的門牙關得緊緊的。可是，戀人的舌尖永遠是一道咒語，芝麻，開門吧，芝麻，開門吧。芝麻，你開門吧！

張宗琪的門牙就讓開了。女朋友的舌尖義無反顧，一下子就進入了張宗琪的口腔。天啊，舌尖終於和舌尖見面了。這是一次激動人心的見面，神不知鬼不覺的，雙方都是一個機靈。女朋友就攪和張宗琪的舌頭。張宗琪一陣暈厥，突然就把他女朋友的舌頭吐出去了。為了掩飾這個過於粗魯的舉動，張宗琪只能假裝嘔吐。這一裝，成真的了，張宗琪真的吐出來了。女朋友還能做什麼呢？只能加倍地疼愛他，一隻手在張宗琪的後背上又是拍又是打，還一上一下地迅速撫摸。

張宗琪從第一次接吻的那一天就對接吻充滿了恐懼。張宗琪在回家的路上痛苦了。他其實是喜歡吻的，他的身體在告訴他，他想吻。他需要吻。他餓。可他就是怕。是他的嘴唇和舌頭懼怕任何一個入侵他口腔的物質，即使是他女朋友的舌頭。可以不接吻麼？這句話他說不出口。

可是，哪裡有不接吻的戀愛呢？接吻是戀愛的空氣與水，是蛋白質和維生素。沒有吻，愛就會死。

吻，還是不吻，這是一個問題。愛，還是不愛，這又是一個問題。

不會的，女朋友不會有毒。不會。肯定不會。張宗琪一次又一次告誡自己，要信，一定要信。然而，事到臨頭，到了行為的面前，張宗琪再一次退縮了。他做不到。不只是接吻，只要是女朋友端來的食物，張宗琪就拖。女朋友不動筷子他堅決不動筷子。張宗琪就是不信。他要懷疑。澈底的懷疑主義者是不可救藥的，即使死了，他僵死的面部也只能是懷疑的表情。

女朋友最終還是和張宗琪分手了。是女朋友提出來的。女朋友給張宗琪留下了一張紙條，是一封信。信中說：「宗琪，什麼也不要說，我懂得你的心。我和你其實是一樣的。是愛給了我勇氣。你沒有勇氣，不是你怯弱，只能說，你不愛我。」

張宗琪用他的食指撫摸著女朋友的信，是一個又一個顆粒。他愛。他失去了他的愛。他從愛的背面瞭解了愛——正如盲文，只有在文字的背面，你才可以觸摸，你才可以閱讀，你才可以理解。彷彿是注定了的。

出乎張宗琪自己的意料，拿著女朋友的信，張宗琪掛滿了淚水的嘴角慢慢地抬上去了，擦乾了眼淚之後，張宗琪感覺出來了，他其實在笑。他究竟還是解脫了。

內心的祕密是永恒的祕密。做了老闆之後，張宗琪在一件小事情上死心眼了：廚師，必須由他來尋找，由他考核，由他決定。沒有任何商量的餘地。

其實呢，當初和沙復明合股的時候，兩個老闆早就商量好了，在推拿中心，絕不錄用自己的親屬。可是，弄過來弄過去，張宗琪還是把金大姊弄過來了。好在沙復明在這個問題上並沒有和張宗琪糾纏，就一個廚師，也不是什麼敏感的位置，又能怎麼樣？那就來吧。

誰又能想得到，就是這麼一個不那麼敏感的位置，竟然鬧出了如此敏感的大動靜。

金大姊必須走人，沙復明躺在足療椅子上想。

金大姊絕對不可以走，張宗琪躺在推拿床上這樣想。

金大姊哪裡能知道張宗琪的心思？回到宿舍，金大姊再也沒有平靜下來，大事已經不好了。她也快四十歲的人了，能在南京得到一份這樣的工作，實在不容易了。金大姊是鄉下人，丈夫和女兒都在東莞打工，老家裡其實就她一個人。一個人的日子有多難熬，不是當事人一輩子也體會不到。就在丈夫和女兒離家的第四年，她終於和村子東首的二叔「好」上了。說「好」是不確當的，準確地說，金大姊是被「二叔」欺負了。金大姊本來可以喊。鬼使神差的，也就是一個閃念，金大姊卻沒有喊出來。「二叔」六十七歲，扒光了褲子卻還是一頭牲口。「二叔」渾身都是多出來的皮膚，還有一股很「老」的油味。金大姊直想吐。掐死自己的心都有。可金大姊抵擋不住「二叔」牲口一般的撞擊，前後「丟了」兩回「魂」，身體像死魚一樣漂浮起來了，這是金大姊從未體會過的。金大姊又害怕又來勁，使勁捧他。就覺得自己齷齪，心中裝滿了魂飛魄散的噁心，還有一種令人振奮的髒。人都快瘋了。他們總共就「好」了一回，金大姊為此哭腫了眼睛。「二叔」的身姿從此就成了遊魂，一天到晚在村子裡飄蕩。金大姊一見到「二叔」的身影就心驚肉跳。

金大姊就是這樣出門打工的，其實是為了逃離自己的村莊。好不容易逃出來了，怎麼能再回去？說什麼她也不能再回去。老家有鬼，打死她她也不敢回去。

都是杜莉這個死丫頭啊！二十好幾的人了，早到了下面饞的年紀了，她倒好，下面不饞，卻雙倍地饞在上面。一門心思好吃！要不是為了她，金大姊又何至於弄出這樣的醜事來？自己又落到什麼了？沒有，天地良心，沒有啊！金大姊一個月拿著一千塊錢，早已經謝天謝地了，從來沒有在飯菜上頭為自己做過什麼手腳。她一分錢的好處也沒有撈過。

金大姊就是這樣的一個人，一輩子也改變不了天生的熱心腸。看誰順眼了，就忍不住讓誰多吃幾口，看誰不順眼了，就一定要讓他在飯菜上面吃點苦頭。杜莉是自己帶過來的，一直拍著她的馬屁，她的勺子怎麼能不多向著她呢？杜莉那邊多了，高唯的那邊就必須少。她偏偏就遇上高唯這麼一個冤家對頭了。她是個賤種，早晚是個賣貨。

但是，事已至此，金大姊反倒冷靜了。不能束手就擒。不能夠。

痛哭了一個下午，金大姊哭喪著臉，做好了晚飯，送過了。再一次回到宿舍，她把自己的床撤了，悄悄打點好行李。她坐在床沿，在慢慢地等。到了深夜，沙復明回來了，張宗琪回來了，所有的推拿師都一起回來了，金大姊提起自己的包裹，悄悄敲響了張宗琪的單間宿舍。

金大姊把行李放在地上，聲音很小，劈頭蓋臉就問了張宗琪一個問題：

「張老闆，你還是不是老闆？你在推拿中心還有沒有用？」

這句話問得空洞了，也是文不對題的。現在卻是張宗琪的一個痛處。張宗琪的眼袋突然就是一陣顫動。

張宗琪的隔壁就是沙復明，張宗琪壓低了嗓子，厲聲說：「你胡說什麼！」

張宗琪的嗓子是壓低了，金大姊卻不情願這樣。她的嗓門突然吊上去了。金大姊敞開了她的大嗓門，大聲地說：「張老闆，我犯了錯誤，沒臉在這裡做了。我對不起沙老闆，對不起張老闆，對不起所有的人。我就等著你們回來，給大夥兒說一聲對不起。我都收拾好了，我連夜就回家去！我這就走。」金大姊說到一半的時候其實已經開始哭了。她是拖著哭腔斷斷續續地把這段話說完了的。她哭的聲音很大，很醜，到了號啕和不顧臉面的地步。

集體宿舍其實就是商品房的一個大套間，四室兩廳，兩個廳和主臥再用木工板隔開來。這就分出了許多大小不等的小間。金大姊突然這樣叫嚷，誰會聽不見？除了裝。

沙復明出來了。他不想出來。這件事應當由張宗琪來處理，他說多了不好。但是，動靜都這樣了，他也不能不出面。沙復明咳嗽了一聲，站在了張宗琪的門口。沙復明說：「都快一點了，大夥兒都累了一天了，還要不要睡覺了？」金大姊注意到了，沙復明只是讓她別「鬧」，卻沒有提「走」的事。他的話其實深了，是讓她走呢，還是不讓她走？張宗琪也聽出來了，沙復明這是給他面子，也是給他出難題。事情是明擺著的，在金大姊「走」和「留」的問題上，沙復明不想發表意見。他要把這個問題原封不動地留給張宗琪。

沙復明一出來大部分人都跟出來了。小小的過道裡擁擠著所有的人，除了小馬和都紅，差不多都站在了外面。這是好事。金大姊的手捂在臉上，她的眼睛從手指縫裡向外瞜了一眼，看出來了，這是好事。就算她想走，她要從人縫裡擠出去也不那麼容易。

金大姊在堅持她的哭，一邊痛哭一邊訴說，內容主要還是集中在檢討和悔恨上，附帶表示她「要走」。深更半夜的，盲人宿舍裡的動靜畢竟太大了，頭頂上的樓板咚的就是一下。顯然，樓上的住戶動怒了。似乎是擔心這一腳不能解決問題，樓上的住戶附帶又補了一腳。空曠的聲音在宿舍裡蕩漾。聲音回蕩在沙復明的耳朵裡，同樣回蕩在張宗琪的耳朵裡。

張宗琪突然唬下臉來，大聲說：「大家都聽到了沒有？還有完沒完了！還講不講社會公德！都回去，所有的人都回去！」

金大姊沒敢動，她看了張宗琪一眼，他的臉鐵青；又看了沙復明一眼，他的臉同樣鐵青。金大姊回過頭，她的目光意外地和高唯對視上了。高唯的眼睛很漫長地閉了一下，再一次睜開之後，和金大姊對視上了。就在一大堆的盲眼中間，四隻有效的眼睛就這樣對在了一起。四隻有效的眼睛都很自信，都在挑釁，當然，都沒底。好在雙方卻在同一個問題上達成了默契，在各自的房門口，在四隻眼睛避開的時候，都給對方留下了一句潛臺詞：

那就走著瞧吧。

第14章 張一光

羊肉的統計數據改變了推拿中心，寡歡和寂寥的氣氛蔓延開來了，私底下甚至有些緊張。人人都意識到推拿中心有可能發生一點什麼，然而，什麼都沒有發生。什麼都沒有發生並不意味著什麼都不會發生，相反，一定會發生的，沒到時候罷了。所以，每個人都在等，用他們看不見的眼睛四處「觀望」。推拿中心的空氣真的是不一樣了。最明顯的要數這一點，兩個老闆突然對所有的員工客氣起來了。伙食也得到了有效地改善。相比較而言，張宗琪的話明顯地多了。他的話聊天的成分有，「管理」的成分其實也有。這不是什麼好兆頭。這樣的兆頭表明了一個潛在的事實，兩個老闆之間出了大問題。他們在統戰，都在爭取公眾的力量。

爭取公眾從來就是一件可怕的事，爭取到一定的時候，公眾就有可能成為炸彈，轟的一聲，一部分人還站著，一部分人卻只有倒下。

這樣的局面底下最難的還是員工，你必須站隊，你不是「沙的人」就只能是「張的人」，沒有第三條道路可以走。站隊總是困難的，沒有人知道哪一支隊伍有可能活著。當然，失敗了也不要緊，可以走人。可是，又有哪一個盲人情願走人？麻煩哪。一旦你的鋪蓋像魷魚片那樣捲了起來，數不清的道路就會突然出現在你的腳下，你必須一趟又一趟地重新走過。

就在這樣凝重的空氣裡，張一光十分意外地對小馬好了起來。只要有閒工夫，張一光就摸到小馬的面前，一把摟過小馬的脖子，一個勁兒地熱乎。小馬卻誤解了，平日裡小馬和張一光就沒有什麼往來，這會兒風聲鶴唳的，你來套什麼近乎？小馬認準了張一光是沙老闆派過來的，要不就是張老闆派過來的。小馬早就打定了主意，他不站隊。他不想做任何人的人。只要張一光一摟他的脖子，他就硬生生地從張一光的胳膊彎裡逃出來。小馬不喜歡他的胳膊，小馬不喜歡張一光胳肢窩裡熱烈而又複雜的氣息。

「你跑什麼嘛？」張一光想。「兄弟我可是有要緊的話想對你說。——都是為了你好！」

作為一個後天的盲人，張一光特別了。後天的盲人大多過分焦躁，等他安靜下來的時候，其實已經很絕望了，始終給人以精疲力竭的印象。張一光卻不是這樣。他是瓦斯爆炸的倖存者。那一場瓦斯爆炸一共奪走了張一光一百一十三個兄弟的性命，一百一十三個兄弟，足足摞滿了一個屋子。張一光卻活了下來。他創造了一個奇蹟。當然，他付出了他的雙眼。活下來的張一光沒有過多地糾纏自己的「眼睛」，他用黑色的眼睛緊緊盯住了自己的內心，那裡頭裝滿了無邊的慶幸，自然也有無邊的恐懼。

張一光的恐懼屬於後怕。後怕永遠是折磨人的，比失去雙眼還要折磨人。從這個意義上說，失去雙眼反而是次要的了。因為再也不能看見光，在相當長的時間裡，張一光認準了自己還在井下。他的手上永遠緊握著一根棍子，當恐懼來臨的時候，他就坐在凳子上，用棍子往上捅。這一捅手上就有數了，頭上是屋頂，不是在井下。

恐懼是一條蛇。這條蛇不咬人，只會糾纏。牠動不動就要遊到張一光的心坎裡，纏住張一光的心，然後，收縮。張一光最害怕的就是蛇的收縮，一收，他就透不過氣來了。但收縮歸收縮，鐵一般的事實是，張一光的心在收縮呢。從這個意義上說，恐懼好。恐懼好啊。既然活著意味著恐懼，那麼，恐懼就必然意味著活著。小子哎，你還活著。你就燒高香吧，你的命是撿來的。你都占了天大的便宜了。

在任何時候，「占便宜」都是令人愉快的，何況是一條性命。他已經是「死了」的人了，他的一切責任其實都已經結束了。然而，他的老婆又沒有成為寡婦，他的父母還有兒子，他的兒女還有父親，——這說明了什麼？他的家人一起討了天大的便宜了。什麼叫倖存者，說到底他太幸運了，這個世界和他沒關係了，他是「死人」，他是一具生動的「屍首」，他還是一縷飄動的「亡靈」，從今往後，他活著的每一天都可以為了自己。他自由啦！

張一光只在家裡頭待了半年。半年之後，張一光決定，離家出走。家裡的自由算什麼自由？不澈底，不痛快。他畢竟只有三十五歲。按他的一生七十歲計算，他的人生才剛好過半，還有三十五年的大好時光在等著他呢。不能把三十五年的大好時光耗在家裡。為了這個家，他已經鞠躬盡瘁，連雙目失明的補償金都貢獻給了家裡。作為一具活著的「屍首」，他不應當再為這個家犧牲什麼了。他是一個新生的人，他要在黑暗的世界裡茁壯成長。

張一光來到了徐州，學的是推拿。說到底，推拿並不難，力氣活兒罷了。相對於一個井下作業了十六年的壯勞力來說，這活兒輕鬆了。安全，穩當，還能有說有笑。張一光為自己的抉擇倍感慶幸。一年之後，張一光成功地完成了他的人生大轉變，由一個殘疾的礦工變成了一個健全的推拿師。當然，如果想掙錢，他還必須擁有他的資質證書。這不難。一百一十三個兄弟死在一起難不難？難。太難了，這麼難的事情煤礦都做到了。一張資質證書怎麼能難倒張一光？張一光只用了四百元人民幣和一盒「貢品紅杉樹」香菸就把資質證書辦妥了。辦好資質證書的張一光來到了大街上，香菸盒裡還有剩下的最後一支香菸。他點起了香菸，一陣咳嗽過後，張一光突然想起來了，這可是好菸，這可是「貢品」香菸哪。——歷朝歷代的皇上一定都是吸菸的吧，要不然這香菸怎麼可能叫做「貢品」呢？他把最後的這一支香菸抽完了，他是以皇上的心態抽完這支香菸的，老實說，味道不怎麼樣。但是，再不怎麼樣，他張一光也算當了一回皇上了。當皇上就是這麼容易麼？就這麼容易。

張一光把菸盒團在了手裡，丟在了馬路上。他買了一張火車票，去了南京。那是往昔的京城，絕對的金粉之地。張一光在火車上摩拳擦掌了，十隻手指頭都炯炯有神。張一光意識到它們早已經對著他渴望的生活虎視眈眈了。

在南京，張一光拿起第一個月的工資就摸進了洗頭房。他要當他的皇上。他要用他掙來的錢找「他的」女人。喜歡誰就是誰。張一光幾乎在第一時間就真真切切地愛上了嫖。他沒有嫖，他只是在「翻牌子」。

「愛妃！愛妃唉——」

小姐笑死了。連外面的小姐都笑了。小姐們怎麼也料不到這個看不見的傢伙原來如此有趣。人家是皇上呢。你聽聽人家在付賬的時候是怎麼說的，張一光說：「賞！」

張一光隔三差五就要去一趟洗頭房，三四回下來，張一光感覺出來了，他的內心發生了相當大的變化，他不再「悶」著了，他再也不「悶騷」了，比做礦工的那會兒還要活潑和開朗。張一光是記得的，他做礦工的那會兒是多麼地苦悶，一心嚮往著「那個」地方。可嚮往歸嚮往，張一光從來都沒有去過，他捨不得。那可是要花錢的。他的家裡頭還有一雙沒有勞動能力的父母呢，他的家裡頭還有一對要上學的兒女呢。張一光只能憋著。憋得久了，夜裡頭就老是放空砲（夢遺）。張一光慚愧了。兄弟們望著他一塌糊塗的床單，取笑他，給他取了一個十分刻毒的綽號：地對空導彈，簡稱「地對空」。現在，回過頭來想想，他這個「地對空」真的是毫無疑義了，他只是一頭猪。對他的老婆來說，他是一頭被騙了的公猪，對他的礦主來說，他是一頭沒有被騙的公猪，——等放完了空砲，他就連皮帶肉一起被賣出去了，所謂的補償金，不就是最後的那麼一點皮肉價麼？

多虧張一光的眼瞎了。眼睛好好的，他什麼也沒有看見；眼一瞎，他這個農家子弟卻把什麼都看清了，他哪裡是「地對空」，他是皇上。

多麼值得慶幸啊！在瓦斯爆炸的時候，飛來的石頭只是刮去了他的眼睛，而不是他的命根子。如果他失去的是命根子而不是眼睛，他這個皇上還當得成麼？當不成了。

張一光在推拿中心加倍地努力。道理很簡單，做得多，他就掙得多，掙得多，他就嫖得多。張一光在洗頭房一樣加倍地努力，道理同樣很簡單，在嫖這個問題上，他有他的硬指標，張一光必須嫖滿八十一個女人。書上說過的，每一個皇上都有三宮、六院、七十二妃，總共是八十一個。等他嫖滿了八十一個女人，他就是皇上，起碼也是個業餘皇上。

「愛妃！愛妃唉——」

嚴格地說，在大部分情況下，張一光對井下的恐懼已經消除了。然而，只要一上班，由於黑暗的緣故，井下的感覺還在。張一光一直都擺脫不了「和弟兄們」一起在「井下」的錯覺。這一來張一光和推拿師們的關係有點特別，從張一光的這一頭來說，他一直拿他們當弟兄，渴望和他們成為弟兄，從另外的一頭來說呢，大部分盲人卻並不把張一光當作「自己人」。這裡頭既有年紀上的差別，更多卻還是來自他的「出身」。

張一光在三十五歲之前一直是健全人，後來雖然眼睛沒了，但是，他的心性和他的習慣卻不是盲人的，還是一個健全的人。他沒有盲人的歷史，沒有盲校的經歷，沒有正規的、業務上的師從，怎麼說都是半路出家的野路子，——他怎麼可能是「自己人」呢？這句話也可以這樣說，張一光從「那個世界」出來了，卻並沒有真正地進入「這個世界」。他是硬生生地插進來的，他是闖入者。闖入者注定了是孤獨的。

孤獨的人就免不了尷尬。張一光的脾氣不穩定，和他的尷尬有關係。他的天性是熱烈的，輕浮的，真正的盲人卻偏於凝重和冷靜。人與人之間總要相處，這一來他的熱烈就不可避免地遇上了冷靜。以他的年紀，其實很屈尊了，委屈也就接踵而至。當委屈來臨的時候，他又缺少一個真正的盲人所必備的那種忍耐力，衝突就在所難免。張一光容易和別人起衝突，衝突了之後又後悔，後悔了之後再挽救，一挽救又免不了紆尊降貴。委屈就是這麼來的。張一光在煤礦的時候也和別人有衝突，但是，那樣的衝突好解決，即使動了拳頭，一頓酒就解決了，拍一拍肩膀就過去了。兄弟們從來都不記仇。盲人卻不是這樣，盲人記仇。這是盲人根深柢固的特徵。張一光的難處其實就在這裡，還沒有幾天，推拿中心的人都已經被他得罪光了，沒有一個體己的朋友。他在推拿中心倍感孤寂。

孤寂的人不只是尷尬，還喜歡多管閒事。張一光愛管閒事。愛管閒事的人都有一個顯著的特徵，兩隻眼珠子滴溜溜的。張一光的兩隻眼珠子早就沒有了，他的兩隻耳朵就學會了滴溜溜。一「滴溜」，還「滴溜」出問題來了，小馬對嫂子「動心思」了。

小馬終日沉醉在他的單相思裡頭，甜蜜得很，其實痛苦得很。是不能自拔的纏綿。張一光把這一切都看在眼裡，痛心了。小馬這樣下去太危險了，他自己不知道罷了。他會毀在這上頭的。這傢伙不只是自作多情，還自作聰明，還「自以為」別人什麼都不知道。動不動就要用他的耳朵和鼻子緊緊地「盯」著「嫂子」，一「盯」就是二三十分鐘，連下巴都掛下來了。盲人自有盲人的眼睛，那就是耳朵和鼻子。如果換了一個正常人，你拿你的眼睛「盯著」一個女人試試？眼睛的祕密遲早都會被眼睛抓住的；同樣，耳朵和鼻子的祕密也遲早會被耳朵與鼻子抓住。小馬你怎麼能動「嫂子」的念頭！不能啊。一旦被抓住了，你在推拿中心還怎麼混得下去！王大夫什麼都沒有說，但什麼都沒有說並不意味著什麼都不知道。小馬你害人，害己。這心思是瓦斯。張一光已經斷定了，小馬通身洋溢的都是瓦斯的氣息，沒有一點氣味。沒有氣味的氣息才是最陰險的，稍不留神，瓦斯轟的就是一下，一倒一大片的。

得救救他。救救這位迷了途的小兄弟。

張一光其實還是動了一番腦筋的，動過來動過去，張一光想不出什麼好辦法。張一光決定釜底抽薪。他瞭解小馬這個年紀的小公雞，都是小精蟲鬧的。想當初，張一光在礦上就是這樣，一天的活幹下來，累得連洗澡的力氣都沒有，可是，上了床，身子骨卻又精神了，一遍又一遍地想老婆，其實呢，是小精蟲在密密麻麻地咬人。小精蟲雖小，它們的數量卻不可估量。它們有它們的千軍萬馬，它們有它們的排山倒海，七尺的漢子硬是鬥不過它。蚍蜉撼樹是可能的。要想從根子上解決問題，只有把它們哄出去。一旦哄出去，一切就太平了，上床之後只要嘆口氣，合上眼睛就能睡。

小馬到底還是被張一光哄進了洗頭房。小馬懵里懵懂的，進去了。張一光安排得相當周到，等小馬真的明白過來，一切已經晚了。張一光給小馬安排的是小蠻。說起小蠻，可以說是張一光最為寵愛的一個愛妃了，在最近的一段日子裡，張一光寵幸的一直都是她。她在床上好。哄死人不償命。說實在的，把小蠻安排給小馬，張一光實在有些捨不得。但張一光鐵了心了，他必須捨得。得讓小馬嘗到甜頭。得讓他死心塌地地愛上洗頭房。等他在洗頭房裡一遍又一遍地把他的小精蟲哄出去，小馬就踏實了，「嫂子」在他的心裡就再也不會那麼鬧心了。

第15章　金嫣、小孔和泰來、王大夫

人和人之間很有意思了，就在推拿中心的態勢一天一天嚴峻起來的時候，小孔和金嫣卻悄悄走到了一起，突然熱乎起來了。王大夫曾親耳聽見小孔私底下說過，她對金嫣的「印象」並不好——「這個女人」的身上有股子不那麼好的「味道」。就說穿佩，你瞧這個女人弄的，每走一步都有動靜，不是咣叮咣噹，就是窸窸窣窣，時時刻刻都是把自己嫁出去的樣子。你總不能天天嫁人吧？——這說明了什麼？她招搖。因為有了這樣的一個基本判斷，小孔和金嫣不對付，明擺著不是一路人的架勢。這一點推拿房裡的推拿師都聽出來了，小孔和其他人說話向來都乾脆，一和金嫣答腔，問題來了，拖聲拖氣的，其實也就是拿腔拿調了。王大夫為這件事專門說過她，——何必呢？大家都是盲人，又都是出門在外的。小孔用她剛剛學來的南京話把王大夫打發回去了：「我管——呢。」

小孔對金嫣的態度金嫣知道，但她並不往心裡去。不往心裡去是假的，只是不願意和小孔「一般見識」罷了。怎麼才能不「一般見識」呢？金嫣就專門找「她的男人」說話。這個醋小孔沒法吃，她又不是背地裡偷雞摸狗，人家大大方方的，開個玩笑還開不得了麼？再說了，她金嫣又不是沒有男朋友的人。金嫣是怎麼和王大夫說話的呢？舉一個例子，生意忙起來了，王大夫免不了要對客人這樣說：「對不起，實在憋不住了，我要去一趟廁所。」金嫣就要把王大夫的話接過來，用體貼無比的腔調說：「去吧老王，又不是項鏈，老戴在身上做什麼？」

小孔知道，和金嫣硬鬥，不是她的對手，只能給她這麼一個「態度」。金嫣也是知道的，小孔就是不喜歡她，沒什麼道理，硬湊肯定湊不上去。那就不往上湊。只要在王大夫的這一頭維持好一定的關係，就行了。

就是這樣的兩個女人突然走到一起去了。女人就這樣，不能有過節，一旦消除了過節，再好起來，就沒邊了。恨不得把自己的腦袋割下來，再裝到對方的脖子上去。事實上也是這樣，小孔和金嫣好起來之後，兩個人動不動就要做出一副換腦袋的樣子，不是你把腦袋擱在我的肩膀上，就是我把腦袋擱在你的肩膀上，一天到晚都有傾訴不完的衷腸。連各自的男人都被她們撇在了一邊，一有空就嘀咕，就跟這個世界上只剩下她們兩個人似的。

小孔和金嫣突然和好緣於一次上鐘。依照次序，她們兩個被前臺的杜莉同時安排到一個雙人間裡去了。來的是兩個男人，老闆和他的司機。老闆喝了酒，司機沒有。杜莉在安排人員的時候第一個報的是小孔，這一來小孔就攤上老闆了，而金嫣做的則是老闆的司機。

小孔怕酒。主要是怕酒氣。聞不得。兩個客人剛剛躺下來，小孔就輕聲地嘆了一口氣。說嘆氣就有點誇張了，也就是鼻孔裡的出氣粗了一些。金嫣走到小孔的面前，什麼都沒有說，卻把老闆的生意接過去了。這個舉動實在出乎小孔的意料，心裡頭卻還是感謝了。金嫣怎麼知道自己害怕酒氣的呢？想必還是聽王大夫說的吧。小孔想，這個女人真的有量，自己都對她那樣了，她卻始終都能和王大夫有說有笑，私底下還能說點什麼。

小孔害怕酒氣是小時候落下的病根。在她幼小的記憶裡，父親一直都是酒氣熏天的。在兩歲的小孔盲眼之後，這個皖北的鄉村教師動不動就醉。醉了之後再帶著一身濃郁的酒氣跌跌撞撞地回家。父親一回家小孔的災難就開始了，他會把女兒放在自己的大腿上，讓女兒「睜開眼」。女兒的眼睛其實是「睜」著的，只是看不見。父親卻瘋狂了，一遍又一遍地命令：「睜開！」女兒不是不努力，可女兒一直也弄不明白，到底怎樣才能算把眼睛「睜開」呢？父親便用他的雙手捏住女兒的上眼皮，幾乎就是撕。他一心要用他粗暴的指頭替可憐的女兒「睜開」她的眼睛。可是，這又有什麼用？這時候父親就出手了，開始打。女兒的母親還能怎麼辦，只能用自己的身體護住女兒。但真正讓小孔恐怖的還不是父親的打，真正恐怖的往往是第二天的上午。父親的酒醒了。醒酒之後的父親當然能看到女兒身上的傷，父親就哭。父親的哭傷心至極。他摟住自己的親閨女，可以說呼天搶地。——這哪裡還是一個家，活脫脫地變成了人間地獄。母親不想讓女兒失去父親，她在忍。一直在忍。忍到女兒六歲，母親終於提出來了，她要離婚。父親不答應。不答應可以，母親提出了一個嚴厲的要求，為了女兒，你這一輩子不得再碰酒。父親靜默了一個下午，一個下午過去了，父親答應了。父親說，好。父親用一個「好」字乾淨澈底地戒絕了他的酒癮，從此沒有碰過女兒一個手指頭。父親一不做，二不休，為了他的女兒，他一個人去了醫院，悄悄地做了男性絕育手術。

成長起來的小孔到底懂得了父親。這是一份不堪承載的父愛。它強烈，極端，畸形，病態，充滿了犧牲精神和令人動容的悲劇性。父親是多麼地愛自己啊，小孔是知道的，父親實在是愛自己的。為了這份愛，小孔做到了自強不息。但是，小孔對酒氣的恐懼卻終生都不能消除，它是烙鐵。小孔的記憶一碰上烙鐵就會冒出嗆人的糊味。

當然，這一切金嫣都是不知道的。金嫣也沒有問。沒什麼好問的。盲人自有盲人的忌諱，每一個忌諱的背後都隱藏著不堪回首的糊味。

可是不管怎麼說，就因為金嫣這麼一個小小的舉動，小孔對待金嫣的態度和善一些了。看起來這個女人並不壞。她就是那樣。用她自己的話說，她就是那麼一個「人兒」。骨髓卻是熱乎的。

這一天下暴雨，推拿中心沒有什麼生意，兩個小女人不想待在休息區裡，一起去了推拿房。——話又說回來了，這些日子又有誰願意待在休息區呢？沙復明和張宗琪簡直就成了兩塊磁鐵，他們把相同的一極對在一起了，中間什麼都沒有，就是能感覺到他們在「頂」。他們會一直「頂」下去的，除非有一方願意翻一個個兒。

沒有生意，閒著也是閒著，金嫣和小孔就決定給對方做推拿。這不是「推拿」，是「我伺候你一回」，然後呢，「你再伺候我一回」。滿有趣的，滿好玩的。她們做的是腹部減脂。所謂腹部減脂，就是對腹部實施高強度的搓、揉、摁、擠、捏，通過提高腹部溫度這個物理的方法，達到燃燒脂肪、並達到減肥瘦身這麼一個宏偉的目的。必須指出，腹部減脂痛苦不堪，想一想就知道了，腹部沒有骨骼，穴位特別地集中，同時也格外地敏感，更何況女人的腹部又是那樣地嬌嫩。一把被推拿師揪住了，拽起來，使勁地擠，使勁地捏，疼起來和燒烤也差不多。但是，疼歸疼，腹部減脂的生意一直都很好。這說明什麼？說明女人們越來越珍惜自己了。沒有一個好腹部，好衣服怎麼穿？再好的面料、再好的款式效果都顯不出來。好的腹部還有一個更加迷人、更加隱祕的價值，直接體現在床上。做愛得靠這一把是吧。做愛的基礎在這兒是吧。所以呢，腹部是要緊的。疼算什麼，做女人哪有不疼的。

金嫣和小孔並不胖。但是，兩個人都在戀愛中。哪有戀愛中的女人對自己的腹部是滿意的？都不滿意。很不滿意。原因不複雜，她要和十六七歲的時候比。「以前可不是這樣的」。戀愛中的女人都有一個基本的認知，自己的過去一直比現在好，男朋友沒趕上。只有通過艱苦卓絕的努力，才能讓自己的現在回到過去。她們永遠也不會原諒現有的腹部。

小孔的手不大，力量卻出奇地大。金嫣很快就吃不消了。當然，小孔是故意的。畢竟是玩笑，——你剛才把我弄得那麼疼，現在，輪到你了，你也嘗一嘗姑奶奶的手段。金嫣終於疼得吃不消了，脫口就出了一句粗口：「小賤人！」

「小賤人」是很特殊的一聲罵，有閨密之間的浮浪，同時也有閨密之間的親昵。是咬一口的意思。兩個女人只有到了特定的火候才有可能成為對方的「小賤人」，一般的人斷然沒有如此這般的資格。我是「小賤人」，是吧？好。小孔不聲不響了，一把把金嫣腹部的皮肉拎了起來，死死地捏在了手上。「再說一遍？」小孔開開心心地說。金嫣是這樣的一號人，嘴上從來吃不得虧。金嫣說：「小賤人。」「再說一遍？」小孔手上的力量和「再說一遍」成正比了。金嫣的嘴巴張開了，已經張到了極限，不能更大了，直哈氣，求饒了。金嫣說：「小姐，不敢了，回頭我給你做使喚丫頭。」小孔鬆開手，鬆得很慢。這個小孔是有數的，放快了能疼死人。小孔說：「這還差不多。」張開手，放在金嫣平坦的腹部，輕輕地揉。打一巴掌，揉一巴掌，這是必需的。金嫣的腹部平平整整，不只是平整，還像瓷磚那樣分成了好幾塊，比小孔的好多了，小孔喜歡。

小孔不只是揉，還撫摸。撫摸了幾下，小孔再一次把金嫣的皮肉輕輕地拎起來了，嘴巴卻伸到了她的耳邊。十分鬼祟地說：「小肚子浪死了。泰來喜歡的吧？——說！有沒有和泰來那個什麼？」

金嫣似乎預料到了小孔的問題，她從不和泰來「那個什麼」。從不。金嫣伸直了大腿，篤篤定定地說：「沒有。我們熬得住。」這句話話裡頭有話了。小孔突然一陣害臊，有些走投無路，只好把金嫣的皮肉再一次拎起來，說：「說！有沒有？」金嫣疼得兩條腿一起蹺到了天上，浪得都沒邊了。金嫣喘著氣，說：「你這是想屈打成招了嘛。」「還沒有？你看看你的兩腿腿，為什麼蹺得這麼高？」金嫣楞了一下，噗哧一聲笑了，說：「我哪裡知道。——不打自招的東西！」

「真的沒有？」

「真的沒有。」

「為什麼沒有？」完全是惱羞成怒，蠻不講理了。

為什麼沒有？這還用說麼？金嫣認真起來了，說：「我就想留到結婚的那一天。」

這一回小孔相信了。小孔就用手掌在金嫣的小肚子上漫無目的地摩挲。在女人的嘴裡，「那個什麼」永遠是重要的，兩個女人的言談一旦涉及了「那個什麼」，她們的關係就會發生質變，一下子抵達肝膽相照的境地。雨還在下。很猛烈。在推拉窗的玻璃上劈里啪啦。兩個小女人一下子不鬧了，推拿房裡突然安靜下來。這安靜溫馨。像頭頂上的吸頂燈，有光，氤氳，漫漶，是個大概。其實還是黑色的。因為是黑色的，說溫馨又不確切了，是憂傷才對。小孔和金嫣各自交代了心頭的祕密，不說話了。也許是金嫣剛才把「結婚」這個詞說出來了，「結婚」這個詞就有點突然，有點突如其來。把她們嚇住了。兩個人就陷入了自己的心事裡。結婚哪，結婚，沒有走到這一步的人哪裡能知道這裡頭的滋味。這些日子她們被「結婚」弄得太苦悶了，戀愛不只是甜，戀愛也是苦。誰知道明天會怎樣呢？推拿中心又是這麼一副樣子，會不會有大的變動都是說不定的，再一亂，天知道會是什麼樣子？天也不知道。

小孔把金嫣的話聽在耳朵裡，心裡頭卻傷神了。「我就想留到結婚的那一天」，這句話她小孔一輩子也說不出口了。她已經澈底交代了，沒有什麼可以保留的了。所以，心裡頭就有點難受。小孔並不是後悔。她不後悔她和王大夫所做的那一切。問題是，金嫣敢把「那個什麼」留到「結婚的那一天」，暗地裡說明一個問題，金嫣對自己的婚姻有底。她有把握。正是這個「有把握」捅到了小孔的痛處。小孔對婚禮其實並不講究，草率一點無所謂，寒酸一點無所謂。但是，父親得在，母親得在，吃頓飯，這是最起碼的。然後，由父親鄭重其事地把女兒交到女婿的手上。現在，父母都不同意，她的婚禮還能算婚禮麼？看起來她的婚禮只能背著自己的父母了，做賊一樣，把自己鬼鬼祟祟地嫁出去了。這說明了什麼？這說明了她小孔又虧欠了父母一回。還有一點也是十分重要的，小孔究竟是一個女人，到了結婚的前沿，總該是男方催促得緊湊一些才好，最好能看到男方的央求。愛是一回事，女人的感受卻是另外的一回事。小孔倒好，倒像是她在央求男方了，還落得了一番數落，你「急什麼」？小孔就覺得自己賤。比較下來，金嫣實在是太幸福、太幸運了。這麼一想小孔突然就是一陣心酸。還嫉妒。手裡頭也停止了。是哭的意思。真的就哭了，一顆淚珠子啪嗒一聲掉在了金嫣的小肚子上。

金嫣的小肚子突然來了一滴水，放出了巴掌，在空中等。等了半天，原來是小孔的眼淚。金嫣一下子坐起身，捂住了小孔的手，小孔偏偏又抽回去了。小孔：「嫣子，到了結婚的那一天，多遠你都要告訴我，我一定要出現在你的婚禮上。」

金嫣沒有答腔。她在心底「哼」了一聲，無聲地說，婚禮？她的婚禮又在哪裡？——在泰來的面前，金嫣一直是強勢的。可是，強勢的人通常都有一個共同的特徵，當他們謀劃一件事的時候，他們會一廂情願。他們會認定了自己的主張就是他人的意見，不用考慮他人。金嫣一直在默無聲息地憧憬著她的婚禮，幾乎沒有和泰來商量過。——有一件事情金嫣一直都不知情，早在出門打工之前，泰來的父母就和泰來談妥了，到了泰來結婚的那一天，「家裡頭」不打算給泰來置辦了。原因很簡單，泰來未來的媳婦十有八九也是個盲人，兩個瞎子在村子裡結婚，不體面，也不好看，被人家笑話都是說不定的。泰來的父親乾脆給泰來挑明了，該花的錢「我們一分也不會少你的」，「都給你」。婚禮嘛，別辦了。泰來同意了。這其實也正是泰來的心思。泰來是在挖苦和譏笑當中長大的，心裡頭明白，村子裡並沒有自己的朋友，誰又能瞧得起他呢？連他的妹妹都不待見他。拿一筆錢多好。少說五六萬，多則七八萬。把這筆錢攥在自己的手上，又免去了一份丟人現眼的差事，多麼地實惠，是一筆划算的好買賣。

泰來在金嫣的面前是這樣表述他們的婚禮的：「在我的心裡，我們的第一個吻就是婚禮，我要把每一分錢都花在你的身上，我才不會燒錢給別人看呢。」

泰來的表白很動情了，可以說，絲絲入扣。這樣的說話方式金嫣也是喜歡的，虔誠，憨厚，死心塌地，對愛情有無限的忠誠。這一來它也就浪漫了。但是，它是反婚禮的。金嫣在感動的同時欲哭無淚。

既然小孔想參加金嫣的婚禮，金嫣把小孔的手拽過來了，把玩著小孔的手指頭，傷心了。金嫣說：「你就等吧。我自己也不知道能不能等到我的婚禮。」

「什麼意思？」

「泰來不肯舉辦婚禮。」

小孔不說話了。作為一個盲人，泰來的心思她自然能夠懂得。她理解的。「那你呢？」

「我？」金嫣說，「我等。」

「等到哪一天？」

「我不知道。」金嫣說，「我願意等，等到三十歲，四十歲。」金嫣把她的額頭靠在了小孔的額頭上，小聲說，「我是女人哪。」金嫣後來的聲音就小了，補充說：「一個女人怎麼可以沒有婚禮。」小孔聽出來了，金嫣微弱的氣息裡頭有一種固執，金嫣說這句話的時候其實是全力以赴的，是不達目的誓不罷休的誓言。

作為一個女人，金嫣的心思小孔一樣懂。她一樣理解。小孔摟過金嫣的脖子，說：「我懂。」

「還是你好哇。」金嫣說，「你和王大夫美滿哪。你們肯定會在我們前頭結婚的。丫頭，到了結婚的那一天，告訴我。我要到你的婚禮上去，唱。我要把所有會唱的歌從頭到尾給你唱一遍。」

話說到這一步，小孔不想在金嫣的面前隱瞞什麼了。再隱瞞就不配做金嫣的朋友了。小孔說：「我也不知道我能不能等到我的婚禮。」這句話金嫣剛才說過一遍的，小孔等於是把金嫣的話又還給金嫣了。

這一回輪到金嫣吃驚了，金嫣吃驚地問：

「為什麼？」

「我和老王的事，我爸和我媽不同意。」

「為什麼不同意？」

「他們不許我嫁給一個全盲。」

是這樣。原來是這樣。唉，生活裡頭哪有什麼可以羨慕的人呀。

「他們什麼都不干涉我，就是不能答應我嫁給一個全盲。」小孔說，「他們不放心哪。他們把一輩子的心血都放在了我的身上。——我到南京其實是私奔了，」小孔掏出深圳的手機，說，「我一直都在用兩個手機，我一直告訴他們我在深圳呢。」

金嫣把手機接過來，放在手上撫摸。一天到晚撒謊，哪裡還是人過的日子。這一回輪到金嫣勾著小孔的脖子了，金嫣說：「我懂。」

兩個女人其實已經擁抱在一起了。這一次的擁抱並不是她們的本意，然而，因為兩個女人的「我懂」，她們意外地擁抱在了一起。她們把各自的左手搭在對方的後背上，不停地摩挲，不停地拍。雨在下，雨把推拉窗上的玻璃當作了它們的鑼鼓。

「嫣子，給個謎語你猜猜——兩個盲人在擁抱。」

金嫣說：「瞎抱。」

「再給你一個謎語猜猜——兩個盲人在撫摸。」

金嫣說：「瞎摸。」

「再給你一個謎語猜猜——兩個盲人的悄悄話。」

金嫣說：「瞎說。」

「你瞎說！」

「你瞎說！」

「你瞎說!!」

「你瞎說!!」

她們一口氣把「你瞎說」說了十幾遍，似乎一定要把這個天大的罪名安插在對方的頭上。兩個人各不相讓，突然笑了。開始還是悶著的，兩個女人的乳房就在對方的懷裡無聲地亂顫。這一顫對方就癢，只能讓開來，額頭卻頂在了一起。她們再也忍不住了。是小孔最先出的聲，小孔的這一聲感染了金嫣，金嫣也出聲了。金嫣的嗓門要比小孔大兩號，她的笑聲嚇人了，是從肚臍眼裡笑出來的，動用了丹田裡的力氣，直往外頭衝。金嫣這一笑把小孔的癢癢筋給勾起來了，小孔也扯開了嗓門，笑開了。兩個人都忘了是在推拿中心，忘了，澈底忘了；忘了自己是誰，澈底忘了。她們就覺得開心。開足了馬力去笑。痛快了，敞亮啊。她們的笑聲彼此激盪，彼此鼓舞，像競賽，一聲壓過一聲，一聲又高過一聲。止不住了。幾乎就是咆哮。瘋了。癲狂了。發了癔症了。——舒坦啊！舒坦死了。

休息區裡的盲人正擁擠在一起，一個個正襟危坐的。沙復明在。張宗琪也在。有他們在，有他們兩個磁鐵在，誰還會弄出什麼動靜來？不會了。連門外的雨聲都小心翼翼的。就在這樣的大寂靜裡，突然傳來了兩個女人的狂笑。所有的人怔了一下，腦袋側過去了。她們怎麼就這樣笑的呢，怎麼就高興成這樣呢，聽起來簡直就是奮不顧身。好玩了。所有人的臉上都掛上了微笑。張一光對王大夫說：「不會出人命吧王大夫？」王大夫也在微笑，笑瞇瞇地說：「兩個瘋丫頭。」但王大夫哪裡有心思在這裡說笑，弟弟的債務一共只有十五天的期限，一天一天的，迫在眉睫了。王大夫從耳朵上摸出一支香菸，一個人來到了門外。

門外有一個飛簷，推拿師們吸菸通常就站在這裡。王大夫並不吸菸，不過客人們總有客氣的，做完了推拿之後，不少菸客都喜歡給推拿師們打上一梭子。閒下來的時候，王大夫偶爾也會點上一根，把玩把玩罷了。

王大夫來到門外。可是，在門外聽過去，兩個瘋子的笑聲一樣響亮。王大夫說了一聲「瘋了」，卻意外地發現飛簷的下面站了一個人。王大夫「哎」了一聲，那個人也「哎」了一聲，卻是泰來。

王大夫和泰來平日裡的往來並不多，也就是同事之間的客氣罷了，是井水不犯河水的常態。現在，有意思了。既然他們的女朋友都好成那樣了，還鬧出了那麼大的動靜，兩個人就有點不好意思了。但同時又有一點想法，似乎有必要熱乎一點。王大夫收起滿腹的心事，從耳朵上取下一支香菸，是軟中華，客人交代過的。王大夫把軟中華遞到泰來的手上，說：「泰來，來。」泰來摸過去，是香菸。泰來說：「我不吸菸的。」王大夫說：「我也不吸。玩玩吧，難得這麼清閒。」王大夫把打火機遞過去，泰來點上了，王大夫再接過打火機，自己也點上了，關照說：「別嚥進去。上癮就不好了。」

這是泰來第一次吸菸。第一口就點在了過濾嘴上。他把香菸掉了個個兒，卻又被過濾嘴燙著了。泰來用舌頭舔了一下，這一次才算吸著了。泰來吸了一大口，用力把嘴唇抿嚴實了，好讓香菸從鼻孔裡溜出去。卻嗆著了，不停地咳。咳完了，泰來說：「好菸。」口吻彷彿很內行。

「那當然。好菸。」

他們就討論起香菸來了。可是，除了「好菸」，他們實在也說不出什麼來。說不出來就沉默。其實他們是想說話的，處在了沒話找話的狀態裡頭。不自在了。只能接著吸菸。這一來兩個人的香菸就吸得格外地快。不吸菸的人就是這樣，吸得都快。高唯正坐在服務臺的裡口，透過落地玻璃，遠遠地望著門外的兩個男人，他們在吸菸。是兩小團暗紅色的火光。一亮，又一亮。

泰來向來都是一個頂真的人。既然不會吸菸，反過來就把吸菸當成一件重要的工作來做了。每一口都很用功，吸得很到位，特別地深。十幾口下去一支菸居然吸完了。泰來把手伸到口袋裡去，摸出了一樣東西，也是菸。泰來給了王大夫一支，用十分老到的口吻對王大夫說：「大哥，再來一支。」

兩個瘋女人的癲瘋終於停息了，想必這一刻她們又開始說悄悄話了吧。王大夫把菸續上了。遠遠地扔出菸頭，菸頭在雨天裡「嗞」了一聲，熄滅了。到底是做大哥的，王大夫終於找到話題了。王大夫說：「你和金嫣談得也有些時候了吧？」

泰來說：「也——不長。」

王大夫問：「什麼時候結？」

泰來咂了一次嘴，是不知道怎麼開口的樣子。想了半天，說：「你們呢？」

「我們？」王大夫說，「我們不急。」

「你們打算搞一個很隆重的婚禮吧？」

「不隆重。」王大夫說，「搞那麼隆重幹什麼，簡簡單單的。」王大夫意猶未盡，說：「結婚嘛，就是兩個人過日子。婚禮無所謂的。」王大夫想了一想，又補充了一句：「我們家小孔也是這個意思。」

終於找到知音了，徐泰來向王大夫的身邊靠了靠，欲言又止。最終，長長地嘆了一口氣。——「麻煩呢。」

「麻煩什麼？」

泰來低聲說：「金嫣一定要一個隆重的婚禮，要不然，寧可不結婚。」

「為什麼？」

「她說，女人的這一輩子就是婚禮。」

王大夫笑笑，說：「不至於的吧，女人的這一輩子怎麼可能就是婚禮呢？」

「我看也不至於。」

「金嫣還說什麼了？」

「她說，天下的女人都是這樣。」

王大夫剛剛吸了一大口菸，聽著泰來的話，慢慢地，把香菸吐出去了。「天下的女人都是這樣」，小孔為什麼就不是這樣的呢？王大夫突然就想起來了，關於婚禮，他其實並沒有和人家深入地討論過，她想早一點結，這個王大夫知道。但是，婚禮該怎麼操持，操辦到怎樣的一個規模，小孔從來也都沒有流露過。人家一直都是順從著自己的。這麼一想王大夫突然就覺得事態有些嚴峻，什麼時候得好好問問人家了。不能拿客氣當了福氣。

「唉，」徐泰來抱怨說，「她就是要一個風風光光的婚禮，怎麼說都不行。」

「不至於的吧？」王大夫自言自語地說。

「你問問小孔就知道了。」徐泰來說，「我估計金嫣把心裡的話都告訴小孔了。」

兩個男人站在飛簷的底下，各自憋了一肚子的話。是得好好談談了。即使是關於婚禮，兩個人都有滿腹的心思，完全應當和對方商量商量、討論討論的。總歸是沒有壞處。第二支香菸還沒有吸完，兩個人突然覺得，他們已經是連襟了。

第16章　王大夫

一接到電話王大夫就知道事情不好。電話裡的聲音很好聽，好聽的聲音在「請」他回去，「請」他回到他的「家裡」去。好聽的聲音真是好聽極了，聽上去像親人的召喚。但是王大夫心裡頭明白，這不是親人在召喚。

半個月來，兩萬五千塊錢始終是一塊石頭，一直壓在王大夫的心坎上。王大夫是這麼勸自己的，別去想它，車到山前必有路，到時候也許就有辦法了。辦法還真的就有了，王大夫向沙復明預支了一萬塊錢的工資。一萬元，再加上王大夫過去的那點現款，王大夫還是把兩萬五千塊錢給湊齊了。王大夫什麼都沒有解釋，好在沙復明什麼也沒有問。

現在的問題是，王大夫把兩萬五千塊錢拿在手上，輕輕地摩挲。摩挲來摩挲去，捨不得了。王大夫就想起了一位老前輩說過的話，那是一個盲眼的老女人。她說，錢是孩子，不經手不要緊，一經手就必須摟在懷裡。王大夫就心疼這筆錢，心口像流了血。他聞到了胸口的血腥氣味。冤啊。如果弟弟是為了買房子、討老婆、救命，給了也就給了。可這是怎樣的一筆糊塗賬？既不是買房子，也不是討老婆，更不是救命。是賭博。賭債是一個無底洞。這一次還上了，弟弟下一次再去賭了呢？弟弟再欠下二十五萬塊呢？他這個做哥哥的還活不活了？

王大夫第一次恨起了自己。他為什麼是做哥哥的？他為什麼那麼喜歡做冤大頭？憑什麼他要搶著站出來？真是用不著的。沒有他，地球一樣轉。這毛病得改。下一次一定得改。這一次當然不行。他承諾了。他是用舌頭承諾的。再怎麼說，一個人的舌頭永遠都不能瞎。舌頭要是瞎了，這個世界就全瞎了。

欠債還錢，這是天理。從來就是。

聽完了手機，王大夫把手機合上了，摸了摸自己的腹部。這些日子王大夫一直把兩萬五千塊錢捆在自己的身上，就繫在褲腰帶的內側。這個是馬虎不得的。王大夫掏出墨鏡，戴上了。一個人走上了大街。他站立在馬路的邊沿，大街一片漆黑，滿耳都是汽車的呼嘯。說呼嘯並不準確，汽車的輪子彷彿是從路面上「撕」過去的，每一輛汽車過去都像扒了地面的一層皮。

——這是最後的一次了，絕對是最後的一次。王大夫不停地告戒自己。從今往後，無論弟弟再發生什麼，他都不會過問了。此時此刻，王大夫的心已經和石頭一樣硬，和石頭一樣冷。這絕對是最後的一次。兩萬五，它們不是錢，它們是王大夫的贖罪券。只要把這兩萬五交出去，他王大夫就再也不欠這個世界了。他誰也不欠。什麼也不欠。遺憾當然也有，兩萬五千塊畢竟沒有得到一個好的去處，而是給了那樣的一幫王八蛋。你們就拿去吧，噎死你們！

王大夫突然伸出了他的胳膊，氣派了。他要叫一輛出租車。操他媽的，兩萬五千塊錢都花出去了，還在乎這幾塊錢麼？花！痛痛快快地花！老子今天也要享受一下。老子還沒有坐過出租車呢。

一輛出租車平平穩穩地靠在了王大夫的身邊，王大夫聽出來了，車子已經停在他的身邊了。但王大夫沒有伸手，他不知道出租車的車門該怎麼開。司機卻是個急性子，說：「上不上車？磨蹭什麼呢？」王大夫突然就是一陣緊張。他冒失了。他怎麼想起來叫出租車的呢？他壓根兒就不會坐出租車。王大夫在短暫的羞愧之後即刻鎮定了下來。他的心情很壞。非常壞。壞透了。王大夫說：「你喊什麼？下來。給我開門。」

司機側過了腦袋，透過出租車的玻璃打量了王大夫一眼。王大夫戴著墨鏡，面色嚴峻。和所有的盲人一樣，王大夫的墨鏡特別大，顏色特別深，幾乎就是罩在眼睛上。司機知道了，他是個盲人。但是，不像。越看越不像。司機不知道今天遇上了哪一路的神仙。司機還是下來了，一邊瞟著王大夫，一邊給王大夫打開了出租車的車門。他一點也弄不清墨鏡的背後到底深藏著一雙怎樣的眼睛。

王大夫卻是全神貫注的。他突然就虛榮了，不想在這樣的時候露怯。他不想讓別人看出來他是一個盲人。依照車門的動靜，王大夫在第一時間做出了反應，他扶住門框，緩緩地鑽了進去。

司機回到駕駛室，客氣地、甚至是卑微地說：「老大，怎麼走？」

王大夫的嘴角吊上去了，他什麼時候成「老大」了？但王大夫即刻就明白過來了，他今天實在是不禮貌了。他平時從來都不是這樣的。但不禮貌的回報是如此地豐厚，司機反過來對他禮貌了。這是一筆怎樣混賬的賬？回過頭來他得好好算一算。

「公園路菜場。」王大夫說。

王大夫到家了。上樓的時候心裡頭在打鼓。這裡頭有猶豫，也有膽怯，主要的卻還是膽怯。盲人和健全人打交道始終是膽怯的，道理很簡單，他們在明處，健全人卻藏在暗處。這就是為什麼盲人一般不和健全人打交道的根本緣由。在盲人的心目中，健全人是另外的一種動物，是更高一級的動物，是有眼睛的動物，是無所不知的動物，具有神靈的意味。他們對待健全人的態度完全等同於健全人對待鬼神的態度：敬鬼神而遠之。

他要打交道的可是「規矩人」哪，離鬼神已經不遠了。

一進家門王大夫就吃了一驚，弟弟在家。這個渾球，他居然還好意思坐在家裡，客人一樣，悠悠閒閒地等他這麼一個冤大頭。王大夫的血頓時就熱了。好幾個人都坐在沙發上，很顯然，都在等他。他們太自在了，正在看電視。電視機裡熱鬧了，咣叮咣噹的，是金屬與金屬的撞擊，準確地說，是金屬與金屬的搏殺。刀、槍、劍、戟的聲音迴響在客廳裡，殘暴而又銳利，甚至還有那麼一點悅耳，悠揚了。他們一定是在看一部功夫片，要不就是一部黑幫片。功夫片王大夫是知道的，它有一個最為基本的精神，拳頭或子彈最終將捍衛真理。王大夫突然就回憶起出租車來了，他是不禮貌的，得到的卻是最為謙恭的回報。都成「老大」了。王大夫徑直走到沙發的面前，電視裡的聲音減弱下去了。王大夫的肩膀上突然就是一隻手，他感覺出來了，是弟弟。王大夫的血當即就熱了，有了沸騰的和不可遏制的跡象。王大夫看見了自己的身體，他的身體有了光感，透明了，發出上氣不接下氣的光芒。王大夫笑笑，伸出右手，他要和自己的弟弟握個手。王大夫的右手剛剛握住弟弟的右手，他的左手出動了，帶著一陣風，他的巴掌準確無誤地抽在了弟弟的臉上。

「滾出去！」王大夫吼道，「給我滾出去！你不配待在這個家裡！」

「他不能走。」好聽的聲音說。

「我不想見到這個人。」王大夫說。「——我說過了，這是我們倆的事。」王大夫突然笑起來，說：「我跑不了。我也不想跑。」

「錢帶來了沒有？」

「帶來了。」

「給錢。我們走。」

「不行。他先走。」

「他不能走。」好聽的聲音說。

「他走，我給錢。他不走，我不給。——你們商量一下。」

王大夫丟下這句話，一個人到廚房去了。

一進廚房王大夫就拉開了冰箱。他把褲腰帶翻了過來，扯出錢，扔了進去。王大夫附帶摸出了兩只冰塊，一把捂在了嘴裡。聽見弟弟出門了，王大夫開始咀嚼。冰塊被他嚼得嘎嘣嘎嘣響。王大夫覺得自己已經不是人了。他脫去了上衣，提著菜刀，再一次回到了客廳。

客廳裡靜極了。靜到王大夫能感覺到牆壁，沙發，茶几上的杯盞。當然，還有菜刀。刀口正發出白花花的嗚響。

好聽的聲音說：「你想好了。是你想玩這個的。我們沒想玩。可我們也會玩。我們可是規矩人。」

王大夫說：「我沒讓你們玩這個。」王大夫提起刀，對著自己的胸脯突然就是一下。他劃下去了。血似乎有點害羞，還等待了那麼一小會兒，出來了。一出來它就不再害羞了，叉開了大腿，沿著王大夫的胸、腹，十分精確地流向了王大夫的褲子。血真熱啊。像親人的撫摸。

王大夫說：「知道我們瞎子最愛什麼？」

王大夫說：「錢。」

王大夫說：「我們的錢和你們的錢是不一樣的。」

王大夫說：「你們把錢叫做錢，我們把錢叫做命。」

王大夫說：「沒錢了，我們就沒命了。沒有一個人會知道我們瞎子會死在哪裡。」

王大夫說：「你們在大街上見過討飯的瞎子沒有？見過。」

王大夫說：「討飯我也會。你們信不信？」

王大夫說：「可我不能。」

王大夫說：「我是我爹媽生的，我不能。」

王大夫說：「我們有一張臉哪。」

王大夫說：「我們要這張臉。」

王大夫說：「我們還愛這張臉。」

王大夫說：「要不然我們還怎麼活？」

王大夫說：「我得拿我自己當人。」

王大夫說：「拿自己當人，你們懂不懂？」

王大夫說：「你們不懂。」

王大夫說：「兩萬五我不能給你們。」

王大夫說：「我要把兩萬五給了你們，我就得去討飯。」

王大夫說：「我的錢是怎麼來的？」

王大夫說：「給你們捏腳。」

王大夫說：「兩萬五我要捏多少隻腳？」

王大夫說：「一雙腳十五塊。一隻腳七塊五。」

王大夫說：「兩萬五我要捏三千三百三十三隻腳。」

王大夫說：「錢我就不給你們了。」

王大夫說：「可賬我也不能賴。」

王大夫說：「我就給你們血。」

血已經流到王大夫的腳面了。王大夫覺得他的血不夠勇猛，他希望聽到血的咆哮。王大夫在胸脯上又劃了一刀，這一下好多了。血汩汩的。可好聽了。一定也是很好看的。

王大夫說：「我就這麼一點私房錢。」

王大夫說：「我都還給你們。」

王大夫說：「你們也不用不好意思，拿回去吧。」

王大夫說：「能拿多少拿多少。」

王大夫說：「我還有一條命。」

王大夫把刀架在自己的脖子上了。王大夫說：「夠了沒有？」

王大夫說：「給句話。夠了沒有？」

客廳裡的血已經有點嚇人了。好聽的聲音沒有能發出好聽的聲音。刀在王大夫的手上，刀口的眼睛已經瞪圓了。好聽的聲音伸出手，抓住了王大夫的手腕。王大夫說：「別碰我！——夠了沒有？」

好聽的聲音說：「夠了。」

王大夫說：「夠了？」

王大夫說：「——夠了是吧？」

王大夫說：「——清賬了是吧？」

王大夫說：「你們走好。」

王大夫說：「你們請。」

王大夫放下刀，托在了手上。他把刀送到好聽的聲音面前，說：「那個畜生要是再去，你就用這把刀砍他。你們想砍幾段就砍幾段。」

屋子裡靜了片刻，好聽的聲音沒有答理王大夫，他走了。他們是一起走的，是三個人，總共有六隻腳。六隻腳的聲音不算複雜，可聽上去還是有點亂。王大夫聽著六隻腳從家門口混亂地卻又是清晰地遠去，放下刀，回過了頭來。

現在，屋子裡真的安靜了，像血的腥味一樣安靜。王大夫突然想起來了，父母還在家呢。他的父母這一刻一定在望著他。王大夫就「望」著自己的父親，又「望了望」自己的母親。這樣的對視大概持續了十幾秒鐘，王大夫的眼眶一熱，汪出了一樣東西。是淚。父母把這一切都看在眼裡了，他們一定都看在眼裡了。

怎麼會這樣的？怎麼就這樣了？王大夫本來已經決定了，把弟弟的賭債還給人家。可是，也就是一念之差，他沒有。他都做了什麼？這個荒謬的舉動是他王大夫做的麼？他怎麼會做出這種事來的？他今天的舉動和一個流氓有什麼區別？沒有。可恥了。在今天，他是一個十足的地痞，一個不折不扣的人渣。太齷齪了。他王大夫再也不是一個「體面」的人了。他的舌頭終於說了一次瞎話。

王大夫其實不是這樣的。不是這樣的。他從小就是個好孩子，好學生。老師們一直都是這麼說的。王大夫和自己的父母並不親。在王大夫的成長道路上，父母親的作用並不大，真正起作用的始終是盲校的那些老師。然而，這句話又是不對的。只有王大夫自己知道，真正起決定性作用的，不是老師，還是自己的父母。這「父母」卻不是父親和母親，他們是抽象的，是王大夫恒久的歉意。一旦王大夫有什麼不妥當的地方，一個小小的錯誤，一個小小的閃失，老師們都會這樣對他說：「你這樣做對得起你的『父母』麼？」不能。「父母」一直就在王大夫的身邊，就在王大夫的天靈蓋上。

這些還不夠。長大之後的王大夫在「體面」這個問題上偏執了，近乎狂熱。在內心的最深處，王大夫一直要求自己做一個「體面人」。只有這樣王大夫才能報答「父母」的哺育。他要「對得起」「父母」。

可今天他都做了什麼？為了錢，他撒潑了。他的舌頭當著「父母」的面說了瞎話。他喪失了他的全部體面。他喪失了他的全部尊嚴。就在「父母」的面前。

「爸，媽。」王大夫垂下腦袋，無比痛心地說，「兒子對不起你們。」

王大夫的母親驚魂未定。卻高興。王大夫的母親激動得熱淚盈眶，她一把抓住王大夫的手，說：「老二要是有你的一半就好了。」

「媽，兒子對不起你們。」

王大夫的母親不知道兒子為什麼要說這樣的話。父親卻把王大夫的話接過來了。王大夫的父親說：「老大，是我對不起你。我不該讓你媽生那麼一個畜生。」

王大夫的腹部突然就吸進去了，這一吸，他的胸部就鼓蕩了起來。血還在流，都冒出泡泡了。王大夫說：「爸，兒子不是這樣的，你去問問，兒子從來都不是這樣的。」

王大夫的父母交流了一回目光，他們不知道自己兒子在說什麼。唯一的解釋是，兒子太疼了，他被疼得瘋魔了。

「兒子對不起你們。」王大夫還在這樣堅持。

「是做爸爸的對不起你！」

王大夫的手在摸。父親不知道兒子要摸什麼，就把手伸過去了。王大夫一把抓住父親的手，死死地，拽住了。這個感覺怪異了。古怪得往心裡去。王大夫在那個剎那裡頭都有點不適應。二十九年了。二十九年來，這是王大夫的肌膚第一次接觸到父親。父母的肌膚在他的記憶裡一直是零。王大夫拽著父親的手掌，指頭，皮膚，頓然間就是淚如泉湧，像噴薄而出的血。王大夫顫抖著，不可遏制了。他滿臉都是淚，小聲地央求說：「爸，抽兒子一大嘴巴！」

「爸，」王大夫突然扯起了嗓子，帶著嘶啞的哭腔大聲地喊道，「爸！抽兒子一大嘴巴！」

王大夫的父母本來就驚魂未定。現在，越發懵懂了，簡直就不知所以。他們說什麼好呢？他們的兒子到底就怎麼了呢？王大夫的父親也流淚了，透過淚光，他再一次看了自己的老伴一眼，她的下巴全掛下來了。父親顧不得血了，一把摟住了王大夫。「回頭再說，我們回頭再說。我們去醫院。兒子，去醫院哪！」

醫生總共給王大夫縫了一百一十六針。傷口不深，卻很長。王大夫胸前的皮膚像一堆破布，被半圓形的針頭從這一頭挖了進去，又從那一頭挖了出來。麻藥已經打了，可王大夫還是感覺到疼。王大夫的左手握著的是父親，右手握著的則是母親。他的心在疼。他在替自己的「父母」心疼，他們的這兩個兒子算是白生了，老大是個人渣，而老二卻是一個小混混。他們的這一輩子還有什麼？一無所有。他們的這一輩子全瞎了。

一百一十六針縫好了，王大夫卻被警察攔在了急診室。醫生替王大夫報了警。很顯然，患者的傷口整整齊齊，是十分標準的刀傷。換了一般的人，醫生們也許就算了，但是，患者是殘疾人，有人對殘疾人下這樣的毒手，醫生不能不管。

警察問：「誰幹的？」

王大夫說：「我自己幹的。」

警察說：「你要說實話。」

王大夫說：「我說的是實話。」

警察說：「你有義務給我們提供真相。」

王大夫說：「我說的就是真相。」

警察說：「我再說一遍，雖然你是一個殘疾人，可你一樣有義務為我們提供真相。」

王大夫抿了兩下嘴，眉梢吊上去了。王大夫說：「雖然你不是一個殘疾人，可你一樣有義務相信一個殘疾人。」

警察說：「那你告訴我，動機是什麼？」

王大夫說：「我的血想哭。」

警察就語塞了，不知道怎樣對付這個胡攪蠻纏的殘疾人。警察說：「我最後一次問你，真相是什麼？你要知道，說出真相是為了你好。」

「是我自己幹的。」王大夫說：「我對你發個毒誓吧。」王大夫說，「如果我說了瞎話，一出門我的兩隻眼睛就什麼都能看見。」

王大夫沒有回推拿中心，他必須先回家。冰箱裡還有他的兩萬五千塊錢呢。再說了，總得換一身衣服。進了門，弟弟卻在家，他居然又回來了。他正躺在沙發上啃蘋果。蘋果很好，很脆，有很多的汁，聽得出來的。王大夫突然就是一陣心慌，弟弟不會開過冰箱了吧？王大夫直接走進了廚房，小心翼翼地拉開了冰箱的箱門。還好，錢都在。王大夫把兩萬五千塊錢塞進了褲腰帶的內側，繫上了。錢貼在王大夫的小肚子上。一陣鑽心的冷。砭人肌膚。錢真涼啊。

王大夫什麼都沒有說，就這樣下樓了。疼已經上來了，身上又有錢，王大夫走得就格外地慢。家裡卻突然吵起來了。王大夫不能確定父母親都說了什麼，但是，弟弟的話他聽見了。弟弟的嗓門真大，隔著兩層樓他也能清清楚楚地聽見弟弟的控訴。弟弟是這樣控訴他不公平的命運的：

「你們為什麼不讓我瞎？我要是個瞎子，我就能自食其力了！」

第17章 沙復明和張宗琪

就一般性的常態而言，沙復明和張宗琪早就該找一個機會坐下來了，好好商量一下金大姊的處理問題。沒有。沙復明一直不開口，張宗琪也就不開口。冷戰的態勢就這麼出現了。

推拿中心已經很久沒有會議了。這不是什麼好事情。事態是明擺著的，沙復明想開除的是金大姊，而張宗琪想要摘掉的人卻是高唯。他們不願意開會，只能說明一個問題，兩個老闆其實都沒有想好，各自都沒有把握，僵持在這裡罷了。不開會也許還能說明另外的一個問題，暗地裡，沙老闆和張老闆一點讓步的意思都沒有。

沙復明一心想開除金大姊。不過，沙復明又是明白的，要想把金大姊趕走，他唯一可行的辦法就是各打五十大板——把高唯也一起趕走。可是，高唯怎麼能走？她已經是都紅的眼睛了，也許還是都紅的腿腳。她一走，都紅怎麼辦？沒法向都紅交代了。現在的問題就是這樣，沙復明想出牌，他的牌扣在張宗琪的手上，張宗琪也想出牌，他的牌又扣在沙復明的手上。比耐心了。

比過來比過去，日子就這麼拖了下來。從表面上看，拖下來對雙方都是公平的，實際的情況卻不是這樣。問題還沒有處理呢。想過來想過去，沙復明萌發了新念頭，也有了新想法——分。

經過一番周密的分析，深夜一點，沙復明把張宗琪約出來了，他們來到了四方茶館。沙復明要了一份紅茶，而張宗琪卻點了一份綠茶。這一次沙復明沒有兜圈子，十分明確地提出了一個行之有效的方案：他退給張宗琪十萬，然後，換一塊牌子，把「沙宗琪推拿中心」改成「沙復明推拿中心」。沙復明提出十萬這個數字是有根據的，當初合夥的時候，兩個人掏的都是八萬，用於辦證、租賃門面、裝修和配備器材。然後，兩個人一季分一次賬。現在，沙復明退給張宗琪的不是八萬，而是十萬，說得過去了。

張宗琪並沒有扭捏，倒也十分地爽快。他同意分。不過，在條件上，他提出了小小的修正，他的價碼不是「十萬」，而是「十二萬」。張宗琪說得也非常地明了，十二萬一到手，他立馬「走人」。這是沙復明預料之中的，十二萬卻是高了。但是，沙復明沒有說「高」。他的話鋒一轉，說：「十二萬也行。要不這樣，你給我十二萬，我走人。」如果談話就在這裡結束，沙復明自認為他的談判是成功的。他的手上現在還有一部分餘款，再把十二萬打進去，怎麼說也可以應付一個新門面了。扣除掉看房、辦證、裝修，最多三個月，他就可以再一次當上老闆。沙復明都想好了，畢竟兄弟一場，他的新門面一定要開得遠一點，起碼離張宗琪五公里。然後呢，把都紅和高唯一起帶過去。王大夫和小孔想過去也行。用不了兩年，他可以再一次翻身。他翻了身，張宗琪還能不能挺得住，那就不好說了。說到底，「沙宗琪推拿中心」的日常管理都是他沙復明一個人撐著的。

從根本上說，沙復明急於分開。和張宗琪的隔閡只是原因之一，最要緊的原因還在他和都紅的關係。創業是要緊的，生活也一樣要緊。他已經不年輕了，得為自己的生活動動心思了。都紅不是「還小」麼？那就再開一家門面，和都紅一起，慢慢地等。時光就是時光，它不可能倒流。新門面開張之後，沙復明要買一架鋼琴。只要都紅願意，她每一天都可以坐在推拿中心彈琴，工資由他來付。這樣做有兩個好處，第一，琴聲悠揚，新門面的氣氛肯定就不一樣了，他可以提供一個有特色的服務；第二，拖住都紅，這才是問題的關鍵。都紅在，希望就在，幸福就在。沙復明不能再讓自己做那樣的夢了，他不願意總是夢見一雙手，他不願意總是夢見兩塊冰。冰太冷，而手則太堅硬。

所以，分是必然的，只是怎麼分。如果沙復明一開頭就向張宗琪要十二萬，他開不了這個口，張宗琪也有理由拒絕。現在，張宗琪自己把十二萬開出來了，好辦了。他情願提著十二萬走人。實在不行，十萬他也能夠接受。這麼說吧，沙復明擔心的是張宗琪不肯分，只要把價碼提出來，無論十萬還是十二萬，對他來說都是只賺不虧的買賣。

沙復明喝了一口茶，感覺出來了，談判業已接近了尾聲。事情能這樣圓滿地解決，沙復明萬萬沒有想到。分開了，又沒有翻臉，還有比這更好的結果麼？沒有了。沙復明在愉快之中一下子就想起了「沙宗琪推拿中心」剛剛開張的那些日子。那時候的生意還沒有起來，兩個人卻是一心的，要麼不開口，一開口就掏心窩子，睡覺的時候都恨不得擠在一張床上。那是多麼好的一段日子啊。是朋友之間的蜜月，是男人的蜜月。誰能想到往後的日子越來越磕磕絆絆呢？好在分手分得還算寬平，將來還是兄弟。

不過，沙復明錯了。他的如意算盤徹底打錯了。就在沙復明一個人心曠神怡的時候，張宗琪的老到體現出來了。張宗琪說：

「給你十二萬，沒有問題。但有一點我要和老朋友挑明了，我手上可沒有現款。你要是願意，可以等上幾年。錢我不會少你的。這個你一定要信得過我。你什麼時候想走，我們什麼時候簽。」

這一步沙復明萬萬沒有料到。他幾乎被張宗琪噎住了。他想起來了，就他在盤算這件事情的時候，他是多麼地不好意思，不知道怎麼向張宗琪開口。等他鼓足了勇氣、開了口，他知道了，張宗琪一直都沒有閒著。他也在盤算。比他更周密。比他更深入了一步。比他更勝了一籌。沙復明後悔自己的莽撞了，不該先出招的。現在倒好，被動了。沙復明一下子就不知道嘴裡的話怎麼才能往下續。不能續就不續。沙復明吊起嘴角，笑笑，摁了一把腰間的報時鐘。時間也不早了。沒有比離開更好的了。沙復明就掏出錢包，想埋單。張宗琪也把錢包掏出來了，說：「一人一半吧。」沙復明脫口說：「這是幹什麼，就一杯茶嘛。」張宗琪說：「還是一人一半的好。」沙復明點點頭，沒有堅持，也就同意了，心裡頭卻一陣難過，說酸楚都不為過。這「一人一半」和當初的「一人一半」可不是一個概念。他們倆的關係算是到頭了。

當初合資的時候，兩個人盤算著創建「沙宗琪推拿中心」的時候，「一人一半」可是沙復明最先提出來的。那時候他們倆還是上海灘上的打工仔。沙復明非常看重這個「一人一半」。「一人一半」並不只是一種均利的投資方式，它還包含了這樣的一句潛臺詞：咱們兩個都做老闆，但誰也不是誰的老闆。老實說，沙復明這樣做其實是有些違心的，他特別看重「老闆」這個身分，並不願意和他人分享。說起來也奇怪了，盲人，這個自食其力的群體，在「當老闆」這個問題上，比起健全人來卻具有更加剽悍的雄心。幾乎沒有一個盲人不在意「老闆」這個獨特的身分。無聊的時候沙復明多次和同事們聊起過，沙復明很快就發現了這樣一個基本事實，差不多每一個盲人都懷揣著同樣的心思，或者說，理想——「有了錢回老家開個店」。「開個店」，說起來似乎是業務上的事，在骨子裡，跳動的卻是一顆「老闆」的心。

沙復明情願和張宗琪「一人一半」，完全是出於對張宗琪的情誼。在上海，他們兩個是貼心的。他們是怎麼貼起心來的呢？這裡頭有原因了。

和所有的推拿師一樣，沙復明和張宗琪在大上海過著打工仔的日子。十里洋場和他們沒有任何關係。對他們兩個來說，大上海就是兩張床：一張在推拿房，那是他們的飯碗；一張在宿舍，那是他們的日子。推拿房裡的那一張還好應付，勞累一點罷了。沙復明真正懼怕的還是集體宿舍裡的那一張。他的床安置在十三個平方米的小房間裡頭，十三個平方米，滿滿當當塞了八張床。八張床，滿打滿算又可以換算成八個男人。八個男人擠在一起，奇怪了，散發出來的卻不是男人的氣味，甚至，不再是人的氣味。它夾雜了劣質酒、劣質菸、劣質牙膏、劣質肥皂、優質腳汗、優質腋汗以及優質排泄物的氣味。這些氣味交織在一起，構成了一種令人眩暈的氣味。這是特殊的氣味，打工仔的氣味。

沙復明和張宗琪居住在同一個宿舍。沙復明是上床，張宗琪也是上床。面對面。兩個人平日裡很少講話。終於有一天，他們之間的談話多起來了——他們的下床幾乎在同時交了女朋友了。

下床有了女朋友，可喜可賀。當然了，不關他們的事。可是，兩個下床卻做出了一項驚人的舉動，幾乎就在同時，他們把女朋友留下來過夜了。他們扯來了幾塊布，再用圖釘把幾塊布摁在了床框上，這一來三面都擋嚴實了，隔出了一個封閉的、私有的空間。天地良心，在那個封閉的空間裡頭，他們絕對是自律的，克制的，通宵都沒有發出不恰當的聲音。真是難為他們了。然而，當事人忽略了，無論他們怎樣努力，他們所能克制的只是聲音，他們不可能克制身體的基本運動。他們在動，床也在動。這一動上鋪也就跟著動，比下床的幅度還要大。沙復明躺在上鋪，張宗琪也躺在上鋪，他們的身體憑空出現了一種節奏。這節奏無聲，均衡，無所事事卻又干係重大，足以要人的命。他們只能躺著，若無其事，卻欲火焚身。

沙復明和張宗琪就這樣走到了一起。他們在私下裡開罵了，也罵娘，也抱怨。同病相憐了。他們沒病，他們就是硬邦邦地同病相憐了。這個罪不是誰都可以忍受的。別人不瞭解，他們瞭解。他們感同身受。他們的痛苦是相同的，怨恨是相同的，煎熬是相同的，鬱悶是相同的，自我解嘲也是相同的。他們只能相互安慰。他們很快找到了相同的理想，能有一間自己的房子多好啊！怎麼才能有一間「自己的」房子呢？答案只有一個，唯一的一個，做老闆。

沙復明和張宗琪絕對算得上患難之交了。一起從「火海裡」熬出來，不是出生入死又是什麼？不誇張的。他們對「打工」恨死了，換句話說，他們想做「老闆」想死了。因為有了這樣共同的和熱切的願望，兩個人決計把資金合起來，提前加入到老闆的行列。沙復明說：「你一半我一半，名字我也想好了，就叫『沙宗琪推拿中心』。」上海的門面太貴，那又怎麼樣？回南京去！——哪裡的生意不是生意。

沙復明當機立斷，他把張宗琪帶到了南京。為什麼要說沙復明把張宗琪「帶」到南京呢？原因很簡單，南京是沙復明的半個老家，是他的大本營。張宗琪卻和南京沒有任何關係，他的老家在中原的一個小鎮上。總不能把推拿中心開到偏僻的小鎮上去吧。

「沙宗琪推拿中心」的建立是一個標誌，這標誌不是沙復明和張宗琪由打工仔變成了老闆，不是。這標誌是沙復明和張宗琪由兩個毫不相干的打工仔變成了患難兄弟。他們的友誼建立起來了，到了巔峰。其實，從骨子裡說，沙復明和張宗琪都是不甘心的。沙復明原先的理想是開一家「沙復明推拿中心」，張宗琪呢？一樣，他的心思是開一家「張宗琪推拿中心」。但是，既然是患難之交，生死之交，「沙復明」和「張宗琪」哪裡有「沙宗琪」好？沙復明就是沙復明，有沙復明的父母。張宗琪就是張宗琪，也有張宗琪的父母。「沙宗琪」就不一樣了，「沙宗琪」沒有父母，沙復明就是「沙宗琪」的父親，張宗琪是也「沙宗琪」的父親。他們不只是當上了老闆，他們還是一個人了。他們是進取的，勤勉的，他們更是禮讓的，盡一切可能來維護他們的友誼。他們為自己的友誼感動，也為自己的胸懷感動。人生得一知己足矣，當以同懷、同胞視之。

嚴格地說，沙復明和張宗琪從來沒有產生過任何矛盾。當然，這句話也是不對的。一起做老闆，矛盾是有的。小小的，雞毛蒜皮的。——那又能算是什麼矛盾呢？為了友誼，弟兄兩個一起恪守著同一個原則，無論發生了什麼事，不要說。一說就小氣了，誰說誰小氣。兄弟嘛，雙方都讓一讓，一讓就過去了。要說沒有矛盾，怎麼可能呢？畢竟是兩個人，畢竟是一個企業，畢竟要面對同一個集體。再有矛盾，只要雙方都不說，雙方都顯得很大氣，不計較。這樣多好。

嘴上不說，心裡頭當然有不痛快。沙復明的不痛快是張宗琪從來不管事，得罪人的事他從來不做，錢還比沙復明掙得多。過於精明了。張宗琪的不痛快正好相反，他到底也是掏了八萬塊錢的人，也是老闆，忙過來忙過去，推拿中心似乎是沙復明一個人的了，一天到晚就看見他一個人吆三喝四。沙老兄太過虛榮。

沙復明虛榮。他特別看重老闆的身分，其實也看重錢；張宗琪看重錢，骨子裡也看重老闆的身分。因為合股的緣故，他們每個人其實只是得到了一半，總有那麼一點不滿足。日子真是一個禁不起過的東西，它日復一日，再日復一日，又日復一日。積怨到底來了。「怨」是不可怕的，可怕的是「積」怨。積怨是翅膀。翅膀唯一能做的事情只有一個，張開來，朝著黑咕隆咚的方向振翅飛翔。

不過，友誼到底重要。兩個老闆私底下再怨，到了面對面的時候，都盡力做出不在乎的樣子。沒事。這是一種努力。是長期的、艱苦的努力，也是無用的、可笑的努力。現在回過頭來看，在兩個人的關係當中，最壞最壞的一樣東西就是努力。努力是毒藥。它是慢性的毒藥。每一天都好好的，一點事都沒有。怕就怕有什麼意外。在意外來臨的時候，慢性的毒藥一定會得到發作的機會。強烈的敵意不僅能嚇別人一跳，同樣能嚇自己一跳。當初要是多吵幾次嘴就好了。

但這些還不是最致命的。重要的是，作為老闆，兩個人都是盲人。可是，既然是推拿中心的老闆，他們的關係裡頭就不僅僅是盲人，還有和健全人的日常交往。在處理人際關係上，盲人自有盲人的一套。他們的那一套是獨特的，行之有效的。健全人一摻和進來，麻煩了。說到底盲人總是弱勢，他們對自己的那一套在骨子裡並沒有自信，只要和健全人相處在一起，他們會本能地放棄自己的那一套，本能地利用健全人的「另一套」來替代自己的「那一套」。道理很簡單，他們看不見，「真相」以及「事實」不在他們的這一邊。他們必須借助於「眼睛」來判斷，來行事。最終，不知不覺的，盲人把自己的人際納入到健全人的範疇裡去了。他們一點都不知道自己的判斷其實是別人的判斷。但他們疑惑。一疑惑他們就必須同時面對兩個世界。這一來要了命。怎麼辦呢？他們有辦法。他們十分自尊、十分果斷地把自己的內心撕成了兩塊：一半將信，另一半將疑。

沙復明和張宗琪在處理推拿中心的事務中正是採取了這樣一種科學的態度，一半將信，一半將疑。嚴格地說，這個世界上並沒有一個獨立的、區別於健全人世界的盲人世界。盲人的世界裡始終閃爍著健全人浩瀚的目光。這目光銳利，堅硬，無所不在，詭異而又妖魅。當盲人們浩浩蕩蕩地撲向健全人的社會的時候，他們腳下永遠有兩塊石頭，一塊是自己的「心眼」，一塊是別人的「眼睛」。他們只能摸著石頭，步履維艱。

說到底，沙復明是可信的，張宗琪也是可信的。唯一可疑的只能是「沙宗琪」。

沙復明從茶館裡回到宿舍已經深夜兩點多鐘了。他後回來的。他們是一起出去的，卻沒有一起回來。對於沒有入睡的員工們來說，這一前一後的腳步聲是個問題了，很大的一個問題。張宗琪已經上網了。它的鍵盤被敲得劈劈啪啪，很響。說起上網，張宗琪其實是有點過分的，有時候上到凌晨的三點多鐘。盲人的電腦畢竟不同，他們的電腦擁有一套特殊的軟件系統，說白了，就是把所有的信息轉換成聲音。這一來盲人的電腦就不再是電腦，而是音響。你張宗琪一直把音響開著，對其他的員工終究是一種騷擾。礙著臉面，不好說罷了。

沙復明一回到宿舍就進了衛生間。馬桶上卻傳過來一聲咳嗽，是王大夫。王大夫咳嗽過了，卻再不出聲，微微地在哈氣。聽上去鬼祟了。不會是爬杆（手淫）了吧？沙復明想離開，但調頭就走似乎也有些不合適。不會的吧。沙復明側過臉，小聲問：「老王，怎麼了？」王大夫說：「沒事。」口氣不像。沙復明就站在那裡等。等了一會兒，沙復明又問：「你到底怎麼了？」王大夫說：「沒事。」沙復明說：「沒事你在弄什麼？」王大夫說：「快好了。我有數。沒事。」這一來沙復明就不能不狐疑了，他在搗鼓什麼呢？沙復明擰起眉頭，說：「什麼快好了？」

王大夫笑笑，說：「沒事。」

第18章 小馬

性原來是可以上癮的，年輕的時候尤其是這樣。就一次，小馬上癮了。這是怎樣的一次？每一個細節小馬都回憶不起來了，似乎什麼都沒有做，小馬能夠記得的只是自己的手忙腳亂。但手忙腳亂的結果卻讓小馬震驚不已，回到推拿中心的小馬就覺得自己空了。他的身心完全地、澈底地鬆弛下來了，他是如此地安逸。他寧靜了，無欲無求。他的身心體會到了一種前所未有的好光景。性的妙處不只在當時，也在之後，小馬從頭到腳都是說不出的安慰。他射出去的絕對不是一點自私而又可憐的精液，他射出去的是所有的焦躁和煩惱。

關於性，小馬真的太無知了。他把他的手忙腳亂當成了一次成功的外科手術，手到病除，他從此就可以高枕無憂。幾乎就在第二天，問題的嚴重性顯露出來了。小馬沮喪地發現，昨天的一切都白做了，所有的問題都找上門來了，變本加厲。身體內部再一次出現了一種盲目的力量，滿滿的，惡狠狠的。這力量與骨骼無關，與肌肉無關，既可以游擊，又能夠掃蕩。它隱祕，狂暴，防不勝防。小馬是克制的。他在忍。但道高一尺，魔高一丈，有些事本來就忍無可忍。當小馬意識到自己忍無可忍的時候，剩下來的事情也只有妥協。他再一次摸向了洗頭房。

身體不是身體，它是鬧鐘。在鬧鐘的內部，有一根巨大的、張力飽滿的發條。時間是一隻歹毒的手，當這只發條放鬆下來之後，時間一點一點地，又給身體擰上了。只有「手忙腳亂」才能夠使它「哢嚓、哢嚓」地鬆弛下來。

這只發條也許還不是發條，它是有生命的。它是一隻巨蟒，它是一條盤根錯節的蛇。在它收縮並盤踞的時候，它吐出了它的蛇信子。蛇信子在小馬的體內這裡舔一下，那裡舔一下。這是多麼致命的蠱惑，它能製造鮮活的勢能，它能分泌詭異的力量。小馬的身體妖嬈了。他的身體能興風，他的身體在作浪。

小馬在迷亂之中一次又一次走向洗頭房，他不再手忙腳亂，沉著了。因為他的沉著，他的注意力從自己的身上轉移了，他學會了關注小蠻的身上。通過手掌與手指，小馬在小蠻的身上發現了一個驚人的祕密，——他終於懂得了什麼叫「該有的都有，該沒的都沒」。這句話原來是誇獎女人，嫂子就擁有這樣的至尊榮譽。小馬的手專注了。他睜開自己的指尖，全神貫注地盯住了嫂子的胳膊，還有手，還有頭髮，還有脖子，還有腰，還有胸，還有胯，還有臀，還有腿。小馬甚至都看到了嫂子的氣味。這氣味是包容的，覆蓋的；他還看到了嫂子的呼吸。嫂子的呼吸是那樣地特別，有時候似有似無，有時候卻又劈頭蓋臉。她是嫂子。

嫂子讓小馬安逸。他不再手忙腳亂。他不要別人，只要嫂子。

洗頭房裡的小姐們很快就注意到一件有趣的事情，那個外表俊朗的盲人小夥子「盯」上咱們的小蠻啦！她們就拿小馬開心。只要小馬一進來，她們就說了，「她」忙呢，在「上鐘」呢，給你「換一個」吧，都「一樣」的。小馬的臉色相當的嚴峻。小馬坐下來，認認真真地告訴她們：「我等她。」

小馬這樣死心眼，小蠻都看在了眼裡，心裡頭很美。小蠻的長相很一般，嚴格地說，不好看。對一個小姐來說，這是一個致命的缺陷了。小蠻偏偏又是一個心高氣傲的人，一出道就去了一個大地方。大地方條件好，價碼高，誰不想去？小蠻也去了，卻做不過人家。沒有什麼比一個小姐「做不過人家」更難堪的事情了。掙不到錢還是小事，關鍵是心裡頭彆扭。小蠻受不了這樣的彆扭，一賭氣，乾脆來到了洗頭房。但洗頭房真的無趣。和大地方比較起來，這裡大多是工薪階層的男人，沒氣質，沒情調，沒故事，光有一副好身板。說到底小蠻還是喜歡一些故事的，不論是真戲假做、假戲假做，小蠻都喜歡。這麼說吧，不管是什麼戲，不管是怎麼做，女人哪有不喜歡故事的？在故事裡頭掙錢，這才是皮肉生意生生不息的魅力所在。

洗頭房沒有故事。沒故事也得做。一個女人的力氣活。嗨，做吧。做唄。

小蠻沒有指望故事，但小馬給小蠻掙足了臉面，這是真的。小馬每一次都「只要」小蠻，姊妹們都看在眼裡。故事偏偏就來了。小蠻是從小馬的「目光」當中發現故事的。說起來小蠻對男人的目光熟悉了，在上身之前，他們的目光炯炯有神，閃耀著無堅不摧的光，洋溢著飽滿圓潤的精、氣、神，一張嘴則開始肉麻。當然，這是「事先」。小蠻最為害怕的還是男人「事後」的目光。到了「事後」，男人通常都要閉上眼睛。等她再一次睜開眼睛的時候，剛才的男人不見了，另一個男人出現了。他們的眼神是混濁的，洩氣的，寂寥的，也許還是沮喪的，——像摩擦過度的避孕套，皺巴巴的，散發出吊兒郎當和垂頭喪氣的氣息。小蠻在「事後」從來不看男人的眼睛，沒有一個洩了氣的男人不讓她噁心。洩了氣的男人寥落，像散黃的雞蛋一樣不可收拾。

小馬卻不一樣。小馬相反，在「事前」謹小慎微，「事後」卻用心了。他的沒有目光的眼睛一直在盯著小蠻。他在看。望著她，端詳著她，凝視著她，俯瞰著她。他的手指在撫摸，撫摸到哪裡他的沒有目光的眼睛就盯到哪裡、看到哪裡、望到哪裡、端詳到哪裡、凝視到哪裡、俯瞰到哪裡。在他撫摸小蠻眼眶的時候，驚人的事態出現了，小蠻其實就和他對視了。小馬並不存在的目光是多麼地透澈，潮濕而又清亮，赤子一般無邪。它是不設防的，沒心沒肺的，和盤托出的。他就那樣久久地望著她。他的瞳孔有些輕微的顫動，但是，他在努力。努力使自己的瞳孔目不轉睛。

小蠻第一次和小馬對視的時候被嚇著了，是說不上來的恐懼。那個透澈的、清亮的「不存在」到底是不是目光？她沒有把握。如果是，她希望不是。如果不是，她又希望是。他們是在對視麼？他們在用什麼對視？他們對視的內容又是什麼？小蠻無端端地一陣緊張。她在慌亂之中避開了小馬的「目光」。當她再一次回望的時候，小馬的「目光」還在。在籠罩著她。投入而又誠摯。

小馬的「目光」讓小蠻無所適從。作為一個小姐，小蠻喜歡故事，因為故事都是假的。假得有趣，假得好玩。過家家一樣。但是，一旦故事裡頭夾雜了投入和誠摯的內容，小蠻卻又怕。全世界的人都知道一句話，「婊子無情」，原本就應該是這樣的。「婊子」怎麼可以「有情」？你再怎麼「有情」，別人終究是「無情」的。所以，合格的和稱職的「婊子」必須「無情」，只能「無情」。

婊子就是賣。用南京人最常見的說法，叫「苦錢」。南京人從來都不說「掙錢」，因為掙錢很艱苦，南京人就把掙錢說成「苦錢」了。但是，小姐一般又不這麼說。她們更加形象、更加生動地把自己的工作叫做「衝錢」。小蠻不知道「衝錢」這個說法是哪一個姊妹發明的，小蠻一想起來就想發笑。可不是麼，可不是「衝」錢麼？既然是「衝」，和眼睛無關了。反正「衝」也不要瞄，閉上眼睛完全可以做得很準。

可小馬就是喜歡用他的眼睛。小蠻注意到了，小馬的眼睛其實是好看的，輪廓在這兒；小馬的「目光」也好看，一個男人怎麼能有如此乾淨、如此清澈的「目光」呢？從來都沒有見過。他「看見」的到底又是什麼？

小馬不只是「看」，他還聞。他終於動用了他的鼻尖了，他在小蠻的身上四處尋找。他的聞有意思了，像深呼吸，似乎要把小蠻身上的某一個祕密吸進他的五臟六腑。小蠻的身上又能有什麼祕密？沒有哇。小馬的神情由專注轉向了貪婪，他開始全力以赴，全心全意了。當他全心全意的時候，特別像一個失怙的孩子。有點頑皮，有點委屈，很無辜。小蠻終於伸出了左手，托住了小馬的腮。小蠻一點都沒有意識到，這一次目不轉睛的可不是小馬，而是她自己。她的目光已經進入到了小馬瞳孔的內部。小蠻不該這樣凝視小馬的。女人終究是女人。是女人就有毛病，是女人就有軟肋。女人的目光很難持久，凝視的時間長了，它就會虛。小蠻的目光一虛，心口突然就「軟」了那麼一下。小蠻的胸部微微地向上一抬。不好了。怎麼會這樣的。

「你回去吧。」小蠻說。

小馬就回去了。小馬回去之後姊妹們當然要和小蠻開玩笑。小蠻有些疲憊地說：「你們無聊。」

但第二天的中午小馬又過來了。這一次小馬在小蠻的身上有點狂暴。他用他的雙手摁住了小蠻的雙肩，威脅說：「你不許再對別人好！」小蠻沒有聽清楚。小蠻說：「你說什麼？」小馬卻突然軟弱下來，他沿著小蠻的胳膊找到了小蠻的手，抓住了，輕聲說：

「你只能對我一個人好！」

小蠻怔了一下。她有過一次長達兩年的戀愛。長達兩年的戀愛讓她撕心裂肺。撕心裂肺之後，她「出來做」了。那一次長達兩年的戀愛是以小蠻的一句話收場的，小蠻說：「你只能對我一個人好。」男朋友說：「那當然」。說著，卻把他的嘴角翹上去了，再也沒有放下來。小蠻知道了，她是多麼地不著邊際，她這個花花腸子的男朋友怎麼可能「只」對她「一個人」好。小蠻萬萬沒想到她在今生今世還能再一次聽到這句話，是一個客人說的。是一個客人反過來對她說的。

「好哇，」小蠻喘息著說，「你養我。」

小蠻說這句話的時候附帶把她的胯部送上去了。這個多餘的動作招來了一陣蠻橫的頂撞。神奇的態勢出現了，他們的身體似乎得到了統一的指令，有了配合。節奏出現了。合縫合榫。神奇的節奏挖掘了他們身體內部的全部勢能，可以說銳不可當。小蠻感受到了一陣穿心的快慰。她如痴如醉。是高潮即將來臨的跡象。這是一個不可思議的兆頭，迷人的兆頭，也是一個恐怖的兆頭。小蠻的職業就是為男人製造高潮，而自己呢，她不要。她已經很久很久沒有體驗過了。可今天她想要。就是的。想要。小蠻的腰腹順應著小馬的頂撞開始了顛簸，她要。她要。她開始提速。往上撞，只有最後的一個厘米了，眼見得她就要撞到那道該死的牆上去了。小蠻知道撞上去的後果，必然是粉身碎骨。「死去吧，」她對自己惡狠狠地說，「你死去吧！」她撞上去了，身體等待了那麼一下，碎了。她的身體原來是一個結結實實的晶體，現在，閃亮了，碎得到處都是。然而，卻不是碎片，是絲。千頭萬緒，千絲萬縷。它們散亂在小蠻的體內，突然，小蠻的十個手指還有十個腳趾變成了二十個神祕的通道，她把二十個指頭伸直了，紛亂的蠶絲蜂擁起來，被抽出去了。是一去不回頭的決絕。稍縱即逝，遙不可及。小蠻一把摟住了她的客人，貼緊了。天哪，天哪，天哪，小騷貨，你怎麼了？你他媽的做愛啦。

小蠻聽到了自己的喘息，同時也聽到了小馬的喘息。他們的喘息是多麼地壯麗，簡直像一匹馳騁的母馬和一匹馳騁的公馬，經歷了千山萬水，克服了艱難險阻，現在，歇下來了，正在打吐嚕。他們的吐嚕滾燙滾燙的，全部噴在了對方的臉上，帶著青草和內臟的氣息。小蠻說：「你真的是一匹小馬。」小馬怔了一下，一把揪住小蠻的頭髮，說：

「嫂子。」

事實上，「嫂子」這兩個字被小馬銜在了嘴裡，並沒有喊出口。這個突發的念頭讓小馬感受到了空洞。她不是嫂子。而自己呢？自己是誰？他是射精之後的遺留物。小馬一點都不知道自己的淚水已經汪在了眼眶裡，透過淚水，他的並不存在的目光籠罩了懷裡的女人，在看，目不轉睛。

小蠻看到了小馬的淚。她看見了。她用她的指尖把小馬的淚水接過來，淚水就在小蠻的指尖上了。小蠻伸出胳膊，迎著光，淚水像晶體，發出了多角的光芒。其中有一個角的光芒特別地長。這還是小蠻第一次在一個客人的臉上看到這種東西。它光芒四射，照亮了她的床。小蠻抿著嘴，笑了。她一點也看不到自己的表情，她的笑容是甜蜜的，也是嘲諷的。

不幸的事情就在這個時候發生了。小馬的眼淚墜落了下來，落在了小蠻的乳房上。準確地說，臨近乳頭，就在乳暈的一旁。小蠻再也沒有想到一個女人的乳房會有這樣的特異功能，她聽見自己的乳房嗞了一聲，像沙子一樣，第一時間就把小馬的淚水吸進了心窩。

不會吧？小蠻對自己說，不會的吧。

但小蠻已經瞅準了小馬的嘴唇，仰起身，她把她的嘴唇準確無誤地貼在了小馬的嘴唇上。她用了舌頭。她的舌頭侵入了他的口腔。小馬的舌頭楞了一下，不敢動。他茫然了，不知道自己該做什麼。

「我該回去了。」小馬說。

小馬一回到推拿中心就感到了冷。他身上似乎沒有衣服，只穿了一件薄薄的避孕套。小馬就覺得自己冷。

都紅冒冒失失的，在休息區的門口差一點和小馬撞了一個滿懷。都紅順勢抓住小馬的手，笑笑，什麼都沒有說。小馬就站立在那裡，把耳朵拉長了，拐了好幾個彎，往每一間房子裡聽。他在尋找他的嫂子。嫂子正在上鐘，正和客人客客氣氣地說著什麼。具體的內容小馬卻是聽不真切的。一股沒有依據的氣味飄蕩起來了，還伴隨著嫂子的體溫。小馬茫然四顧，心裡頭空空蕩蕩。這股子空蕩卻給了小馬一個莊嚴的錯覺，有一種空蕩也可以銘心刻骨。

都紅以為小馬會說點什麼的，小馬什麼也沒有說，只是站在那裡，失魂落魄。都紅說：「小馬，我撞著你了吧？」小馬沒有回答。都紅放開小馬，訕訕的，一個人走進了休息區。

小馬聽出來了，嫂子已經做完了一個鐘，她的客人正要離開。小馬摸過去了，他和嫂子的客人擦肩而過。小馬來到門口，站在了嫂子的面前。幾乎沒有過渡，小馬輕聲就喊了一聲「嫂子」。

小馬說：「我對不起你。」他的口吻沉痛了。

小孔站起了身子，有點不明所以，一頭是霧。想了想，想必還是「那件事情」吧。嗨，都過去了多長的時間了。還說它做什麼？——小馬你言重了。不過小孔很快就明白過來了，小馬在後怕。

他一直在擔心她「說出去」，他始終在擔驚受怕。小孔怎麼會對王大夫說呢？說到底小馬其實沒有拿自己怎麼樣，只是衝動了一下。只是喜歡自己罷了。小孔真的一點也沒有恨過他。

小孔走到小馬的跟前，把她的左手搭在小馬的肩膀上，小聲說：「放心吧小馬，哈，過去了，早就過去了。」小孔在小馬的肩膀上連續拍了兩下，說：「我對誰都沒說。」想了想，小孔又補充了四個字：「他也沒有。」

小孔怎麼也沒有想到小馬居然會做出這樣極端的事來，他悶不吭聲的，從自己的肩膀上拿下小孔的手，丟開了。突然就拽了回來。他用嫂子的手抽了自己一個大嘴巴。抽完了就走。小馬的這一下一定用足了力氣。這一聲響亮極了，比做足療的拍打還要響亮。

小孔一個人留在推拿房裡，其實是被嚇住了，傻了。小馬你這是幹什麼？小馬你這是幹什麼嘛！小孔都有點生氣了。不只是生氣，也心酸，也心疼，也納悶。幾乎要哭。但小孔沒有時間去玩味自己的心思，小馬的耳光那麼響，想必所有的人都聽到了，要是有人問起來，說什麼好呢？怎麼給人家解釋呢？小孔來不及傷心，突然伸出雙手，猛拍了一巴掌，高高興興地說：「你拍一，我拍一，一個小孩坐飛機，」小孔接連又拍了兩下，興高采烈地喊道：「你拍二，我拍二，颳風下雨都不怕！」小孔就這樣帶著她無比燦爛的好心情回到休息區了。王大夫吃驚地回過頭來，微笑著說：

「吃什麼了，高興成這樣？」

小孔的耳朵在打量小馬，聚精會神了。她的耳朵裡卻沒有小馬的任何動靜。他在不在？應該在吧。小孔多麼想把小馬拉出去，找到一個偏僻的地方，再一次清清楚楚地告訴他：「沒事了，小馬，我對誰都沒說，沒事了。我一點也沒有恨過你，我只是有人了，你懂嘛？」這樣說他就全明白了吧。

小孔這樣大聲地回答了王大夫：「你拍三，我拍三，今天晚上喝稀飯！」

小馬再一次來到洗頭房已經是一個星期之後了。小蠻剛剛「下鐘」，很疲憊的樣子，很沮喪，懶洋洋的。她的樣子便有些冷淡。冷淡的小蠻把小馬領到了後間，兩個人就坐在了床沿上，誰也不肯先說話。房間裡的氣氛頓時就正經了。小蠻捋了幾下頭髮，終於說話了。小蠻說：

「到別處去了吧，你？」

這句話小馬其實並沒有聽懂。小蠻說：「我可沒有吃醋。我犯不著的。」這一句小馬聽懂了，這一懂附帶著把第一句話也弄明白了。

「我沒有。」小馬老老實實地說。

小蠻說：「和我沒關係。」

「我沒有。」

接下來又是沉默。這一次的沉默所消耗的時間格外地長。小蠻顯然已經沒有耐心了。——「那麼，做了吧。」

小馬沒動，沒有做的跡象。他抬起頭來，望著小蠻，說：「我對不起你。我欺騙了你。」

這句話有趣了。這句話好玩了。小蠻都把胳膊抱起來了，放在了乳房的下面。這話說的。這是哪兒對哪兒？少來！這種事誰能對不起誰？這地方誰又會欺騙誰？一切都是明碼標價的事。小蠻還沒聽過哪個客人說出這種十三不靠的話來呢。驢頭不對馬嘴了。不相干的。不搭邊的。不擦。

「我真的對不起你。」小馬說。

「什麼意思啊，哥哥？」

「我的話你聽不懂的。」

小蠻還沒有來得及回話，小馬就已經急了。他的雙手撐在床沿上，手背上的血管一下子暴突起來。小馬說：「我的話你聽不懂的！」

「無所謂。」小蠻說，「聽得懂也行，聽不懂也行，你給錢就行。」

小馬的右手抓住了自己的左手，一根一根地拽。拽了一遍，開始拽第二遍。拽到第三遍的時候，小馬說：

「我不會再給你錢了。」小馬認認真真地說。口氣重了。

話說到這一步小蠻哪裡還聽不懂？可這句話對小蠻來說太突然了，有點過分。小蠻所習慣的言語是輕佻的，浮浪的，玩笑的，頂多也就是半真半假的。這樣沉重的語調小蠻一時還沒法適應。這幾天小馬一直都沒有來，老實說，小蠻是有些牽掛。老是想。當然，也就是一個閃念，來了，去了，再來了，再去了，徹底地失蹤了。小蠻過的可不就是這樣的日子麼？無所謂的。無所謂了。一筆小小的買賣罷了。這個世界上什麼都缺，只有男人他從來就不缺。

不過小蠻對自己終究還是有所警惕的，她意識到自己有點不對勁了。她有數，自己真的有那麼一點危險了。小蠻就有點後悔，操他媽的，心居然也給他操了。實在是便宜了他了。小蠻嘆了一口氣，說到底還是老天爺錯了。老天爺說什麼也不該讓女人們來做這種生意的。男人才合適。他們更合適。女人不行。女人不行啊。

拽完了手指頭，小馬的胳膊開始尋找小蠻了，他的手在摸索。小蠻靜悄悄地躲開了。小蠻不是在挑逗他，不是想和他調情，小蠻真的不想讓他抓住。她瞭解她自己的。這一把一旦被他抓住了，她就完蛋了。接下來必然是無窮無盡的麻煩。

小馬的摸索被小蠻讓開了，一次又一次躲閃過去了。小馬卻不死心，他在努力。他站了起來。他笨拙而又小心的樣子已經有點可笑了。小蠻想笑，卻沒有。他的笨拙與小心是那樣地不屈不撓。但是，不屈不撓又有什麼用？眼睛長在小蠻的臉上呢。小馬只能對著空洞的、毫無意義的地方小心翼翼地全力以赴。他的手就在小蠻的面前，小蠻把這一切全看在了眼裡，他額頭上已經冒汗了。小馬終於累了，他摸到了牆。他的雙臂扶在了牆上，像一隻巨大而又盲目的壁虎。不過，他又是不甘心的，回過了頭來，表情很僵，正用他毫無意義的目光四處打探。在某一個剎那，他的眼睛已經和小蠻對視上了。明明都對視上了，可他就是不知情。他的目光就這樣從小蠻的瞳孔表面滑過去了。小蠻慢慢地把眼睛閉上了。剛剛閉上小蠻的眼眶就熱了。她悄悄來到小馬的身後，無力地伸出胳膊，抱住了。「冤家，」小蠻收緊了胳膊，貼在小馬的後背上，失聲說，「冤家啊！」

小馬的臉是側著的，他的臉上浮上了動人的微笑。他在微微地喘息。小馬笑著說：「我知道你在的。」

他們就吻了。這個該死的冤家吻得是多麼地笨拙啊。可是，他用心，像某種窮凶極惡的吃。他幾乎使出全身的力氣了。小蠻不想和他在這裡做愛。小蠻不想。可小蠻的身體在小馬的懷中顯露出了不可思議的餓。她原來是餓的。她一直都在餓。小蠻一把就把床單和床墊都掀開了。就在光溜溜的床板上，小蠻拽住了小馬的手腕，說：「快，你進來！」

這一次小蠻是自私的，她自私了。她的注意力是那樣地集中，所有的感受都歸了自己。她沒有心思照顧男人了，她甚至都沒有附和著去叫床。她連一聲呻吟都沒有。她緊抿著嘴唇，屏聲息氣。她在心底裡對自己撒嬌。她被自己的撒嬌感動了：狗日的東西，你就該對我好一點。

小鑾和小馬一定是太專心、太享受了，以至於他們共同忽略了門面房裡所有的瑣碎動靜。他們一點都沒有意識到兩個警察已經站在了床邊。

「還動吶，還動？——別動啦！」

第19章 都紅

悶不吭聲的人一旦酷起來往往更酷，小馬就是這樣。小馬甚至都沒有收拾一下他的生活用品，說走就走了。小馬不只是酷，還瀟灑了。大夥兒私下裡都說，小馬一定是對推拿中心失望透頂，否則不可能這樣不辭而別。沙復明倒是給他打過幾次電話，小馬沒答理，關機了。小馬這一次真的是酷到家了。

當一個單位處在非常時期的時候，所有的事情都會產生聯動的效果。小馬剛離開，季婷婷也提出來了，她也要走。這有些突然。但是，細一想，似乎又不突然。推拿中心的盲人都是走東撞西的老江湖了，一個個鬼精鬼靈，以推拿中心現在的態勢，誰都知道將要發生一些什麼。這個時候有人提出來離開，再正常不過了。只不過誰也沒有想到，旗幟鮮明的這個人居然是季大姊。

季婷婷是「沙宗琪推拿中心」的老資格了。推拿中心剛剛成立，第一撥招聘進來的員工裡頭就有她，一直是「沙宗琪推拿中心」的骨幹。看一個人是不是骨幹，有一個標準，看一看工資表就清楚了。工資高，意味著你的客人多；客人多，意味著你的收益多。對待工資高的人，老闆們一般來說都是另眼相看的，這裡頭有兩個原因，第一，推拿師的工資再高，大頭還在老闆的那一頭，他走了，損失最大的是老闆；第二，客人這東西是很不講道理的，他們認人，自己所熟悉的推拿師走了，這個客人往往就再也不回頭了。

季大姊的手藝算不上頂級，當然，在女人裡頭算得上高手了。但是生意這東西就是奇怪，客人們有時候看重的是手藝，有時候偏不，人家看重的偏偏是一個人。季大姊粗粗的，醜醜的，嗓子還有那麼一點沙，可是，所有和季大姊打過交道的客人都喜歡她。王大夫沒來的時候，她的回頭客一直穩居推拿中心的第一位。想來客人們喜愛的還是季大姊的性格，寬厚，卻粗豪，有時候實在都有點不像一個女人了。就是這麼一個不像女人的女人贏得了客人們的喜愛，許多客人都是衝著季婷婷才來到「沙宗琪推拿中心」的。

季大姊是在午飯之後宣布她的消息的。吃完了，季大姊把勺子放在了飯盒裡，推了開去。她清了清嗓子，大聲說：

「同志們，朋友們，女士們先生們，開會了。下面歡迎季婷婷同志做重要講話。」午飯本來有點死氣沉沉的，季婷婷的這一下來得很意外，既是玩笑的樣子，也是事態重大的樣子。沒有人知道季婷婷要說什麼。大夥兒停止了咀嚼，一起側過臉來，盯住了季婷婷。季婷婷終於開始講話了：

「同志們，朋友們——

「俗話說得好，『男大當婚，女大當嫁』。姑娘我不小了。姑娘我就要回老家結婚了。生活是很美好的。為什麼？我這樣的女人也有人願意娶回去做老婆了，不容易啊。小夥子難能可貴。這很好嘛。我們已經在手機裡頭談了一個多月了。經過雙方坦誠而又肉麻的交談，雙方認定，我們相親相愛，可以建立長期友好的夥伴關係。我們決定一起吃，我們也決定一起睡了。後天就要發工資，拿了工資，姑娘我就要走人了。希望你們繼續待在這裡，為全面建設小康社會而努力奮鬥。——大家鼓掌，鼓掌之後散會。」

沒有人鼓掌。大夥兒都有些愕然。季婷婷以為大夥兒會給她掌聲、會為她祝福的，但是，休息區意外地寂靜下來了。靜得有點嚇人。大夥兒都知道了，季婷婷步了小馬的後塵，也要走了。

「來點掌聲吧，聽見沒有？」

大夥兒就鼓掌。掌聲很勉強。因為缺少統一的步調，更因為缺少足夠的熱情，這掌聲寥落了，聽上去像吃完燒餅之後留在嘴邊的芝麻，三三兩兩的。

這樣的掌聲也說明了一個問題：季婷婷要走，大夥兒相信，但是，為了結婚，絕對是一個藉口，搶在前面把老闆的嘴巴堵住罷了。人家是回家結婚，你做老闆的還怎麼挽留？

推拿中心哪裡是氣氛壓抑？不是。是人心渙散，人心浮動。人心浮動嘍。聰明人都走了。是得給自己找一條後路了。季婷婷怎麼可能回家結婚呢？哪有打了一個月的電話就回家結婚的？

其實，季婷婷的話是真的。她真的快要結婚了。豪邁的女人往往就是這樣，所有的人都以為她們懂得戀愛，她們就是不懂。她們不會愛。她們的戀愛與婚姻往往又突如其來。更何況季婷婷還是一個盲人呢。不會愛其實也不要緊，那就別挑三揀四了，聽天由命唄，等著別人給她張羅唄。張羅到一個就是一個。她們這樣的人對待戀愛和婚姻的態度極度地簡單，近乎馬虎，近乎草率。可是，說起來也奇怪，她們再馬虎、再草率，她們的婚姻常常又是美滿的，比處心積慮和殫精竭慮的人要幸福得多。到哪裡說理去？沒法說。

季婷婷不懂得戀愛，和同事們處朋友的時候卻重感情，願意付出，也肯付出。一想到自己馬上就要離開，捨不得了。她的辭職報告用這樣一種特殊的方式表達出來，有逗趣的意思，有表演的意思。骨子裡其實是難過。她以為大夥兒會為她鼓掌的，可是，大夥兒沒有。這反過來說明大夥兒捨不得離開她了。畢竟相處了這麼長的日子，有感情了。季婷婷的眼睛一連眨巴了好幾下，比聽到經久不息的掌聲還要感動。

張宗琪沒有動。在心裡頭，他也許是反應最為激烈的一個人了。他是老闆，流失了季婷婷這樣一棵搖錢樹，怎麼說也是推拿中心的一個損失。可惜了。當然，這不可怕。可怕的是季婷婷在這樣的節骨眼上選擇離開，它所帶來的聯動效應將是不可估量的。盲人有盲人的特性，盲人從眾。一個動，個個動。走了一個就有兩個，走了兩個就有三個。萬一出現了大面積的辭職，麻煩就來了。生意上的事情向來都是立竿見影的。

無論如何，事態發展到今天這樣的局面，最直接的原因是金大姊，根子還通在自己的身上。自己有責任。張宗琪不相信季婷婷是因為結婚才打算離開的，才談了一個多月的戀愛，怎麼可能結婚？得留住她。哪怕只留下兩三個月，也許就不是現在這種狀況。到時候她再走，性質就跟今天完全不一樣了。

「恭喜你了。」張宗琪說。作為老闆，張宗琪第一個打破了沉默，他代表「組織上」給了季婷婷第一份祝賀。張宗琪把臉調向沙復明，說：「復明，我們總得給新娘子準備點什麼吧？」

「那是。」沙復明說。

「這件事高唯去辦。」張宗琪說。張宗琪話鋒一轉，對著季婷婷語重心長了。張宗琪說：「結婚是結婚，工作是工作。你先回去把喜事辦了，別的事我們以後再商量。」

沙復明坐在角落裡頭。他和張宗琪一樣不相信季婷婷的離開是因為回家結婚。但他的不信和張宗琪又不一樣——張宗琪平日裡並不怎麼開口，他今天接話接得這樣快，反常了。反常就是問題。他們兩個當老闆的剛剛商量過分手的事，張宗琪還沒有走，小馬和季婷婷倒先走了。如果推拿中心的骨幹接二連三地走掉，那命運只有一個，貶值。到了那個時候，張宗琪拿著十萬塊錢走人，守著爛攤子的不是別人，只能是自己。生意這東西就是這樣，好起來不容易，一旦壞下去，可快了，比刀子還要快。能不能再好起來？懸了。由不得做生意的人相信風水，風水壞了，你怎麼努力都不行，你的手指頭擦得到汗，就是摸不到錢。

季婷婷做「重要講話」之前都紅和高唯正在為了一塊豆腐相互謙讓。謙讓的結果是豆腐掉在了地上。可惜了。她們兩個實在好得有些過，連高唯自己都說了，說她們是「同志」，說自己是很「好色」的「哦」。當然，玩笑罷了，這同時也是一個恰到好處的馬屁。都紅聽著高興，沙復明聽了也高興，一個人站在那裡吊眉梢，就差對高唯說「謝謝」了。沙復明最近對高唯很照顧，高唯已經體會出來了。高唯就覺得人和人之間真的有趣，明明是她和沙老闆的關係，卻繞了一個彎子，落實在了她和都紅的關係上。

對季婷婷的「重要講話」最為震驚的還是都紅。她怎麼說走就走了呢？但季婷婷的「重要講話」讓都紅吃驚的還不在於她要走，是季婷婷要結婚。——這麼重要的私房話婷婷姊居然沒有給自己吐露半個字。這說明了什麼？說明了婷婷姊早就不拿都紅當自己人了。這是不能怪人家的，自己什麼時候給過人家機會了？沒有。一點都沒有。都紅認準了婷婷姊的走和自己有關。起碼有一半的關係。還是自己做人不地道，和過河拆橋、忘恩負義的宵小沒有什麼區別。都紅端著飯碗，心裡湧上了說不出口的愧疚。無論如何得對婷婷姊好一點了。好一天是一天。好一個小時是一個小時。一定要讓婷婷姊知道，是自己勢利了；但是有一點，她的內心一直有她這麼個姊姊。她對婷婷姊的感激與喜愛是發自真心的。

整個下午都紅一直在等。她在等下班。說什麼她今天也不坐高唯的車了，她要拉著婷婷姊的手，一路摸回去，一路走回去，一路說回去，一路笑回去。親親熱熱的，甜甜蜜蜜的。她要讓婷婷姊知道，不管她走到哪裡，在南京，永遠都有一個惦記著她的小妹妹。婷婷姊是個好人。好人哪。一想起婷婷姊對自己的好，都紅難過了，能遇上她，只能是自己幸運。都紅決定今天晚上告訴婷婷姊一些私房話，反正她也是一個要走的人了。她要告訴她沙復明是怎麼追自己的，追得又蠢又笨，又可憐，又可嫌。好玩死了。她是不會嫁給沙復明的。她才不喜歡一個這樣好色的男人呢。還老是盯著人家問：「你到底長得有多美？」哪有這樣的！想起來都好笑。今天晚上她一定要和婷婷姊擠在一張床上，摸一摸她的「小咪咪」。她要當著她的面取笑婷婷姊一回：你們也分得太開啦，是兩個東西，不是一對東西。

當然，還有一件最最重要的事情，都紅也得對婷婷姊說說。都紅要和婷婷姊商量一下，聽聽她的看法。是關於小馬的。行走江湖這麼長時間了，都紅不聲不響的，私底下也關注起男人來了。依照都紅的眼光，推拿中心最好的男人要數王大夫了，就是年紀稍大了一些。可是，年紀大一點又算什麼毛病呢？他最大的毛病是有女朋友。如果都紅一心要搶，存心想拆，都紅完全可以把王大夫從小孔那邊拆下來，裝在自己的身上。都紅有這樣的信心。當然，不必了。都紅也就是想著玩玩。都紅真正在意的人其實是小馬。小馬帥。客人們都是這麼說的。只要都紅往小馬的面前那麼一站，那就是金童玉女了。

嚴格地說，都紅暗地裡對小馬已經出過一次手了，當然，沒有明說，用的是一種特殊的手段。那一天都紅和小馬一起上鐘，客人是南京藝術學院的兩個副教授，一個是畫油畫的，一個是搞理論的。都很有名氣的。兩位副教授閒得無聊，開始誇獎都紅漂亮。他們的誇獎很專業，像從事創作一樣，把都紅的身軀和面部都拆解開來了，一個部分一個部分地誇。都紅有意思了，副教授們誇一次，她就把電子計時鐘摁一次，用意十分地明確了，「小馬，聽見沒有！聽聽人家副教授是怎麼說的！」都紅這樣做的時候心裡頭是瘋野的，恣意了，甚至都有些輕浮了。都紅自己是知道的，其實有挑逗和勾引的意思。屬於放電的性質。可小馬卻不為所動。小馬後來倒是說過一句話，他說：「都紅，你的時間感覺怎麼這麼差？」都紅對小馬的這句話很失望。他這輩子也別想成為南京藝術學院的副教授了。

要說都紅對小馬有多喜歡，那也說不上。話只能這樣說，都紅的心裡頭有他。如果小馬撒開四隻蹄子來追自己，都紅不是不可以考慮。也不是沒有可能。都紅是不可能反過來去追他的，還沒到那個地步。小馬帥是帥，但小馬有小馬的缺點，太悶，太寡，不開朗，一天到晚也說不了幾句話。將來和這樣的人過日子，能適應麼？都紅對小馬吃不準的地方就在這裡，需要和婷婷姊商量的地方也在這裡。當然，這些話都紅是不可能對高唯說的。她和高唯好歸好，一輩子也好不到可以說這些話的地步。

這個晚上高唯偏偏不知趣了。她一點都不體諒都紅的心思，一直纏著都紅。好不容易熬到下班，高唯開始收拾了。她把用過的毯子和枕巾摞在了一起，準備打包。都紅想讓高唯一個人先回去，當著人又說不出口。只好在休息區的門口拉起了婷婷姊的手，連身子都一起靠上去了。高唯沒有明白，季婷婷卻懂得了都紅的意思。她在都紅的頭頂上拍了兩下，明白了，讓她再等一等，季婷婷還要回到休息區去整理一下自己的小挎包呢。都紅只好站在休息區的門口，靠在了牆上。季婷婷手粗，做什麼都大手大腳，即使是收拾挎包，她的動靜也要與眾不同，嘩里嘩啦的，都紅全聽在了耳朵裡。都紅說：「婷婷姊，你別忙，我等著就是了。」季婷婷說：「就好了，就好了。」她的高興溢於言表了，說興高采烈都不為過。季婷婷的高興渲染了都紅，都紅也高興了。但都紅的高興非常地短暫，——她沒有好好地珍惜啊。

都紅一邊等，一邊回顧她和婷婷姊最初的時光。她把手搭在了門框上，邊回顧，邊撫摸。似乎門框已不再是門框，而是婷婷姊。真的是戀戀不捨了。

高唯已經打好了包，拎著包裹從都紅的身邊走了過去。她就要到門外去裝三輪了。都紅想，還是和高唯挑明了吧。婷婷姊就要離開了，她想多陪陪婷婷姊。想必高唯一定能夠理解的吧。

高唯推開門，一陣風吹了進來。這是一陣自然風，吹在都紅的身上，很爽。都紅做了一個深呼吸，胸部也自然而然地舒張開了。都紅突然就聽見小唐在遠處大聲地叫喊她的名字。小唐的這一聲太嚇人了。出於本能，都紅立即向後讓了一步，手上卻抓得格外地緊。但都紅立即就明白過來了，想鬆手。來不及了。噹的一聲，休息區的房門砸在了門框上。

都紅的那一聲尖叫說明一切都已經晚了。從聽到小唐尖叫的那一刻起，季婷婷就知道發生了什麼。她丟下挎包，一下子衝到門口。她摸到了都紅的肩膀。都紅的整個身軀都已經蜷曲起來了。都紅依偎在季婷婷的身上，突然軟綿綿的，往地上滑，顯然是暈過去了。季婷婷的胳膊架在了都紅的腋下，伸手摸了摸都紅的右手，小拇指好好的，無名指好好的，中指好好的，食指好好的，大拇指中間的那一節卻凹進去好大的一塊，兩邊都已經脫節了。季婷婷一跺腳，失聲說：「天哪！我的天哪！」

出租車在奔馳。都紅背對著沙復明，沙復明就把都紅摟在懷裡了。能和都紅有一次真切的擁抱，沙復明夢想了多少回了？說夢寐以求一點也不過分。他今天終於得到一次這樣的機會了，可這又是什麼樣的擁抱？沙復明寧可不要。沙復明就那麼摟著，一雙手卻把都紅受傷的右手捂在了掌心。這一捂，沙復明的心碎了，慢慢地結成了冰，最終呈現出來的卻還是手的形狀。沙復明就不能理解，在他的命運裡，冰和手，手和冰，它們為什麼總是伴生的，永遠都如影隨形。沙復明相信了，手的前身一定是水，它四處流淌，開了許多的岔。卻是不堪一擊的。命運一抬頭它就結成了冰。這麼一想沙復明整個人就涼去了半截。都紅在他的懷裡也涼了。

都紅已經醒過來了，她在疼。她在強忍著她的疼。她的身軀在沙復明的懷裡不安地扭動。沙復明對疼的滋味深有體會了，他想替她疼。他渴望把都紅身上的疼都拽出來，全部放在自己的嘴裡，然後，咬碎了，嚥下去。他不怕疼。他不在乎的。只要都紅不疼，什麼樣的疼他都可以塞在自己的胃裡。

沙復明只是把都紅的手捂在自己的掌心裡，一直都沒敢撫摸。現在，沙復明撫摸了，這一摸沙復明的腦袋頂上冒煙了。天哪，難怪季婷婷不停地喊「天哪」。都紅斷掉的原來是拇指。

對一個推拿師來說，右手的大拇指意味著什麼，不言自明了。一個人一共有兩隻手，除了左撇子，左手終究是輔助性的。右手的著力點又在哪裡呢？大拇指。剝，點，擠，壓，甚至揉，哪一樣也缺少不了大拇指的力量。大拇指一斷，即使醫生用鋼板和鋼釘再給她接上，對一個推拿師來說，那隻手也殘了。盲人本來就是殘疾，都紅現在已經是殘疾人中的殘疾了。手不只是冰，也還有鋼，也還有鐵。

沙復明的腦海裡立即蹦出了一個詞：殘廢。若干年前，中國是沒有「殘疾」這個詞的，那時候的人們統統把「殘疾人」叫做殘廢。「殘廢」成了殘疾人最忌諱、最憤慨的一個詞。後來好了，全社會對殘疾人做出了一個偉大的讓步，他們終於肯把「殘廢」叫做「殘疾人」了。這是全社會對殘疾人所做出的奉獻。這是語言的奉獻，一個字的奉獻。盲人們歡欣鼓舞。可是，都紅，我親愛的都紅，你不再是殘疾人，你殘廢了。沙復明抬起頭，在出租車裡仰望著天空。他看見了星空。星空是一塊密不透風的鋼板，散發著金屬的腥味。

都紅太年輕了，她還「小」，未來的日子她可怎麼辦？自食其力不現實了。她唯一擁有的就是時間。她未來的時間是一大把一大把的，廣博而又豐饒。時間就是這樣，多到一定的地步，它的面目就猙獰了，像一個惡煞。它們是獠牙。它們會精確無誤地、洶湧澎湃地從四面八方向這個美麗的小女人蜂擁過來。除了千瘡百孔，你別無選擇。

時間是需要「過」的，都紅，你怎麼「過」啊？

沙復明的心口一熱，低下頭說：

「都紅，嫁給我吧！」

都紅的身子抽了一下，緩緩地從沙復明的身上掙脫開來。都紅說：

「沙老闆，你怎麼能在這種時候說出這樣的話？」

這一次輪到沙復明了，他的身子也抽了一下。是的，你怎麼能在「這種時候」說出「這樣的話」？

沙復明再一次把都紅摟過來，抱緊了，說：「都紅，我發誓，我再也不說這個了。」

沙復明全身都死了，只有胃還在生龍活虎。他的胃在生龍活虎地疼。

都紅一直在做夢。在醫院裡的病床上，都紅一直在做一個相同的夢。她的夢始終圍繞著一架鋼琴。音樂是陌生的，古里古怪，彷彿一場傷心的往事。音域的幅度卻寬得驚人，所需要的指法錯綜而又紛繁。都紅在演奏。古里古怪的旋律從她的指尖流淌出來了。她的每一個手指都在抒情，柔若無骨。她能感受到手指的生動性，隨心所欲，近乎汪洋。

每到這樣的時刻都紅就要把她的雙手舉起來。她其實不是在演奏，她是在指揮。她指揮的是一個合唱團，一共有四個聲部，女高，女中，男高，男低。都紅最為鍾情的還是男低的那個聲部，男低音具有特別有效的穿透力，是所有聲音的一個底子，它在底下，延伸開來了，一下子就拉開了不可企及的縱深。

一到這個時候，都紅的夢就接近尾聲了。駭人的景象出現了，都紅的雙手在指揮，可是，琴聲悠揚，鋼琴的旋律一直在繼續。都紅不放心了，她摸了一下琴鍵，這一摸嚇了都紅一大跳。她並沒有彈琴。鋼琴和她的手沒有關係。是琴鍵自己在動，這裡凹下去一塊，那裡凹下去一塊。彷彿遭到了鬼手。

這一摸都紅就醒來了，一身的冷汗。鋼琴的琴聲卻不可遏止，洶湧澎湃。

季婷婷沒有走，她到底還是留下來了。她為什麼不走，季婷婷不說，別人也就不好問。都紅催過她兩次，你走吧，我求你了。季婷婷什麼也不說，只是不聲不響地照料都紅。季婷婷的心裡只有一條邏輯關係，如果不是因為結婚，她就不會走；如果不走，都紅就不會等她；如果都紅不等她，都紅就不可能遇上這樣的橫禍。現在，都紅都這樣了，她一走了之，心裡頭怎麼能過得去？季婷婷唯一能做的事情就是自責，想死的心都有了。

但是，季婷婷哪裡能不知道，都紅不希望她自責，就希望她早一點回家完婚。換一個角度想想，她這樣不明不白地留下來，對都紅其實也是一種折磨。留的時間越長，都紅的折磨就越厲害。是走好呢，還是不走好呢？季婷婷快瘋了。季婷婷一直靜坐在都紅的床沿，抓著都紅的手。有時候輕輕地握一下，但更多的時候還是不握，就這麼拉著，兩個人的每一個指頭都憂心忡忡。只有老天爺知道，兩個女人的心這刻走得多麼地近啊，都希望對方好，就是找不到一個合適的路徑，或者說，方法。也就沒法說。說什麼都是錯。就這樣乾坐了兩三天，都紅為了把她逼走，不再答理她了。連手指頭都不讓她碰了。兩個親密的女人就這樣走進了怪異的死胡同，恨不得把心掏出來，血淋淋地給對方看。

季婷婷的離開最終還是金嫣下了狠手。金嫣來到醫院，意外地發現都紅和季婷婷原來是不說話的。季婷婷在巴結，都紅卻不答理。季婷婷嘴巴裡的氣味已經很難聞了。金嫣的心口一沉，又不能做什麼，也不能說什麼，只能一隻手拉住季婷婷，一隻手拉住了都紅。金嫣的左手被季婷婷拉得緊緊的，右手卻被都紅拉得緊緊的。這是兩隻絕望的手，剎那間金嫣也就很絕望了。

究竟是長時間的姊妹了，金嫣知道季婷婷的心思，同樣知道都紅的心思。兩個人真的都很難。可這樣下去也不是事。金嫣自作主張了。她大包大攬的性格這個時候派上了用場。金嫣什麼也沒有說，回到推拿中心，替季婷婷在沙復明的那邊清了賬，託前臺的高唯買了火車票，命令泰來替季婷婷收拾好全部的家當。第二天的傍晚，金嫣叫來了一輛出租車，和泰來一起出發了。她把季婷婷騙出了病房，先是和泰來一起把季婷婷拽進了出租車，接下來又把季婷婷塞上了火車。三下五除二，季婷婷就這樣上路了。金嫣回到了醫院，掏出手機，撥通了季婷婷。金嫣什麼都不說，只是把撥通了的手機遞到都紅的手上。都紅不解。猶猶豫豫地把手機送到了耳邊。一聽，卻是季婷婷的呼喊，她在喊「妹妹」。但接下來都紅就聽到了火車車輪的轟響。都紅頓時就明白了。全明白了。一明白過來就對手機喊了一聲「姊」。這一聲「姊」要了都紅和季婷婷的命，兩個人都安靜下來了，手機裡什麼都沒有，只剩下車輪的聲音。哐嘁哐嘁。哐嘁哐嘁。火車在向著不知道方向的遠方狂奔，越來越遠。都紅的心就這樣被越來越遠的動靜抽空了。她再也撐不住了，一把合上手機，歪在了金嫣的懷裡。都紅說：「金嫣姊，抱抱。抱抱我吧。」

第20章　沙復明、王大夫和小孔

小馬走了，季婷婷走了，都紅在醫院裡。推拿中心一下子少了三個，明顯地「空」了。原來「空」是一個這麼具體的東西，每一個人都可以準確無誤地感受到它，就一個字：空。

稍稍安靜下來，沙復明請來了一位裝修工，給休息區的房門裝上了門吸。現在，只要有人推開房門，推到底，人們就能聽見門吸有力而又有效的聲響。那是嗒的一聲，房門吸在了牆壁上，教人分外地放心。

教人放心的聲音卻又是歹毒的，它一直在暗示一樣東西，那就是都紅的大拇指。響一次，暗示一次。聽得人都揪心。

每個人的心中都有一根大拇指。那是都紅的大拇指。那是一分為二的大拇指。現在，一分為二的大拇指替代了所有的內容，頑固地盤踞在每一個人的心中。人們都格外地小心了，生怕弄出什麼動靜來。推拿中心依然是死氣沉沉。

沙復明一改往日的做派，動不動就要走到休息區的門口，站住了。他要花上很長很長的時間去把玩休息區的房門。他扶著房門，一遍又一遍地把房門從門吸上拉下來，再推上去，再拉下來，再推上去。死氣沉沉的推拿中心就這樣響起了門吸的聲音，嗒。嗒。嗒。嗒。嗒。嗒。

門吸的聲音被沙復明弄得很煩人，卻沒有一個人敢說什麼。主要還是不忍。沙復明在暗戀都紅，這已經不是祕密。他一定後悔死了，早就有人給沙復明提起過，希望在休息區的大門上安一個門吸，沙復明嘴上說好，卻一直都沒有放在心上。某種意義上說，他是這一次事故的直接責任人。沒有人會追究他，但不等於沙復明不會追究他自己。他只有一遍又一遍地把房門從門吸上拉下來，再推上去。嗒。嗒。嗒。嗒。嗒。嗒。

沙復明後悔啊，腸子都悔爛了。真的是肝腸寸斷。他後悔的不只是沒有安裝門吸，他的後悔大了。說什麼他也該和他的員工簽訂一份工作合同的。他就是沒有簽。他一個都沒有簽。

嚴格地說，盲人即使走向社會了，即使「自食其力」了，盲人依然不是人，不是嚴格意義上的人。盲人沒有組織。沒有社團。沒有保險。沒有合同。一句話，盲人壓根兒就沒有和這個社會構成真正有效的社會關係。即使結了婚，也只是娶回一個盲人，或者說，嫁給了一個盲人。這是一個量的積累，而不是一個質的變遷。盲人和這個社會一點沒有關係麼？也有。那就是每個月從民政部門領到一百元人民幣的補助。一百元人民幣，這是一個社會為了讓自己求得心理上的安穩所做出的一個象徵。它的意義不在幫助，而是讓自己理直氣壯地遺忘。——盲人，殘疾人，終究是可以忽略不計的。可是，生活不是象徵。生活是真的，它是由年、月、日構成的，它是由小時、分鐘和秒構成的。沒有一秒鐘可以省略過去。在每一秒鐘裡，生活都是一個整體，沒有一個人僅僅依靠自己就可以「自」食其力。

盲人是黑戶。每一個盲人都是黑戶。連沙復明自己都是。盲人的人生有點類似於因特網絡裡頭的人生，在健全人需要的時候，一個點擊，盲人具體起來了；健全人一關機，盲人就自然而然地走進了虛擬空間。總之，盲人既在，又不在。盲人的人生是似是而非的人生。面對盲人，社會更像一個賭子，盲人始終在盲區裡頭。這就決定了盲人的一生是一場賭，只能是一場賭，必然是一場賭。一個小小的意外就足以讓你的一生輸得精光。

沙復明丟下休息區的房門，一個人來到了推拿中心的大門口，拚了命地眨巴他的眼睛。他向天上看，他向地下看。他什麼也沒有看見。盲人沒有天，沒有地。所以天不靈，所以地不應。

作為一個老闆，沙復明完全可以在他的推拿中心裡頭建立一個小區域的社會。他有這個能力。他有這個義務。他完全可以在錄用員工的時候和他們簽署一份合同的。一旦有了合同，他就可以理直氣壯地要求員工們去購買一份保險。這樣，他的員工和「社會」就有了關聯，就再也不是一個黑戶了。他的員工就是「人」了。

關於工作合同，沙復明不是沒有想過，在上海的時候就想過了，他十分渴望和他的老闆簽訂一份工作合同。大夥兒就窩在宿舍裡頭，七嘴八舌地討論這個問題。但是，誰也不願意出面。這件事就這樣耽擱下來了。中國人有中國人的特徵，人們不太情願為一個團體出頭。這毛病在盲人的身上進一步放大了，反過來卻成了一個黃金原則：憑什麼是我？中國人還有中國人另外的一個特徵，僥倖心重。這毛病在盲人的身上一樣被放大了，反過來也成了另一個黃金原則：飛來的橫禍不會落在我的頭上的。不會吧，憑什麼是我呢？

工作合同的重要性沙復明是知道的。沒有合同，他不安全。沒有合同，往粗俗裡說，他就是一條野狗，生死由命的。命是什麼，沙復明不知道。沙復明就知道它厲害，它的魔力令人毛骨悚然。但沙復明因為工作合同的問題終於生氣了，他在生同伴們的氣。他們合起夥來誇他「聰明」，誇他

「能幹」，其實是拿他當二百五了。沙復明不想做這個二百五。你們都不出面，憑什麼讓我到老闆的面前做這個冤大頭？工作合同的事就這樣拖下來了。沙復明畢竟也是盲人，他的僥倖心和別人一樣重：你們沒有工作合同，你們都好好的，我怎麼就不能好好的？為此，沙復明後來悄悄打聽了一下，其他的推拿中心也都沒有合同。沙復明於是知道了，不簽合同，差不多成了所有盲人推拿中心的潛規則。

在籌建「沙宗琪推拿中心」的過程中，沙復明立下了重願，他一定要打破這個醜陋的潛規則。無論如何，他要和每一個員工規規矩矩地簽上一份工作合同。他的推拿中心再小，他也要把它變成一個現代企業，他一定要在自己的身上體現出現在企業的人性化。管理上他會嚴格，但是，員工的基本利益，必須給予最充分的保證。

奇怪的事情就在沙復明當上老闆之後發生了。並不是哪一天發生的，而是自然而然地發生的——前來應聘的員工沒有一個人和他商談合同的事宜。他們沒提，沙復明也就沒有主動過問。邏輯似乎是這樣的，老闆能給一份工作，已經是天大的面子了，還要合同做什麼？沙復明想過這件事情的，想過來想過去，還是盲人膽怯；還是盲人抹不開面子；還是盲人太容易感恩。謝天謝地，老闆都給了工作了，怎麼能讓老闆簽合同？盲人是極其容易感恩的。盲人的一生承受不了多大的恩澤，但盲人的眼睛一瞎就匆匆忙忙學會了感恩。盲人的眼裡沒有目光，淚水可是不少。

一不做，二不休。既然前來應聘的員工都沒有提及工作合同，那就不簽了吧。相反，沙復明在推拿中心的規章制度上做足了文章。這一來事情倒簡單了，所有的員工和推拿中心唯一的關係就是規章制度。在推拿中心所有的規章制度裡面，員工只有義務，只有責任，這是天經地義的。他們沒有權利。他們不在乎權利。盲人真是一群「特殊」的人，無論時代怎樣地變遷，他們的內心一直是古老的，原始的，洪荒的，也許還是亙古不變的。既然整個社會都沒能為他們提供一個給予保障和幫助的組織與機構，那麼，他們反過來就必須抱定一個東西，同時，堅定不移地相信它：命。命是看不見的。看不見的東西才是存在，一個巨大的、覆蓋的、操縱的、決定性的、也許還是無微不至的存在。像親愛的危險，一不小心你的門牙就撞上它了。關於命，該怎麼應對它呢？積極的、行之有效的辦法就一個字：認。嗨——，認了吧，認了。

但「認」是有前提的，你必須擁有一顆剛勇並堅韌的僥倖心。你必須學會用僥倖的心去面對一切，並使這顆僥倖的心融化開來，灌注到骨髓裡去。咚——咚，咚——咚。它們鏗鏘有力。一個看不見「雲」的人是不用惦記哪一塊「雲」底下有雨的。有雨也好，沒雨也好。認了。我認了。

後來的事情就變得有些順理成章了。在沙復明和張宗琪最為親密的時候，他們盤坐在床上，兩個幾乎是無話不談的。兩個年輕的老闆如沐春風。他們的談話卻從來沒有涉及過員工們的工作合同。有幾次沙復明的話就在嘴邊了，鬼使神差的，嚥下去了。張宗琪那麼精明的一個人，這個問題的重要性他不會不知道。他一定也嚥下去了。嚥下去，這是盲人最大的天賦。做老闆，可以嚥下去許多；做員工，一樣可以嚥下去許多。盲人總有第一流的吞嚥功夫，因為盲人具有舉世無雙的消化功能。

後來的情形有趣了，也古怪了。工作合同的話題誰也不提。工作合同反而成了沙復明、張宗琪和所有員工面前的一口井，每一個人都十分自覺地、不約而同把它繞過去了。沙復明既沒有高興也沒有失望。說到底，又有哪一個老闆喜歡和員工簽合同呢？沒有合同最好了，所有的問題都在老闆的嘴裡。老闆說「yes」，就是「是」，老闆說「no」，就是「不」。只有權力，不涉其餘，這個老闆做起來要容易得多。完全可以借用一個時髦的說法：「爽歪歪」。

命運卻出手了。命運露出了它帶刺的身影，一出現就教人毛骨悚然。它用不留痕跡的手掌把推拿中心的每個人都摸了一個遍，然後，歪著嘴，挑中了都紅。它的雙手摁住了都紅的後背，咚的一聲，它把都紅推到了井裡。

都紅在井裡。這個井剛好可以容納都紅的身軀。她現在就在井裡。沙復明甚至沒有聽到井裡的動靜。沙復明沒有聽到任何掙扎性的努力。事實上，被命運選中的人是掙扎不了的。沙復明已近乎窒息。比聽到撲通撲通的聲音還要透不過氣來。井水把一切都隱藏起來了，它的深度決定了陰森的程度。可憐的都紅。寶貝。我的小妹妹。如果能夠救她，他沙復明願意把井挖掉。可是，怎麼挖？怎麼挖？

單相思是苦的，糾纏的，銳利的。而事實上，有時候又不是這樣。在都紅受傷之前，沙復明每一次思念都紅的時候往往又不苦，只有糾纏。他能感受到自己的柔軟，還有猝不及防的溫情。這柔軟和溫情讓沙復明舒服。誰說這不是戀愛呢？——他的心像曬了太陽。在太陽的底下，暖和和，懶洋洋。有一次沙復明都把都紅的名字拆解開來了，一個字一個字地想。「都」是所有的意思，全部的意思，而「紅」則是一種顏色，據說是太陽的色彩。如此說來，都紅的名字就成了一種全面的紅，澈底的紅。她是太陽。遠，也近。沙復明沒見過太陽，但是，對太陽終究是敏銳的。在冬天，沙復明最喜愛的事情就是曬太陽，朝陽的半個身體暖和和，懶洋洋。

可太陽落山了。它掉在了井裡。沙復明不知道他的太陽還有沒有升起的那一天。他知道自己站在了陰影裡，身邊是高樓風。高樓風把他的頭髮撩起來了，在健全人的眼裡紛亂如麻。

如果沒有「羊肉事件」，如果沒有「分手」的前提，沙復明也許能夠和張宗琪商量一下，把都紅的事情放到桌面上來，給都紅「補」一份合同，給都紅「補」一份賠償。這些也許是可以的。即使有了「羊肉事件」，即使有了「分手」的前提，只要沙復明沒有單戀都紅，沙復明只要把都紅的事情放到桌面上來，為都紅爭取到一份補償，同樣是可以的。

現在不行了。撇開沙復明和張宗琪的關係不說，沙復明和都紅如此的曖昧，沙復明的動議只能是徇私情。他說不出口；他說了也沒有用。

沙復明問自己，你為什麼要愛？你為什麼要單相思？你為什麼要迷戀該死的「美」？你的心為什麼就放不下那隻「手」？愛是不道德的，在某個特定的時候。

他對不起都紅。作為一個男人，他對不起她；作為一個老闆，他一樣對不起她。他連最後的一點幫助都無能為力。他一心要當老闆，當上了。可「老闆」的意義又在哪裡？沙復明陷入了無邊的痛苦。

——如果受傷的不是都紅呢？——如果受傷的人不是這樣「美」呢？如果受傷的人沒有一雙天花亂墜的手呢？他沙復明還會這樣痛苦麼？這麼一想沙復明就感到天靈蓋上冒出了一縷游絲，他的魂差一點就出竅了。

不敢往下想了，沙復明就點菸。一支一支地點。香菸被沙復明吸進去了，又被沙復明吐出來了。可沙復明總覺得吸進去的香菸沒有被他吐出來。他吐不出來。全部積鬱在胸口，還有胃裡。菸霧在他的體內盤旋，最終變成了一塊石頭，堵在了沙復明的體內。他的胃疼啊。所有的疼都堵在了那裡，結結實實。沙復明第一次感到有點支撐不住了，他就坐了下來。得到醫院去看看了。等這一陣子忙過去，沙復明說什麼也要到醫院去看看了。

說起醫院，這又是沙復明的一個心病了。他怎麼就那麼害怕醫院呢？可是，誰又不怕呢？醫院太貴了。打個噴嚏，進去一趟就是三四百。其實，貴還在其次了。沙復明真正害怕的還是「看病」本身。尤其是大醫院。撇開預約的檢查項目不說，排著隊掛號，排著隊就診，排著隊付款，排著隊檢查，排著隊再就診，排著隊再付款，最後，還得排著隊取藥，沒有大半天你根本回不來。沙復明每次看病都會想起一個成語，盲人摸象。醫院真的是一個大象，它的身體是一個迷宮。你就轉吧。對沙復明來說，醫院不只是大象，迷宮，還是立體幾何。沙復明永遠也弄不清這個幾何形體裡的點、線、面、角。它們錯綜，複雜，不適合醫療，只適合探險。

過幾天一定要去。沙復明發誓了。沙復明的嘴角翹了上去，似乎是笑了。在看病這個問題上，他是發誓的專家，他發過多少誓了？沒有一次有用。他發誓不是因為意志堅定，相反，是因為疼。一疼，他無聲的誓言就出來了。不疼了呢？不疼了誓言就是一個屁。對屁還能有什麼要求，放了就是。

王大夫咳嗽了一聲，推開大門，出來了。他似乎知道沙復明站在這裡，就站在了沙復明的身邊。一言不發，卻不停地扳他的響指。他的響指在沙復明的耳朵裡是意味深長的，似乎表明了這樣的一個信息，王大夫想說什麼，卻又欲言又止。

沙復明也咳嗽了一聲，這一聲是什麼意思呢，沙復明其實也沒有想好。沙復明只是想發出一些聲音，可以做開頭，也可以做結尾。都可以。

王大夫很快就注意到了，沙復明的身上有一股很不好的氣味。這氣味表明沙復明好幾天沒有洗澡了。沙復明的確有好幾天沒洗澡了，說到底還是宿舍裡的衛生條件太差，總共就一個熱水器，十幾個人一定要排著隊伍才能輪得上。胃疼是很消耗人的，沙復明疲憊得厲害，成天都覺得累，一回到宿舍就躺下了。躺下來之後就再也不想爬起來。他能聞到自己身上糟糕的體氣，卻真的沒有力氣去洗一個熱水澡。

「復明啊，」王大夫突然說，「還好吧？」這句話空洞了，等於什麼也沒說。不過，沙復明顯然注意到了，到推拿中心這麼些日子了，王大夫第一次沒有叫沙復明「老闆」。他叫了他的老同學一聲「復明」。

「還好。」沙復明說，「還好吧。」這句話一樣的空洞，是空洞的一個回聲。

王大夫說完了「還好吧」就不再吭聲了。他把手伸進了懷裡，在那裡撫摸。傷口真的是好了，癢得出奇。王大夫又不敢用指甲撓，只能用指尖輕輕地摸。沙復明也不吭聲。但沙復明始終有一個直覺，王大夫有什麼重要的話要對自己說。就在他的嘴裡。

「復明啊，」王大夫最終還是憋足了勁，說話了。王大夫說，「聽兄弟一句，你就別念叨了。別想它了，啊，沒用的。」

這句話還是空的。「別念叨」什麼？「別想」什麼？又是「什麼」沒用？不過，也就是一秒鐘，沙復明明白了。王大夫指的是都紅。沙復明萬萬沒有想到王大夫這樣直接。是老兄老弟才會有的直接。沙復明當然知道「沒用」，但是，自己知道是一碼事，從別人的嘴裡說出來則是另外的一碼事。沙復明沒答腔，卻靜靜地惱羞成怒了。他的心被撕了一下，一下子就裂開了。沙復明沉默了好大的一會兒，平息下來。他不想在老同學的面前裝糊塗。沙復明問：「大夥兒都知道了吧？」

「都是瞎子，」王大夫慢悠悠地說，「誰還看不見？」

「你怎麼看？」沙復明問。

王大夫猶豫了一下，說：「她不愛你。」

王大夫背過臉去，補充了一句，說：「聽我說兄弟，死了那份心吧。我看得清清楚楚的，你的心裡全是她。可她的心裡卻沒有你。這不能怪人家。是不是？」

話說到這一步其實已經很難繼續下去了。有點殘忍的。王大夫盡力選擇了最為穩妥的措辭，還是不忍心。他的胃揪了起來，旋轉了一下。事情的真相是多麼地猙獰，猙獰的面貌偏偏都在兄弟的嘴裡。

「還是想想怎麼幫幫她吧。」王大夫說。

「我一直在想。」

「你沒有。」

「我怎麼沒有？」

「你只是在痛苦。」

「我不可以痛苦麼？」

「你可以。不過，沉湎於痛苦其實是自私。」

「姓王的！」

王大夫不再說話了。他低下頭去，右腳的腳尖在地上碾。一開始非常快，慢慢地，節奏降下來了。王大夫換了一隻腳，接著碾。碾到最後，王大夫終於停止了。王大夫轉過了身子，就要往回走。沙復明一把抓住了，是王大夫的褲管。即使隔著一層褲子，王大夫還是感覺出來了，沙復明的胳膊在抖，他的胳膊在淚汪汪。沙復明忍著胃疼，說：

「兄弟，陪我喝杯酒去。」

王大夫蹲下身，說：「上班呢。」

沙復明放下王大夫的褲管，卻站起來了，說：「陪兄弟喝杯酒去。」

王大夫最終還是被沙復明拖走了。他的前腳剛走，小孔後腳就找了一間空房子，一個人悄悄鑽了進去。她一直想給小馬打一個電話，沒有機會。現在，機會到底來了。小馬是不辭而別的。小馬為什麼不辭而別，別人不知道，個中的原委小孔一清二楚。都是因為自己。再怎麼說，她這個做嫂子的必須打個電話。說一聲再見總是應該的。

小馬愛自己，這個糊塗小孔不能裝。在許多時候，小孔真心地希望自己能夠對小馬好一點。可是，不能夠。對小馬，小孔其實是冷落了。她這樣做是存心的。她這樣做不只是為了王大夫，其實也是為了小馬。她對不起小馬。嚴格地說，和小馬的關係弄得這樣彆扭，她有責任。是她自己自私了，只想著自己，完全沒有顧及別人的感受。小馬對自己的愛是自己挑逗起來的。如果不是她三番五次地和人家胡鬧，小馬不至於這樣。斷然不至於這樣的。還是自己的行為不得體、不恰當了。唉，人生怎麼會有這麼多的死胡同，一不小心，不知道哪一隻腳就踩進去了。

小馬的手機小孔這一輩子也打不進去了。他的手機已然是空號。小馬看起來是鐵了心了，他不想再和「沙宗琪推拿中心」有什麼瓜葛了。其實是不想和自己有什麼瓜葛了。小馬，嫂子傷了你的心了。也好。小馬，那你就一路順風吧。嫂子祝福你了。——你不該這樣走的。你好歹也該和嫂子說一聲再見，嫂子欠著你一個擁抱。離別是多種多樣的，懷抱裡的離別到底不一樣。這一頭實實在在，未來的那一頭也一定能實實在在。小馬，你一定要好好的。好好的，啊？你聽見了沒有？千萬別弄出什麼好歹來。你愛過嫂子，嫂子謝謝你了。

小孔裝起手機，卻把深圳的手機掏出來了。這些日子頭緒太多，小孔已經很久沒有和自己的父母聯絡了。好歹也該打一個電話了吧。小孔剛剛把深圳的手機掏出來，突然想起來了，父母也有一段日子沒和自己聯繫了。——家裡頭該不會出什麼事情了吧？這麼一想小孔就有些急，慌里慌張地把老家的號碼摁下去了，一聽，手機卻沒有任何的動靜。真是越急越亂，手機居然還沒電了。好在小孔還算聰明，她拉開了手機的後蓋，想取Sim卡。只要把深圳的Sim卡取出來，再插到南京的手機裡去，父母肯定看不出任何破綻來的。

深圳的Sim卡卻不翼而飛。小孔一連摸了好幾遍，確定了，深圳的Sim卡沒有了。這個發現對小孔可以說是致命的一擊。卡沒了，手機號沒了，她離敗露的日子也就不遠了。小孔頓時就驚出了一身的冷汗。這個謊往後還怎麼撒？撒不起來了。

手機的卡號怎麼就丟了呢？

不可能。手機在，手機的卡號怎麼會不在？一定是有人給她的手機做了手腳了。這麼一想小孔就全明白過了。是金嫣。一定是她。只能是她。王大夫從來不碰她的手機的。小孔剎那間就怒不可遏——金嫣，我和你是有過過節，可自從和好了之後，天地良心，我拿你是當親姊妹的。你怎麼能做出這種陰損毒辣的事情來！啊？小孔一把就把手機拍在了推拿床上，轉過身去。她要找金嫣。她要當著金嫣的面問清楚，你到底要做什麼？你到底存的是什麼心？

剛走到門口，小孔站住了。似乎是得到了一種神祕的暗示，小孔站住了。她回過頭來，走到了推拿床邊，撿起了床上的手機。這是南京的手機，只要她撥出去，她的祕密就暴露了。深圳的手機卡已經沒了，斷然沒有回頭的可能。換句話說，暴露是遲早的。然而，這暴露積極，也許還有意義。她可以說謊。她可以在謊言中求得生存，但沒有一個人可以一輩子說謊。沒有人可以做得到。

小孔拿起手機，呼嚕一下，撥出去了。座機通了。小孔剛剛說了一聲「喂」，電話裡就傳來了母親尖銳的哭叫。看起來他們守候在電話機的旁邊已經有些日子了。母親說：「死丫頭啊，你還活著？你怎麼關機關了這麼多天啦死丫頭我和你爸爸都快瘋了！你快說，你人在哪裡？你好不好？」

「我在南京。我很好。」

「你為什麼在南京？」

「媽，我戀愛了。」

「戀愛」真是一個特別古怪的詞，它是多麼地普通，多麼地家常，可是，此時此刻，它活生生地就充滿了感人至深的力量。小孔只是實話實說的，完全是脫口而出的，卻再也沒有料到「我戀愛了」會是這樣的催人淚下。小孔頓時是流下了兩行熱淚，十分平靜地重複了一遍，說：「媽，我戀愛了。」

母親楞了一下，脫口就問：「是男的還是女的？」

女兒失蹤了這麼久，母親真是給嚇糊塗了，又急，居然問出了這麼一句沒腦子的話。看起來他們還是估計到女兒戀愛了，都擔心女兒已經把孩子生出來了。哎，可憐天下父母心哪。小孔噗哧一下，笑了。無比驕傲地說：「男的。還是全盲呢。」她驕傲的口氣已經像一個產房裡的產婦了。

電話的那一頭就沒有了聲音。過了好半天，聲音傳過來了，不是母親，已經換成了父親。「丫頭，」父親一上來就是氣急敗壞的，大聲地喊道，「你怎麼就這麼不聽話呢？」

「爸，我愛他是一隻眼睛，他愛我又是一隻眼睛，兩隻眼睛都齊了。——爸，你女兒又不是公主，你還指望你的女兒得到什麼呢？」她沒有想到自己能說出這樣的話來。她一直在撒謊，每一次打電話之前總是準備了又準備，話越說越瞎。小孔今天一點準備都沒有，完全是心到口到，沒想到居然把話說得這樣亮，明晃晃的，金燦燦的，到處都是咣叮咣噹的光芒。

小孔合上手機，再也不敢相信事情就是這樣簡單。從戀愛到現在，小孔一直在飽受折磨，不知道該怎麼面對自己的父母。她終於把實話說出來了。事情居然是這樣的，一句實話，所有的死結就自動解開了，真教人猝不及防。

金嫣就在這個時候摸進門來了。她剛剛得到了一個重要的消息，都紅在醫院裡鬧，哭著喊著要出院。剛剛進門，還沒有來得及說話，小孔一把就把金嫣抱緊了。金嫣比她高，小孔就把自己的面龐埋在了金嫣的脖子上。這一來金嫣的脖子就感覺到了小孔的淚。好在小孔的手上還握著手機，她就用握著手機的手不停地拍打金嫣的後背。金嫣就明白了。一明白過來就鬆了一口氣。金嫣伸出手去，放在小孔的腰間，不住地摩挲。

「小賤人，」小孔對著金嫣的耳朵說，「我要提防你一輩子。」

「什麼意思？」

「你是賊。」小孔小聲地說，「你會偷。」

金嫣卻把小孔推開了。「還是別鬧了吧，」金嫣有氣無力地說，「都紅正在鬧著要出院。——她可怎麼辦呢？」

第21章　王大夫

都紅到底還是提前出院了。都紅由沙復明攙扶著，沙復明由高唯攙扶著，回來了。這是正午。沙復明選擇這樣的時間是有所考慮的，正午的時光大夥兒都閒著，可以為都紅舉行一個小小的歡迎儀式。儀式是必須的。儀式不是認知的方式，而是認知的程度。有時候，儀式比事情本身更能說明事情。——都紅，「沙宗琪推拿中心」歡迎你。

都紅進門的時候高唯特地喊了一聲：「我們回來啦！」大夥兒蜂擁過來，熱鬧了。人們擁擠在休息區裡，劈里啪啦地給都紅鼓掌。掌聲很熱烈，很混亂，夾雜著七嘴八舌的聲音。沙復明很高興，張宗琪也很高興，大夥兒就更高興了。自從「羊肉事件」之後，推拿中心接連發生了這麼多的變故，休息區就再也沒有輕鬆過，大夥兒始終有一種壓迫感，人人自危了。現在好了，都紅又安安穩穩地回來了。大夥兒的高興就不只是高興，有借題發揮的意思，直接就有了宣泄的一面。是言過其實的熱烈。久積的陰霾被一掃而空，每一顆心都是朗朗的新氣象。

沙復明的高興是真心的。這就要感謝王大夫了。王大夫不是老闆，他的身上卻凝聚了一個老大哥的氣息，他永遠都不會亂。就在沙復明為都紅的未來一籌莫展的時刻，王大夫站出來了。王大夫給沙復明提出了兩條：第一，真正可以幫助都紅的，是替她永遠保密。不能把都紅斷指的消息說出去。萬一泄漏出去了，不會再有客人去點她的鐘。只要能保密，即使她離開了，都紅在別的地方也一樣可以找到一份像樣的工作。這一點王大夫請沙復明放心，這件事包在他的身上。第二，王大夫仔細研究了都紅的傷，雖說她的大拇指斷了，但是，她另外的四個手指卻是好好的。——這意味著什麼？這意味著她還可以做足療。做足療固然離不開大拇指，然而，關鍵卻在中指和食指。只要這兩個指頭的中關節能夠頂得住，一般的客人根本就不可能發現破綻，除非他是推拿師。——又有哪一個推拿師捨得做足療呢？現在的問題就很簡單了，都紅把全身推拿的那一個部分讓出來，大夥兒不要在足療上和她搶生意就行了。這樣一來，都紅每天都會有五六個鐘，和過去一樣的。什麼都沒有發生。

是的，一切都和過去一樣，什麼都沒有發生。都紅的大拇指沒有斷。都紅還是都紅。還有什麼比這更好的結果麼？沒有了。趁著高興，沙復明對著大夥兒拍了拍巴掌，他大聲地宣布：「今天夜裡我請大夥兒吃夜消！」

大夥兒便是一陣歡呼。他們圍著都紅，七嘴八舌，推拿中心很快就成歡樂的小海洋了。沙復明站在門外，心坎裡突然就是一陣感動。還是熱熱鬧鬧的好哇。「人氣」全上來了。「人氣」到底是一個什麼東西呢？沙復明就覺得休息區裡全是胳膊，全是手，呼啦一下從地底下冒出來了，它們在隨風飄蕩，恣意而又輕噶。毫無疑問，最動人、最歡樂的手是都紅的，它在叢中笑。沙復明能看見的，它在叢中笑。這笑容在蕩漾，還開了叉。一個，兩個，三個，四個。是的，一共有四個，蜿蜒到了不同的方向，可以渲染到每一個角落。是鋪天蓋地的，是漫山遍野的。是浩浩蕩蕩的。沙復明悄悄地鬆了一口氣，整個人都是說不出的輕鬆。像羽毛在風裡。沙復明的骨頭都輕了。一江春水向東流。

很久沒有這樣了。很久了。沙復明兀自眨巴著他的眼睛，盡他的可能做出事不關己的樣子。這感覺好極了，快樂的明明是自己，偏偏就事不關己，由著別人在那裡歡慶。說什麼他也要感謝都紅，是她的一場意外讓推拿中心恢復了往昔的生動局面。就是都紅所付出的代價太大了。要是能換了自己那就好了。

要是自己的大拇指斷了，——要是自己的大拇指斷了，從醫院接自己回來的是不是張宗琪呢？會的。一定會。換了自己也會。他瞭解他們的關係，能不能同富貴說不好，但共患難絕對沒有問題。他們也許該談談了。是的，談談。沙復明努努嘴，意外地發現了一個問題。對盲人來說，嘴不是嘴。不是上嘴唇和下嘴唇。是上眼皮和下眼皮。瞳孔就在裡頭。在舌尖上。沙復明突然就看見了舌尖發出來的光，它是微弱的，閃爍的，游移的。然而，那是光。可以照耀。沙復明抬起頭，張開嘴，突然就是一聲嘆息。他的嘆息居然發出了筆直的、義無反顧的光。釘子一樣，擁有不可動搖的穿透力，銳不可當。

沙復明悄悄拽了王大夫，把他拉到大門的外面去了。兩個人各自點了一支菸，就在推拿中心的門外閒蕩。王大夫也沒有說一句話。沙復明其實是希望王大夫說點什麼的，既然他不說，那就不說了吧。沙復明到底按捺不住，還是開口了：「老王，我還是有點擔心哪。有句話我還沒對大夥兒說呢。——讓大夥兒把足療讓出來，大家不同意怎麼辦呢？我總不能下命令吧。說不出口哇。」

王大夫淺笑著，想起來一句老話，戀愛中的人是愚蠢的。沙復明沒有戀愛，他只是單相思。單相思不愚蠢，因為單相思的人是白痴。

「你呀。」王大夫說。他的口吻一下子凝重了，說：「你越來越像一個有眼睛的人了。我不喜歡。——你什麼也不用說。事情是明擺著的，到最後，一定就是那樣一個結果。」

沙復明和王大夫在大門外游蕩，休息區的氣氛卻被金嫣和小孔推向了高潮。金嫣擠到都紅的跟前，舉起雙臂，突然大聲地說：「安靜了。大夥兒安靜了。」大夥兒都知道即將發生的是什麼，安靜下來了。休息區頓時就呈現了翹首以待的好場景。

嗞的一聲，拉鎖被迅速地拉開了。這一聲好聽了，嬌柔，委婉，短促，像深情的吟唱。那是金嫣打開了她的小挎包。小挎包一直斜挎在金嫣的身上，現在，金嫣把拉鎖拉開了。金嫣從小挎包裡取出了厚厚的一沓，大小不等的。金嫣一隻手拿著，另一隻手卻摸到了都紅的胳膊。她把厚厚的同時又是大小不等的一沓交到了都紅的手上。金嫣說：「都紅，這是大夥兒的一點心意。你知道，一點心意。」

金嫣說這句話的時候其實已經動情了。她的聲音在抖。每一個人都可以感受得到。每個人都可以聽得見激動人心的喘息。都紅捏著厚厚的一沓，用她殘疾的手掌再三再四地撫摸。都紅對大夥兒說：「我謝謝大家。」

金嫣在等。小孔也在等。所有的人都在等。她們在等待最為激動人心的那一刻。她們不需要都紅感激。她們不需要。但是，這究竟是一個溫暖而又動人的場景，少不了激情與擁抱，少不了滾燙的、四處紛飛的淚。小說裡是這樣，電影裡是這樣，電視上也是這樣，現實生活就不可能不是這樣。

說完了「謝謝大家」，都紅重複了一遍。「我真的是非常感謝你們的。」都紅最後說。

都紅的腔調平靜了。沒有激動，卻非常地禮貌。所謂的高潮並沒有出現，最終卻以這樣一種平淡的方式收場了。這樣的平淡多多少少出乎大家的意料。事實和小說不一樣，和電影不一樣，和電視也不一樣，和新聞報導也不一樣。人們反而不知道事態該怎樣往下發展了。這一來休息室裡的平淡就不叫平淡，都有些手足無措了。

幸虧有客人來了。一共是三個。杜莉就開始派活。她大聲地叫著推拿師的名字，高高興興地喊他們上鐘。在這樣的場景底下，還有什麼比節外生枝更好的結局呢？王大夫正在外面，肯定聽不見。杜莉特地來到了門外，扯著嗓子喊：「王大夫，上鐘啦！」

王大夫上鐘了。張一光上鐘了。金嫣上鐘了。推拿中心的氣氛在第一時間重新恢復到了日常。都紅來到休息區的門口，扶住門，開始撥弄。門吸的聲音很好聽。嗒的一聲。嗒的又一聲。

還在都紅躺在醫院的時候，她就知道休息區的大門裝上門吸了。她與高唯之間有熱線。說起來也真是有趣了，都紅躺在醫院裡，對推拿中心的情況反而比過去了解得還要全面、還要仔細。高唯把推拿中心所發生的一切都告訴她了，和「親眼看見了」也沒有任何區別。高唯的嘴巴一直在為她做「新聞聯播」。高唯的「新聞聯播」是全面的，深入的，什麼樣的內容都有。高唯的「新聞聯播」不只有報導，還有「社論」和「本臺綜述」。慢慢地，都紅懂得高唯的意思了，她的「新聞聯播」有她的中心思想，也可以說，精神指向。這個精神指向只有一個，她想讓都紅知道沙復明對她有多好。這一來高唯的「社論」和「本臺綜述」也就很清楚了，有她的目的。這個目的也只有一個，希望都紅能夠投桃報李，對沙復明「好一點」。

都紅不需要這樣的「新聞聯播」。她的心很亂，很煩。但是，她堵不住高唯的眼睛，更堵不住高唯的嘴。都紅願意承認，沙復明這個人不是都紅過去所認為的那樣，他好，一點也不是「嘩啦嘩啦」。他對都紅是真心實意。但是，都紅不愛他。還是不愛他。無論沙復明為她做了什麼，她願意感恩。但不愛。這是兩碼子事。

高唯的「新聞聯播」卻來了大動靜，高唯突然給都紅做起了「現場直播」。這是一次大型的、長時間的現場報導。都紅聽見高唯在現場小聲地說：「沙老闆和王大夫已經出去了，金嫣帶領著小孔走進了休息區。金嫣剛才在過道裡大聲地喊道：『開會了！大夥兒聽見沒有？開會了！』不知道她們要幹什麼。」

透過高唯的手機，都紅聽見金嫣突然說：「我們自以為我們不冷漠，其實我們冷漠。我們不能再冷漠下去了！」

幾乎就是金嫣一個人在講。她講了足足有五六分鐘。都紅聽出來了，所謂的「開會」，其實是一場募捐，金嫣在鼓動所有的人為自己「做點什麼」。不知道是生自己的氣還是生別人的氣，金嫣的聲音顫了。金嫣流下了激動的淚水。這一哭就使得她的演講既好聽又難聽，說白了，幾乎就是威脅。——每個人都必須有所表示。她不是在演講、在勸說。她是在命令——「可憐的」都紅「都這樣了」，她還能幹什麼？她「什麼也幹不了了」，我們不能「眼睜睜」的，我們不能這樣「袖手旁觀」。都紅怎麼也沒有想到金嫣會是這樣一個熱心腸的人，她驚詫於金嫣的演講能力。金嫣最後說：「我們擁有同樣的眼睛，我們擁有同樣的瞳孔，我們的眼睛最終能看見什麼？——大夥兒看著辦！」金嫣不只是說，她做了。第一個做了。可以說豪情萬丈。金嫣沒有和徐泰來商量，一把就拍出了雙份。小孔的吝嗇是著名的，她把她的每一分錢都看得和她的瞳孔一樣圓，一樣黑。但是，在如火如荼的熱情面前，小孔沒有含糊，王大夫不在，她「代表了王大夫」，同樣貢獻了雙份。休息區激盪起來了，催人淚下的激情在四處噴湧。

都紅握著手機，全聽見了。她在顫。她閉緊了雙眼，死死地捂住了自己的嘴。她不放聲。她不敢讓自己的聲音傳到那邊去。多麼好的兄弟，多麼好的姊妹。都紅肝腸寸斷，說不出的溫暖在身體的內部翻湧。「現場報導」還沒有完。金嫣和小孔已經在清點現金了，她們在說話，其實是商量了。——誰也不可以走漏了風聲。王大夫就不必告訴他了，反正「你已經替他捐了」。沙復明則「更沒有必要告訴他」。「他和都紅兩個人之間的事」，我們就「不管他了」。

都紅合上手機，把手機塞在了枕頭的下面，躺下了。都紅是激動的，感恩的。但是，傷心和絕望到底上來了。無情的事實是，都紅的這一輩子完了。她其實是知道的。她的後半輩子只有「靠」人家了，一輩子只能生活在感激裡頭。都紅矮了所有的人一截子，矮了健全人一截子，同樣也矮了盲人一截子。她還有什麼呢？她什麼也沒有了，只剩下了「美」。「美」是什麼？是鼻孔裡的一口氣，彷彿屬於自己，其實又不屬於自己。一會兒進來了，一會兒又出去了。神出鬼沒的。

都紅把被子拉過來，蒙在了臉上。整個腦袋都蒙進去了。都紅都已經做好了號啕大哭的預備，卻沒哭。都紅沒有哭出來。只有眼淚在往下掉。這一次的眼淚奇特了，以往都是一顆一顆的，這一次卻沒有顆粒，是一個整體，在迅速地流淌，汩汩的，前赴後繼。淚水一淌出來被枕頭吸走了，這一來淚水又沒有了聲音。只是枕頭上濕了一大片。都紅就翻了一個身。枕頭又濕了。

痛定思痛。都紅最後陷入的其實是自傷。她的自尊沒了。她的尊嚴沒了。她的尊嚴被摁在了門框上。風乍起，「梆」的一聲，都紅的尊嚴頃刻間就血肉模糊。她的尊嚴徹底丟在了「沙宗琪推拿中心」的休息區了。

不能。都紅對自己說。不能的。絕對不能。死都不能。

都紅掀開被子，坐起來了。她摸到了毛巾，一個人悄悄地摸向了衛生間。她想洗一洗自己的臉。這時候剛好走過來一個護士，她想攙她。都紅側過臉，面對著護士的面部，笑笑，柔軟地卻又是十分堅決地把護士小姐的胳膊推開了。都紅說：「謝謝。」

不能，不能的，都紅對自己說，只要還有一口氣，都紅就不能答應自己變成一隻人見人憐的可憐蟲。她只想活著。她不想感激。

不能欠別人的。誰的都不能欠。再好的兄弟姊妹都不能欠。欠下了就必須還。如果不能還，那就更不能欠。欠了總是要報答的。都紅不想報答。都紅對報答有一種深入骨髓的恐懼。她只希望自己赤條條的，來了，走了。

洗好臉，都紅就打定主意了，離開。離開。離開「沙宗琪推拿中心」。先回家。醫療費一直都是沙復明墊著的，得讓父母還了。不過，這筆錢都紅也還是要還父母的。怎麼還呢？都紅一時也想不起來。這一來都紅又要哭。但都紅非常出色地扛住了。她的腦子裡蹦出了六個字：天無絕人之路。天——無——絕——人——之——路。

主意一定，都紅就請來了一位護士。她請護士為自己預定了一張火車票。當然，高唯她也得請過來，她要寫字板。沒有寫字板她是不能寫字的。有許多話她一定要留給兄弟姊妹們。她要感謝。無論如何，她要感謝。再見了朋友們，再見了，兄、弟、姊、妹。天無絕人之路。她就要上路了。她是自豪的，體面的，有尊嚴的。她什麼也沒有欠下。

該上鐘的在上鐘，該休息的在休息。推拿中心的氣氛很日常了。都紅把厚厚的、大小不等的一沓放在了自己的櫃子裡，掩好櫃門，把鎖掛上去了。鎖的後面卻掛著鑰匙。然後，都紅就走到高唯的身邊，交給她一張紙。做好了這一切，都紅就往外走。高唯想陪著她，被都紅攔住了。高唯說：「你要到哪裡去？」都紅說：「個傻丫頭，我還能到哪裡去？就不能一個人待會兒？」

沙復明正站在門外。都紅最終是從沙復明的身邊離開的。高唯捏著都紅交給她的紙條，透過玻璃，高唯意外地發現都紅在大門的外面和沙復明擁抱了。沙復明背對著高唯，但即使是背影，高唯也看到了沙復明的心花怒放。他的兩個肩膀嘭的就是一聲，都能上天了。高唯笑笑，回頭看了一眼杜莉，笑瞇瞇地離開了。她想喊所有的人都來看，費了好大的力氣，高唯這才忍住了。

最早發現有問題的當然還是高唯。高唯捏著都紅的紙條，一直坐在休息區裡。她不想到門外去，她也不想在過道裡走過來走過去的，就把玩手上的紙。紙上密密麻麻的，全是一個又一個小窟窿，或者說，小點點。高唯看不出頭緒，也就不看。就這麼過了二三十分鐘，高唯站起來了。大門口的外面卻沒有人。高唯把推拿中心的玻璃門推開，卻發現沙復明在大門外轉圓圈。直徑在一米五左右。一直在轉。兩隻手還不停地搓。高唯沒有發現都紅，只能關上門，回頭了。她沿著推拿房的房門一個又一個地推，沒有都紅。這個死丫頭，她哪裡去了呢？不會躲在什麼地方流淚了吧？

足足過了兩個多小時，高唯有些慌了。她終於「咦」了一聲，自言自語地說：「都紅哪裡去了呢？」金嫣說：「不是一直和你在一起麼？」高唯說：「哪裡呀，沒有哇。」

離開兩個小時並不算長。然而，對一個盲人來說，這個長度有些出格了。直到這個時候，大夥兒才覺察到了，事情似乎有些不對勁。大夥兒都擠在休息區裡，一動不動，其實是面面相覷了。沙復明突然說：「她對你說了什麼沒有？」

「沒有。」高唯說，「她就給了我一張紙，說一個人待會兒。」

「紙上寫了什麼？」金嫣問。

高唯把那張紙平舉在面前，無辜地說：「沒有哇。什麼都沒有。」

沙復明問：「有小點點沒有？」

高唯說：「有。」

王大夫離高唯最近，他伸出手，高唯就把那張紙給了王大夫了。王大夫抬起一條腿，把那張紙平放在大腿上，用食指的指尖去摸。只摸了兩行，他抬起頭來了。高唯就看見王大夫的臉色難看了，眉梢直向上吊，都到額頭上去了。王大夫什麼也沒有說，便把紙條遞到了小孔的手上。

休息區再一次寂靜下來。這一次的寂靜與以往所有的寂靜都不同。每一個盲人都在傳遞都紅的紙條，最終，都紅的紙條到了沙復明的手上。高唯目睹了傳遞的整個過程，心中充滿了極其不好的預感。但是，她終於是一無所知的。她回過頭去，偏偏和門口的杜莉對視上了。杜莉也是一臉的茫然。兩個人的目光匆匆又避開了。謎底已經揭開了，一定是揭開了。她們卻什麼也不知道。她們的四隻眼睛明晃晃的，卻一片漆黑。她們的眼睛什麼也看不見。她們是睜著眼睛的瞎子。她們再也沒有想到，這個世界上還有這樣一種東西，實實在在的，就在面前，明晃晃的眼睛就是看不見。休息區的寂靜近乎恐怖了。

沙復明的食指神經質了。他的嘴巴始終是張著的，下巴都掛了下去。高唯注意到了，沙復明的食指在反反覆覆地摩挲，一直在摩挲最後的一行。他終於吸了一口氣，嘆出去了。最後，沙復明把都紅的紙條丟在了沙發上，一個人站了起來。他走到了櫃子的面前，摸到了鎖。還有鑰匙。他十分輕易地就把櫃門打開了，空著手摸進去的。又空著手出來了。臉上是相信的表情。是最終被證實的表情。是傷心欲絕的表情。沙復明無聲無息地走向了對面的推拿房。

除了高唯和杜莉，每一個盲人都是知道的。都紅的最後一句話是留給沙復明的。都紅叫了沙復明一聲「哥」。她說：「復明哥，我不知道怎樣才能感謝你，我祝你幸福。」

這個下午的休息區注定了要發生一些什麼的。沒有在都紅的身上發生，卻在王大夫的身上發生了。

「小孔，」王大夫突然說，「是你的主意吧？」

小孔說：「是。」

王大夫頓時就怒不可遏了，他大聲呵斥道：

「是誰讓你這樣做的?!」

僅僅一句似乎還不足以說明問題，王大夫立即就問了第二遍：

「是誰讓你這樣做的？」王大夫嚇人了。他的唾沫直飛，「——虧你還是個瞎子，你還配不配做一個瞎子！」

王大夫的舉動突然了。他是多麼溫和的一個人，他這樣衝著小孔吼叫，小孔的臉面上怎麼掛得住？

「老王你不要吼。」金嫣撥開面前的人，來到王大夫的面前。她把王大夫的話接了過來。金嫣說：「主意是我拿的。和小孔沒關係。有什麼話你衝著我來！」

王大夫卻紅眼了。「你是什麼東西？」王大夫調過頭，「你以為你配得上做一個盲人？」金嫣顯然是高估了自己了，她萬萬沒有想到王大夫會對自己這樣。王大夫的嗓子勢大力沉，金嫣一時就沒有回過神來，楞在了那裡。

金嫣卻沒有想到懦弱的徐泰來卻為她站了出來，徐泰來伸出手，一把拉開金嫣，用他的身軀把金嫣擋在了後頭。徐泰來的嗓音沒有王大夫那樣英勇，卻豁出去了：

「你吼什麼？你衝著我的老婆吼什麼？就你配做瞎子！別的我比不上你，比眼睛瞎，我們來比比！」

王大夫哪裡能想到跳出來的是徐泰來。他沒有這個準備，一時語塞。他的氣焰活生生地就讓徐泰來給壓下去了。他「盯著」徐泰來。他知道徐泰來也在「盯著」自己。兩個沒有目光的人就這麼「盯著」，把各自的鼻息噴在了對方的臉上。他們誰也不肯讓一步，氣喘如牛。

張宗琪一隻手擱在王大夫的肩膀上，一隻手扶住了徐泰來，張宗琪說：

「兄弟們，不要比這個。」

徐泰來剛剛想抬起胳膊，張宗琪一把摁住了，厲聲說：

「不要比這個。」

尾聲 夜宴

將軍大道一〇九—四號是一家餐館，說餐館都過於正式了，其實也就是一家路邊店。路邊店向來做不來什麼大生意，卻也有它的特徵，最主要、最招人喜愛的特徵就是髒。店鋪的地面上沒有地毯和瓷磚，光溜溜的只是澆鑄了一層水泥。水泥地有水泥地的好，客人們更隨意，——骨頭，魚刺，菸屁股，酒瓶蓋，客人們可以到處丟，隨手扔。但髒歸髒，路邊店的菜卻做得好，關鍵是口味重，有煙火的氣息。這正是所謂的家常菜的風格了。到路邊店來用餐的大多是一些幹體力活的人，也就是所謂的藍領。他們才不在乎環境是不是優雅，空氣是不是清新，地面是不是整潔。他們不在乎這個。他們在乎的是「自己的口味」，分量足，價錢公道。如果他們願意，他們可以打著赤膊，撐起一隻腳來，摟著自己的膝蓋，邊吃，邊喝，邊聊。這裡頭有別樣的快意人生。

路邊店和路邊店其實又不一樣。一部分路邊店的生意仰仗著白天；而另外的一部分所看重的則是夜間，他們的生意具有鬼市的性質，要等到下半夜生意才能夠跟上來。主顧們大多是一些「吃夜飯」的人：出租車的二駕，洗浴中心或歌舞中心的工作人員，酒吧與茶館的散場客，麻友、粉友、身分不定的閒散人員，雞、鴨，當然也有藝術家。高檔的地方藝術家們待膩了，他們終究是講究情調的，就到這樣的地方換換口味，偶一為之罷了。

起居正常的人往往並不知道下半夜的熱鬧。城管人員在夜裡頭通常偷懶，而值夜班的警察又不願意多管閒事，路邊店的店主們就放肆起來了。他們能把他們的生意做到馬路的牙子上來，也就是所謂的占道經營。他們在梧桐樹的枝杈上拉開電線，裝上電燈，再擱幾張簡易的桌椅，生意就這麼來了。他們的爐火就生在馬路邊，炒、煎、炸、燒、烤，一樣也不缺。馬路被他們弄得紅紅火火的，煙霧繚繞的，一塌糊塗的，芳氣襲人了。這正是都市裡的鄉氣，是窮困潦倒的，或者說不那麼本分的市民們最為心儀的好去處。

十二點不到的樣子，沙復明、張宗琪、王大夫、小孔、金嫣、徐泰來、張一光、高唯、杜莉、小唐等一干人走到將軍大道一〇九－四號來了，連金大姊都特意趕來了。在深夜，在街面寥落的時分，他們黑壓壓的，一起站在了將軍大道一〇九－四路邊店的門口。路邊店的老闆與夥計們都見過他們，三三兩兩地見過，差不多都是熟臉，可這樣大規模地相見還是第一次。老闆十分熱乎地走了出來，對著一大群的人說：「都來啦？什麼喜慶的日子？」

沒有一個人答腔。沙復明莞爾一笑，說：「也不是什麼喜慶的日子，大家都辛苦了，聚一聚。」

「這就給你們安排。」

沙復明的莞爾一笑卻吃力了，他疲憊得厲害。從讀完都紅最後的那一句話開始，沙復明身上的力氣就沒有了。很突然地一下，他的力氣，還有他的魂，就被什麼神祕的東西抽走了。好在還有胃疼支撐在那兒。要不是胃疼，沙復明自己都覺得是空的了，每走一步都能聽到體內空洞的回聲。

沙復明原本是為了慶祝都紅的出院邀請大夥兒出來消夜的。也就是幾個小時的光景，此一時，彼一時了。生活真是深不可測，總有一些極其詭異的東西在最為尋常的日子裡神出鬼沒。說到底生活是一個脆弱的東西，虛妄的東西，禁不起一點風吹草動。都說盲人的生活單調，這就要看怎麼說了。這就要看盲人們願意不願意把心掏出來看看了。不掏，挺好的，每一天都平平整整，每一個日子都像是從前面的日子上拷貝出來的，一樣長，一樣寬，一樣高。可是，掏出來一摸，嚇人了，盲人的日子都是一副離奇古怪的模樣。王大夫哪裡能不瞭解沙復明現在的處境，建議他把消夜取消了，換一個日子，一樣的。「何苦呢。」沙復明卻沒有同意。沙復明說：「都紅出院了，總該慶祝一番的吧。」

是啊，都紅出院了，是該慶祝一番。但是，這樣的慶祝究竟是怎樣的滋味，只有沙復明一個人去品味了。王大夫建議沙復明取消這一次的消夜是真心的，當然，也不能說沒有一點私心，中午時分他剛剛和小孔翻了臉，緊接著又和金嫣翻了臉，再接著又和徐泰來翻了臉，在這樣的時候出來消夜，真的不合適。別的人都不好對沙復明說什麼，然而，心思卻是一樣的，巴不得沙復明把這一次活動取消了。沙復明偏偏就不取消，又能怎麼辦呢？大夥兒實在有點心疼沙復明了。——你這頭強驢，你怎麼就這麼強的呢？一路上都沒有人說話，又有誰感受不到沙復明心中的淒風與苦雨。他真是淒涼了。

比較下來張宗琪的心態就更複雜一些。無論是對都紅，還是對沙復明，張宗琪都是惋惜的。但是，在惋惜之餘，張宗琪的心中始終充滿了一種怪異的喜悅。這喜悅沒有來路，沒有理由，是突發性的。讀完了都紅的信，張宗琪的心坎裡咯噔了一下，仔細地一琢磨，張宗琪驚奇地發現，他的內心不只有惋惜，更多的原來是喜悅。這個發現嚇了張宗琪自己一大跳，都有點瞧不起自己了。怎麼會這樣的呢？但是，這喜悅是如此地真實，就在張宗琪的血管裡，在循環，在纏繞，剎不住車。想過來想過去，張宗琪想起來了，他其實一直都在盼望著都紅離開。當然，是平平安安地離開。都紅離開得並不平安，張宗琪最大的惋惜就在這裡了。

這頓飯他不想吃，卻也不能不吃。張宗琪就只能隨大流，跟著了。

一群人站在了將軍大道一〇九－四號的門口，浩浩蕩蕩的，卻又是三三兩兩的，就是沒有一人說話。氣氛實在是特別了，充滿了蒼涼，同樣也充滿了戾氣。

一轉眼的工夫夥計們就把桌椅給收拾好了。一共是兩張。老闆清點過人頭了，還是兩張比較合適。老闆走到沙復明的跟前，請他們入座。沙復明卻猶豫了，依照現有的情形，一定是他坐一張，張宗琪坐另外的一張。沙復明扶住椅子的靠背，嘴角突然就浮上了一絲古怪的神情。他和張宗琪走到今天的這一步，不能說是為了都紅，公正地說，和都紅一點關係都沒有。然而，挖到根子上去，和都紅又是有關係的。——可是，都紅在哪裡？都紅她已經杳無蹤影。

沙復明強打起精神，對老闆說：「麻煩你把兩張桌子拼在一起，我們一起吃。」

夥計們再一次把桌椅拾掇好了。這是一張由三張方桌拼湊起來的大桌子，呈長方形，長長的，桌面上很快就放滿了啤酒、飲料、酒杯、碗筷。壯觀了。是路邊店難得一見的大場面。夜宴的頭上是天，地上是地，左側是開闊而又空曠的馬路。它的名字叫將軍大道。這哪裡是一群盲人普通的消夜，簡直就是一個盛大的夜宴。

「坐吧。」沙復明說。

張宗琪站在沙復明的不遠處，沙復明的話他不能裝作聽不見。但是，沙復明的話並沒有一個明確的對象，顯然不是衝著自己來的。張宗琪就只好把「坐吧」銜在嘴裡，隔了好半天才說：

「坐吧。」

兩個「坐吧」沒有任何語氣上的邏輯關係，然而，究竟暗含了一種關係。他們都坐下來了，他們坐在了桌子的最頂端，一坐下來卻又有些後悔，不自然了，有點如坐針氈的意思。兩個胳膊都不動，就生怕碰到了對方的哪兒。

一群人還在那裡猶豫。最為猶豫的顯然是王大夫了。坐在哪兒呢？王大夫費思量了。小孔在生他的氣。金嫣在生他的氣。徐泰來也在生他的氣。坐在哪裡他都不合適。小孔生氣王大夫倒不擔心，究竟是一家子，好辦。金嫣和徐泰來卻難說了。想過來想過去，王大夫決定先叫上小孔。王大夫的鼻尖嗅了幾下，終於走到小孔的面前了，拽了拽小孔的衣袖。小孔不想答理他，一把就把王大夫的手甩開了。很快，很猛。她不要他碰。臉都讓你丟盡了，一輩子都不想再看見你！王大夫的眼睛「正視」著正前方，這一次卻抓住了小孔的手腕，使勁了，絕不能讓小孔的胳膊弄出動靜來。小孔的驢勁卻上來了，開始發力，眼見得就不可收拾了。王大夫輕聲對著小孔的耳朵說：「我們是幾個人？」

王大夫的這句話問得沒有由頭，也沒有引起任何人的注意，身邊的人還以為他在清點人數呢。但是，小孔卻是懂得的。這句話她記得。這句話她問過的。是她在床上問王大夫的。王大夫當時的回答是「一個人」。後來王大夫的高潮就來了，而她的高潮緊接著就接踵而至。那是他們最為奇特的一次性愛，小孔這一輩子也不能忘懷。小孔的胳膊突然就是一軟，連腿腳都有些軟了。愛情真是個古怪的東西。像開關。就一秒鐘，一秒鐘之前小孔還對王大夫咬牙切齒的，一秒鐘之後，小孔的雙唇不由自主地張開了，她的牙齒再也發不出任何的力量了。小孔反過來把王大夫的手握緊了，她在私下裡動用了她的手指甲。可推拿師的指甲都很短，小孔使不上勁了，只好把她的手指摳到王大夫的手指縫裡。王大夫拉著小孔的手，一直在小心地觀察，最終，他和小孔選擇了金嫣與徐泰來的正對面。這是一個上佳的空間關係，具有無限豐富的積極含義。

大夥兒都入座了，誰也沒有說話。酒席上冷場了。張一光一個人坐在桌子的那一頭，他已經端起了酒瓶，像個局外人，一個人喝上了。張一光平日裡可不是這樣的，一聞到酒味他的話就多。推拿中心誰還不知道呢，他像啤酒，一啟封酒花就噴出來了。他這個人就是一堆酒泡沫。

王大夫一直在思忖，渴望著能和金嫣、徐泰來說點什麼。但是，酒席上的氣氛始終是怪異，除了有節制的咀嚼和瓷器的碰撞，一點多餘的聲音都沒有。王大夫就想起了張一光。他希望張一光能夠早一點活躍起來，說點什麼。只要他開了口，說話的人就多了。說話的人一多，他就有機會對金嫣和徐泰來說點什麼了。當然，得找準機會，得自然而然的。要不然，反而會把兩家的關係越搞越糟。

張一光就是不說話。張一光是一個邊緣人物，一直得不到大夥兒的關注罷了。他不說話其實已經有些日子了。他的心裡隱藏著一個天大祕密，是小馬的祕密。張一光去過洗頭房了——小馬究竟為什麼離開，小馬現在是怎樣的處境，整個推拿中心只有他一個人知道。張一光的心中充滿了說不出口的懊惱，要不是他，小馬斷然不會離開的。是他害了可憐的小馬。他不該把小馬帶到洗頭房去的。有些人天生就不該去那種地方。小馬，大哥是讓你去嫖的，你愛什麼呢？你還不知道你自己麼？你就這個命。愛一次，就等於遭一次難。

桌子的這一頭沒有動靜，桌子的那一頭也還是沒有動靜。沙復明和張宗琪都出奇地安靜，這安靜具有克制的意味，暗含著良好的心願，卻矜持了。兩個人的內心都無比地複雜，有些深邃，積蓄了相當大的能量。這能量一時還找不到一個明確的線路，有可能大路通天，一下子就往好的地方走了；但是，一言不合，壞下去的可能性也有。兩個人都格外地小心，盡一切可能捕捉對方所提供的信息，同時，盡一切可能隱藏自己的心跡。好在兩個人都有耐心，急什麼呢？走著瞧吧。一起肅穆了。

沙復明把啤酒杯端起來了，抿了一小口；張宗琪也把啤酒杯端起來了，同樣抿了一小口。張宗琪以為沙復明會說些什麼的，沒有。沙復明突然站起了身。他站得有些快，有些猛，說了一聲「對不起」，一個人離開了。張宗琪沒有回頭，他的耳朵沿著沙復明的腳步聲聽了過去，沙復明似乎是去了衛生間。

沙復明是去吐。要吐的感覺來得很突然，似乎是來不及的意思。好在沙復明忍住了，好不容易摸到衛生間，沙復明一下子欠過上身，「哇啦」就是一下，噴出去了。沙復明舒服多了。他張大了嘴巴，深深地嘆了一口氣。「怎麼弄的？」沙復明對自己說，「還沒喝呢。」

沙復明一點都不知道他的這一口只是一個開頭。還沒有來得及擦去眼窩裡頭的眼淚，沙復明再一次感到了噁心。一陣緊似一陣的。沙復明只好彎下腰，一陣更加猛烈的嘔吐又開始了。沙復明自己也覺得奇怪，除了去醫院的路上他吃的兩個肉包，這一天他還沒怎麼吃呢，怎麼會有這麼多的東西？他已經不是嘔吐了，簡直就是狂噴。

一個毫不相干的客人就在這個時候走進了衛生間。他們在打賭，看誰喝得多，看誰不用上廁所。他輸了，他膀胱的承受力已經到了極限。他衝到衛生間的門口，還沒有來得及掏傢伙，眼前的景象就把他嚇呆了。衛生間裡有一個人。他弓著身子，在吐。滿地都是血。猩紅猩紅的一大片。連牆壁上都是。

「兄弟，怎麼了？」

沙復明回過頭來，莞爾一笑，說：「我？我沒事的。」

客人一把拉住沙復明，回過頭來，大聲地對著外面喊道：「——喂！喂！你們的人出事啦！」

沙復明有些不高興，說：「我沒事。」

「——喂！喂！你們的人出事了！」

第一個摸到衛生間門口的是王大夫。王大夫從客人的手上接過了沙復明的胳膊。王大夫一接過沙復明的胳膊客人就跑了。他實在是憋不住了。他要找一塊乾淨的地方把自己放乾淨。

沙復明說：「沒喝多啊。還沒喝呢。」

王大夫不知道衛生間裡都發生了什麼，但是，沙復明的胳膊和手讓他產生了極其不好的預感。沙復明的胳膊和手冰涼冰涼的。還沒有來得及細問，沙復明的身體慢慢地往下滑了，是坍塌下去的模樣。「復明，」王大夫說，「復明！」沙復明沒有答理王大夫。他已經聽不見了。

夜宴在尚未開始的時刻就結束。推拿中心的人一起出動了，他們一共動用了四輛出租車，出租車朝著江蘇第一人民醫院呼嘯而去。王大夫、張宗琪和沙復明一輛，其餘的人則分乘了三輛。到底是深夜，馬路一片空曠，也就是十來分鐘，王大夫背著沙復明來到了急診室，這個時候的沙復明已經是深度昏迷了。王大夫氣喘吁吁地說：「大夫，快！快！」

推拿中心的盲人們陸陸續續地趕到了醫院，同樣是氣喘吁吁的。他們堵在了急診室的門口，急切地希望能從急診室裡頭聽到一些什麼。護士簡單地處理了一下沙復明的嘴角，他的身上到處都是血。一個醫生走到王大夫的面前，問：「什麼原因？有什麼預兆沒有？」

王大夫說：「什麼什麼原因？」

醫生知道了，他看不見的。「你的朋友大出血，有什麼預兆沒有？」

王大夫說：「沒有啊。」

醫生問：「他有什麼病史？」

他有什麼病史呢？王大夫就呆在醫生的面前，突然想起了警察對他說過的話：你有義務為我們提供真相。

王大夫有義務。王大夫想為醫生提供真相。但是，王大夫什麼都不知道。即使沙復明是他的同學、朋友和老闆，他也不知道。沙復明有什麼樣的「病史」呢？王大夫只能緊張地「望著」醫生，和醫生面面相覷。

「趕快告訴我們，時間緊，這很重要。」

王大夫知道這很重要，他很急，不由自主地扭過了腦袋。門外正站著他的同事們。但是，沒有人開口。沒有一個人知道。王大夫的心窩子裡頭突然就是一陣涼，是井水一樣的涼。自己和復明，自己和他人，他人和復明，天天都在一起，可彼此之間是多麼地遙遠。說到底，他們誰也不知道誰。

他們唯一能做的事情就是面面相覷。他們在面面相覷。是耳朵在面面相覷，彼此能聽到粗重的喘息。

急診室忙碌起來了，醫務人員在不停地進出。王大夫從急診室退了出來，他們十分自覺地讓開了一條道，一部分站在了過道的左側，另一部分則站在了過道的右側。他們鴉雀無聲，誰也不肯開口說一句話。他們一動不動，沒有人發出哪怕是一絲一毫的聲音。而醫護人員的腳步聲卻緊張起來了，一陣緊似一陣。他們以急診室的大門為中界，進去了，出來了。又進去了，又出來了。王大夫他們只能慌亂吞嚥。腳步的聲音已經澈底說明了所有的問題。

整個過程王大夫只聽到了一句話，是醫生的一句話：「立即送手術室。剖腹探查。」

急診室的大門打開了，沙復明躺在床上，被兩個護士推了出來。她們必須把沙復明送到手術室去。盲人們尾隨在手推床的後面，來到了電梯的門口。沙復明被送進了電梯，除了沙復明，護士拒絕了所有的人。高唯胡亂地摸到一個醫生的身邊，問清了手術室的方位，一把拉住了王大夫的手。王大夫又拉起張宗琪的手。張宗琪又拉起金嫣的手。金嫣又拉起小孔的手。小孔又拉起徐泰來的手。徐泰來又拉起張一光的手。張一光又拉起杜莉的手。杜莉又拉起了小唐的手。小唐又拉起了金大姊的手。他們就這樣來到了手術室的門口，站定了，鬆開手，分出了兩列，中間留下了一條走道。

一個護士來到隊列的中間，問：「你們誰負責？需要簽字。」

王大夫往前跨出了一步，張宗琪卻把他攔在了一邊，護士便把簽字筆塞到了他的手上。張宗琪直接把簽字筆送進嘴邊，咬碎了，取出筆芯，用他的牙齒拔出筆頭，對著筆芯吹了一口氣，筆芯裡的墨油就淌出來了。張宗琪用右手的食指舔了一些墨油，伸出大拇指，拈了拈。勻和了，就把他的大拇指送到護士的面前。

手術室的過道真靜啊。王大夫活這麼大也沒有聽到過這樣的靜，彷彿被什麼巨大的重量「鎮」住了，被摁在了一塊荒蕪的空間裡。王大夫張宗琪他們就這樣被「鎮」了一小時五十三分鐘，眼珠子都快突出來了。沒有人開口去問。問是不好的。盲人在任何時候都堅信，只有別人帶來的才是好消息，別人的消息時常令他們喜出望外。

一小時五十三分鐘過後，醫生從手術室出來了。大夥兒一起圍上去。醫生說：「手術很好。」醫生說：「能做的我們都做了。」醫生說：「但現在我們還不知道結果。」醫生最後說：「我們還要觀察七十二個小時。」

「我們還要觀察七十二個小時。」這不是最好的消息，但無疑是一個好消息——起碼，沙復明到現在還是沙復明。然而，王大夫一直在猶豫，那個躺在裡頭的、每天和他們生活在一起的沙復明究竟是誰呢？他的病不可能是今天才有的，他一定是病得很久了。沒有一個人知道他的哪怕是一丁點的消息。所有的人都對他一無所知——沙復明一直是他們身邊的一個洞，一個會說話的洞，一個能呼吸的洞，一個自己把自己挖出來的洞，一個僅僅使自己墜落的洞。也許，他們每一個人都是洞。他們每一個人都在向著無底的、幽暗的深處瘋狂地呼嘯。這麼一想王大夫就覺得自己也墜落下去了，突然就是一陣難受。他太難受了，也許還有一陣致命的驚悚。王大夫一個趔趄，整個身軀都搖晃了一下，他要哭。王大夫告訴自己，不能。不能讓自己變成一個洞。他的腳後跟就碰到身邊的小孔了。王大夫拽住小孔，像拽住一根稻草。此時此刻，王大夫是多麼地孱弱，他一把就把小孔摟在了懷裡，下巴擱在了小孔的肩膀上，他眼淚出來了，鼻涕也出來了，弄得小孔一身。王大夫語無倫次了：「結婚。結婚。結婚。」他帶著哭腔哀求說：「我們一定要有一個像樣的婚禮。」

王大夫懷裡的女人不是小孔，是金嫣。金嫣當然是知道的，卻怎麼也不情願離開王大夫的胸膛。金嫣也哭了，說：「泰來，大夥兒可都聽見了——你說話要算數。」

跟在醫生後面的器械護士目睹了這個動人的場面，她被這一群盲人真切地感動了。她的身邊站著的是高唯。一回頭，器械護士的目光就和高唯的目光對上了。高唯的眼睛有特點了，小小的，和所有的盲人都不太一樣。護士對著高唯的眼睛看了一會兒，終於有點不放心。她伸出手，放出自己的食指，在高唯的眼前左右搖晃。高唯一直凝視著護士，不知道她要做什麼，就把腦袋側過去，同樣伸出手，捏住了護士的手指頭，挪開了。高唯對著護士眨巴了一下眼睛，又眨巴了一下眼睛。

護士突然就明白過來了，她看到了一樣東西。是目光。是最普通、最廣泛、最日常的目光。一明白過來護士的身體就是一怔。她的魂被懾了一下，被什麼洞穿了，差一點就出了竅。

二〇〇七年四月至二〇〇八年六月於南京龍江

畢飛宇作品集 02

推拿（修訂新版）

作者　畢飛宇
責任編輯　蔡佩錦
創辦人　蔡文甫
發行人　蔡澤玉
出版發行　九歌出版社有限公司
臺北市105八德路3段12巷57弄40號
電話／02-25776564・傳真／02-25789205
郵政劃撥／0112295-1
九歌文學網　www.chiuko.com.tw
印刷　晨捷印製股份有限公司
法律顧問　龍躍天律師・蕭雄淋律師・董安丹律師
初版　2009年7月10日
修訂新版　2014年6月
新版 7 印　2023年12月
定價　380元

書號　0111402
ISBN　978-957-444-943-9
（缺頁、破損或裝訂錯誤，請寄回本公司更換）

國家圖書館出版品預行編目資料

推拿 / 畢飛宇著. -- 修訂新版. -- 臺北市：九歌, 民103.06

320 面 ;14.8×21公分. -- (畢飛宇作品集 ; 2)

ISBN 978-957-444-943-9(平裝)

857.7　　103007023